汲取思想伟力
展现担当作为

—— 2022年贵州省政协工作新闻选编

贵州省政协办公厅 ◎ 编

贵州科技出版社

图书在版编目（CIP）数据

汲取思想伟力 展现担当作为：2022年贵州省政协工作新闻选编／贵州省政协办公厅编. -- 贵阳：贵州科技出版社，2023.7

ISBN 978-7-5532-1233-3

Ⅰ．①汲… Ⅱ．①贵… Ⅲ．①新闻报道-作品集-中国-当代 Ⅳ．①I253

中国国家版本馆CIP数据核字（2023）第127145号

汲取思想伟力 展现担当作为——2022年贵州省政协工作新闻选编
JIQU SIXIANG WEILI ZHANXIAN DANDANG ZUOWEI——
2022NIAN GUIZHOUSHENG ZHENGXIE GONGZUO XINWEN XUANBIAN

出版发行	贵州科技出版社
地　　址	贵阳市观山湖区会展东路SOHO区A座（邮政编码:550081）
网　　址	http://www.gzstph.com
出版人	王立红
经　　销	全国各地新华书店
印　　刷	贵州新华印务有限责任公司
版　　次	2023年7月第1版
印　　次	2023年7月第1次
字　　数	379千字
印　　张	19.25
开　　本	710 mm×1000 mm　1/16
书　　号	ISBN 978-7-5532-1233-3
定　　价	39.80元

《汲取思想伟力　展现担当作为
——2022年贵州省政协工作新闻选编》
编写委员会

成　员　　张二宏　张　锦　朱贵清　曾　丽
　　　　　杨曦东　李维兵　卢春勤　王　馨
　　　　　施　维　文　祺　杨开明　陈　晔

前 言

唱响政协助推发展新赞歌

2022年是党和国家历史上极为重要的一年。在全党全国各族人民迈上全面建设社会主义现代化国家新征程、向第二个百年奋斗目标进军的关键时刻,党的二十大胜利召开,高举旗帜、凝聚力量、团结奋进,在党和人民的奋斗历程中写下历史性的一页。

2022年,省政协新闻宣传工作紧扣"国之大者""省之大计""民之大事",坚持守正创新,紧紧围绕迎接党的二十大胜利召开,宣传、贯彻党的二十大精神这条主线,以饱满的状态和细腻的笔触,同心唱响政协推动贵州高质量发展的赞歌,营造出全省政协系统助推贵州现代化建设的浓厚氛围。

一、坚持正确方向,凝聚思想共识

党的二十大是在全党全国各族人民迈上全面建设社会主义现代化国家新征程、向第二个百年奋斗目标进军的关键时刻召开的一次十分重要的大会。习近平总书记所作的报告,深刻阐发了中国之路、中国之治、中国之理,科学回答了一系列新时代的重大理论和实践问题,开辟了马克思主义中国化时代化新境界。

一年来,省政协新闻宣传工作将学习贯彻习近平总书记对宣传思想工作的指示要求与迎接党的二十大胜利召开及宣传贯彻党的二十大精神有机结合,坚持正确政治方向,不断丰富宣传形式,为新闻宣传服务政协履职、扩大政协影响提供了坚强思想保证。

从《凝聚"闯新路"最大共识——贵州省政协锚定高质量发展履职迎接党的二十大》特稿,到《砥砺奋进新时代 履职担当新作为——党的二十大报告在全省各级政协委员中引起强烈反响》的稿件,新闻报道多维度、立体化展现党的二十大精神和习近平总书记关于加强和改进人民政协工作的重要思想,引导政协委员及统一战线进一步增强政治认同、思想认同、理论认同、情感认同,凝聚起政协系统坚定拥护"两个确立"、坚决做到"两个维护"的思想共识,汇聚起政协系统同心推动社会主义现代化建设的磅礴力量。

二、紧扣服务大局,擂响催征战鼓

人民政协事业是党的事业的重要组成部分,必须把政治担当切实落实到服务中心大局的生动实践中去,发挥人民政协制度效能和联系广泛、智力密集优势,引领各党派团体、各族各界人士积极主动向中心大局聚合,当好党团结带领人民群众迈向新征程夺取新胜利的参与者、实践者、推动者。

一年来,新闻宣传工作围绕省政协的履职工作、围绕政协委员为全省中心大局工作的建言献策,用细致的笔墨一一记录,充分体现了中心工作部署到哪里,政协工作就落实到哪里;政协工作推进到哪里,新闻宣传就跟进到哪里。

省政协党建工作概述、开展党史学习教育综述、提案工作综述、协商工作回顾等稿件,综合了省政协坚持和加强党的全面领导,把握人民政协性质定位,开展学习调研、协商建言等系列工作情况。《掏真心 说实话 献良策——省长与省政协委员座谈会侧记》《帮扶好帆悬 榕江泛波行——省政协着力帮助榕江县加快乡村振兴步伐》《开展"院坝协商" 建设文明村寨——贵州省政协深入探索民主协商助力基层社会治理》《扎实"回头看" 更好"加油干"——省政协贯彻落实中央政协工作会议精神进展情况"回头看"工作综述》等稿件,分别反映了省政协组织委员为贵州发展建言献策,为区域经济振兴、榕江帮扶、基层社会治理、自身建设等工作积极尽责的履职担当。"中国经济社会理事会支持贵州发展专稿",集中呈现了省政协登梯借力,推动更好贯彻落实国发〔2022〕2号文件精神的稿件,以及国家级专家学者对贵州发展的意见建议。这些新闻稿件铺展出一幅幅鼓舞人心、催人奋进的画卷,吹响团结一致满怀信心奋进新征程的号角。

三、委员担当作为,榜样浸润人心

政协委员是政协工作的主体。各级政协委员按照习近平总书记对人民政协工作和政协委员自身建设的指示要求,紧扣党政中心工作,深入人民群众,为新征程现代化建设、为增进民生福祉积极议政建言、献计出力。

一年来,省政协的新闻宣传围绕政协委员学习考察、建言献策以及踊跃参与贵阳抗疫等履职工作,记录反映政协委员坚定理想信念、坚守初心使命,把责任扛在肩上、把群众放在心上,为国履职、为民尽责的突出贡献和委员风采。

十三届住黔全国政协委员扎实开展党史学习教育、积极助力乡村振兴、多种形式履职等综合稿件,如《五年提一案！这位住黔全国政协委员的提案写入了国发2号文件》《在委员履职中深刻体会了制度优势——访"政协第十三届全国委员会优秀提案"获得者、全国政协常委胡国珍》等稿件,全面反映了住黔全国政协委员的工作情况,为全省各级政协委员履职尽责作出榜样。《同心建言资政　同向凝聚共识——政协第十二届贵州省委员会第五次会议纪实》《议政厅里掀起一阵金融头脑风暴——省政协学习贯彻国发〔2022〕2号文件精神座谈会小记》《一场协商议政的生动实践——省政协经济委召开中央在黔企业家委员学习贯彻国发〔2022〕2号文件精神座谈会小记》《省政协委员:再接再厉　再创佳绩　走好新的赶考路》等稿件生动诠释了围绕中心工作建言资政、发挥纽带作用凝聚共识等工作中的委员力量。《同心战"疫",贵州省政协委员在行动》《住港贵州省政协委员捐款捐物助力贵阳抗疫》等稿件,是政协委员在关键处、危难时担当作为的真实写照。一个个委员履职尽责的瞬间,汇聚成人民政协助推高质量发展的精彩画卷。

四、立体鲜活生动,讲好政协故事

在携手奋进新时代、推动中国式现代化的贵州实践的新长征路上,省政协坚持守正创新,以多种履职方式和务实举措,充分发挥专门协商机构作用,整合各方资源优势,努力干出了政协新样子、作出了政协新贡献。

一年来,省政协新闻宣传工作积极争取中央媒体的大力支持,横向用好省级媒体融媒宣传平台,指导《贵州政协报》深挖履职背后的故事,用不同的稿件形式反映政协工作的不同层面,努力打造令人眼前一亮、传播广泛的政协好故事。

2022年,省政协办公厅组织多家媒体全程参与、深入采访"深入贯彻国发〔2022〕2号文件精神"专题研讨会、"困牛山红军集体跳崖千古壮举"专题研讨会等省政协亮点工作,在省级媒体以消息、侧记、专访、特写等形式刊发了丰富的报道,还以视频等新媒体形式扩大影响,同时在新华网、《光明日报》、《经济日报》、《人民政协报》等中央媒体刊发了《建设"四区一高地"　专家建议贵州这么干》《困牛山上的决绝,告诉了我们一个道理!》《铭记红军壮举　传承坚定信仰——"困牛山红军集体跳崖千古壮举"专题研讨会举行》《魂铸困牛山》等重磅稿件,取得了良好宣传效果。在日常宣传工作中,大力支持《人民政协报》记者、指导《贵州政协报》记者深入了解工作,撰写大量特写、侧记,《在服务大局上可圈可点——贵州省委书记点赞激发政协委员更大履职热情》《贵州省金融业政协委员热议党中央送给贵州人民的"大红包" 再造一个"黄金十年"》《在新征程上展现新作为作出新贡献——全省加强和改进市县政协工作座谈会侧记》等稿件,细致记录政协工作的不同侧面,为新时代省政协的勇于担当、主动作为提振了信心力量、营造了良好氛围。

党的二十大擘画了以中国式现代化全面推进中华民族伟大复兴的宏伟蓝图,站在新的起点上,省政协的新闻宣传工作将紧紧围绕履职实践,积极创新形式载体,不断拓展广度深度,更好描绘贵州政协团结奋斗的壮美图景!

目 录

—社 论—

凝聚强大合力推动高质量发展取得更大成效
——热烈祝贺省政协十二届五次会议开幕 ……………………（1）
在新的赶考路上贡献智慧力量
——热烈祝贺省政协十二届五次会议胜利闭幕 ……………………（3）

—消 息—

贵州省政协举行二○二二年新年茶话会 ……………………（5）
衷心拥护"两个确立" 忠诚践行"两个维护" 走好新的赶考路 喜迎党的二十大
省政协十二届五次会议隆重开幕 ……………………（7）
衷心拥护"两个确立" 忠诚践行"两个维护"
奋力彰显新担当 展现新作为 取得新成效 呈现新气象
省政协十二届五次会议胜利闭幕 ……………………（10）
谌贻琴在参加省政协十二届五次会议第一联组讨论时强调
围绕中心大局 凝聚智慧力量 奋力续写贵州高质量发展新篇章 ……………（12）
李炳军在与省政协委员座谈时强调
凝心聚力稳定经济增长推动高质量发展 ……………………（14）
省政协党组召开(扩大)会议 学习贯彻党的二十大精神
刘晓凯主持 ……………………（16）
助力粤黔东西部协作交流 贵州省政协与广东省政协签署合作协议
王荣刘晓凯出席并见证签约 ……………………（18）
刘晓凯到榕江县走访慰问调研 ……………………（19）

赵德明到黔东南州
就市县政协"两个薄弱"问题开展调研 …………………………（20）

李汉宇率队赴开阳县
调研新能源汽车及配套项目建设情况 ……………………………（21）

罗宁率队到黔西南州六盘水市毕节市
围绕加快煤炭清洁高效利用开展调研 ……………………………（22）

陈坚率队赴六盘水市黔西南州黔东南州黔南州
开展加强民族传统手工艺保护和传承打造民族文创产品和旅游商品品牌专题调研
…………………………………………………………………………（23）

任湘生率队赴黔南州
开展提案办理工作视察暨"积极扩大有效投资"调研 …………（24）

孙诚谊率队赴黔东南州
开展"探索粤港澳大湾区与贵州'四加'合作模式推动内陆开放型经济试验区建设
提档升级"调研 ……………………………………………………（25）

张光奇率队赴黔东南州
开展"积极发展乡村特色文化产业和旅游产业"专题调研 ………（26）

陈晏率队到遵义市毕节市
宣讲省第十三次党代会精神并开展专题调研 ……………………（27）

—特　稿—

砥砺奋进新时代　履职担当新作为
——党的二十大报告在全省各级政协委员中引起强烈反响 …………（28）
凝聚向心力　绘就同心圆
——中共二十大报告在我省各民主党派省委、省工商联和无党派人士中引起强烈
反响 ………………………………………………………………（31）
牢记"国之大者"　共谱奋进新篇
——习近平总书记在政协农业界社会福利和社会保障界委员联组会上的重要讲话
在贵州代表委员和干部群众中引起强烈反响 …………………（34）
凝聚"闯新路"最大共识
——贵州省政协锚定高质量发展履职迎接党的二十大 ………………（36）

魂铸困牛山 …………………………………………………………………… (39)
让书香赋能"多彩贵州向未来"
　　——省政协持续开展委员读书活动聚共识促履职 ……………………… (44)
厉以宁诗词中的毕节扶贫 …………………………………………………… (48)

—通　讯—

党建引领开新局　凝心聚力谱新篇
　　——2021年贵州省政协党建工作概述 …………………………………… (53)
筑牢共同思想政治基础　凝聚服务大局强大力量
　　——贵州省政协宣传思想工作综述 ……………………………………… (56)
深学百年党史　践行初心使命
　　——贵州省政协开展党史学习教育综述 ………………………………… (60)
高质量提案工作助推贵州高质量发展
　　——贵州省政协十二届四次会议以来提案工作综述 …………………… (63)
多层次协商有梯度聚力量促发展
　　——2021年贵州省政协协商工作回顾 …………………………………… (66)
赋能大开放　共筑新高地
　　——贵州对接融入粤港澳大湾区中的政协力量 ………………………… (69)
扎实"回头看"　更好"加油干"
　　——省政协贯彻落实中央政协工作会议精神进展情况"回头看"工作综述
　　…………………………………………………………………………… (73)
开展"院坝协商"　建设文明村寨
　　——贵州省政协深入探索民主协商助力基层社会治理 ………………… (78)
帮扶好帆悬　榕江泛波行
　　——省政协着力帮助榕江县加快乡村振兴步伐 ………………………… (80)

—纪　实—

留得住乡愁　看得见远方
　　——全国政协文化文史和学习委员会"加强传统村落的保护和利用"专题调研综述
　　…………………………………………………………………………… (84)

毕节,不负众望
——统一战线同心参与毕节建设贯彻新发展理念示范区见闻 ……… (88)
奋进的脚步再踏春天的征途
——省政协2022年新年茶话会侧记 ……………………………… (91)
附件一　春满化屋村 ………………………………………………… (95)
附件二　跨越百年的对话 ………………………………………… (100)
附件三　行走在贵州高原上 ……………………………………… (103)
同心建言资政　同向凝聚共识
——政协第十二届贵州省委员会第五次会议纪实 ……………… (107)
新国发2号文件出台后,省委、省政府发出一封感谢信——
贵州将奋力再创"黄金十年" ……………………………………… (112)
议政厅里掀起一阵金融头脑风暴
——省政协学习贯彻国发〔2022〕2号文件精神座谈会小记 …… (115)
一场协商议政的生动实践
——省政协经济委召开中央在黔企业家委员学习贯彻国发〔2022〕2号文件精神座谈会小记 …………………………………………………… (118)
打造政协履职的创新载体和响亮品牌
——全省政协"院坝协商"工作座谈会侧记 ……………………… (120)
掏真心　说实话　献良策
——省长与省政协委员座谈会侧记 ……………………………… (124)
在新征程上展现新作为作出新贡献
——全省加强和改进市县政协工作座谈会侧记 ………………… (127)
为赤水河流域增光　为长江经济带添彩
——2022年中国赤水河流域生态文明建设协作推进会侧记 …… (130)
为贵州发展汇聚海外力量
——全国政协海外列席侨胞考察团赴黔考察侧记 ……………… (133)
寻求最大公约数　画好最美同心圆
——全省政协"社区协商"工作座谈会侧记 ……………………… (137)
十二届省政协提案工作表彰会召开
——150件提案50个提案承办单位30名先进个人获表彰 ……… (140)

— 特　写 —

百年古寨新生机 …………………………………………………… （142）
在服务大局上可圈可点
　——贵州省委书记点赞激发政协委员更大履职热情 ………… （145）
贵州省长参加联组讨论和委员聊起心里话
千秋大事不能一锤子买卖 ………………………………………… （147）
贵州省金融业政协委员热议党中央送给贵州人民的"大红包"
再造一个"黄金十年" ……………………………………………… （148）
真正把这件好事办好实事办实
　——全国政协农业和农村委员会聚焦农村改厕问题在黔调研座谈会记 … （150）
庆祝香港回归祖国25周年　省政协委员共叙中国心香江情 …… （151）
省政协委员：再接再厉　再创佳绩　走好新的赶考路 ………… （153）

— 住黔全国政协委员履职 —

牢记初心善作为　高效履职勇担当
　——十三届住黔全国政协委员履职回眸 ………………………… （155）
铭记奋斗历程　担当历史使命
　——住黔全国政协委员扎实开展党史学习教育 ………………… （158）
奋进新征程　展现新担当
　——住黔全国政协委员积极助力巩固拓展脱贫攻坚成果同乡村振兴有效衔接
　　 …………………………………………………………………… （161）
积极履职尽责　展现使命担当
　——2021年住黔全国政协委员提案及办理情况扫描 …………… （163）
奋力做好助推高质量发展的"排头兵"
　——2021年住黔全国政协委员履职情况扫描 …………………… （165）
商国是谋发展　共赴春日之约
　——住黔全国政协委员赴京参会侧记 …………………………… （168）

凝聚团结力量　迈向奋斗征程
　　——住黔全国政协委员出席全国政协十三届五次会议履职侧记……………（170）
围绕中心服务大局以高质量履职助力高质量发展
　　——十三届住黔全国政协委员履职回顾之一………………………………（174）
协商议政建诤言　视察调研献良策
　　——十三届住黔全国政协委员履职回顾之二………………………………（178）
胸怀"国之大者"　心系"民之所向"
　　——十三届住黔全国政协委员履职回顾之三………………………………（181）
相约"两会"　别样印记
　　——十三届住黔全国政协委员履职回顾之四………………………………（184）
在委员履职中深刻体会了制度优势
　　——访"政协第十三届全国委员会优秀提案"获得者、全国政协常委胡国珍
　　………………………………………………………………………………（187）
林浩委员：4年8份提案　助推数字经济发展 …………………………………（189）
五年提一案！这位住黔全国政协委员的提案写入了国发2号文件……………（191）
丁贵杰委员：献务实之策　建有用之言 …………………………………………（192）
全国政协委员余留芬：乡村振兴还需沉下心来做特色产业 ……………………（194）
潘晓慧委员——关注教育　贡献力量 ……………………………………………（195）

—中国经济社会理事会支持贵州发展专稿—

中国经济社会理事会调研组到贵州开展"推动脱贫地区特色产业可持续发展"专题
调研……………………………………………………………………………（196）
中国经济社会理事会到贵州围绕贯彻落实国发〔2022〕2号文件开展专题调研
　　杜鹰出席介绍会并讲话　刘晓凯主持 ……………………………………（197）
中国经济社会理事会调研组赴黔调研乡村振兴工作
　　李伟率队 ………………………………………………………………………（198）
深入贯彻国发〔2022〕2号文件精神专题研讨会在贵阳开幕
　　朱小丹杜鹰出席　刘晓凯主持　时光辉致辞 ……………………………（199）

深入贯彻国发〔2022〕2号文件精神专题研讨会举行建设数字经济发展创新区、建设生态文明建设先行区专题研讨

朱小丹主持　杜鹰刘晓凯时光辉出席……………………（201）

深入贯彻国发〔2022〕2号文件精神专题研讨会在贵阳闭幕

谌贻琴讲话　李炳军朱小丹出席　刘晓凯主持　杜鹰等作专题研讨讲话

……………………………………………………………（203）

笃行造样板　奋进新高地

——"建设巩固拓展脱贫攻坚成果样板区""建设内陆开放型经济新高地"专题研讨侧记……………………………………（205）

发力创新驱动　探路生态文明

——"建设数字经济发展创新区""建设生态文明建设先行区"专题研讨侧记

……………………………………………………………（208）

改革不停歇　闯出新路子

——"建设西部大开发综合改革示范区"专题研讨侧记 ……（211）

深刻领会"设计图"　完善落实"施工图"

中国经济社会理事会助力贵州建设"四区一高地" …………（214）

专家深入调研把脉　助贵州精准落实"施工图" ……………（217）

建设"四区一高地"　专家建议贵州这么干 …………………（218）

贵州新一轮改革发展迎来新机遇

——访全国政协港澳台侨委员会主任、中国经济社会理事会副主席朱小丹

……………………………………………………………（220）

新战略定位将引领贵州新发展

——访全国政协委员、中国科学院地理科学与资源研究所资源生态与生物资源研究室主任闵庆文……………………………………………（222）

用好贵州生态优势实现高质量发展

——访全国政协人口资源环境委员会副主任、中国科学院院士、中国经济社会理事会理事江桂斌……………………………………………（224）

―"困牛山红军集体跳崖千古壮举"专题研讨会专稿―

"困牛山红军集体跳崖千古壮举"专题研讨会在石阡举行 ……………（226）
让英烈精神世代相传　让红色丰碑永不褪色
　　——"困牛山红军集体跳崖千古壮举"专题研讨会侧记 ……………（229）
传承革命先烈精神　走好新的长征路
　　——访军事科学院原军事历史研究院研究员陈力………………（232）
弘扬长征精神　支持革命老区发展
　　——访中国社会科学出版社社长、中国社会科学院大学教授赵剑英 ………（234）
贵州省委党史研究室覃爱华：
用好研讨会成果宣传和保护好困牛山红军战斗精神………………（236）
为了丰碑永不褪色
　　——省政协助推"困牛山红军集体跳崖千古壮举"保护传承工作纪实 ……（238）
困牛山上的决绝，告诉了我们一个道理！ …………………………（242）
昔日以生命换生机，今朝以生机践使命——
生死困牛山………………………………………………………………（244）
"追光者"赵春莉：
一位"全国文物系统劳动模范"的本色人生 ………………………（248）
困牛山下矗丰碑　红色基因世代传……………………………………（253）
让红色成为困牛山的鲜明底色
　　——四级政协联动助推"困牛山红军集体跳崖千古壮举"保护传承 ………（255）
参加"困牛山红军集体跳崖千古壮举"专题研讨会的专家学者力挺
做大叫响"红色石阡"品牌 ……………………………………………（258）
铭记红军壮举　传承坚定信仰
　　——"困牛山红军集体跳崖千古壮举"专题研讨会举行 ………（261）

―委员战疫专稿―

同心战"疫"，贵州省政协委员在行动…………………………………（264）
住港贵州省政协委员捐款捐物助力贵阳抗疫…………………………（266）

省政协常委张雷:百万元物资驰援抗疫一线 …………………………（267）
省政协常委魏红杰:发挥所长为抗疫服好务 …………………………（268）
住澳省政协委员区柏来:"在线"抗疫显担当 …………………………（270）
努力让千家万户有菜吃
　——合力超市日均7万线上订单背后的保供故事……………………（271）
民投集团保供累计投入物资1200吨 ……………………………………（273）
"我当了14年志愿者,疫情当前,没有理由不站出来" ………………（275）
响应战疫不等待　金融服务不打烊 ……………………………………（277）
发挥新媒体优势　凝聚抗疫正能量 ……………………………………（278）
省政协委员熊莹:守护"疫"线　静待"花"开 ………………………（279）
省政协委员刘学文:聚八方力量　驱一城疫疠 ………………………（281）
省政协委员朱建国:白衣执甲　护佑筑城 ……………………………（282）
他们这样同心筑牢战"疫"堡垒 ………………………………………（284）
践行初心使命,他们投身社区志愿服务 ………………………………（286）

—社 论—

凝聚强大合力推动高质量发展取得更大成效
——热烈祝贺省政协十二届五次会议开幕

最美风景在前方,正是踔厉奋发时。肩负着继往开来的历史使命,承载着各族人民的热切期待,来自全省各党派团体、各族各界的政协委员齐聚一堂、共商大计,为加快贵州高质量发展建真言、谋良策、出实招。1月19日,省政协十二届五次会议在贵阳隆重开幕。我们向大会的召开表示热烈祝贺!

刚刚过去的2021年,在贵州发展历史上是具有里程碑意义的一年,也必将是载入史册的一年。习近平总书记亲临贵州视察,为新征程上的贵州擘画发展蓝图、指引前进方向。全省上下衷心拥护"两个确立"、忠诚践行"两个维护",沿着习近平总书记指引的方向奋力前行,隆重举行贵州省庆祝建党百年系列活动,历史性地解决了千百年来的绝对贫困问题,及时将工作重心转移到以高质量发展统揽全局上来,构建起推动高质量发展的"四梁八柱","四新""四化"取得积极成效,"十四五"开局良好。这是全省上下团结一心、接续奋斗的结果,全省各级政协组织和广大政协委员作出了重要贡献。

商以求同,协以成事。一年来,省政协及其常委会在中共贵州省委的坚强领导和全国政协的有力指导下,深入学习贯彻党的十九大和十九届历次全会精神、习近平总书记关于加强和改进人民政协工作的重要思想,全面贯彻落实习近平总书记"七一"重要讲话精神和视察贵州重要讲话精神,认真贯彻落实省委十二届九次、十次全会精神,坚持把党的领导贯穿政协工作全过程,充分发挥专门协商机构作用,坚持团结和民主两大主题,围绕中心、服务大局,主动谋事、积极干事、努力成事,以推进政协工作高质量发展助力全省经济社会高质量发展。实践证明,人民政协是人民民主的重要形式,人民政协制度具有多方面的独特优势,充分发挥人民政协联系广泛、人才荟萃、智力密集特点,就能汇聚磅礴力量助推贵州各项事业取得新突破。

众力并则万钧举，人心齐则泰山移。2022年是具有特殊重要意义的一年，我们将迎来党的二十大召开，我省将召开第十三次党代会，做好今年各项工作意义非凡，人民政协的使命光荣、责任重大。全省各级政协组织和广大政协委员要坚定不移衷心拥护"两个确立"、忠诚践行"两个维护"，深入学习贯彻习近平总书记对贵州工作系列重要指示精神，自觉从党的百年奋斗史中汲取智慧和力量，增加历史自信、增进团结统一、增强斗争精神，进一步提高政治协商、民主监督、参政议政水平。认真落实"一二三四"工作思路，紧扣"四新""四化"重点工作，聚焦民生热点难点问题，坚持发扬民主和增进团结相互贯通、建言资政和凝聚共识双向发力，更好将各方面智慧力量凝聚起来，进一步推动形成心往一处想、劲往一处使的强大合力，步调一致、同向发力推动高质量发展取得更大成效。

昂扬奋进绘就历史新画卷，砥砺前行书写新时代荣光。期待各级政协组织和广大政协委员进一步把人民政协制度优势转化为治理效能，推动"十四五"规划宏伟蓝图全面铺展，奋力开创百姓富、生态美的多彩贵州新未来，以优异成绩迎接党的二十大和省第十三次党代会胜利召开。

预祝大会圆满成功！

(《贵州日报》2022年1月20日2版)

— 社 论 —

在新的赶考路上贡献智慧力量

——热烈祝贺省政协十二届五次会议胜利闭幕

牢记嘱托、不负重托，省政协十二届五次会议圆满完成各项议程后，已于1月23日胜利闭幕。我们对大会的圆满成功表示热烈祝贺！向履职尽责的委员们致以崇高敬意！

民主激扬智慧，团结催生力量。这是一次高举旗帜、民主团结、凝心聚力、催人奋进的大会，是对全省各族各界走好新的赶考路、喜迎党的二十大和省第十三次党代会的总动员。会议期间，谌贻琴、李炳军、蓝绍敏等省领导出席大会，听取大会发言、参加联组讨论，与委员们共商高质量发展大计、共谋"四新""四化"良策。会议审议通过省政协常委会工作报告、提案工作情况报告，补选了省政协副主席和常委会组成人员；与会人员列席省十三届人大五次会议，听取讨论省政府工作报告及其他有关报告。全体委员以高度的政治责任感、强烈的历史使命感认真履行职责，建睿智之言、献务实之策。会议务实高效、风清气正、成果丰硕，彰显了人民政协这一人民民主重要实现形式的生机与活力，展现了社会主义协商民主的独特优势。

聚共识逐梦未来，赶考路重任在肩。2022年是进入全面建设社会主义现代化国家、向第二个百年奋斗目标进军新征程的重要一年，党的二十大将隆重召开，这是党和国家政治生活中的头等大事。面对百年变局和世纪疫情，前进道路的困难和挑战还不少，随着"十四五"规划的宏伟蓝图全面铺展、高质量发展统揽全局深入推进，贵州改革发展稳定的任务更显艰巨繁重，全省上下必须拿出更饱满的激情、更昂扬的斗志、更务实的作风攻坚克难，人民政协作为推动发展的一支重要力量，亦需凝聚更多共识、贡献更多智慧。

走好新的赶考路、喜迎党的二十大，人民政协当在夯实共同思想政治基础上展现新气象。全省各级政协组织、政协各参加单位和广大政协委员要坚持深学笃用习近平新时代中国特色社会主义思想，深入贯彻落实习近平总书记关于加强和改进人民政协工作的重要思想、视察贵州重要讲话精神，衷心拥护"两个确立"、忠诚践行"两个维护"，不断提高政治判断力、政治领悟力、政治执行力，坚持发扬民主与

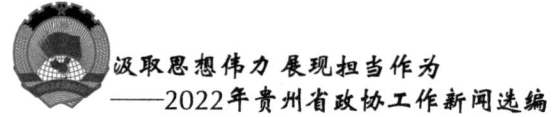

增进团结相互贯通、建言资政与凝聚共识双向发力,善于通过民主协商程序把党的主张转化为社会各界的高度共识和自觉行动;积极当好反映诉求、汇聚民智、凝聚共识的桥梁纽带,做好宣传引导、解疑释惑、协调关系、化解矛盾工作,更好寻求全社会意愿和要求的最大公约数,画出民心民愿的最大同心圆,汇聚起热爱贵州、建设贵州、奉献贵州的强大智慧力量。

(《贵州政协报》2022年1月24日A2版)

—消 息—

贵州省政协举行二〇二二年新年茶话会

2021年12月31日,省政协2022年新年茶话会在贵阳举行,省委书记、省人大常委会主任谌贻琴出席并讲话。省委副书记、省长李炳军出席,省政协主席刘晓凯主持。

省政协原主席王思齐、王正福,省委常委,省人大常委会、省政协领导同志,在筑省政协老同志出席茶话会。

谌贻琴代表中共贵州省委、贵州省人民政府,向各民主党派、工商联和无党派人士、各人民团体,向全省广大工人、农民、知识分子、干部和各界人士,向驻黔部队指战员、武警官兵、公安干警和消防救援队伍指战员,向所有关心支持贵州发展的港澳台同胞、海外侨胞、国际友人和各方面朋友,致以节日问候和美好祝福,祝大家新年好。

谌贻琴说,2021年在贵州发展历史上是具有里程碑意义的一年,也必将是载入史册的一年。在以习近平同志为核心的党中央坚强领导下,我们用汗水浇灌收获,以实干笃定前行,喜获了累累硕果。这一年,习近平总书记亲切关怀,我们收获了满满的幸福。这一年,百年盛典喜庆热烈,我们收获了满满的激情。这一年,全面小康千年梦圆,我们收获了满满的自豪。这一年,"十四五"开局良好,我们收获了满满的自信。在回望百年党史中总结2021,从全国发展大局中感悟贵州发展成就,我们更加深切体会到"两个确立"的决定性意义,只要坚决听从习近平总书记号令,毫不动摇坚持党中央集中统一领导,步调一致向前进,贵州各项事业就一定能不断取得新成就。

谌贻琴强调,一年来,全省各级政协组织和广大政协委员围绕中心、服务大局,主动谋事、积极干事、努力成事,做了大量工作,取得了重大成果。希望各级政协组织深入学习贯彻习近平总书记关于加强和改进人民政协工作的重要思想,进一步提高政治协商、民主监督、参政议政水平,强信心、聚人心、筑同心,更好将各方面智慧力量凝聚起来,把人民政协制度优势转化为治理效能,为贵州高质量发展作出新的更大贡献。

谌贻琴强调,2022年将召开党的二十大,我省将召开第十三次党代会,"十四五"规划的宏伟蓝图将全面铺展,高质量发展统揽全局将全面推进。要衷心拥护"两个确立"、忠诚践行"两个维护",深入学习贯彻习近平总书记视察贵州重要讲话精神和对贵州工作系列重要指示精神,自觉从党的百年奋斗史中汲取智慧和力量,增加历史自信、增进团结统一、增强斗争精神,坚持稳字当头、稳中求进,坚持以人民为中心,完整、准确、全面贯彻新发展理念,认真落实"一二三四"工作思路,围绕"四新"主攻"四化",让贵州高质量发展的美好画卷更加绚丽,让贵州人民的美好生活更加滋润,奋力开创百姓富、生态美的多彩贵州新未来,以优异成绩迎接党的二十大和省第十三次党代会胜利召开。

刘晓凯在主持时说,全省各级政协组织、各民主党派、各团体、广大政协委员和各族各界人士要认真学习贯彻谌贻琴书记的讲话精神,在中共贵州省委的坚强领导下,坚定不移围绕"四新"主攻"四化",广泛凝心聚力,积极献计出力,助推全省高质量发展,以优异成绩迎接党的二十大和省第十三次党代会胜利召开。

省政协副主席、省工商联主席李汉宇代表各民主党派省委、省工商联和无党派人士作了讲话。

参加茶话会的还有:省有关部门负责同志,部分在筑十三届全国政协委员,省政协各专门委员会主任、副主任、界别召集人、部分省政协委员,各民主党派省委、省工商联负责人和无党派人士代表,省台联、省侨联、省黄埔同学会负责人,各族各界代表等。

(《贵州日报》2022年1月1日1版　许邵庭)

衷心拥护"两个确立"　忠诚践行"两个维护"　走好新的赶考路　喜迎党的二十大

省政协十二届五次会议隆重开幕

1月19日上午，中国人民政治协商会议第十二届贵州省委员会第五次会议在贵阳隆重开幕。

省委书记、省人大常委会主任谌贻琴，省委副书记、省长李炳军，省委副书记蓝绍敏应邀出席开幕会，祝贺大会召开。

省政协主席刘晓凯，副主席左定超、李汉宇、罗宁、陈坚、任湘生、孙诚谊、张光奇、陈晏出席开幕会并在主席台前排就座。开幕会执行主席由刘晓凯、张光奇担任。

应邀出席会议并在主席台就座的领导同志有：省委常委，省人大常委会副主任，省政府副省长，省军区、省法院、省检察院、武警贵州省总队主要负责同志，十一届省政协领导同志等。

省政协十二届五次会议应出席委员598名，实到委员523名，符合规定人数。

上午9时，大会开幕，全体起立，高唱中华人民共和国国歌。

会议首先审议通过了省政协十二届五次会议议程。

谌贻琴代表中共贵州省委对会议召开表示热烈祝贺。她说，刚刚过去的2021年，在贵州发展历史上是具有里程碑意义的一年，也必将是载入史册的一年。习近平总书记春节前夕亲临贵州视察，给贵州各族干部群众带来党中央的亲切关怀，为贵州开启现代化建设新征程指明了前进方向、提供了根本遵循。全省上下坚持把学习宣传贯彻落实习近平总书记视察贵州重要讲话精神作为首要政治任务，牢记领袖嘱托，构建了以高质量发展统揽全局的"四梁八柱"；喜庆百年华诞，汇聚了以高质量发展统揽全局的磅礴力量；共圆千年梦想，筑牢了以高质量发展统揽全局的坚实基础；奋力开局起步，取得了以高质量发展统揽全局的显著成效。全省各级政协组织和广大政协委员紧紧围绕政治协商、民主监督、参政议政，在坚持党的领导上旗帜鲜明，在服务全省大局上可圈可点，在推动自身建设上从严从实，做了大量卓有成效的工作，为推动贵州高质量发展贡献了独特的智慧和力量。

谌贻琴指出,2022年是进入全面建设社会主义现代化国家、向第二个百年奋斗目标进军新征程的重要一年。今年中国共产党将召开二十大,这是党和国家政治生活中的头等大事。全省上下要坚持以习近平新时代中国特色社会主义思想为指导,大力弘扬伟大建党精神,增加历史自信、增进团结统一、增强斗争精神,在新的赶考路上努力交出不负历史、不负时代、不负人民的新答卷,以实际行动迎接党的二十大和省第十三次党代会胜利召开。要始终沿着正确的政治方向前进,衷心拥护"两个确立"、忠诚践行"两个维护",坚决捍卫核心地位、维护核心权威、紧跟核心奋斗,确保习近平总书记关于贵州工作的重要讲话和一系列重要指示要求持续落地生根、结出累累硕果。要始终保持高质量发展的良好态势,坚持稳字当头、稳中求进,毫不动摇坚持以经济建设为中心,完整、准确、全面贯彻新发展理念,紧紧围绕"四新"主攻"四化",努力实现更高质量、更有效率、更加公平、更可持续、更为安全的发展。要始终全心全意为人民服务,坚守人民立场、厚植为民情怀,更加关注脱贫群众、低收入群众、特殊困难群众以及人民群众急难愁盼的事,推动发展成果更多更公平惠及全省人民。要始终保持风清气正的良好政治生态,勇于自我革命、从严管党治党,继续推进新时代党的建设新的伟大工程,打好党风廉政建设和反腐败斗争这场攻坚战、持久战,更好团结带领全省人民在新时代新征程上赢得更加伟大的胜利和荣光。

谌贻琴强调,在新的赶考路上,惟有团结奋斗才能考出好成绩。希望全省各级政协组织和广大政协委员深入学习贯彻习近平总书记关于加强和改进人民政协工作的重要思想,在政治引领上彰显新担当,在履职尽责上展现新作为,在发挥优势上取得新成效,在自身建设上呈现新气象,再接再厉、再创佳绩,为全省高质量发展作出新的更大贡献。全省各级党委要持续加强对政协工作的领导,不断巩固党委重视、政府支持、政协主动、各方配合的政协工作新局面。

刘晓凯代表政协第十二届贵州省委员会常务委员会作工作报告,从四个方面总结回顾了2021年工作:一是坚持学深悟透,衷心拥护"两个确立"、忠诚践行"两个维护";二是聚焦主责主业,发挥专门协商机构作用,围绕"四新"主目标"四化"主抓手资政建言;三是广泛聚智聚力,登梯借力争取中国经济社会理事会支持,助力贵州经济社会高质量发展;四是坚持党建引领,注重团结联谊,努力为民办实事办好事。明确了省政协常委会2022年工作的总体要求是坚持深学笃用习近平新时代中国特色社会主义思想,深入学习贯彻中共十九届六中全会精神,全面贯彻落实中共二十大精神,持续贯彻习近平总书记关于加强和改进人民政协工作的重要思想和视察贵州重要讲话精神,衷心拥护"两个确立"、忠诚践行"两个维护",按照省第十三次党代会安排部署,坚持以高质量发展统揽全局,坚定不移围绕"四新"主攻"四化",进一步提高政治协商、民主监督、参政议政水平,强信心、聚人心、筑同心,更好将各方面智慧力量凝聚起来,把人民政协制度优势转化为治理效能,奋力谱写新时代贵州政协事业发展新篇章,努力为全省经济社会高质量发展作出新的更大贡献。报告从夯实共同思想政治基础、推动高质量发展、加强政协自身建设三个方面对新的一年工作作了安排部署。

受十二届省政协常务委员会委托,张光奇向大会报告省政协十二届四次会议以来的提案工作情况。一年来,共收到提案838件,经审查,立案803件,截至2021年12月底,所有提案全部办复。

部分住黔全国政协委员,省直有关部门负责人,海外侨胞代表,各市(州)政协负责人等应邀列席会议。

(《贵州日报》2022年1月20日1版　许邵庭　陈曦　李海钦)

衷心拥护"两个确立"　　忠诚践行"两个维护"
奋力彰显新担当　展现新作为　取得新成效　呈现新气象

省政协十二届五次会议胜利闭幕

中国人民政治协商会议第十二届贵州省委员会第五次会议圆满完成各项议程,于1月23日下午在贵阳胜利闭幕。

省委书记、省人大常委会主任谌贻琴,省委副书记、省长李炳军,省委副书记蓝绍敏在主席台就座。

省政协主席刘晓凯,省委常委、省委统战部部长、省政协副主席赵德明,省政协副主席李汉宇、罗宁、陈坚、任湘生、孙诚谊、张光奇、陈晏,省政协原副主席左定超出席并在主席台前排就座。十三届全国政协委员蒙启良、黄家培在主席台就座。闭幕会执行主席由刘晓凯、陈坚担任。会议由刘晓凯主持。

应邀出席会议并在主席台就座的领导同志还有:省委常委,省人大常委会副主任,省政府副省长,省法院、省检察院、武警贵州省总队主要负责同志,十一届省政协领导同志等。

会议应出席委员598名,实到委员527名,符合规定人数。

会议表决通过了《中国人民政治协商会议第十二届贵州省委员会第五次会议决议》《中国人民政治协商会议第十二届贵州省委员会提案委员会关于十二届五次会议提案审查情况的报告》。

会议指出,省政协十二届五次会议是在我省深入学习贯彻习近平总书记视察贵州重要讲话精神、围绕"四新"主攻"四化"、推动高质量发展的关键时期召开的一次重要会议,是全省人民政治生活中的一件大事。谌贻琴书记、李炳军省长、蓝绍敏副书记等领导同志出席大会开幕会、闭幕会,听取委员大会发言,参加界别联组讨论,发表了讲话、作出了指示,对做好政协工作和委员履职尽责提出了更高要求、寄予了殷切期望。广大政协委员聚焦"四新"主目标、"四化"主抓手,认真履行职责,有效建言资政,广泛凝聚共识,取得了积极成果。会议务实高效、圆满成功,是一次团结奋进、凝聚人心、汇聚力量的大会。

会议强调,新的一年,"十四五"规划的宏伟蓝图正在全面推进,高质量发展统揽全局的铿锵步伐正在全面迈进,贵州人民美好生活的绚丽画卷正在全面铺展。全省各级政协组织和广大政协委员要深学笃用习近平新时代中国特色社会主义思想,切实增强"四个意识"、坚定"四个自信",衷心拥护"两个确立"、忠诚践行"两个维护"。要认真学习贯彻谌贻琴书记在大会开幕会上的讲话精神,在省委的坚强领导下,奋力在政治引领上彰显新担当、在履职尽责上展现新作为、在发挥优势上取得新成效、在自身建设上呈现新气象,努力交出不负历史、不负时代、不负人民的新答卷。

会议号召,全省各级政协组织、政协各参加单位和广大政协委员要更加紧密地团结在以习近平同志为核心的中共中央周围,凝聚万众一心的伟力,保持勇毅笃行的坚定,展现虎虎生威的雄风,以更加昂扬的奋斗姿态走好新的赶考路,以优异成绩喜迎党的二十大和省第十三次党代会胜利召开。

部分住黔全国政协委员,省有关部门负责人,海外侨胞代表,各市(州)政协负责人等应邀列席会议。

大会在雄壮的国歌声中闭幕。

(《贵州日报》2022年1月24日1版　陈曦　李海钦)

谌贻琴在参加省政协十二届五次会议第一联组讨论时强调

围绕中心大局 凝聚智慧力量
奋力续写贵州高质量发展新篇章

1月21日,省委书记、省人大常委会主任谌贻琴到省政协十二届五次会议第一联组(各界别联组)讨论政府工作报告。省政协主席刘晓凯主持。

会上,林倩、李忠祥、吴纪华、张瑜、刘显路、杜正军、崔海洋、张钊8位委员围绕"以高质量发展统揽全局"的主题,分别就推动氢能产业发展、提高森林资产价值、加快小城镇建设、促进农村居民增收、帮助旅游业克服疫情影响、加快补齐水运短板、推进农村垃圾治理、抢抓"双碳"机遇等内容作了发言。

在认真听取发言后,谌贻琴说,各位委员的发言聚焦全省大局、关注民生大事,提出的意见建议针对性强、参考价值高,体现了高度的大局意识、深厚的为民情怀和过硬的专业能力。省委和有关部门将对意见建议进行认真研究,结合具体实际充分吸纳转化,把各项工作做得更好。

谌贻琴指出,2022年将召开党的二十大,我省也将召开第十三次党代会,做好今年工作意义重大。我们要全面贯彻落实习近平总书记关于贵州工作的重要讲话和一系列重要指示要求,按照中央和省委部署,坚持以高质量发展统揽全局,紧紧围绕"四新"主攻"四化",着力保持平稳健康的经济环境、和谐稳定的社会环境、风清气正的政治环境,奋力续写贵州高质量发展新篇章。

谌贻琴重点围绕保持经济发展良好态势、持续保障和改善民生、做好安全稳定工作三个问题与政协委员进行了深入交流。她指出,要坚持稳字当头、稳中求进,把高质量发展要求贯穿方方面面,坚定发展信心,抓住用好机遇,充分发挥优势,主动担当作为,努力实现更高质量、更有效率、更加公平、更可持续、更为安全的发展,保持经济发展良好态势。要悟透以人民为中心的发展思想,坚定不移把巩固拓展脱贫攻坚成果作为重大政治任务,把增加居民收入特别是农村居民收入放在更加突出位置,着力提升教育、医疗等公共服务水平,高度重视强化边远农村人口出生缺陷综合防治,坚决防止因病返贫、因病致贫,下更大功夫保障和改善民生,一件事情接着一件事情办,一年接着一年干,让人民群众有更多获得感幸福感安全感。要深刻认识和把握做好今年安全稳定工作的特殊重要性,始终保持高度清醒,进一步增强忧患意识,强化底线思维,全面落实总体国家安全观,层层压紧压实责任,有力有效防范和化解疫情防控、政府债务、安全生产等各领域风险隐患,坚决确保全省大局安全稳定。

谌贻琴希望全省各级政协组织和广大政协委员继续围绕中心、服务大局,将自身所能与贵州所需紧密结合起来,不断提高政治协商、民主监督、参政议政水平,为全省高质量发展广泛汇聚智慧和力量。要积极主动在全省招商引资、产业发展等重点工作中牵线搭桥、献计出力、发挥作用,为全省稳住经济发展良好态势贡献力量。要坚持人民政协为人民,用心用情用力为人民群众多做好事、多办实事、多解难事,在为民造福中展现新担当、实现新作为。要深入基层、深入所联系的界别群众,及时掌握各方面的风险苗头隐患,多做宣传引导、解疑释惑、协调关系、化解矛盾的工作,为全省大局安全稳定作出新贡献。

刘晓凯在主持时说,全省各级政协组织和广大政协委员要认真学习贯彻谌贻琴书记的讲话精神,在省委的坚强领导下,聚焦"四新"主目标、"四化"主抓手有效协商议政、积极建言资政,在落实稳字当头、稳中求进总要求,保持经济发展良好态势,保障和改善民生,防范化解重大风险等方面主动作为,广泛汇聚助推全省高质量发展的共识和力量,以优异成绩迎接党的二十大和省第十三次党代会胜利召开。

省有关部门负责同志到会听取意见。

(《贵州日报》2022年1月22日1版 许邵庭)

李炳军在与省政协委员座谈时强调

凝心聚力稳定经济增长推动高质量发展

7月22日,省委副书记、省长李炳军出席"省长与省政协委员座谈会",围绕"稳经济大盘,促高质量发展"的主题,听取政协委员意见建议。他强调,要深入学习贯彻习近平总书记视察贵州重要讲话精神,按照全省半年经济工作会议部署,凝心聚力稳定经济增长、推动高质量发展,以优异成绩迎接党的二十大胜利召开。省政协主席刘晓凯主持会议。省政协副主席赵德明、李汉宇、罗宁、任湘生参加会议。

会上,冉霞、龙丛、赵震洋、许朝政、谢旌5位委员和行业协会负责人胡世延,分别就加快招商引资项目落地、盘活闲置低效旅游项目、推动新能源电池及材料产业高质量发展、推进抽水蓄能项目建设、促进高校毕业生稳定就业、推动煤炭工业高质量发展等工作提出意见建议。省有关部门就相关内容进行了现场回应。

在认真听取发言后,李炳军对广大政协委员长期以来为全省经济社会发展作出的贡献表示敬意和感谢,要求省有关部门认真吸纳委员意见建议,解决好反映的问题,更加扎实做好政府工作。

李炳军指出,今年上半年全省经济发展极不寻常。面对异常复杂困难的局面,全省上下认真贯彻落实党中央、国务院决策部署,在省委的坚强领导下,及时果断实施稳经济一揽子政策措施,集中力量大抓产业,特别是"风口"产业,全力扩大有效投资、提振消费,扎实兜牢民生底线,切实防范化解重大风险。经过共同努力,顶住了超预期因素冲击,稳住了经济大盘,保持了高质量发展的良好势头,实现了质量效益提升,维护了社会大局稳定。

李炳军强调,要坚决贯彻落实习近平总书记"疫情要防住、经济要稳住、发展要安全"的重要指示精神,按照全省半年经济工作会议部署,把稳定经济增长与推动高质量发展结合起来,统筹谋划、一体实施。要进一步落实好国家和省稳经济一揽子政策措施,发挥更大政策效应。要加快推进新能源电池及材料、白酒、能源、大数据电子信息等产业发展,全力抢占和扩大市场份额。要加强联网补网基础设施、货运物流基础设施、产业及配套基础设施、民生领域基础设施建设,为高质量发展提供有力支撑。要解决好就业、农民增收、教育、医疗等老百姓"急难愁盼"问题,保持社会大局安全稳定。希望广大政协委员充分发挥自身优势,积极献计献策,凝聚起稳定经济增长、推动高质量发展的强大合力。

刘晓凯在主持会议时说,省政协和政协委员要认真学习贯彻全省半年经济工作会议精神,按照省委、省政府的部署要求,围绕稳增长稳市场主体保就业、狠抓产业发展、扩大有效投资、办好民生实事、维护安全稳定等问题,深入调查研究,积极建言资政,努力为全省高质量发展广泛凝心聚力,以实际行动迎接党的二十大胜利召开。

省政府党组成员张平,省政府党组成员、省政府办公厅主任魏树旺,部分住黔十三届全国政协委员,省有关部门、省政协各专委会负责同志和部分省政协委员参加会议。

(《贵州日报》2022年7月23日1版　陈毓钊)

省政协党组召开(扩大)会议
学习贯彻党的二十大精神

刘晓凯主持

10月25日,省政协党组召开(扩大)会议,学习贯彻党的二十大和党的二十届一中全会精神。省政协党组书记、主席刘晓凯主持会议并讲话,党组成员和班子成员赵德明、李汉宇、罗宁、陈坚、任湘生、孙诚谊、张光奇、陈晏参加,有关同志作交流发言。

会议认为,刚刚胜利闭幕的党的二十大,是在全党全国各族人民迈上全面建设社会主义现代化国家新征程、向第二个百年奋斗目标进军的关键时刻召开的一次十分重要的大会,具有重大而深远的政治意义、历史意义、战略意义、世界意义,取得了丰硕的政治成果、理论成果、制度成果、实践成果。党的二十大提出了一系列新的重要思想、重要观点、重大判断、重大举措,集中体现在习近平总书记所作的报告中。报告高瞻远瞩、气势恢宏、指路领航,全面总结了过去5年工作和新时代10年的伟大变革,系统阐述了新时代坚持和发展中国特色社会主义的重大理论和实践问题,科学谋划了未来一个时期党和国家事业发展的目标任务和大政方针,是谱写全面建设社会主义现代化国家新篇章的政治宣言和行动纲领,是马克思主义的纲领性文献,为党和国家事业树起了新的历史坐标,为马克思主义中国化时代化注入了新的真理力量,为新时代新征程党和国家事业发展、实现第二个百年奋斗目标指明了前进方向、确立了行动指南。

会议认为,在党的二十届一中全会上,习近平同志再次当选为中央委员会总书记、中央军委主席,充分体现了全党意志、凝聚了全党共识、反映了人民期待,充分证明了习近平总书记是众望所归的党的核心、人民领袖、军队统帅,充分宣示了"两个确立"是我们党应对一切不确定性的最大确定性、最大底气、最大保证,是历史的选择、人民的选择、时代的选择,是党之大幸、国之大幸、人民之大幸、民族之大幸。

会议强调,省政协要把学习宣传好、贯彻落实好党的二十大精神作为首要政治任务和长期战略任务,深刻领悟"两个确立"的决定性意义,更加自觉地衷心拥护

"两个确立"、忠诚践行"两个维护",牢牢把握过去5年工作和新时代10年伟大变革的重大意义,牢牢把握习近平新时代中国特色社会主义思想的世界观和方法论,牢牢把握以中国式现代化推进中华民族伟大复兴的使命任务,牢牢把握以伟大自我革命引领伟大社会革命的重要要求,牢牢把握团结奋斗的时代要求,发挥好人民政协专门协商机构作用,坚持建言资政和凝聚共识双向发力,努力为实现党的二十大确定的宏伟目标作出应有的贡献。

省政协机关党组和各专委会分党组负责同志参加会议。

(《贵州日报》2022年10月26日1版　陈曦)

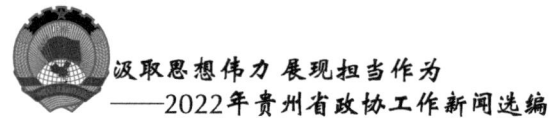

助力粤黔东西部协作交流
贵州省政协与广东省政协签署合作协议

王荣刘晓凯出席并见证签约

为深入贯彻落实中央新一轮东西部协作决策部署、全方位深化粤黔协作交流，1月7日，贵州省政协与广东省政协在广州召开深化交流协作座谈会并签署协作框架协议。广东省政协主席王荣、贵州省政协主席刘晓凯出席会议并见证签约，广东省政协副主席林雄、贵州省政协副主席李汉宇、陈坚、孙诚谊出席，广东省政协秘书长、贵州省政协秘书长签署协议。

王荣表示，近年来，广东省坚决贯彻落实中央关于深化东西部协作和定点帮扶工作的决策部署，密切各层次沟通对接，深化多领域交流交往，扎实推动粤黔两省各领域合作走深走实。这次两省政协签署协作框架协议，必将进一步拓展两省合作空间、推动政协工作提质增效。广东省政协将积极牵线搭桥，推动省政协委员、市县政协和商协会组织、企业家到贵州考察，以实际行动推动粤黔合作务实发展。

刘晓凯在讲话中对广东省及深圳市、广州市长期以来对贵州发展给予的大力支持和帮助表示感谢。他说，广东是改革开放的桥头堡，是社会主义现代化建设的排头兵。贵州地处珠江上游，与广东共饮一江水、同是一家亲，具有深远的历史渊源、深厚的人文情谊、深度的合作基础。在新的发展阶段，希望两省政协深化履职交流、深化委员企业投资合作、深化人才协作帮扶、深化劳务协作帮扶、深化珠江流域协商协作，更好发挥两省政协在助推粤黔东西部协作交流、助力两省经济社会高质量发展中的作用。

广东省政协办公厅和有关专委会负责同志，贵州省政协办公厅和有关专委会负责同志等参加会议。

在粤期间，刘晓凯一行还到广州、佛山等地企业学习考察。

（《贵州日报》2022年1月12日1版　陈曦）

— 消 息 —

刘晓凯到榕江县走访慰问调研

1月26日,省政协主席刘晓凯到乡村振兴联系点榕江县走访慰问农村老党员和驻村干部,向他们致以新春祝福,并调研巩固拓展脱贫攻坚成果、接续推进乡村振兴工作。

刘晓凯走进农村老党员杨老脸、瞿星明、潘昌会家中走访慰问,关切询问他们的生活和健康状况,送去慰问金和省红十字会捐赠的生活物资,勉励他们感恩党的好政策、珍惜当前好生活,相信日子会越过越红火。在定威水族乡,刘晓凯与乡镇干部、村支书和省政协办公厅驻村工作队队员座谈,听取他们对巩固拓展脱贫攻坚成果的体会感受和下一步工作打算。

刘晓凯说,巩固拓展脱贫攻坚成果是全面推进乡村振兴的起点和基础,乡村干部和驻村干部要着力提高"三农"工作本领,注重总结经验,以市场化为导向发展农村产业,以广东等沿海发达地区为重点大力组织外出务工就业,带动更多农民增加收入、逐步致富。要关心基层干部的工作和生活,帮助他们解决后顾之忧。

随后,刘晓凯来到2021年从广东佛山引进的宏溢皮具有限公司,详细了解企业产品生产、销售和吸纳就业情况,强调要抢抓粤黔东西部协作的重大机遇,大力推进招商引资、以商招商,全力打造良好营商环境,吸引更多优质企业到榕江投资兴业、长期发展。

调研中,刘晓凯强调,要深入学习贯彻习近平总书记视察贵州重要讲话精神,衷心拥护"两个确立"、忠诚践行"两个维护",坚持以高质量发展统揽全局,坚定不移围绕"四新"主攻"四化"。要落实好省委经济工作会议和省两会精神,坚持稳字当头、稳中求进,巩固拓展好脱贫攻坚成果、接续推进好乡村振兴,全力扩大对外开放、打造面向粤港澳大湾区开放合作的桥头堡,全力防范化解重大风险,努力在全省高质量发展的新征程上展现新作为。年关将近,要关注困难群众生产生活、做好民生保障各项工作,确保过一个平安祥和的春节。

省政协办公厅和黔东南州主要负责同志参加调研。

(《贵州日报》2022年1月28日1版　陈曦)

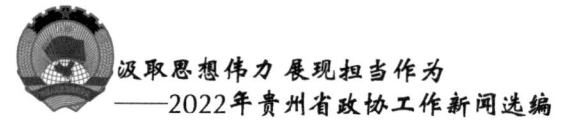

赵德明到黔东南州
就市县政协"两个薄弱"问题开展调研

6月15日至17日,省政协副主席赵德明到黔东南州榕江县、从江县就市县政协"两个薄弱"问题开展实地调研,强调要深入贯彻习近平总书记关于加强和改进人民政协工作的重要思想,切实增强做好政协工作的政治自觉、思想自觉、行动自觉,为政协发挥协商民主重要渠道作用创造有利条件,不断开创政协工作新局面。

赵德明一行深入县级政协机关走访调研,看望慰问机关干部,并就进一步做好新时代市县政协工作召开座谈会进行交流,听取县级政协"两个薄弱"问题情况汇报。

赵德明指出,要坚持用习近平新时代中国特色社会主义思想特别是习近平总书记关于加强和改进人民政协工作的重要思想武装头脑,切实把思想统一到中央对人民政协工作的要求上来,持续深入地学习好、领会好,贯彻好中央、省委关于政协工作的重要会议和文件精神,坚持以高质量建言资政服务高质量发展,不断把新时代市、县人民政协工作推向前进。

赵德明强调,市县政协是人民政协的重要组成部分,是发挥人民政协专门协商机构的重要力量。中共中央办公厅发的《关于加强和改进新时代市县政协工作的意见》(以下简称《意见》)明确提出了新时代加强和改进市县政协工作的总体要求、重点任务和保障措施,为做好市县政协工作提供了重要遵循。要深刻领会《意见》的核心要义,准确把握工作重点要求,衷心拥护"两个确立"、忠诚践行"两个维护",进一步加强思想政治引领,确保市、县人民政协事业沿着正确的政治方向前进。要充分发挥人民政协专门协商机构作用,结合当地实际探索创新,在精准履职尽责中展现新作为。要坚持围绕中心、服务大局,以政协的高质量建言,促进县域经济高质量发展,助力全省高质量发展。

其间,赵德明还察看了贵阳·榕江联建高标准蔬菜保供园区建设情况及新媒体乡村振兴文创产业园区运行情况;到从江县加榜乡、高华乡调研从江县旅游产业、大健康产业项目建设等情况。

省政协办公厅、黔东南州政协有关同志参加调研。

(《贵州政协报》2022年6月22日A1版 何侨阳)

—消 息—

李汉宇率队赴开阳县
调研新能源汽车及配套项目建设情况

5月26日,省政协副主席、省工商联主席李汉宇率队赴开阳县,调研新能源汽车及配套项目建设情况,强调要深入学习贯彻省第十三次党代会精神,抢抓新国发2号文件重大机遇,加快推进新能源汽车及配套项目建设进度。

在开阳县,李汉宇一行深入各项目建设施工现场,实地调研贵州中伟投资集团有限公司20万吨磷酸铁锂一期在建项目、邦盛100万吨磷酸铁和50万吨磷酸铁锂拟建项目及热电联产项目、贵州开阳安达科技能源有限公司5万吨磷酸铁锂项目、开阳化工集团1万吨六氟磷酸锂(一期)项目、贵州时代思康新材料有限公司5万吨双氟磺酰亚胺锂项目、贵州胜威凯洋化工有限公司10万吨磷酸铁项目等建设情况,通过看现场、观展板、听汇报,详细了解项目规模、投资主体、企业中远期规划和项目进度,以及项目建设中存在的问题和困难等。

李汉宇指出,要深入学习贯彻习近平总书记视察贵州重要讲话精神,牢牢抓住新国发2号文件重大机遇,结合省第十三次党代会提出的目标任务,围绕"四新"主攻"四化",加快新能源汽车及配套项目建设进度,抢占市场先机,在贵州新的"黄金十年"中展现新作为。

李汉宇强调,新能源汽车及配套项目具有十分广阔的市场空间,呈现出良好的发展势头,各相关部门要做好产业规划和科学布局,抓好产业链条,做强相关产业。要学深悟透相关利好政策,让更多企业切实享受到政策红利。要紧盯重点产业和项目,强化服务保障,加大助企纾困解难力度,加快水、电、路、气等基础设施配套建设。要以更大的力度、更实的举措,确保重大产业项目顺利落地,力争已启动项目早建成、早投产、早见效,奋力推动新型工业化实现大突破,为贵州高质量发展贡献力量。

省政协经济委主任冯仕文,专职副主任欧增桥,副主任季泓、罗巍及部分省政协委员参加调研。贵阳市政协有关负责人陪同。

(《贵州政协报》2022年5月28日A1版　潘建)

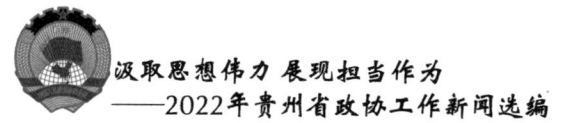

罗宁率队到黔西南州六盘水市毕节市

围绕加快煤炭清洁高效利用开展调研

5月18日至24日,省政协副主席罗宁率队到黔西南州、六盘水市和毕节市,围绕加快煤炭清洁高效利用开展调研,强调要深入学习贯彻省第十三次党代会精神,抢抓国发〔2022〕2号文件重大机遇,加快企业转型升级、提质增效,推动绿色发展、可持续发展。

连日来,罗宁一行深入兴义市黔桂金州水泥厂、兴义市上乘发电有限公司、贵州兴义电力发展有限公司,盘江新光电厂、马依西一井、贵州盘江电投天能焦化有限公司,水城区发耳发电有限公司、发耳煤业有限公司,黔西市青龙煤矿、黔西火电厂、黔希煤化工和大方县宝源洗煤厂等单位,在工地、车间、集控室、调度指挥中心,看现场、观展板、听汇报,详细了解企业节能降耗、生产流程及经营管理、信息化建设等情况,分别召开座谈会,听取各地政府和相关部门及企业就煤炭清洁高效利用情况介绍,并围绕调研主题进行了交流探讨。

罗宁指出,要深入学习贯彻习近平总书记视察贵州重要讲话精神,牢牢抓住国发〔2022〕2号文件重大机遇,贯彻落实好省第十三次党代会精神,围绕"四新"主攻"四化",锚定"四区一高地",加快煤炭清洁高效利用,把能源优势转化为发展优势,推动贵州高质量发展。

罗宁强调,要深刻认识新形势下保障能源安全的极端重要性,立足区域资源禀赋优势,坚持问题导向、目标导向,补短板、强弱项,以绿色低碳为目标,着力推进煤炭清洁高效利用提质增效。要提高政治站位,强化服务指导,坚守安全底线,积极谋划项目,延伸产业链,全力做好"煤文章",打好"能源牌",在共同推进我省煤炭清洁高效利用工作中展现新作为。

省政协人资环委主任张杰及部分委员,省自然资源厅、省生态环境厅、省发展和改革委员会有关负责人参加调研。六盘水市政协主席王立、黔西南州政协主席许风伦及毕节市政协有关负责人分别陪同调研或参加座谈。

(《贵州政协报》2022年5月26日A1版 潘建)

— 消 息 —

陈坚率队赴六盘水市黔西南州黔东南州黔南州
开展加强民族传统手工艺保护和传承打造民族文创产品和旅游商品品牌专题调研

6月13日至16日、20日至23日,省政协副主席陈坚率省政协民族与宗教委员会部分委员赴六盘水市、黔西南州、黔东南州、黔南州,开展加强民族传统手工艺保护和传承,打造民族文化创意产品和旅游商品品牌专题调研。

调研组一行先后前往六枝特区、水城区、盘州市、兴义市、安龙县、册亨县、望谟县、麻江县、丹寨县、三穗县、台江县、凯里市、都匀市,走访了30余个公司、工作室、产业园区,实地走访生产车间,详细了解各类文创产品、旅游产业的发展经营情况和非遗传承的有关问题,并召开座谈会,与各地有关部门围绕调研主题展开深入探讨。

陈坚指出,民族传统手工艺是民族文化的重要组成部分,其传承和发展需要更大力度的支持与保护。在传承保护的基础上,要拓宽视野,加强人才培养,扶持文化传承人进高校,培养民间艺术创作土壤。要在文创产品走进市场上下功夫,提高产品附加值,让文创产品产业化、品牌化。要积极搭建文创产品宣传销售一体的数字化平台,让产品适应市场,更好地把非遗文化展现给民众。

陈坚强调,要深入学习贯彻习近平总书记关于加强和改进民族工作的重要思想和中央民族工作会议精神,以新国发2号文件为契机,把加强民族传统手工艺保护和传承,打造民族文化创意产品和旅游商品品牌作为当前重点工作,不断推动贵州经济、社会、文化高质量发展,把民族文化做大做强,促进各民族共同团结进步、共同繁荣发展,引导各族各界人士坚定"四个自信",铸牢中华民族共同体意识。

省政协民宗委主任陈再天,副主任杨华昌、文松波、张学立及有关部门专家学者参加调研,各市(州)有关领导陪同调研。

(《贵州政协报》2022年6月28日A1版 李昊霖)

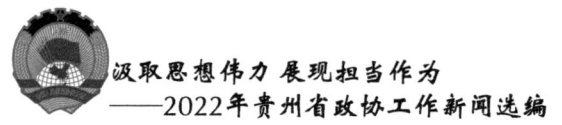

汲取思想伟力 展现担当作为
——2022年贵州省政协工作新闻选编

任湘生率队赴黔南州

开展提案办理工作视察暨"积极扩大有效投资"调研

11月23日至24日,省政协副主席任湘生率队赴黔南州开展提案办理工作视察暨"积极扩大有效投资"调研,强调要以党的二十大精神统领提案办理新实践,落实产业发展新要求,多措并举扩大有效投资,全力助推全省高质量发展。

任湘生来到贵州雅友新材料有限公司、裕能新能源电池材料公司、贵州都匀市酒厂等企业,详细了解项目规划、资金投入、生产经营等情况,勉励企业志存高远,把主业做精做深,把企业做优做强。

座谈会上,省政府办公厅介绍了2022年度省政府系统提案办理工作情况,黔南州政府介绍了2022年度办理省、州政协提案和"积极扩大有效投资"工作情况,与会同志围绕会议主题作交流发言。

任湘生指出,2022年,各提案承办单位以极端负责的态度,认真办理每一件提案,提案工作"后半篇文章"做得扎实、写得精彩。省直相关部门和黔南州扭住实体经济发展不松劲,围绕"四新"主攻"四化"积极扩大有效投资,为促进经济平稳健康发展奠定了坚实基础。

任湘生强调,质量是提案工作的生命。要在承办环节突出责任落实、在督办环节突出跟踪问效、在协商环节突出凝聚共识,进一步提升办理质量,以过硬的办理质量带动提案工作"三个质量"同步提升。要抢抓新国发2号文件重大机遇,坚持"项目为王",将"四化"项目化落实作为扩大有效投资的重要抓手,努力为全省经济高质量发展注入充足动能。

省政协副秘书长李奇勇、提案委专职副主任邓永汉及省发改委、省工信厅、省大数据局、省公路局有关负责同志参加视察、调研,黔南州有关负责同志陪同。

(《贵州政协报》2022年11月29日A1版 陈曦)

—消　息—

孙诚谊率队赴黔东南州

开展"探索粤港澳大湾区与贵州'四加'合作模式推动内陆开放型经济试验区建设提档升级"调研

为深入贯彻落实新国发2号文件，近日，省政协副主席孙诚谊率省政协港澳台侨与外事委员会部分委员及省直有关部门相关人员赴黔东南州从江县、锦屏县、凯里市，开展"探索粤港澳大湾区与贵州'四加'合作模式推动内陆开放型经济试验区建设提档升级"调研。

调研组一行先后深入从江县洛香镇兴创公司淫羊藿基地、贵州盛世泰合医药科技有限公司、福临瑶浴开发有限公司，锦屏县城关三小、亚狮龙羽毛球生产基地、龙池多彩田园，凯里市国药集团贵州血液制品有限公司、贵州瑞讯科技有限公司等地方和单位，详细了解企业生产经营、下一步发展规划和学校建设进度，以及与粤港澳大湾区合作等情况，交流询问企业在发展中遇到的困难和问题，并召开座谈会，深入了解产业对接、劳务协作、人才支援、社会帮扶等各项工作开展情况。

会上，孙诚谊充分肯定了各部门的工作热情和工作开展情况。他指出，黔东南州具有得天独厚的区位、交通、资源、劳动力和生态等优势，要抢抓新国发2号文件政策机遇，积极与佛山市开展协作，探索"大湾区总部+贵州基地""大湾区研发+贵州制造"等合作模式。

孙诚谊强调，黔东南作为我省南下粤港澳大湾区的前沿阵地，要把贯彻落实《省人民政府关于支持黔东南自治州"黎从榕"打造对接融入粤港澳大湾区"桥头堡"的实施意见》作为当前和今后一个时期的重要政治任务，与学习贯彻落实新国发2号文件精神紧密结合起来，用好东西部协作机制，加强产业园区基础设施建设，增强产业转移承载能力，打造对接融入粤港澳大湾区的"桥头堡"，助推贵州经济社会高质量发展。

省政协副秘书长李跃荣，省政协港澳台侨与外事委主任朱江华、副主任李立参加调研，黔东南州有关负责人陪同调研。

（《贵州政协报》2022年7月12日A1版　张健辉）

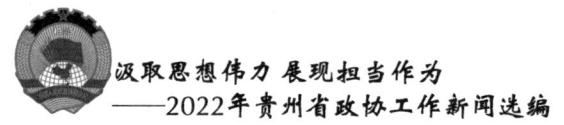

张光奇率队赴黔东南州
开展"积极发展乡村特色文化产业和旅游产业"专题调研

7月13日至15日，省政协副主席、农工党省委主委张光奇率队赴黔东南州，开展"积极发展乡村特色文化产业和旅游产业"专题调研，强调要深入贯彻落实新国发2号文件精神，积极发展民族、乡村特色文化产业和旅游产业，做响"山地公园省·多彩贵州风"旅游品牌，开创民族风情山地旅游高质量发展新局面。

调研组一行先后前往榕江县脚车苗寨、大利侗寨、丰登村，从江县占里村、高华村，通过实地察看、听取汇报等方式了解各地村落历史文化、民族文化保护、民俗旅游开发等情况，并分别召开调研座谈会，详细听取相关情况介绍。

张光奇指出，贵州乡村文化旅游资源丰富、发展前景广阔，积极发展乡村特色文化产业和旅游产业，是贵州民族地区全面推进乡村振兴的有效路径。要将乡村特色文化产业同旅游产业有机结合，秉持"在发展中保护，在保护中发展"的方针，让乡村特色文化旅游赋能乡村振兴，让乡村特色文化旅游在贵州立起来、在贵州干起来。

张光奇强调，要充分挖掘当地自然、历史、民俗等资源内涵，鼓励培育形式多样、富有特色的旅游品牌，推出民族区域文化特色鲜明、旅游产品差异性明显的乡村旅游新模式、新业态，防止千村一面，避免简单模仿和同质化竞争。要加强传统村落、传统建筑的保护利用，有效统筹传统村落的保护与利用，让传统村落"活起来"。要加强民间文化、传统工艺、民族医药等非物质文化遗产的保护传承，鼓励和支持非物质文化遗产传承人开展传承、传播活动。

省政协文化文史与学习委副主任王德玉、部分省政协委员、农工党省委有关同志参加调研，黔东南州政协有关负责同志陪同。

（《贵州政协报》2022年7月20日 A1版　张健辉）

陈晏率队到遵义市毕节市
宣讲省第十三次党代会精神并开展专题调研

5月16日至19日,省政协副主席陈晏率队到遵义市、毕节市,宣讲省第十三次党代会精神,并开展"义务教育优质均衡发展"专题调研。

陈晏一行先后深入正安县石井小学、正安五小、正安中小学研学基地、思源中学、汇川区第一小学、航天实验小学、新蒲新区礼仪小学、金沙县岩孔街道初级中学、金沙教研院附属实验学校、黔西市永燊小学、锦绣学校、黔西五中等开展实地调研,并召开座谈会,宣讲省第十三次党代会精神,听取各地政府和相关部门义务教育优质均衡发展有关情况汇报。

陈晏强调,要把贯彻落实省第十三次党代会精神作为当前和今后一个时期的重大政治任务,深刻理解大会召开的重大意义,准确把握大会的丰富内涵和精神实质,坚决贯彻落实大会确定的目标任务,切实把思想和行动统一到大会精神上来,结合实际担当作为,确保大会精神落地落实。

陈晏强调,要适应新时代义务教育发展新任务新要求,加快推进义务教育发展从"基本均衡"向"优质均衡"转变,努力办好人民群众满意的教育。要根据城乡规划建设和人口变化情况,优化教育规划布局,确保教育资源有效供给。要把增加优质教育学位作为首要任务,通过提升存量、拓展增量、引进力量,着力解决优质教育学位供给不足、分配不均的问题。要加强教师队伍建设,充实数量、提升能力、优化配置,打造高素质专业化教师队伍。要规范教学管理,优化教学方式,加强教学科研,强化素质教育,全面提升教育教学质量。要强化基础设施、教育经费、教师编制等综合保障,为义务教育优质均衡发展夯实支撑。要深化教育体制机制改革,完善教育资源统筹、教师队伍管理、教育质量评价、教育责任落实等机制,增强义务教育优质均衡发展内生动力。

省政协副秘书长李奇勇,省政协教科卫体委主任徐静,专职副主任卢亚莲,副主任郁钟铭、王红蕾、王晓林、罗俊及遵义市政协主席汪海波、毕节市政协主席杨宏远、省教育厅有关负责同志参加座谈或调研。

(《贵州政协报》2022年5月21日 A1版 卢星宇)

—特 稿—

砥砺奋进新时代　履职担当新作为
——党的二十大报告在全省各级政协委员中引起强烈反响

金秋逢盛会,神州万象新。

10月16日上午,举世瞩目的中国共产党第二十次全国代表大会在北京隆重开幕。上午10时,全省各级政协委员纷纷通过网络、电视等方式收听收看党的二十大开幕会盛况。

观看大会直播后,委员们深受鼓舞、倍感振奋,进一步激发出强烈的使命担当和履职热情,党的二十大报告在全省各级政协委员中引起强烈反响。大家纷纷表示,将深入学习贯彻党的二十大精神,切实用习近平新时代中国特色社会主义思想武装头脑、指导实践、推动工作;将以永不懈怠的精神状态和一往无前的奋斗姿态,紧密围绕党的二十大确定的各项目标任务,认真履职尽责,唱响政协声音、彰显政协智慧、贡献政协力量,以实际行动为全面建设社会主义现代化国家、全面推进中华民族伟大复兴而团结奋斗。

"将继续深入学习领会党的二十大报告精神,把思想和行动统一到党的二十大提出的一系列重要思想、重要观点、重大判断、重大举措上来,进一步增强'四个意识'、坚定'四个自信'、做到'两个维护',并结合工作实际坚定自觉践行初心使命,奋进新征程,建功新时代。"省政协常委朱青激动地说,作为一名农业科技工作者,要着力践行以人民为中心的发展思想,认真落实党中央、省委关于乡村振兴的部署要求,引领行业发展,用知识和力量帮助农民增加收入,推动农业机械化、信息化、数字化。

"为了人民而发展,发展才有意义;依靠人民而发展,发展才有动力。'江山就是人民,人民就是江山。中国共产党领导人民打江山、守江山,守的是人民的心。'这句话,总书记多次提出,充分体现了总书记坚持人民至上的情怀,以人民为中心的根本政治立场。"聆听报告后,省政协委员徐卓扬倍受鼓舞。他表示,作为侨界省政协委员,将认真学习贯彻党的二十大精神,把企业发展得更好,积极承担企业的社会责任,为贵州发展贡献自己的力量。

"习近平同志在报告中提出的新战略新思路新举措,是一份开启中华民族伟大复兴新征程的纲领性文件,为中国式现代化的发展和中华民族伟大复兴提供了行动指南。作为省政协委员,我将反复学习,认真体会,从中汲取精神力量,团结海内外黔人贵友,参与到这一伟大的实践中来,在建设中国特色社会主义伟大征程中贡献政协委员的一份新力量。"省政协委员刘学文表示。

"聆听了报告,让人倍感振奋,坚定信心。"省政协委员耿文福表示,历史是最生动、最具有说服力的教科书。回望过往的奋斗路,眺望前方的奋进路,从中共十九大到中共二十大,是"两个一百年"奋斗目标的历史交汇期。我们必须要把中国共产党的历史学习好、总结好,把中国共产党的宝贵经验传承好、发扬好、铭记好,担当好历史的使命,从中国共产党的百年奋斗史中汲取前进的力量,为中华民族伟大复兴贡献一份力量。

遵义市政协委员周玉新表示,党的二十大报告提出坚持教育优先发展、科技自立自强、人才引领驱动,加快建设教育强国、科技强国、人才强国。我们必须深入学习领会党的二十大报告精神,全面贯彻党的教育方针,努力办好人民满意的教育,落实立德树人的根本任务,培养德智体美劳全面发展的社会主义建设者和接班人,为推动遵义教育事业高质量发展作出最大的努力。

贵阳市政协委员梁淑莲表示,站在新的历史起点上,将以党的二十大精神为指引,始终牢记"人民政协为人民",紧紧围绕党委和政府的中心工作参政议政、建言献策,进一步聚焦优化配置教育资源、职业教育人才培养、学生德育教育、公共卫生防控体系建设、疫情应急处置、群众生活保障联动机制建设、"一圈两场三改"等群众"急难愁盼"精准发力,深入开展调查研究,切实促进民生改善、做到履职为民,在新时代"强省会"新征程中作出新贡献。

"党的二十大报告擘画了我国发展的宏伟蓝图,在新的伟大征程上,我们信心十足、力量十足。"铜仁市政协委员黄胜作为市人民医院党委书记,当天上午,他和医院医务人员一起观看了大会开幕会盛况。他表示,将把学习宣传贯彻党的二十大精神作为当前和今后一个时期的首要政治任务,把大会精神转变为医院高质量发展的动力,把人民健康作为医院工作的首要任务,进一步加强医院党的建设,全力推进医院高质量发展,让人民群众享受更加优质高效的卫生健康服务,提高患者就医看病的幸福感。

施秉县政协委员李建平表示,报告提出的未来五年工作,目标明确、思路清晰,

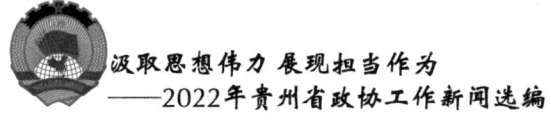

对政协工作、政协委员的履职提出了更高的要求。在下一步的工作中,将不忘初心,聚焦落实施秉县委"一二三四五六"的总体思路,积极做好建言资政和凝聚共识工作,以高水平履职服务高质量发展。

册亨县政协常委余永燕表示,作为基层政协委员,将紧跟党的步伐,永远跟党走,把报告学习好、宣传好、落实好,紧紧围绕报告绘制的蓝图、确立的奋斗目标、作出的战略部署,以更高的标准、更严的要求、更大的决心、更强的力度,积极培育和服务市场主体,不断擦亮"册亨油茶""册亨糯米蕉""册亨生态猪"等一批特色农产品品牌,持续完善易地扶贫搬迁安置区农贸市场、商超等公共服务布局,增强社区物业服务,增加就业岗位供给,不断提升安置区公共服务品质,为全县高质量发展贡献政协智慧和力量。

(《贵州政协报》2022 年 10 月 17 日 A4 版
何佼阳　王吟　卢星宇　陈曦　张健辉)

—特 稿—

凝聚向心力 绘就同心圆
——中共二十大报告在我省各民主党派省委、
省工商联和无党派人士中引起强烈反响

金秋十月,北京。10月16日上午10时,人民大会堂,中国共产党第二十次全国代表大会隆重开幕。习近平同志代表第十九届中央委员会向大会作报告。

砥砺奋进,硕果累累;瞩目盛会,奋发求为。报告指出,从现在起,中国共产党的中心任务就是团结带领全国各族人民全面建成社会主义现代化强国、实现第二个百年奋斗目标,以中国式现代化全面推进中华民族伟大复兴。

报告在各民主党派省委、省工商联和无党派人士中引发热烈反响,他们为中共十九大以来党和国家事业取得的辉煌成就倍感振奋,对光明未来满怀希望。大家纷纷表示,要通过深入学习、深刻领会中共二十大报告中提出的新思路、新战略、新举措,把思想和行动统一到中共二十大精神上来,不忘初心、牢记使命,以更加饱满的精神状态努力奋斗,肩负起全面建成社会主义现代化强国的时代使命,在中国共产党的坚强领导下奋勇前进,共创中华民族伟大复兴的美好未来。

"中共二十大报告站在民族复兴和百年变局的制高点,科学谋划未来5年乃至更长时期党和国家事业发展的目标任务和大政方针,提出了一系列新思路、新战略、新举措。"副省长、民革省委主委王世杰说,我们将把学习宣传贯彻中共二十大精神作为当前和今后一个时期的重要政治任务,组织民革全省各级组织和广大党员掀起学习宣传贯彻中共二十大精神的热潮,深刻领会大会精神实质和目标要求,把思想和行动统一到中共中央决策部署上来,围绕中共二十大绘制的宏伟蓝图、确立的奋斗目标和作出的战略部署,结合贵州民革实际,紧扣中共贵州省委、省政府中心大局,积极参政履职,担当责任使命,传承与党同心、爱国为民、精诚合作、敬业奉献的多党合作优良传统,汇聚贵州民革力量,助力贵州高质量发展。

"中国共产党第二十次全国代表大会举国关注、举世瞩目,是在迈上全面建设社会主义现代化国家新征程、向第二个百年奋斗目标进军的关键时刻召开的一次十分重要的大会。"省政协副主席、省工商联主席李汉宇说,省工商联将把深入学习贯彻党的二十大精神作为当前和今后一个时期的重要政治任务抓紧抓好,以省工商联换届为契机,带领新一届执委会知责思进、勇于创新、担当作为,紧扣省委"一二三四"工作思路,围绕"四新"主攻"四化",广泛凝聚民企力量,深入开展好服务民营经济高质量发展、"万企兴万村"行动等重点工作,实干笃行,为贵州奋力在新时代西部大开发上闯新路、开创高质量发展新的"黄金十年"作出新的更大贡献。

"报告高瞻远瞩、内涵丰富,鼓舞人心、催人奋进,是指导我们全面建设社会主义现代化国家、向第二个百年奋斗目标进军的纲领性文献。"省政协副主席、致公党省委主委孙诚谊表示,致公党省委将把坚定理想信念作为第一标准,矢志不渝坚持中国共产党的领导,更加自觉坚持中国共产党领导的多党合作和政治协商制度,始终坚持把加强自身建设作为头等大事,把参政履职作为第一要务,发挥致公党侨海特色和优势,真抓实干、埋头苦干,为全面建成社会主义现代化强国、实现第二个百年奋斗目标,以中国式现代化全面推进中华民族伟大复兴作出致公党省委应有的贡献。

"报告大气磅礴、高屋建瓴、催人奋进,全面总结了过去5年党和国家事业取得的重大成就,擘画了未来中国发展的宏伟蓝图,具有划时代的历史意义。"民盟省委主委冉霞说,"我们将持续深化'矢志不渝跟党走、携手奋进新时代'政治交接主题教育,不断巩固多党合作的共同思想政治基础,锚定推动高质量发展目标,突出提升参政履职能力,突出'人才强盟'战略,突出服务中心大局,突出彰显履职成效,为全面建设社会主义现代化国家、全面推进中华民族伟大复兴,走好新时代贵州新的长征路积极贡献民盟力量。"

"民建省委将团结带领民建全省各级组织和广大会员,把学习贯彻中共二十大精神作为当前和今后一个时期的首要政治任务,切实把思想和行动统一到中共二十大的决策部署上来,不断增强同中国共产党团结合作的政治责任感和历史使命感,为巩固和发展最广泛的爱国统一战线、完善大统战工作格局、助推贵州高质量发展、奋力谱写多彩贵州现代化建设新篇章、全面建设社会主义现代化国家、全面推进中华民族伟大复兴而团结奋斗。"民建省委主委李瑶说。

民进省委主委孙发表示,报告内涵丰富、高瞻远瞩、总揽全局、气势恢宏、"新意"盎然、振奋人心、催人奋进,充分展现了中共十九大以来,以习近平同志为核心的中共中央领导全国人民高举中国特色社会主义伟大旗帜,在各条战线上取得举世瞩目的重大成就,充分证明了中国共产党的伟大、光荣、正确,是指导我们今后各项工作的根本遵循。民进省委将把深入学习贯彻中共二十大精神贯穿履行参政党职能全过程,衷心拥护"两个确立"、忠诚践行"两个维护",踔厉奋发、勇毅前行,为助推贵州经济社会高质量发展作出新的贡献。

九三学社省委主委杨同光说:"报告很有感情、很有份量、很有新意,新理念、新思路、新战略令人倍感温暖、振奋,信心满怀。九三学社省委将迅速组织全省社员认真学习贯彻中共二十大精神,强化政治引领,增进政治共识,立足贵州实际,彰显界别特色,积极投身围绕'四新'主攻'四化'战略行动,为奋力谱写多彩贵州现代化建设新篇章而团结奋斗。"

"作为中国特色社会主义参政党,要始终与中国共产党想在一起、站在一起、干在一起,在中国共产党的领导下,矢志不渝跟党走、携手奋进新时代。"农工党省委专职副主委刘飞表示,"农工党省委将发挥农工党界别优势,以高质量发展统揽全局,围绕'健康中国''美丽中国'建设两条主线和人口均衡发展等,深入调查研究,积极建诤言献良策,为全面建成社会主义现代化强国、实现第二个百年奋斗目标,以中国式现代化全面推进中华民族伟大复兴作出积极贡献。"

"报告全面总结了过去五年工作和新时代十年伟大变革,明确了新时代新征程中国共产党的使命任务,对中国式现代化的本质要求作出了深刻具体的解读,这是一份全面深刻、重点突出的纲领性文献,必将对中华民族伟大复兴和实现人民美好生活,产生深远的引领和决定性作用。"作为一名无党派人士、新的社会阶层人士、新时代的律师,李嫣表示要全方位参与到更多社会事务工作中,听党话、跟党走,继续履行好社会责任,运用专业知识助力基层社会治理,积极参与乡村振兴,开展普法宣讲、法律援助、妇女维权等工作,用实际行动跟随党中央的步伐,画好最大同心圆,更好地报效祖国、服务人民。

(《贵州政协报》2022年10月18日A1版

何佼阳　王吟　李昊霖　卢星宇　陈曦　张健辉)

牢记"国之大者" 共谱奋进新篇
—— 习近平总书记在政协农业界社会福利和社会保障界委员联组会上的重要讲话在贵州代表委员和干部群众中引起强烈反响

习近平总书记3月6日下午看望参加全国政协十三届五次会议的农业界、社会福利和社会保障界委员并参加联组会时的重要讲话振奋人心,贵州省全国人大代表、住黔全国政协委员和贵州广大干部群众认真学习讲话精神。大家纷纷表示,学习讲话倍感温暖、倍受鼓舞,将牢记"国之大者",沿着总书记指引的方向奋勇前进,为贵州高质量发展作出更大贡献。

贵州有三位政协委员在现场聆听了习近平总书记的重要讲话。大家纷纷表示,现场聆听讲话感到无比激动和温暖,接续奋斗充满了动力和干劲。

"回到岩博村后要向党员群众宣讲好习近平总书记重要讲话精神,带领村干部用心用情用力做好民生保障工作。"全国政协委员、盘州市淤泥彝族乡岩博联村党委书记余留芬表示,将进一步加强基层组织建设,加强农村基层人才队伍建设,抢抓新国发2号文件重大机遇,推动岩博村高质量发展,建设美丽文明富饶的乡村,以实际行动迎接党的二十大胜利召开。

"习近平总书记十分关心粮食安全、种业问题和耕地保护,这次又提出了新要求,作为一个林业工作者,深感肩上责任重大。"全国政协委员、民盟贵州省委副主委、贵州大学贵州省森林资源与环境研究中心主任丁贵杰表示,将认真学习领会总书记重要讲话精神,把要求贯穿到工作全过程各环节,用实际行动为国家粮食安全、种业安全和耕地保护贡献力量。

从会场到会外,习近平总书记的重要讲话精神广泛传播,激发了代表委员和广大干部群众的奋进力量。

"种源安全关系到国家安全,必须下决心把种业搞上去,实现种业科技自立自强、种源自主可控。"全国人大代表、中国航空发动机集团有限公司副总经理、中国工程院院士向巧建议,国家有关部门支持贵州建设种业领域国家实验室基地或网络;在全国重点实验室重组中充分考虑贵州实际,支持贵州在优势学科专业中有所作为。贵州要进一步解放思想,提高政治敏锐性,抢抓政策机遇,积极向上争取支持,真正把优势发挥出来,努力为国家种业安全作出更大贡献。

"习近平总书记强调,'解决吃饭问题,根本出路在科技',让我们农业科技工作者倍感幸福和自豪。"全国人大代表、贵州省农业科学院副院长孟平红表示,要深入学习贯彻习近平总书记重要讲话精神,抢抓新国发2号文件机遇,用心用情用力搞好科研,拿出良种良法良技,在乡村振兴新征程中建功立业。

"习近平总书记对保障粮食安全提出了明确要求,为我们工作指明了发展方向。"安顺市农业农村局局长宋正钧表示,安顺市农业农村系统将继续大力推进高标准农田建设,做好耕地生态保护工作,采取高效、可持续耕作方法,让有限的耕地持续高效高产。牢牢扛稳粮食安全重任,通过良种良田良机有机融合,稳步提升粮食产能,坚决完成好粮食生产目标任务。

开阳县农业农村局产业科科长孔维庆说,将贯彻落实好习近平总书记重要讲话精神,不折不扣扛起粮食生产安全政治责任,推广良种良法,不断提升粮油单产水平;严守耕地红线,落实耕地保护责任,加快推进2万亩*(1333.33公顷)高标准农田建设;围绕富硒粮油、茶、水果、蔬菜、生猪等农产品,抓好富硒品牌综合开发,奋力打造100亿级富硒产业聚集区,助推乡村振兴。

3月正是植树的好时节,纳雍县羊场乡永合村村民正如火如荼种植皂角树。"永合村今年预计要种植皂角树800余亩(53.33公顷),目前已种植200多亩(13.33公顷)。"毕节试验区杂志社派驻永合村驻村干部黄忠贵说,将带领全村干部群众,走好发展绿色生态产业路,让永合村的绿水青山成为全村人致富的金山银山,实现乡村振兴。

(《贵州日报》2022年3月8日1版　综合报道)

---

* 1亩≈666.67平方米,1公顷=15亩。书中数值除不尽的情况下,遵循四舍五入规律取值。

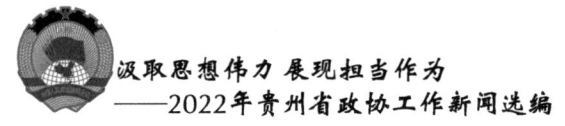

凝聚"闯新路"最大共识

——贵州省政协锚定高质量发展履职迎接党的二十大

"锐意改革创新，走自己的路，要的就是这种精神头。"全国政协参政议政人才库特聘专家杜鹰在贵州开阳县调研时，看到开磷集团这个老牌企业在经历种种困难后通过战略重组、技术创新，构建起磷系新能源电池材料的新兴产业基地时，满是赞赏。

杜鹰此番来贵州调研，是为了在8月下旬由中国经济社会理事会支持、贵州省政协主办的"深入贯彻国发〔2022〕2号文件精神"专题研讨会上，对贵州如何建设西部大开发综合改革示范区给出更符合贵州实际的建议。

这次会上，中国经济社会理事会邀请来了11位理事会专家组成员和国家相关部委负责人。

贵州省委书记谌贻琴在出席专题研讨会时说："当前，贵州正处在爬坡上坎的关键阶段，有大家帮一把、推一把，我们更有信心迈上新台阶。"

为什么说是"关键阶段"？

2021年春节前夕，习近平总书记视察贵州时，对贵州提出了在新时代西部大开发上闯新路、在乡村振兴上开新局、在实施数字经济战略上抢新机、在生态文明建设上出新绩的"四新"要求。2022年1月26日，国发2号文件《国务院关于支持贵州在新时代西部大开发上闯新路的意见》出台，赋予贵州着力建设西部大开发综合改革示范区、巩固拓展脱贫攻坚成果样板区、数字经济发展创新区、生态文明建设先行区以及内陆开放型经济新高地的战略定位和时代任务。

从这一刻起，贵州把贯彻落实国发〔2022〕2号文件作为一项重大政治任务，时不我待、只争朝夕。

这也必然成为贵州省政协的履职重心。

"我们要自觉从战略和全局的高度深刻领悟国发〔2022〕2号文件的重大政治意义，牢记习近平总书记的殷切嘱托，衷心拥护'两个确立'、忠诚践行'两个维护'，把感恩之心转化为维护之力、奋进之力。"省政协主席刘晓凯在多个场合如是说道。

刘晓凯对全省各级政协及政协委员履职工作提出要求,凝聚共识、汇聚力量,为贵州闯新路、开新局、抢新机、出新绩作出新的更大贡献。

2月至5月间,省政协分别召开金融业委员、中央在黔企业家委员、民营企业家委员学习贯彻国发〔2022〕2号文件精神座谈会。

6月20日,出台《政协贵州省委员会以高质量资政建言服务高质量发展的意见》。《意见》中有这样一句话:要积极争取"上力",继续争取全国政协及中国经济社会理事会等各类高端智库支持,为贵州高质量资政建言提供强有力的智力支撑。

为什么说是"继续"?

2021年,贵州省政协就向中国经济社会理事会发出支持贵州创新落实闯新路开新局抢新机出新绩重大使命的恳求。这一请求得到全国政协领导的高度重视,中国经济社会理事会将此列为一项专项工作,中国经济社会理事会副主席朱小丹和全国政协参政议政人才库特聘专家杜鹰分别带队数次赴贵州,完成4次专题调研、2场专题讲座、2场招商考察、1次主题研讨活动,并最终形成4个总报告、5个专题报告。这些报告为国发〔2022〕2号文件的制定提供了大量基础素材,对推动文件出台发挥了重要作用。

2022年8月下旬,朱小丹和杜鹰再次来到贵州,分3组开展专题调研,并召开为期3天的专题研讨会。

朱小丹说:"国发〔2022〕2号文件是深入贯彻习近平总书记视察贵州重要讲话精神的国家层面顶层设计,是贵州改革开放和现代化建设迎来的重大历史机遇。中国经济社会理事会作为支持单位参加本次研讨会,是国家级智库围绕中心、服务大局的职责所在,是去年支持贵州专项工作的深化和延伸。"

党中央赋予贵州在新时代西部大开发上闯新路,怎么闯?

"一定要大胆试、大胆闯、主动改。"杜鹰说,要深刻认识到,贵州以往"黄金十年"创造的赶超跨越模式,未必再适用于新阶段的发展,必须加快转变增长方式、转换发展动能。要凝聚全省干部群众的智慧和力量,通过大学习大讨论推动思想解放,真正达到"我要干""我要改"。

中国宏观经济研究院副院长吴晓华说,国发〔2022〕2号文件把建设西部大开发综合改革示范区列为"首要定位+首要任务",作为西部12个省(区)中唯一拥有国家战略定位的省份,贵州使命光荣、责任重大。他认为,贵州推进综合改革的一大指向和最大突破口,应该是更重视生态环境、大数据两大类新要素的市场化配置改革。

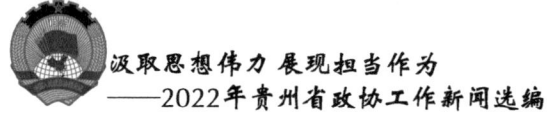

全国政协参政议政人才库特聘专家、清华大学中国农村研究院副院长张红宇认为,打造巩固拓展脱贫攻坚成果样板区要举贵州全省之力,也需要全社会广泛关注、大力支持。他说:"全国闻名的农村'三变'改革就发源于贵州,未来要在农村土地、经营、产权制度创新中再探新路、再立新功。"

…………

每一位专家都以一个学者的社会担当,对贵州的发展抱有拳拳之心,他们给出了具体精当的思想方法辅导和行动落实指导,这必将激发出贵州全省干部群众的内生动力。

高质量发展是贵州全部工作的主题,贵州省政协凝聚的是最广泛的共识。

(《人民政协报》2022年10月13日1版 黄静)

—特 稿—

魂铸困牛山

8月1日,在中国人民解放军迎来95岁生日之际,一场由全国政协提案委员会、文化文史和学习委员会支持,贵州省政协主办的专题研讨会在贵州省铜仁市石阡县举行。众多党史、军史专家齐聚武陵山深处,只为一个主题——"困牛山红军集体跳崖千古壮举"。

这个题目,仅仅听上去就足够震撼人心;不过,对于今人来说,隔着厚厚的历史烟尘,这段史实又显得有些陌生。

让红军留下"千古壮举"的困牛山在哪里?为何会上演红军集体跳崖的壮举?对当下有着什么样的启示?

随着我们的采访,这段发生在长征期间的故事也浮出水面。

静卧深山的丰碑

8月,地处武陵山脉深处的贵州省石阡县,山峦延绵、层林碧绿,如入清凉之境。从县城出发,沿着新修通的高速路,约40分钟车程即到困牛山村。从高处俯瞰困牛山,在此起彼伏的青绿植被之中,夹杂着一道道蜿蜒的崖壁。

"如果党需要,请让我继续坚守崖边的阵地,把生的希望留给百姓,心之所向,虽九死其犹未悔……"

在困牛山战斗遗址,讲解员赵春莉深情讲述着红六军团的故事,游客们为红军"宁死不伤百姓、宁死不做俘虏"的高贵精神而感染,困牛山的故事就这样在人们心里生根发芽。

红六军团是红军长征先遣队,由任弼时、萧克、王震组成军政委员会。1934年8月7日,红六军团奉命西征,为中央红军战略转移先遣探路,拉开了红军长征的序幕。全军团西征出发时共9700余人。红六军团转战赣、湘、桂、黔4省,先后突破国民党军4道封锁线,于10月7日进至贵州省石阡县甘溪地域,陷入敌军24个团的重围之中。迂回转战中,10月15日,红六军团第18师第52团(以下简称红52团)为掩护军团主力突围,将敌军诱至石阡困牛山地区,与敌激战三昼夜,掩护军团主力成功突出重围。

坚守困牛山的红军战士们,浴血奋战,以弱胜强,英勇顽强地打退了敌人一次次冲锋;但面对被胁迫走在敌人前面的当地群众时,他们为了不伤及人民群众,于10月16日毅然决然地选择了集体跳下几十米深的悬崖,用鲜血和生命谱写了红军英烈的千古壮歌。

跳崖的勇士中,只有极少数被树藤挡住而幸存。陈世荣就是其中一位。

陈世荣曾是红52团的一名司号兵,而今也已与世长辞。

"爷爷生前多次向我们讲起那场壮烈的战役,最常说的一句话是'吹响军号不是为冲锋,而是为牺牲'。"陈世荣的孙女陈向梅告诉记者。爷爷的这句话根植在当年尚幼小的陈向梅心中,让她早早读懂了人民军队心怀人民的高尚情怀。

红军的伟大精神深深嵌入这方大地的血脉中。"困牛山战斗后,当地老百姓冒着生命危险,安埋红军烈士、收藏红军遗物、收留幸存红军。逢年过节,周边村民自发来到当年红军跳崖地,祭奠红军英烈。后来,红二、红六军团再次来到石阡时,就有800多名工农群众踊跃参加红军。"铜仁市委书记李作勋说。

如今,在困牛山红军壮举纪念碑前,不知何时,就会悄然新增几束鲜花。这令石阡县委党史研究室原副主任杨又铸感动又欣慰。

这座纪念碑的落成,与杨又铸的推动分不开。2001年,杨又铸到石阡党史研究室工作,他开始了解困牛山战斗,但发现对这段史实的文字记载却寥寥。党史工作者的责任感和对史实的敏感让他走上了挖掘困牛山战斗史实的"征程"。21年来,杨又铸走遍了困牛山的每个角落,深入多地走访调查失散红军的后代、目击者、知情人795人,形成访谈材料123份8万多字,撰写手稿上百万字。在多方牵线下,纪念碑落成,并请萧克将军题写碑名。

自此,英灵有了归宿,后人也有了祭奠之所。

"面对国民党军的重重围攻、威逼利诱,红52团官兵没有一个人叛变偷生,没有一个人畏敌逃跑,战至弹尽粮绝后毅然砸枪跳崖明志。红军壮士以坚贞不屈、视死如归的实际行动践行了共产党人、革命军人的铮铮誓言,谱写了中国革命战争史上的悲壮篇章,树起了一座不朽的精神丰碑。"中央军委政治工作部群众工作局局长肖安水评价道。

多方努力,还原历史细节

2021年5月,全国政协党外委员视察团在贵州开展"学习百年党史 增进'四个认同'"专题视察,全国政协提案委员会副主任、中央军委联合参谋部原副参谋长戚建国听闻了"困牛山红军壮士集体跳崖"的事迹后,深受触动。

戚建国认为,红军在困牛山的事迹并不亚于人们耳熟能详的"狼牙山五壮士",

甚至更为壮烈。他总结道,"困牛山战斗的革命精神,是伟大建党精神、伟大的红军精神和长征精神的重要组成部分,主要体现在听党指挥的忠诚品质、革命到底的坚定信念、不怕牺牲的斗争精神、不负人民的爱民情怀四个方面。"

然而,为什么一直到80多年后的今天,这段历史才得以还原?

回京后,抱着这个疑问,戚建国又重赴贵州走访。

"因为当时红六军团处于最艰难的时刻,军团对红52团困牛山战斗的最后经历所知不多,军团领导同志的回忆录都没有详细记录红52团最后战斗情况。红六军团当时在给中革军委的电报中,也只提到了红52团被包围失去联系,牺牲很大,所以这段历史缺乏翔实记录。"8月1日,在贵州参加"困牛山红军集体跳崖千古壮举"专题研讨会的戚建国向记者表示。

贵州省委党史研究室覃爱华说,"在军史上仍有很多不为人所知的史实,困牛山的战斗就是其中之一。战斗经过、时间等细节都在不断地挖掘和深入地研究当中。如果把这些问题搞清楚,对党史、军史的研究都将是一个重大的突破。"

对于这场战斗,史料中只有蛛丝马迹可循。

例如,当时国民党的档案资料里,保存了困牛山战斗和红军跳崖的部分记载:1934年10月19日的《黔军军部皓电川岩坝战况通报》称:红六军团"顽强抵抗,冲锋十余次,全用肉搏""伤亡逃散及跳河者近千人"。

再如,1981年出版的《黔山红迹——红军在贵州的革命活动》记载,"红十八师师长龙云同志率领第五十二团在与主力失去联系的情况下,被敌人围压在一个山沟里。全团战士与敌激战三昼夜,终因寡不敌众,弹尽粮绝,许多同志集体跳岩,壮烈牺牲。"

"还有一个原因是,这场战斗过于惨烈,以至于很多人都不愿去回忆。"杨又铸告诉记者。这21年中,他和同事们一次次对困牛山战斗史实进行田野调查,但老乡的嘴巴很难"撬"开。后来,他才了解到,当地很多老人都目睹过红军集体跳崖的经过,但不愿意轻易提及。在他的软磨硬泡下,94岁的老人蔡应举才领着他和同事到虎井沟看红军跳崖的地方。

"战斗持续了约两个小时,太阳快落山时,许多红军在虎井沟跳崖了。第二天我们到河沟底去看,牺牲红军尸体是一窖一窖的……"

去年8月,贵州省政协组织撰写了《关于重点推进"困牛山红军集体跳崖千古壮举"保护传承的提案》,明确由相关副主席领衔督办。

在挖掘困牛山战斗历史中,虽然省里做了大量工作,却依然面临"三不够":史料研究不够、宣传教育作用发挥不够、保护利用不够。通过更高的平台借力,凝聚更广泛的智慧和共识,成了当务之急。

"我们既要积极争取全国政协的指导和帮助,又要充分发挥省政协优势助推挖掘保护工作。"贵州省政协主要负责人说。

这也是举行此次专题研讨会的初衷。

全国政协文化文史和学习委员会副主任叶小文说,就困牛山红军事迹而言,人民政协的文史工作大有可为。"可以就这项工作开展专门的史料征集和研究,发挥好记录历史当事人、见证人和知情人第一手资料的优势,体现出'三亲'特色。在工作机制上,可以加强纵向联动,深化各级政协组织在文史工作方面的协调与合作,实现优势互补、资源共享、成果共用;也可以加强横向协作,密切与高校、社科院所、党史、档案、文博、地方志和其他历史研究机构的联系,努力把体现红军壮举、符合历史真相的史料反映出来。坚持育人为要,让史料说话,帮助人们深刻认识红色政权来之不易,深刻认识新中国来之不易,中国特色社会主义来之不易,进而增进对中国共产党和中国特色社会主义的政治认同、思想认同、理论认同、情感认同。"

今年两会期间,贵州省政协主席刘晓凯和戚建国、叶小文联名提交了《关于从国家层面支持"困牛山红军集体跳崖千古壮举"保护传承的提案》,建议从史料研究、宣传教育引导、保护利用等方面入手,请中央党史和文献研究院、军事科学院等研究机构对困牛山红色文化进行史料征集和挖掘;请相关部门抓好这个典型的、独特的英雄故事,在全体党员干部和青少年中开展好学习教育;加强对困牛山战斗遗址的系统规划和保护利用。

高平台带来高关注度。"我们通过向全国各地征文和约稿的方式,收到了30多篇论文,经过初选之后入选的论文有27篇。这些论文质量很高,从不同角度给我们提供了有益的帮助。"覃爱华说。这些论文从史实研究的角度做了梳理,提供了大量一手资料。另外,还从实践方面关注贵州的现实发展,例如怎样挖掘好红色文化资源,助推当地经济社会的发展。

让伟大精神世代传承

红色资源是不可再生、不可替代的珍贵资源,保护是首要任务。

2021年3月16日,贵州省委书记谌贻琴前往困牛山战斗遗址,缅怀革命先烈,明确强调"要把这个故事世世代代讲下去、传下去"。

今年4月12日,谌贻琴作出批示,要求进一步高质量做好困牛山英雄事迹及其战斗遗址的保护宣传利用工作,不断巩固拓展党史学习教育成果。

为此,省政协明确一名副主席牵头抓总,省政协办公厅、省委党史研究室、铜仁市、石阡县各司其职、通力协作。

据贵州省委党史研究室主任杜丹介绍,在三级党史研究部门的共同努力下,史料挖掘工作取得了阶段性成果。"新发现红52团人员名单29人，红六军团转战锦屏县电令、电报等史料35条，转战镇远文章、故事26个，电文19则，图片18张，图文档案资料7则，诗词4首，极大地丰富了红六军团西征入黔的资料"。

困牛山红军壮举展陈中心于今年5月落成，通过先遣西征、困牛山壮举、红色传承等内容全景再现了困牛山上的千古壮举。一把红军留下的军号，也被珍藏于此。历经时光淘洗，军号表面早已生锈，却承载着那段荡气回肠山河岁月，成为精神传承的载体。

陈世荣生前经常哼唱一首中央苏区民歌，歌词是"当兵就要当红军，处处工农来欢迎。官长士兵都一样，没有人来压迫人……"

"这首歌所反映的，正是我们这支队伍与国民党军队的不同之处。"叶小文说，宁死不伤百姓，这是困牛山红军壮举中最动人之处。一切为了人民，是人民军队永不褪色的赤子情怀；一切依靠人民，是人民军队立于不败之地的紧固根基。一切牺牲，一切奋斗，都是为了让人民能过上好日子。"永远保持与人民群众的血肉联系，是我们这支队伍、我们党最大的政治优势。"

目前，困牛山战斗遗址有关项目已纳入长征国家文化公园贵州重点建设区重点推进项目，困牛山村也入列贵州省第一批红色美丽村庄试点建设项目。暑期自驾前来旅游的人，络绎不绝。

对于祖祖辈辈遵循着"靠山吃山"生活法则的村民们来说，如今的光景真是大不同了，全村都吃上了"旅游饭"。单是去年，村里就接待了8万多名游客。红色旅游带动了乡村振兴。

现在，赵春莉已经是一名金牌讲解员了，但她一直没忘记前辈的嘱托。几年前，以任弼时女儿任远芳等人为代表的红军后代来到石阡县，听完讲解后，对她说，"小赵，我们重走父辈们的长征路，可能只有这一次了。你在当地要多去讲讲这段历史，不要让后辈们忘了啊！"

赵春莉深感重任在肩。"有些家长带着孩子来参观，孩子们都没有听过困牛山的这段历史，所以我要一直讲下去，让精神的火焰代代相传。"

作为一名亲历过战争的军人，戚建国则有更深一层的思考，"我们要站在中国革命战争史的历史长河中来回顾困牛山战斗，才能更加清晰地感知它的战略价值，才能更加全面地认识它的时代意义，才能更加深刻地领悟习近平总书记讲的中国革命历史是一部最好的教科书。"

(《人民政协报》2022年8月16日3版　司晋丽　黄静)

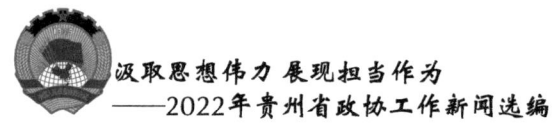
汲取思想伟力 展现担当作为
——2022年贵州省政协工作新闻选编

让书香赋能"多彩贵州向未来"
——省政协持续开展委员读书活动聚共识促履职

"祝大家学有所得、学有所成、学有所为。"今年5月16日,省政协主席、全国政协委员读书智能平台"多彩贵州向未来"读书群总群主刘晓凯在该群开幕时如是寄语。

3个多月后,全国政协委员读书智能平台上记录的数据——"多彩贵州向未来"读书群发布导读文章(材料)及书目70余篇(本),共有420名委员发言,累计发言9100多条、浏览27 000余人次,读书总时长达85 000多个小时……印证了省政协持续开展委员读书活动取得阶段性成效,亦为广大委员读书渐入佳境的写照。

百事之基在于学。读书是人民政协的精神基因,是新时代赋予政协人的历史使命。

全国政协委员读书活动启动,尤其是"多彩贵州向未来"读书群开群以来,省政协深入学习贯彻习近平总书记重要指示精神,遵照全国政协安排部署,认真组织开展好读书活动各项工作,着力在提升服务保障水平及广泛凝聚共识、增强履职能力上下功夫,努力推动委员把读书所得转化为履职效能及工作成果。广大委员多读书、读好书、善读书蔚然成风,广泛凝聚了谱写多彩贵州现代化建设新篇章的智慧与力量。

以上率下读书热

文以化人,书香致远。

两年多前,习近平总书记对全国政协开展委员读书活动作出重要批示。今年4月22日,全国政协召开"学习贯彻习近平总书记重要指示深入开展政协委员读书活动"座谈会,对持续深化拓展委员读书活动进行了部署。

会后,贵州等5个省(区、市)政协获邀入驻全国政协委员读书智能平台,参加以"加强中华儿女大团结"为主题的第九期读书活动。省政协认真研究、周密安排,很快制定工作方案、细化责任分工,并在全国政协委员读书智能平台开通"多彩贵州向未来"读书群,组织住黔全国政协委员、省政协委员参加读书活动。

"这是深入学习贯彻习近平总书记关于开展委员读书活动重要指示的具体举措,

也是落实全国政协安排部署,加强委员思想政治引领、广泛凝聚共识的创新工作。"5月13日上午10时,"多彩贵州向未来"读书群甫一开群,总群主便率先上线发言,激励全体群员多读书、读好书、善读书,不断提升思想水平、能力素质、履职本领。

此前不久,省第十三次党代会吹响了"奋力谱写多彩贵州现代化建设新篇章"的号角。省政协把委员读书活动与贯彻落实习近平总书记视察贵州重要讲话、新国发2号文件精神有机结合,明确在"凝心聚力谱写多彩贵州现代化建设新篇章"的主题下,分"铸牢中华民族共同体意识,持续巩固拓展全国民族团结进步繁荣发展示范区成效""胸怀'国之大者''省之大计',深入贯彻落实新国发2号文件精神"等9个专题有序推进。

活动自5月16日开启以来,担任"多彩贵州向未来"读书群轮值群主的省政协各位分管副主席,先后围绕习近平总书记关于加强和改进民族工作的重要思想、新国发2号文件、《习近平法治思想学习纲要》、内陆开放型经济新高地、省第十三次党代会报告、《走向乡村振兴》、《习近平经济思想学习纲要》、习近平总书记关于长征精神的重要论述、生态文明建设等内容进行导读,引领广大委员读出政治自觉、使命担当及政协形象、贵州特色。

作为活动责任单位,省政协各专委会根据拟定子方案,由主任主持对应专题的学习、各位副主任分子题目进行领读,共同统筹调度当期读书活动,持续营造积极踊跃、畅所欲言、理性有度的学习交流氛围;各专委会所联系的界别召集人,亦在各界别微信群中引导本界别委员参加发言、讨论。

高位推动,上率下行。每天一有空闲,委员们便纷纷打开"话匣子",交流、讨论、荐书等"声音"在指尖响动,"云"群很快热闹起来。

"云"上打卡聚共识

文以载道,书海扬帆。

这是有着明晰指向的集体行动:按省第十三次党代会部署,抢抓新国发2号文件政策红利机遇,以铸牢中华民族共同体意识为主线,推动全省各民族像石榴籽一样紧紧抱在一起,形成团结奋斗的思想基础、力量源泉;坚持以高质量发展统揽全局,着力发挥专门协商机构作用,积极建言献策、广泛凝聚共识,为贵州开拓更辉煌的新"黄金十年"作出更大贡献。

遵此读书目标任务,广大委员认真学习探讨、交流经验做法、发表真知灼见、畅谈收获体会、分享思考感悟,在活动有力有序有效推进中催生一场场思想盛宴,形成了具有贵州政协特色的读书文化——围绕民族工作,委员们感知民族团结这一各族人民的生命线,献策建设铸牢中华民族共同体意识模范省的贵州方案;围绕新国发2号文件,委员们感恩党中央、国务院对贵州的特别关怀,激发同心共谱多彩贵州现代化建设新篇章的强大动力;围绕社会治理,委员们学深悟透习近平法治思想,增强将人民政协制度优势转化为社会治理效能的信心;围绕开放创新,委员们体悟改革开放这个"关键一招",共情于黔中大地"借船出海、借梯登高"的热潮;围绕文化旅游,委员们热议文旅融合新未来,憧憬山地贵州醉美多彩的"诗与远方";围绕乡村振兴,委员们领悟"三农"这一"国之大者",发出走具有贵州特色乡村振兴之路的"好声音";围绕"四新""四化",委员们深学笃用习近平经济思想,汇聚在新时代西部大开发上闯新路的智慧力量;围绕长征精神,委员们深刻感悟党的苦难辉煌,坚定走好新时代长征路的理想信念;围绕生态环境,委员们感念让绿水青山泽被子孙,誓言为持续在生态文明建设上出新绩凝心聚力……

"省政协领导带头学,各位委员积极讨论,气氛热烈,收获很多。"省政协委员、省民营经济发展服务中心副主任蒋海波说。

省政协委员、贵州新贵视界信息科技有限公司董事长包新表示,经常进群浏览发言,受益匪浅;每天上线打卡学习,逐渐成了一种习惯。

学以坚持,遂成日常。"蹉跎莫遣韶光老,人生唯有读书好。"住黔全国政协委员、贵州贵达律师事务所主任朱山深感,读书可获取智慧、学到知识、开拓视野、提升能力、凝聚思想、达成共识、使人进步,"书卷气正成为委员身份的标识,读书正成为委员履职的标配"。

知行合一促履职

文以赋能,书山引路。

这是启动"书香政协"建设两年多来的接续推进,亦为深化对委员读书活动规律性认识、更好助力专门协商机构建设的再出发——为引导广大委员通过学习增长知识、增加智慧、增强本领,从而做到懂政协、会协商、善议政,省政协重点强调推动成果转化,明确要求将读书活动视为委员"在政协这个具有鲜明政治属性的组织开展的政治活动,提升履职能力、做好建言资政的重要方式和手段","努力把读书中精彩的内容转化成大会发言,把读书中的思考转化成重点提案,不断推动读书与履职相互促进、相得益彰"。

每日一读、每日一省、每日一得,持续的读书活动对委员履职产生显著催化效应,很多委员从中受启发、触思辨,自觉将"读书+履职"深度融合、相互赋能,建言资政热情渐趋高涨。

比如,省政协农业农村委委员结合自身工作经历、专业特长等,着眼于助推解决实际问题,分别从促进农村三产融合、发展县域富民产业、加强基层组织建设、增强乡村治理实效、强化全要素保障、加快农业农村现代化等方面,为全面推进乡村振兴提出意见建议40余条。

"参政议政读好书,履职尽责说到位。"省政协常委、省早期教育协会会长石宇波认为,政协委员主要靠"说"助力发展,唯有多读书才"说"得对、读好书才"说"得好、善读书才"说"到位。

住港省政协常委、香港立法会议员陈月明及住港省政协委员、香港裕华国货董事总监余伟杰等,专门撰写多篇学习心得体会文章,就加强黔港澳合作、优化营商环境等提出具体建议,颇具表率作用。这些发言材料被集合后,将形成省政协与省政府开展"大力优化营商环境"专题协商的意见建议。

今年是黔西南布依族苗族自治州成立40周年。来自文艺界的省政协委员、黔西南广播电视台布依语播音员王自菇,把反映该州民族工作、民生事业发展成就的小视频发到读书群里,不仅丰富读书形式,亦宣传推介家乡民族文化,赢得群友一致点赞。

"要抓基层、夯基础、固根本,确保党的民族理论和政策落到基层有人懂、民族工作在基层有人做。"王自菇表示,作为一名基层民族新闻工作者,将努力把读书收获转化成高质量的社情民意信息及提案,身体力行维护民族团结、引领画好画大同心圆。

学以致用,以知促行。广大委员通过读书活动不仅丰富提质精神世界,更以知行合一的哲理方式,让勤奋履职的步子走得愈加扎实。

(《贵州政协报》2022年10月11日 A1版 田锦凡)

厉以宁诗词中的毕节扶贫

1988年6月,国务院批复同意建立贵州毕节试验区。2003年,厉以宁接任毕节试验区专家顾问组第四任组长,2013年以后改任专家顾问组总顾问。在此期间,厉以宁几乎每年都带队到毕节去,带着问题去、带着专家去、带着企业家去、带着思路去。毕节山水间不仅留下了他奔走扶贫的足迹,更留下了他对扶贫和发展问题的探讨、对贫苦人群的关爱和对毕节未来发展的思考与建言。厉以宁先后写过近20首跟毕节扶贫有关的诗词。现从中选取8首,来纵览与追寻他的扶贫足迹和思考。

其一,写于2004年的《长相思·贵州毕节农村四月》

"花枝香,柳枝香,香气迷人蝶蜂忙,村边油菜黄。云无常,雾无常,雾去云来风渐狂,深山溪水凉。"

2004年4月,厉以宁作为专家顾问组组长第一次到毕节,就对毕节经济社会发展和工农业状况做了深入调研,随后在市里召开的试验区工作情况汇报会上作了专门发言,建议毕节推进国有企业改革,鼓励发展和引进与当地资源禀赋、人力资源相匹配的民营企业,大力发展基础教育和职业教育,千方百计解决城乡富余劳动力的就业问题。他认为,开发扶贫、生态建设和教育培训三者结合是毕节地区脱贫致富的重要办法。在这次调研中,厉以宁对毕节得天独厚的自然资源和美景印象深刻,认为"乌蒙处处好风景,藏在深闺人未识"。他建议毕节地区大力发展特色农业和乡村旅游,通过各种方式将毕节的秀美山川宣介出去,同时尽力改善城乡交通条件,为农村增收拓开新路。这首词描述的就是厉以宁在调研途中所见的乡村美景之一隅。"绿树村边合,青山郭外斜。"村中山花烂漫、蜂蝶飞舞,村边云雾缥缈,遍地油菜花开,宛如人间仙境。

其二,写于2006年的《七绝·再到贵州修文》

"格物良知崖下洞,正心悟性雾中丘;若无坎坷龙场路,王学焉能遍五洲?"

2006年3月,厉以宁第三次到毕节调研。在修文县调研时与县里的同志谈起了王阳明的故事。修文县古称龙场,厉以宁建议县里同志考虑如何用好"龙场悟道"这个历史宝库,发掘其人文和现代意义,打出修文县的独有品牌和名气。厉以宁对王阳明的评价一直很高,曾数次跟我讲过王阳明及其《传习录》。"传习"一词源自《论语》中"传不习乎"一语,意为传授的知识也需要经常复习。王阳明一生坎坷,受过廷杖、下过诏狱、被贬龙场,甚至还被诬谋反,可谓受尽了命运的折磨。放在平常人那里,早就一蹶不振,但王阳明却是初心不改、越挫越勇。明正德元年(1506年)冬,王阳明被贬为龙场驿丞。龙场在当时还是未开化地区,偏僻穷困,王阳明只好栖身于山洞里。但他并没有气馁,一边根据风俗开化教导当地民众,一边面对龙场艰难的环境悟进退之道、生死之念,不断反思朱熹格物穷理之说,并最终悟道,提出心即理的命题。厉以宁有感于王阳明在毕节留下的种种故事和传说,有感于其坚韧不拔、锲而不舍的奋斗精神,写下了此词。他希望毕节民众能以王阳明龙场悟道自励,振奋干劲、铆足拼劲奔向致富路。

其三,写于2006年的《七绝·贵州赫章,古夜郎国重镇》

"西南雄踞已多年,拓土开疆有史篇;不是夜郎真自大,只因无路去中原。"

赫章在战国时属夜郎国。古夜郎国故事首见于司马迁的《史记》:"滇王与汉使者言曰:'汉孰与我大?'及夜郎侯亦然。以道不通,故各以为一州主,不知汉广大。"这则故事说的是公元前122年,汉武帝为寻找通往身毒(中国古代对印度的译名)的通道,曾遣使者到达今云南的滇国。其间,滇王问汉使"汉孰与我大"。后来,汉使途经夜郎,夜郎侯也提出了同样的问题。这则故事后来演变成家喻户晓的成语。其实,夜郎并非自大,历史上的"夜郎国"也曾是一个国富兵强之地。司马迁在《史记·西南夷列传》中称:"西南夷君长以什数,夜郎最大。"随着近年来考古发现的不断增多,夜郎作为一个古老文明之地,作为中华民族灿烂文化的一个组成部分,日益为世人所了解和熟悉。厉以宁在词中有感于赫章乃至毕节地区的地势险峻,交通发展不易,遥想2000多年前的古夜郎,认为其跟中原地区远隔崇山峻岭、险滩急流,不仅相互往来极少,互通消息更是罕有,不了解夜郎国之外的情况实属正常。这也从另外一个方面说明了毕节帮扶工作中,大力发展交通基础设施的必要性和重要性。

其四,写于2007年的《相见欢·俯瞰乌江上游》

"峰峦起落云间,似无边,湍急细流悄悄过山前。 人无路,舟难渡,水中天,唯有秃鹰江上盘旋。"

2007年4月,厉以宁第四次来毕节。虽然年事渐高,但厉以宁每次到毕节考察调研都坚持走不同的线路,考察不同的企业与村庄。这次在黔西县,主要参观考察水西公园、商业街、水西中学等地;在金沙县,主要考察当地的牧业和果业公司,以及农村土地使用权的转让情况。考察结束后，厉以宁还与两县的同志座谈当地经济、农业和教育事业的发展挑战与思路等。也就是在这次调研途中，厉以宁坚定了自己的想法：对于一些地势险峻、交通不易、生活基本条件难以保障的地方，应该通过易地搬迁的方式来解决贫困问题，政府在这一过程中应做好研究论证、筹划和保障工作，确保搬到地理环境和交通条件较好地方的农户能留得住、过得好。在沿乌江上游盘山而行的时候，他再一次坚定了自己的这一想法。

其五，写于2008年的《踏莎行·贵州毕节拱垅坪落花溪》

"岭上行云，崖边瀑布，溪流环绕青青树。落花遍地悄无声，是谁踏出弯弯路？久雨初晴，黄昏欲暮，农家木屋留君住。秋虫一夜扰人眠，醒来不解藏何处。"

2008年初秋，厉以宁第五次到毕节。此前数月的3月10日，厉以宁在梅地亚新闻中心就"民主党派帮助毕节地区脱贫致富"主题接受记者集体采访时谈到，帮助毕节试验区建设，重点工作有三个方面：一是加快毕节地区经济体制改革，大力促进国有和民营企业创新发展，积极进行农村金融改革试点；二是在技术方面加强帮扶和培训，农民要脱贫必须懂技术、懂销售，知道如何与生态环境和睦相处；三是加强干部的培训工作，越是贫困地区，干部越要具有改革、发展的观念，越要懂得市场经济的运作。这次调研，厉以宁专门去了七星关区的拱垅坪落花溪，考察其在发展观光旅游、休闲度假和疗养保健方面的潜力与示范带动作用。厉以宁希望更多的毕节旅游资源能逐渐走出"深闺"。他认为在市场经济洗礼下毕节要不断开发旅游新产品、延伸旅游产业链，打破传统经营模式和落后的季节游等单一业态形式，把发展旅游产业当作当地的朝阳产业和脱贫工程来抓。为实地体验乡村旅游产业发展情况，厉以宁还专门在农家木屋住了一宿，亲身感受乡村旅游发展的现状和需要改进之处。

其六，写于2015年的《虞美人·贵州毕节，农村小学》

"山区早起村边雾，小孩沿溪路。书包背上列队行，欢笑声声夹杂晓鸡鸣。午餐自带天天异，爷爷奶奶意。要知父母去何方？外出打工终日不还乡。"

2015年11月，厉以宁第八次到毕节。这次调研，厉以宁主要关注教育发展和文化调节在毕节脱贫事业中的作用，深入城乡的几所中小学，与教师、学生和家长交流座谈。他很高兴地看到毕节中小学教育正在日新月异地向上发展，学校的软硬件条件得到很大改善，尊师重教蔚然成风，众多的学子通过读书改变了自己和家庭的命运，特别是不少学子毕业后选择回到家乡，利用自己所学创业创新，为家乡的精准扶贫事业作出了贡献。在看到喜人成绩的同时，也有一些现象引起了厉以宁的忧思，那就是农村的留守儿童和人口老龄化现象。农民外出务工对于增加收入、学习新技能是好事情,但大量的留守儿童和空巢老人带来的社会问题,必须引起社会高度重视。这首词讲述的就是他对这一现象的观察和忧虑。

其七,写于 2015 年的《菩萨蛮·毕节职教城》

"家家都说职教好,家家又说职教少。政府统筹忙,招商建学堂。三方同携手,师资园中有。工匠精神传,学生就业欢。"

厉以宁主张大力发展职业教育,特别是面向农村实际的职业教育,在扶贫过程中不断拓展职业教育的方向和途径,让职业教育成为精准扶贫的突破口。厉以宁说,当前我国的人口红利正在逐步减弱,传统的劳动密集型产业正在转型升级,许多简单劳动岗位未来要么消失,要么被机器人取代。在这种背景下,"谁拥抱了有技能的农民工,谁就率先享受了我国新的人口红利。"这次调研,厉以宁专门去了位于毕节市区和大方县交界处的毕节职教城,深入了解职教城的发展状况、专业设置情况、学生的培养与就业情况等。得知职教城已形成了文理兼顾、服务业、制造业、文教卫生并重的专业布局和产学研一体化发展格局,采取了职校、企业、政府三方携手合作办的方式,毕业生都能找到工作后,厉以宁非常高兴,挥笔写下了这首词,认为毕节的职业教育为加快实现从人口大市向人力资源大市的转变和发展作出了贡献,有利于形成新的人口红利,实现经济结构由低端向中高端的转型发展。

其八,写于 2015 年的《七古·毕节扶贫十三年回顾》

"当年初到毕节来,城内仅有一条街。街头店铺沿小河,顾客稀疏观众多。国有企业半停工,职工无奈对秋风。群众如何脱贫困,四处求索寻人问。扶贫小组拨迷雾,抓紧企改第一步。引进民企设备新,资源重组创业路。高山农民重安家,学好技术闯天涯。十年有成回故里,特色农业由此起。辛苦一晃十三春,功夫不负勤劳人。"

厉以宁认为,毕节扶贫,成绩显著,毕节市委、市政府应居头功,因为改革措施皆是由市委市政府推出的。在这首词里,厉以宁回顾了他在毕节近 13 年的扶贫经历,从最初到毕节时所见的贫困景象,到专家组努力为毕节把脉脱贫致富、论道振兴之路,再到推进国企改革、引进民企资本、实施移民搬迁、创新职业教育、培育乡村旅游、发展特色农业等,一桩桩一件件仿佛就在昨天。在社会各界的帮扶和毕节人民的共同努力下,毕节经济社会发展一年一个台阶稳步向前发展。此前一年,毕节实现地区生产总值 1265.2 亿元,稳居全省第三位,财政总收入 365 亿元,城镇居民人均可支配收入 21 288 元,农村居民人均可支配收入 6234 元,贫困发生率下降到 15% 以下,扶贫事业取得了丰硕成果。厉以宁很高兴看到毕节在精准扶贫方面所取得的成绩,对人民生活改善、生态环境治理和教育事业发展很是满意。他说:

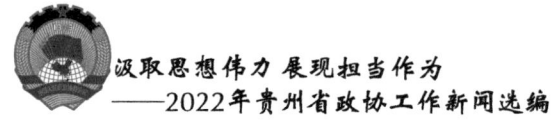

"改善毕节人民生活一直是我的想法,也是我坚持至今的动力。"

2020年11月23日,贵州省宣布最后9个贫困县正式脱贫摘帽,毕节至此也全部实现了农村贫困人口的脱贫,夺取了脱贫攻坚的全面胜利。厉以宁很高兴自己为毕节脱贫事业作出的那份奉献和努力。

人物简介

厉以宁,1930年11月22日出生于江苏南京,祖籍江苏仪征,经济学家,北京大学战略研究所名誉理事长,北京大学光华管理学院名誉院长、博士生导师,中国民生研究院学术委员会主任,中国企业发展研究中心名誉主任。

厉以宁于1955年从北京大学经济系毕业后留校任教,历任资料员、助教、讲师、副教授、教授、博士生导师;1985年至1992年担任北京大学经济学院经济管理系主任;1993年至1994年担任北京大学工商管理学院院长;1994年至2005年担任北京大学光华管理学院院长;1988年至2002年担任全国人民代表大会第七届、八届、九届常务委员;2003年至2018年担任中国人民政治协商会议全国委员会第十届、十一届、十二届常务委员;2013年获得第十四届CCTV中国经济年度人物·终身成就奖;2016年获得第五届吴玉章人文社会科学终身成就奖;2018年获得改革先锋称号、奖章。

厉以宁的研究包括:管理制度和管理哲学、社会主义经济理论与实践、国民经济管理学、社会主义政治经济学、宏观经济学、比较经济史、西方经济学、中国宏观经济问题、宏观经济的微观基础等。

(《中国政协》杂志2022年第14期
全国政协农业和农村委员会办公室主任 刘焕性)

—通 讯—

党建引领开新局　凝心聚力谱新篇
——2021年贵州省政协党建工作概述

2021年,贵州省政协党组始终坚持以习近平新时代中国特色社会主义思想为指导,深入贯彻落实新时代党的建设总要求,以党的政治建设为统领,聚焦全省以高质量发展统揽全局、围绕"四新"主攻"四化"中心工作,把履职担当贯穿其中,积极构建以党建强政治、带队伍、促履职、增团结的工作新局面。

理论武装强党性　思想淬炼砺担当

"学习了习近平总书记视察贵州重要讲话精神,再次接受了一次思想灵魂的洗礼,深深感受到了总书记为贵州谋划的大格局、大担当,激励我们以共产党人永不懈怠、一往如前的精神,为实现中华民族伟大复兴作出贡献、做好自己的工作。"2021年2月7日,省政协党组召开会议学习贯彻习近平总书记视察贵州重要讲话精神,省政协党组成员、副主席罗宁在会上发言时感慨颇深。

一年来,省政协"习近平新时代中国特色社会主义思想学习小组"开展20次专题学习,及时跟进学习习近平总书记在各个重要会议、各种重要场合的重要讲话、重要指示、重要文章,省政协党组坚持以"跟进学"强化"跟着走",以深化理论学习强化思想政治武装。

"省政协党组成员和班子成员要带头学、带领学,深入界别委员、基层群众中开展宣传宣讲党的理论、方针、政策,团结引导各族各界人士切实把思想统一起来、把力量凝聚起来,坚定不移沿着习近平总书记指引的方向奋勇前进。"省政协党组书记、主席刘晓凯多次在党组中心组学习会上说。

在党史学习教育和"牢记殷切嘱托、忠诚干净担当、喜迎建党百年"专题教育开展过程中,省政协党组坚持制度化、常态化理论学习,把抓好政治理论学习作为思想建设的重要任务,坚决筑牢党组成员的理想信念,不断提升党组成员的党性修养,增强拥护"两个确立"的政治认同、思想认同、情感认同,不断强化践行"两个维护"的政治自觉、思想自觉、行动自觉,切实把理论学习、思想武装、政治建设成效内化为政协工作的主心骨、定盘星、度量衡,引领政协工作保持正确政治方向,推动省政协围绕中心履行职能,带动各级政协组织提升建言资政实效。

立足职能重实效　服务大局促发展

"省政协提案委分党组着力推动提案工作实现追踪落实、评选表彰、办理考核、扩大提案线索征集范围四个'首次'创新。"

"省政协经济委分党组组织四个界别联合开展活动,积极为7家企业办实事、解难题。"

"省政协人口资源环境委分党组精细谋划易地扶贫搬迁后续扶持工作、旅游度假区建设、绿色经济发展等调研工作。"

"省政协文化文史与学习委分党组全力推动《贵州公路建设纪实》《乌都河的故事》等史料征编。"

"省政协港澳台侨与外事委分党组组织住港澳省政协委员以远程视频会议形式深入交流习近平总书记'七一'重要讲话精神学习体会。"

……

2021年12月20日,省政协党组召开扩大会议,听取省政协机关党组和各专委会分党组年度工作汇报,省政协各专委会分党组纷纷交出沉甸甸的年度工作答卷。

一年来,省政协各专委会分党组在省政协党组的领导下,努力加强自身建设,认真组织专委会委员和联系界别委员积极围绕推动高质量发展开展履职活动,充分发挥了分党组在专委会工作中把方向、管大局、保落实的领导作用。

"各专委会分党组工作各有特色,推动了委员主体作用的发挥,希望大家明年再有创新,引领谋划好专委会专题视察、专题调研、专题协商,继续发挥所长,推动履职活动转化出实实在在的履职成果。"刘晓凯对2022年专委会工作提出更高要求。

发挥优势聚合力　扩大党建覆盖面

"大学校园是人才的摇篮,希望贵州大学先进技术研究院加强党的领导,强化人才培养工作,充分传承弘扬好中国共产党的精神谱系,以更加积极主动的姿态为贵州大学以及贵州的发展出力。"

为深入贯彻落实中共中央办公厅《关于加强新时代人民政协党的建设工作的若干意见》,进一步推进政协党的组织对党员委员的全覆盖、党的工作对政协委员的全覆盖,省政协党组2021年印发《关于切实加强委员联络服务深化政协党的建设工作的通知》,建立"3个全覆盖"联络机制,明确联络对象和内容,要求省政协党组成员、党员副主席,省政协机关党组成员分别联系党员委员、党外委员各 2 名,所有委员均编入 9 个省政协专委会,通过交心谈心、上门调研走访,倾听委员心声,了解委员履职、日常工作和生活情况,认真听取他们的意见建议。

省政协党组通过与省政协委员联系联络的全覆盖,不断加强对委员特别是党外委员的思想政治引领,不断增进委员对中国共产党和中国特色社会主义的政治认同、思想认同、理论认同、情感认同,夯实团结奋斗的共同思想政治基础。

党建思想强引领　培根铸魂显担当

"大家讲得都很好,既有理论思考又有经验总结,既有方法举措又有具体成效,充分反映了我省政协系统党的建设取得的成绩和经验,希望大家相互学习、相互借鉴、共同提高。"2021 年 9 月 28 日,在全省政协系统党的建设暨宣传思想工作经验交流会上,刘晓凯如是说。

省政协机关党组开拓创新,积极探索机关党建新载体、新方法,指导机关各党支部分类制定创建"服务大局型、凝聚共识型、宣传思想型、岗位奉献型"计划。

贵阳市政协打造"线上+线下""领学+自学""研讨+交流"学习模式,全方位加强对委员的思想政治引领。

遵义市政协建立"党组成员联系界别、党员委员联系乡镇(街道)、全体委员联系群众"工作机制,实现对各族各界、各行各业群众的团结联系。

铜仁市政协积极探索在重要会议和重要视察考察调研、集中学习培训等活动中,设立临时党组织,发挥党员委员的示范引领作用。

黔南州政协打造智慧党建平台,通过网络加强对界别委员的宣传宣讲,把思想政治引领融入日常工作。

……

一个个紧凑的时间节点,一项项务实的工作举措,镌刻出全省政协组织在省政协的指导带领下,全面加强党的建设的坚实足迹,为履职工作不断注入新活力、增添新动能。

站在新的历史方位上,省政协党组将继续以党的建设为统领,推动全省各级政协组织和广大政协委员统一思想、统一认识、统一行动,围绕"四新"主攻"四化",为推动贵州高质量发展凝聚共识、凝聚智慧、凝聚力量。

(《贵州日报》2022 年 1 月 14 日 1 版　何佼阳　施维)

筑牢共同思想政治基础　凝聚服务大局强大力量
——贵州省政协宣传思想工作综述

党的十八大以来，以习近平同志为核心的党中央把宣传思想工作摆在全局工作的重要位置，作出一系列重大决策，实施一系列重大举措，提出一系列新思想新观点新论断。

中共中央政治局常委、全国政协主席汪洋在全国政协宣传思想工作座谈会上强调："要深入学习贯彻习近平总书记关于宣传思想工作的重要论述，结合政协工作实际，把握特点规律，切实增强政协宣传思想工作的针对性、时代性、实效性，广泛凝聚起各党派团体和各族各界人士团结奋斗的强大正能量，为实现新时代党的历史使命作出积极贡献。"

贯彻落实习近平总书记关于宣传思想工作的重要论述和全国政协宣传思想工作座谈会精神，贵州省政协始终坚持把"统一思想、凝聚力量"作为宣传思想工作的中心环节，把"围绕中心、服务大局"作为第一要务，在履职宣传中彰显中国特色社会主义民主政治的实际成效，彰显政协履职工作的丰硕成果。

遵循根本坚定方向　筑牢共同思想政治基础

坚持正确的政治方向，是做好宣传思想工作的核心要义。省政协始终坚持以习近平新时代中国特色社会主义思想为指导，不断巩固马克思主义在意识形态领域的指导地位，筑牢团结奋斗的共同思想政治基础，以理论上的创新保证政治上的坚定，增强"四个意识"、坚定"四个自信"、做到"两个维护"，确保宣传思想工作始终沿着正确的方向前进。

2021年，是中国共产党成立100周年，是"十四五"开局之年，是全面建设社会主义现代化新征程开启之年。站在重大历史关头，做好新形势下宣传思想工作，省政协坚决承担起举旗帜、聚民心、育新人、兴文化、展形象的使命任务，宣传习近平总书记治国理政新理念新思想新战略，不断加强思想政治引领。

党组专题学习会、理论中心组学习会、主席（扩大）会，是坚持和加强党对各项工作领导的重要阵地；主题宣讲、专题讲座、视察调研、专题协商会，是用党的创新理论团结教育引导各族各界代表人士的重要平台。

"聆听习近平总书记'七一'重要讲话,深刻体悟中国共产党的初心使命和伟大建党精神。我们将从中国共产党的百年光辉历程中汲取奋进力量,坚决拥护中国共产党的领导,牢记合作初心、勇担时代使命,深入践行我国新型政党制度,做新时代中国特色社会主义的坚定捍卫者。"农工党省委专职副主委刘飞说。

习近平总书记视察贵州重要讲话精神、习近平总书记"七一"重要讲话精神、党的十九届六中全会精神……学习开展得如火如荼。

生动的文字也书写得同样精彩。《贵州政协报》《文史天地》杂志、贵州政协网分别开设《红色记忆·党史百年》《学党史悟思想喜迎建党100周年征文》《特别话题·百年党史》《深入学习贯彻中共十九届六中全会精神》等专栏,刊发稿件500余篇,引导干部群众沿着习近平总书记指引的方向奋勇前进。

加强引领统一思想　凝聚党内党外思想共识

建设具有强大凝聚力和引领力的社会主义意识形态,是全党特别是宣传思想战线必须担负起的一个战略任务。

围绕这一任务,省政协找准着力点,坚持大团结大联合主题,充分发挥政协作为统一战线组织、专门协商机构的特点优势,加强对党内外政协委员的思想政治引领,引导带动各族各界人士在根本问题上统一思想、统一意志、统一步调,在筑牢共同思想政治基础中广泛凝聚共识,为党和人民事业发展营造有利条件。

2021年6月,省政协组织覆盖省政协31个界别的党外委员考察团赴遵义市围绕"学习百年党史,增进'四个认同'"开展学习考察,36名成员中有30名党外委员,极具政协特色。

"作为新时代的政协委员,我们要胸怀大局、把握大势,在自身岗位上,积极履职尽责,做中国共产党的好参谋、好帮手、好同事。"省政协委员、省统计局局长、无党派人士界别活动小组召集人肖云慧在参加考察时表示。

与此同时,省政协邀请党史学习教育中央宣讲团成员、国防大学战略研究所原所长、十一届全国政协委员金一南少将作题为"中国共产党百年逐梦之路"的专题报告;邀请全国政协常委、提案委员会副主任、中央军委联合参谋部原副参谋长戚建国作题为"以史为鉴　开创未来——当前国际战略形势相关问题"的专题讲座;邀请原中央党史研究室副主任冯俊作题为"以史为鉴、开创未来的行动指南——深入学习领会习近平总书记'七一'重要讲话"的辅导报告;邀请全国政协委员、全国政协重大专项工作委员宣讲团成员、党史学习教育中央宣讲团成员、中央党史和文献研究院原副院长吴德刚以"铭记百年光辉历史、赓续共产党人精神血脉"为题作宣讲报告。

一场场报告在省、市、县各级政协委员中引发强烈反响,既深化党内外委员对百年党史和新时代政协工作规律的理解和把握,又把党的主张转化为社会各界的共识,引导带动政协委员、政协干部和各族各界人士与党中央保持高度一致,确保政治立场不移、政治方向不偏。

围绕中心履职尽责　汇聚服务大局强大力量

唱响主旋律,传播正能量,准确发出政协好声音、生动讲出政协好故事,是政协宣传思想工作的使命任务。

2021年,省政协借力全国政协资源,邀请中国经济社会理事会组织专家学者为贵州贯彻落实习近平总书记提出的"四新"重大使命,推动"四化"高质量发展出谋划策,站在国家层面开展系列政策调研。

如何让社会各界认知此次活动对贵州发展的重大意义,如何体现政协在履职尽责上的探索创新,如何将系列活动全方位向社会展示?

真实、立体、全面的宣传报道功不可没。9家省内外主流媒体近30名记者的报道规模,形成了空前强大的团队宣传攻势。新华社、《经济日报》、《人民政协报》、中新网等央媒及时发出研讨会消息,《贵州日报》头版刊载的综述稿和《贵州新闻联播》8分钟的专题报道,浓墨重彩记叙了主题研讨会的盛况。推出消息、侧记、综述、特写、评论、发言摘登、图片新闻等各类新闻报道30余篇,全过程忠实记录了中国经济社会理事会支持贵州专项工作的重要场景与事件,书写了新时代政协人围绕中心、服务大局的崭新风采。

从回顾中国共产党百年党史,到展望"十四五"高质量发展新未来,从聚焦巩固拓展脱贫攻坚成果、坚持疫情防控常态化,到推动乡村振兴、生态文明建设、数字经济战略、科技创新发展……

省政协围绕各项中心主动发声,统筹各家媒体同向发力、同频共振,挖掘热点话题和履职亮点,以丰富的表现形式、精准的传播路径,记录最真实的履职成效,充分发挥新闻舆论的传播力、引导力、影响力和公信力,营造充满正能量、有影响、接地气的舆论氛围,鼓舞士气、振奋精神,推动政协宣传思想工作不断打开新局面。

一切伟大的实践,都需要思想的引领。中国特色社会主义进入新时代,宣传思想工作面临的形势更加复杂,任务更加艰巨。省政协将不断增强做好新时代政协宣传思想工作的责任感、使命感,锐意改革创新,勇于担当作为,把提高质量作为宣传思想工作的生命线,把"九个坚持"作为根本遵循,不断增强脚力、眼力、脑力、笔力,主动讲好中国共产党治国理政故事和人民政协扎实履职故事,更好地强信心、聚民心、暖人心、筑同心,朝着党中央的目标、新时代的要求、人民群众的期盼,团结一心向前进,为党和国家事业发展提供坚强思想保证和强大精神力量。

(《贵州日报》2022年1月15日1版 黄芸)

深学百年党史　践行初心使命
——贵州省政协开展党史学习教育综述

"在'两个一百年'奋斗目标历史交汇的关键节点，在建党100周年的特殊节点，党中央决定在全党开展党史学习教育，正当其时，十分必要。宣示了新时代中国共产党人不忘初心、牢记使命的坚定决心，展现了再接再厉把中国特色社会主义事业推向前进的奋进姿态。"

2021年3月15日，贵州省政协党组召开（扩大）会议，专题学习习近平总书记在党史学习教育动员大会上的重要讲话精神，正式拉开省政协开展党史学习教育的序幕。

高起点谋划　学出绝对忠诚

"习近平总书记的重要讲话，视野宏大，博大精深，我们要深刻领会精神实质、准确把握精髓要义，把思想和行动统一到党中央决策部署上来，高标准高质量开展好党史学习教育，真正学出绝对忠诚、学出为民情怀、学出使命担当。"省政协党组坚决扛起政治责任，第一时间安排部署党史学习教育工作。

2021年3月18日，省政协印发《关于在省政协开展党史学习教育的实施方案》，成立由省政协党组书记、主席刘晓凯任组长的省政协党史学习教育领导小组，按月制定21项措施清单，全面落实党中央和省委相关要求。

"要强化学史明理，持续走深走心走实，深学笃用党的最新理论成果，着力固本培元、强筋健骨。要强化学史增信，坚定信仰信念信心，不断提高政治判断力、政治领悟力、政治执行力。要强化学史崇德，做到为民务实清廉，扎实为群众解难题、办实事。要强化学史力行，勇于担责负责尽责，大力弘扬长征精神和遵义会议精神，努力为助推全省高质量发展贡献力量，以优异成绩迎接建党100周年。"

刘晓凯在对学习提出高要求的同时，带领主席班子成员先学一步、深学一层，在学习研讨中感悟思想伟力，在现场教学中赓续红色血脉，在宣讲调研中汲取奋进力量，在为群众办实事中践行初心使命，引领省政协党史学习教育走深走实。

高标准推进　学出使命担当

2021年4月至6月,省政协党组分4次专题学习党在新民主主义革命时期、在社会主义革命和建设时期、在改革开放新时期和党的十八大以来的历史;7月,专题学习贯彻习近平总书记在庆祝中国共产党成立100周年大会上的重要讲话精神;11月,专题学习贯彻党的十九届六中全会精神。其间,省政协主席、党员副主席分别以普通党员身份参加了所在党支部的党史学习教育专题组织生活会。

在党组理论中心组集中学习会、专题组织生活会、专题党课等集中学习会上,"四史"和习近平总书记系列重要讲话精神是学习的重中之重。

16次专题学习,除了重温各个时期历史发展的主题主线,刘晓凯还要求大家深刻领会习近平总书记系列重要讲话的精髓要义。省政协主席班子成员多次率队到红色遗址遗迹接受革命传统教育,激励干部从党史中传承红色血脉,汲取奋进力量;到基层联系点、企业和所在党支部开展宣传宣讲,切实把习近平总书记系列重要讲话精神转化为助推贵州高质量发展的强大动力。

"走出去","请进来"。戚建国、金一南、冯俊、吴德刚等知名专家学者应邀到贵州现场讲授中国共产党党史、国际国内形势、经济发展、人民政协及统战理论,在省、市、县政协委员和政协机关干部中引发了热烈反响。

学习党史不仅是中共党员的必修课,也是党外委员加强学习的政治责任。

"要立足'十四五'开局新起点,结合开展党史学习教育对于贵州的特殊重大意义,充分考虑带动省政协委员、带动党外委员参与学习,以党史学习更好地强化思想政治引领,广泛凝聚共识。"在北京参加全国政协十三届四次会议时,刘晓凯对开展党史学习教育多次提出具体要求。

覆盖省政协31个界别的党外委员考察团随即赴遵义市围绕"学习百年党史,增进'四个认同'"开展学习考察,36名成员中有30名党外委员,极好地发挥了政协统一战线组织作用。

全国政协提案委副主任戚建国、文化文史和学习委副主任叶小文来黔调研贵州红色文化挖掘与保护情况后,联名撰写《困牛山百壮士——革命战争史上的千古壮举》文章在《贵州日报》等媒体刊发,更好地宣传弘扬了榜样的号召、信念的指引。

高质量落实　学出为民情怀

2021年,在省委的领导和省政府的支持下,省政协主动作为,借力全国政协资源,邀请全国政协、中国经济社会理事会朱小丹、李伟、苗圩、刘永富等专家学者率队到贵州围绕"四新"开展了4次专题调研、2场专题讲座、1场招商考察和4场主题研讨,形成4篇专题报告和5篇分报告,为贵州争取国家重大政策支持在国家层

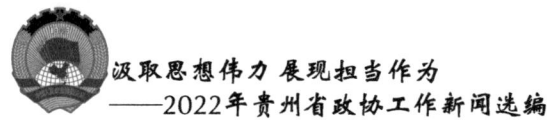

面进行了强有力推动。

省政协党组、机关党组、各专委会分党组、机关各党支部也分别围绕科技创新发展、生态文明建设、乡村振兴等内容开展调研视察活动30余次,提出的意见建议得到省委、省政府领导批示,要求相关部门予以研究采纳,纳入督办事项进行落实。

中国电子振华集团反映的周边环境整治、厂区扩建、职工出行等问题均得到解决;中航集团贵飞公司反映的老家属区托管、老厂房文旅产业开发、新厂区配套服务等问题正在加快解决……

在党史学习教育中,用心用情用力解决人民群众"急难愁盼"问题一直在进行。建立的23个办实事清单,均已逐项落实。

乡村振兴联系点——榕江县也是办实事的主阵地,如何巩固拓展脱贫攻坚成果、拓宽乡村振兴发展思路,省政协一直在为之努力。

制定《关于推动榕江县实现巩固拓展脱贫攻坚成果同乡村振兴有效衔接的工作方案》,成立2个专班推进帮扶工作,2次邀请广东省佛山市家具行业企业家来黔召开考察座谈会,促成榕江县政府与百家千县(广东)投资控股有限公司签署合作协议,与5家企业达成合作意向。

感悟百年党史,汲取奋进力量。在百年党史的"精神宝藏"中,省政协不断激发新征程再出发的动力,增强新时代砥砺前行的自信,把学习成果转化为专门协商机构的履职实效,学出新成效、干出新样子,为推动贵州高质量发展贡献政协力量。

(《贵州日报》2022年1月16日2版　黄芸)

高质量提案工作助推贵州高质量发展

——贵州省政协十二届四次会议以来提案工作综述

首次建立领导督办意见落实追踪新机制,首次实施提案办理工作考核新办法,首次推行提案征集组织策划新举措,首次开展提案工作评选表彰新模式……

贵州省政协十二届四次会议以来,我省提案工作亮点纷呈、成效显著,通过大力积极发挥政协提案在建言资政中的参谋助手作用、凝聚共识中的强力推手作用、常态化协商中的重要抓手作用,有力助推了贵州经济社会高质量发展。

围绕中心建言献策　奋力提升提案形成质量

开新局需要新担当,开新局要展现新作为。在"十四五"开局之年,广大省政协委员、政协各参加单位充分用好提案这一人民政协最广泛、最直接、最有效的履职方式,积极建真言、献良策。

省政协十二届四次会议召开前,广大省政协委员、政协各参加单位紧紧围绕助力贵州开好局、起好步,深入基层、农村、企业等调查研究,积极撰写提案。

除了年初向全会提交提案,广大省政协委员、政协各参加单位聚焦开局之年的发展所需,随时研究新情况、新问题,还积极提交了许多平时提案。

聚焦围绕"四新"主攻"四化",《聚焦十大工业产业打造科技创新联合体的建议》《加快城市更新进程,推动贵州新型城镇化发展的建议》《关于进一步加强全省农业龙头企业环境治理体系建设力度,促进乡村产业高质量发展的建议》《关于促进我省旅游业恢复性增长,大力推进贵州旅游产业化的建议》等提案纷纷提交。聚焦巩固拓展脱贫攻坚成果同乡村振兴有效衔接,《关于做好易地扶贫搬迁后续扶持工作的建议》《关于创建贵州省乡村振兴开放产教融合示范基地的建议》等提案纷纷提交……

据统计,省政协十二届四次会议以来,共收到提案838件,经审查共立案803件。其中,集体提案259件、委员提案544件。

"这些提案紧扣中心、服务大局、内容丰富、涉及面广。"省政协提案委员会专职副主任邓永汉表示,广大省政协委员、政协各参加单位坚持以高质量发展为统揽,

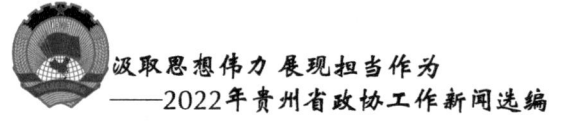

立足新发展阶段,贯彻新发展理念,融入新发展格局,紧紧围绕"十四五"时期贵州发展"一二三四"工作思路、围绕"四新"主攻"四化"等方面建言献策,积极助力我省经济、政治、文化、社会和生态文明建设高质量发展。

纳入目标绩效考核　　大力提升提案办理质量

提案提得好,还要办得好。对省政协十二届四次会议以来立案提案的办理,除了沿用往年的好做法,还创新了新办法。

好做法,就是开展重点提案督办。去年立案的803件提案中,51件被列为重点提案,分别由省政府、省政协领导同志领衔督办和省委办公厅、省政协提案委全程了解督办。

新办法,就是首次将提案办理工作纳入省直单位服务高质量发展目标绩效考核范围。提案办理考核的分值结果最终与各单位的绩效、奖金等切身利益挂钩,有效解决了"提案办理工作刚性约束不够"的问题,从而全方位提升了提案的办理质量。

这一创新之举去年实施后,提案人和提案办理单位都感受到了新变化。

省政协副秘书长、九三学社省委专职副主委程绍雨告诉记者,自从政协提案办理纳入目标绩效考核后,提案办理中的"文来文往"少了,"人来人往"多了,提案办理的时效性、针对性进一步增强。

省政协委员、六盘水市人大常委会副主任、民建省委常委滕树红也说,相比以往,提案办理单位在办理过程中与提案人的沟通增多了,办理流程更加规范、办理结果更加务实。

"提案办理有关要求更加指标化、系统化,进一步压紧了办理单位的办理责任。"省检察院办公室主任王政鹏认为,提案办理纳入目标绩效考核符合贵州实际,有利于推动提案办理工作。

借助考核"指挥棒"之力,提案办理有了更多落地见效的成果。关于持续深化"放管服"改革推动简政放权、打造"贵人服务"品牌等建议,为进一步优化我省营商环境发挥了积极作用。关于重点推进"困牛山百余红军集体跳崖壮举"挖掘保护、开发利用的建议,为挖掘传承红色文化、加快长征国家文化公园贵州重点区建设提供了有益参考。关于预防未成年人犯罪的建议,为进一步织密全省预防未成年人犯罪"防护网"发挥了积极作用……

据介绍,截至2021年12月底,803件立案提案已全部办结,提案办理满意率进一步提升。

健全完善大数据平台　　全面提升提案服务质量

应用新技术,带来新成效!这是"政协提案工作大数据平台"建设带给贵州提案工作者的切身感受。

从 2020 年开始,省政协积极探索将贵州大数据先行先试优势转化运用到提案工作中,着力打造"政协提案工作大数据平台"。2021 年,随着该平台健全完善,提案工作全面实现了"数智赋能"。

在该平台的"委员端",提案人可以使用政策速递、信息推送、撰写助手等功能,用好大数据进一步撰写好提案,并全程了解提案立案、办理等有关信息。

在该平台的"承办端",提案办理单位可以使用提案签收、办理沟通、办理回复等功能,实现提案清单化、智能化、全程化高效办理。同时,提案办理单位的不规范办理行为也会受到平台智能监督,倒逼整改落实。

在该平台的"管理端",省政协提案委可以使用知情明政、提案方向、统计分析等功能,利用平台智能收集判断提案工作各环节任务完成情况,得出定量评价,用于提案办理目标绩效考核。

去年以来,借助"政协提案工作大数据平台"的赋能,提案工作不断提质增效,有力助推了贵州高质量发展。

适应新时代政协提案工作需要,省政协去年专门印发了《关于推进提案工作高质量发展的意见》《优秀提案先进承办单位提案工作先进个人评选表彰暂行办法》《提案办理工作考核评价暂行办法》三项规章制度。据悉,省政协将采取年度评选、届次集中表彰的方式,对十二届省政协以来的优秀提案、先进承办单位、提案工作先进个人进行表彰。

新的一年,贵州省政协提案工作又将继续迈上新台阶、实现新发展。

(《贵州日报》2022 年 1 月 17 日 2 版　陈曦)

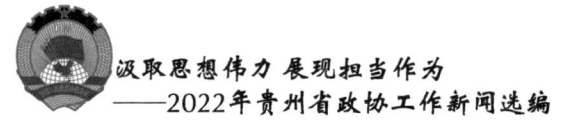
汲取思想伟力 展现担当作为
——2022年贵州省政协工作新闻选编

多层次协商有梯度聚力量促发展
——2021年贵州省政协协商工作回顾

"通过!"2021年12月20日召开的省政协十二届五十三次主席会议审议通过《政协贵州省委员会协商工作规则》。

近年来,省政协为推动发挥好人民政协专门协商机构作用,不断巩固提升传统协商议政活动成效,并探索开展了不同层次不同类型的协商活动。制定出台《政协贵州省委员会协商工作规则》,是对以往协商工作经验的总结、提炼,更是进一步拓展协商形式,搭建机制化、常态化协商平台,推动更加灵活、更为经常开展各类民主协商的重要举措。

2021年,省政协协商工作加快制度化、规范化、程序化建设步伐,形成了党委领导、政府支持、政协搭台、各方参与、服务群众的协商工作机制和协商民主深入实践、委员活力充分释放、民意民智广泛汇聚、与党和政府对接畅通的生动局面。

高层次协商常态化

"引进高端装备,强化主机带动,推动我省航空工业高质量发展",王剑委员建议。

"统筹协调、循序渐进,让国有平台公司巨额优质资产充分发挥市场化效益",陈婷婷委员建议。

…………

2021年7月28日,"以高质量发展统揽全局"为主题的省长与省政协委员座谈会上,省委副书记、省长李炳军边听边记,不时询问有关详情,对委员们所提意见建议给予充分肯定,要求政府有关部门认真研究吸纳,让大家倍感欣慰、倍感振奋。

像这样每年邀请省长与委员面对面座谈协商,省政协已坚持了27年,历经6届政协、10任省长从未间断。此外,省政协从2018年起邀请省法院院长、省检察院检察长与政协委员协商座谈,2019年起邀请相关副省长与委员开展的专题协商亦从未间断。

2021年,省政协继续以省政协专门委员会为平台,组织省级各民主党派、省政协委员、市县级政协等加强调查研究,围绕省委省政府部署的"四新""四化"任务和重要民生问题,与省领导和省有关部门开展协商。

"加强与泛珠三角区域协作,积极融入粤港澳大湾区建设""提升我省开发区建设水平""奋力推进'人才大汇聚'""民族医药传承创新发展""推动我省高等教育高质量发展""大力发展绿色经济""全力防范化解道路交通领域安全风险""大力推动农业现代化实现新突破""民族文化强省,推动旅游产业化高质量发展""高质量打造生态环境司法保护'升级版',推进环境治理体系和治理能力现代化""控告申诉检察工作"……12次高层次直接对话,共谋贵州经济社会发展之要。

服务发展大局、助推决策落实。制度化、常态化的全体会议协商、议政性常委会议协商、省长与委员座谈协商、副省长与委员专题协商、省法检两长与委员座谈协商、提案办理协商等高层次协商,已成为各方加强互动交流、汇聚智慧力量的重要平台。

"云端"履职 "线上"议政

2019年3月,全国政协网络议政远程协商会议第一次在我省设置远程协商会现场连线点。3年来,省政协共组织8位各级政协委员参加了全国政协4次网络议政远程协商会议。

2021年,为充分发挥远程协商优势,省政协学习借鉴全国政协远程协商的经验做法,以"我为群众办实事"实践活动为契机,制定《政协贵州省委员会关于开展网络议政远程协商的工作方案》,按照统一的建设标准、管理标准、服务标准,搭建省市县三级政协网络议政远程协商平台,为9个市州88个县政协提供实时高效的可视化工作协同服务。

"园区管理企业需建立全面的运营服务体系,提升公司物业租售水平""要以更大的力度深化开发区体制机制改革,探索符合各开发区实际的管理新模式,增强开发区软实力和吸引力"……2021年9月29日,省政协主会场,9个市州政协加3个县级政协分会场,身处全省各地的7位委员和特邀代表分别围绕"提升我省开发区建设水平"主题在"云端"履职、"线上"议政。

同年11月17日,围绕"加强农产品加工及品牌建设""大数据与农业深度融合发展""开展高标准农田基础设施建设""提高水利化水平"和"加大农业政策性金融支持"等方面,11位在省政协主会场、六盘水市政协和榕江县政协分会场的政协委员积极建言"大力推动农业现代化实现新突破"。

建言三千里,议政一网牵。两场直接连线到市县的远程协商专题会是省政协探索运用省市县三级网络议政远程协商平台开展专题协商的积极尝试,收获屏幕内外掌声阵阵、协商议政硕果累累。远程协商专题会之形式新颖、参与面广、即时性强、互动性好、信息量大等显著优势发挥得淋漓尽致,为跨越时空建言资政、同频

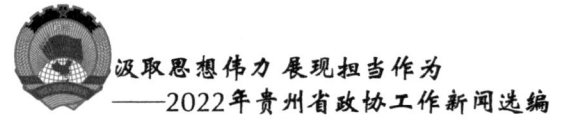

共振凝聚共识插上了互联网的翅膀。

协商触角不断向基层延伸

为推进政协协商向基层延伸,助力基层社会治理体系建设,省政协2021年4月制定出台《关于探索开展基层民主协商试点助力基层社会治理体系建设的指导意见》,指导贵阳市、黔东南州政协先行先试,分别探索开展"社区协商""院坝协商",指导遵义市和铜仁市围绕"重点解决市县政协基层工作薄弱、人员力量薄弱问题"开展基层民主协商活动。

凯里市政协通过召开开怀街道挂丁村对门寨组产业路建设协商,促成该村862米的生产便道硬化。施秉县政协围绕双井镇黄琴村"移风易俗规范红白喜事办理"开展协商,推动村"两委"制定出台了《黄琴村操办红白喜事暂行办法》。天柱县政协围绕渡马镇龙盘村群众反映最强烈的"关于限制燃放烟花爆竹"问题开展协商,敲定了本村限制燃放烟花爆竹的约定……

黔东南州政协以"坝坝会"为载体,进村组、入楼廊探索开展"院坝协商",累计召集州、县政协委员参与协商共计1000余人次、有关方面人员和群众共计3400余人次,开展"院坝协商"127场(次),形成协商意见报告100个,提出意见建议655条,促进问题解决190个,破解群众产业发展、环境整治、移风易俗等方面"急难愁盼"问题,为乡村治理增添政协新智慧、新力量。

贵阳市政协通过采取灵活多样的方式继续深化开展"社区协商"活动30余场,切实为群众解决一批"揪心事、烦心事",不断增强群众幸福感、获得感、安全感。

铜仁市政协则以市县乡换届为契机,着力破解"两个薄弱"问题,探索基层协商民主议事改革,助推基层决策议事实现"从懒事到揽事、推事到谋事、难事到易事"蜕变。

通过近一年的努力,基层民主协商先行先试地区基本形成党委重视、政协搭台、村级组织、群众参与的基层民主协商新格局。在宣传党的政策、密切联系群众、广泛凝聚共识等方面发挥了政协的重要作用,成为不断提高社区治理成效,助推基层社会治理的重要力量。

省政协坚持健全发扬民主和增进团结相互贯通、建言资政和凝聚共识双向发力的程序机制,积极搭建协商平台、拓展协商渠道、创新协商方式,坚持问题导向、结果导向与目标导向相统一,深入调查论证,广泛协商、广纳群言、广聚智慧,把政协协商工作制度优势转化为服务大局效能,在推动全省高质量发展中展现政协担当,不断为奋力开创百姓富、生态美的多彩贵州新未来贡献政协力量。

(《贵州日报》2022年1月18日3版 罗彩佳 施维)

赋能大开放　共筑新高地
——贵州对接融入粤港澳大湾区中的政协力量

致力打造内陆开放新高地的贵州,正加快向南"出海"的步伐。

近日,省政府印发《关于支持黔东南自治州"黎从榕"打造对接融入粤港澳大湾区"桥头堡"的实施意见》,为黎平、从江、榕江三县提供20条惠政支持,促其立足资源禀赋、发挥区位优势、加强区域协作,打造全省对接融入大湾区的"桥头堡"。

"黎从榕"是贵州南下大湾区的前沿阵地、大湾区沿贵广高铁和厦蓉高速入黔第一站。此举旨在助推贵州更好融入国家区域重大战略及新发展格局,培育高质量发展重要增长点,为建设内陆开放型经济新高地探索经验和路径。

这是一脉相承的接续行动。2016年,贵州获批创建内陆开放型经济试验区;今年初,新国发2号文件赋予贵州"内陆开放型经济新高地"的战略定位——从"试验区"到"新高地",印证了贵州扩大对外开放坚定不移,黔山情牵粤海愈加蹄疾步稳。

山高海阔,志同道合。在贵州由山入海、走向深蓝的进程中,政协力量依托履职特色和独具优势,增添了大有作为、不可或缺的重要动能。

主动对接　亲力亲为

"政府不止介绍工作,还用车免费送我们来,真的太感谢了!"从榕江县到佛山市务工已4个月的石达明激动地说。去年12月,100余名村民经当地政府推荐、指导及安排,搭乘免费专车南下广东务工,如今已在各自岗位上驾轻就熟。

这是全方位深化粤黔协作交流的内容之一。新国发2号文件明确支持广东与贵州建立更紧密的结对帮扶关系,打造东西部协作典范。在两省政协签订的合作框架协议中,首要即为推进劳动力就业合作。

粤黔频牵手,政协早行动。壬寅开年第一周,省政协主席刘晓凯便率队赶赴广州,出席两省政协深化交流协作座谈会并见证签约。他希望在新的发展阶段,两省政协深化履职交流、深化委员企业投资合作、深化人才和劳务协作帮扶、深化珠江流域协商协作,更好发挥在助推粤黔东西部协作交流、助力两地经济社会高质量发

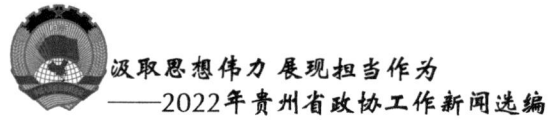

展中的作用。

立足粤黔过往合作基础,上述协议颇具看点:发挥委员企业引领带动作用,促进两地在数字经济、基础设施、现代农业、文化旅游等重点领域开展深度合作;结合委员专家学者多、智力密集的特点,推动更多两省委员所在科研机构、优质高校及医院等建立结对关系;围绕乡村振兴的重要课题,联合组织两省委员、专家学者开展专题调研、考察及协商等;促进结对市(州)、县(市、区)政协加强协作,推动商(协)会组织及企业家交流交往,构建多层次、多形式、全方位的交流合作机制……

谋定立动,走深走实。在粤期间,刘晓凯一行深入广州、佛山等地企业学习考察,出席广东省贵州商会(联盟)迎新年会并致辞,寄望商会发挥独特优势、积极牵线搭桥,大力宣传和推介贵州,招引更多企业家朋友汇聚并投资贵州,广泛凝聚助力贵州高质量发展的智慧和力量。

贵广高铁入黔第一城、正谋划打造对接融入粤港澳大湾区"桥头堡"主阵地的榕江县,是刘晓凯的乡村振兴联系点。1月8日,他还亲临该县在粤招商引资活动现场,见证了其与当地7家企业签订意向投资协议。

促对接,情意切。今年以来,刘晓凯两次率队到榕江县调研,均强调要抢抓粤黔东西部协作重大机遇,力推招商引资、以商招商,深化劳务就业帮扶合作,更积极主动地对接融入大湾区。

加快融入　上下发力

时值春耕季,榕江县车江坝区一片繁忙景象,农户们正忙着整地、铺膜、种植、管护。这个全省鲜有的万亩大坝,依托气候、土壤等先天条件及便利交通,已成为直供粤港澳大湾区的"菜篮子"。

而在黔东南州,自新一轮东西部协作启动以来,对口帮扶的佛山市已推动创建3个大湾区"菜篮子"生产基地,并设立11个农特产品展示展销专区,去年累计采购及助销农特产品近30亿元。

山海协作,产业先行。为推动"黎从榕"打造贵州对接融入大湾区的"桥头堡",各级政协委员聚焦于此,发挥优势从不同层面助力。

利用全国两会高端平台,全国政协常委、黔东南州政协副主席胡国珍建议,国家在扶持项目、金融保险、用地用电等方面出台相关政策,鼓励大湾区轻工业向贵州有条件的脱贫地区转移,打造一批产业化联合体,并将扶持政策与联农带农效果挂钩,完善紧密型利益联结机制,让农户分享更多就业和增值收益机会;将"黎从榕"的农林、文旅等产业发展融入大湾区相关规划,更好引导大湾区的资金、技术、人才、信息向"黎从榕"聚集,助推现代山地特色高效农业、文旅产业发展,面向大湾区打造高品质的后花园、果蔬园、养生园。

省政协委员、黎平县旅游发展办公室主任刘丹则认为,"黎从榕"是大湾区入黔及至大西南的通衢要地,综合交通运输体系完善,生态、文旅等资源富集,以其为核心区推动全州、全省快速融入大湾区3小时经济圈,优势明显、"钱"景可期。

据此,她向今年省两会提交提案建议,由省里细化政策措施,支持"黎从榕"打造贵州侗乡大健康产业示范区、康养旅游基地、承接产业转移基地、绿色生态食品供应基地"一区三基地";将"黎从榕"区域性建设纳入《西部陆海新通道总体规划》,重点支持榕江至融安高速公路、黎平机场改扩建、都柳江航电一体化等基础设施互联互通项目建设……

委员有所呼,政府有所应。如今,这些"点子"在前述《实施意见》中均已体现——产业转移示范区、生态旅游康养区、双向开放先导区、共同富裕试验区四大战略定位,将赋能"黎从榕"与大湾区融合发展、互联互通,进而提升全省开放型经济发展水平。

内外开放　凝智聚力

共建产业园区88个,到位资金63.14亿元;引进落地企业481家,到位资金224.21亿元;共建粤港澳大湾区"菜篮子"基地149个,销售贵州农产品、特色手工艺品174.14亿元……这组亮眼数据,彰显了过去一年粤黔协作不断深化的成果。

山海联动,再闯新路。为推动内陆开放型经济试验区建设提档升级,新国发2号文件明确支持贵州积极对接融入大湾区建设,探索"大湾区总部+贵州基地""大湾区研发+贵州制造"等合作模式,支持粤黔合作共建产业园区。从单向帮扶转向协作共赢,山海深化合作正迎来更广阔天地。

"要抓住粤黔协作新机遇,从点滴入手,对接融入粤港澳大湾区建设。"住港省政协常委、香港贵州联谊会名誉副会长程燕说。继去年提交《必须全要素引进、两头在外,做好大湾区"菜篮子"基地,助力"黔货出山",推动贵州农产品供给侧结构性改革》提案后,今年她又提出了"以加快粤港澳大湾区'菜篮子'工程建设为目标,借力东西部协作,助推贵州乡村振兴开新局"的建议。

一直以来,香港都是贵州的重要贸易伙伴。住港省政协委员、香港裕华国货董事总监余伟杰为此建议,通过省属大型国企在香港设立驻港公司增强两地联系,全力配合"黔货出山""引金入黔"行动,为贵州布局境外业务夯实基础。

内引外联,风劲扬帆。为打造贵州对外交流的"空中桥梁",省政协委员、贵州新贵视界信息科技有限公司董事长包新建议设黔湾快线,全面加强与大湾区互通互联;发挥航空促进贸易辐射带动作用,实现高质量多方"引进来"、高水平辐射

"走出去"。为吸引更多港澳资本入黔,住港省政协委员、香港宏基国际投资集团公司董事长温竑平建议进一步优化营商环境,组建"贵州省驻粤港澳招商分局",积极探索互联网外资招商工作。着眼人才大汇聚,省政协委员、省黄埔军校同学会秘书长杨震环则建议打造人才新高地,创新模式、细化措施,广纳大湾区贤才……

不道云海深,携手向未来。省委书记、省人大常委会主任谌贻琴在此间召开的省第十三次党代会上强调,要全力推进内外开放,"把粤港澳大湾区作为贵州扩大开放合作的主攻方向,全力推动粤黔合作共建产业园区,深化与香港、澳门的务实合作"。

(《贵州政协报》2022年4月27日A1版　田锦凡)

— 通　讯 —

扎实"回头看"　更好"加油干"
——省政协贯彻落实中央政协工作会议精神进展情况"回头看"工作综述

"在贵州省委领导下，全省各级政协积极探索、大胆创新，形成了党委真重视、政府真支持、政协真努力、委员真认真、群众真满意的生动局面。"

5月11日，贵阳。省委、省政府、省政协主要领导拜会率队来黔开展贯彻落实中央政协工作会议精神进展情况"回头看"调研的全国政协副主席、党组副书记，中国经济社会理事会主席张庆黎，赢得如是高度评价。

2019年9月，党中央召开党及人民政协史上首次中央政协工作会议，习近平总书记发表的重要讲话为新时代人民政协事业发展指明了方向、提供了遵循。前述"五真"总结，正是两年多来贵州政协系统深入学习贯彻习近平总书记关于加强和改进人民政协工作的重要思想、中央政协工作会议精神的成效彰显。

黔中大地奋进新征程，贵州政协干出新样子。

"回头看"工作既是落实习近平总书记有关深入总结人民政协实践、理论、制度创新成果要求的一项重大政治任务，亦为新时代加强和改进人民政协工作、推动专门协商机构建设向纵深发展的重要契机。全省政协自上而下深谙此道，坚持在不断学习中提升认识、在贯彻落实中深化理解，着力推动各项工作高质量发展，书写了贯彻落实中央政协工作会议精神的"贵州答卷"。

再学习，强化理论武装

"学习贯彻中央政协工作会议精神是一项长期任务，不可能一蹴而就，需要抓常抓长、久久为功，在实践中不断深化认识、推动落实、走深走实。"

5月25日，省政协主席会议开展专题研讨，重温学习习近平总书记在中央政协工作会议上的重要讲话，省政协主席刘晓凯以"重温学习中央政协工作会议精神，贯彻落实省第十三次党代会部署，坚持以高质量建言资政服务高质量发展"为题作研讨发言，8位副主席作交流发言，1位副主席提交了书面发言。

扎实"回头看"，抓实再学习。会议指出，全国政协组织开展"回头看"工作，首要即是将再学习、再领会、再深化贯穿始终，对中央政协工作会议真正做到把精神

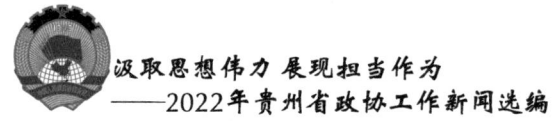

学懂弄通、把成果用足用好、把要求落细落实,在持续学习中提升认识、在贯彻落实中深化理解。

早在两个月前,全国政协刚一部署"回头看"工作,省政协党组就召开会议,重温学习中央政协工作会议精神,强调要认真梳理总结做法及经验,不断深化规律性认识,积极推进专门协商机构建设,广泛凝聚社会各界共识与力量,更好发挥人民政协制度在国家治理体系中的作用。

一周后,省政协召开主席会议研究部署"回头看"工作,强调要组织开展再学习和实地调研,认真总结全省政协系统的实践、理论、制度创新成果,不断推进专门协商机构建设。

与时俱进学,联系实际学。这项工作,被安排与学习贯彻4月底召开的省第十三次党代会精神同步推进。5月第一周,省政协各专委会分党组相继召开专题学习会议,各位分管副主席悉数到场领学两个会议精神,参会人员围绕学习内容进行交流发言、畅谈心得体会。

立足充分发挥专委会基础性作用,日常学习则更多聚焦主责主业。譬如省政协经济委,通过召开委员会议、线上推送资料、线下购买书籍,举办"书香政协"专题讲座等,引导委员完整准确理解、认真贯彻落实习近平经济思想,助其了解国内外经济形势、全省经济发展现状,做到"国之大者""省之大计"了然于胸,对经济的事、专委会之事明白明了。

以上率下,集中研学。5月23日,全省市县政协新任主席、副主席培训班在贵阳开班,省政协主要领导再次强调要重温学习中央政协工作会议精神,认真开展好"回头看"工作,紧紧围绕"贯彻党代会、喜迎二十大"履职尽责,推动全省政协工作取得新成效。

目前,持续10多天的3期培训班已结业。获省政协领导亲自分专题辅导后,全省近200名"新政协人"在"履职第一课"中受益匪浅、"充电"满满,更坚定了干事创业的信心和决心。

深调研,推动扬长避短

这是一项紧锣密鼓一体推进的工作:

4月15日,省政协召开主席会议研究部署"回头看"工作,明确组织开展实地调研。

4月19日,刘晓凯到安顺市开展"回头看"工作调研;当晚19时,市政协召开专门工作推进会,研究部署再学习、再领会、再落实中央政协工作会议精神。

4月22日,安顺市委常委会召开会议,安排部署"回头看"工作。

……………

高位引领,深入调研。按全国政协总体部署,省政协及时研制"回头看"工作方案和计划。4月18日至20日,省政协主席、副主席分别率队深入9个市(州),围绕11项具体内容进行实地调研——

在安顺,调研组听取市委、市政协有关工作情况汇报后,强调要在深化理论武装、坚持党对政协工作的全面领导、发挥专门协商机构作用、广泛凝聚共识、强化责任担当上抓落实、见成效。

省政协副主席赵德明到遵义市宣讲省第十三次党代会精神时,要求深化理论武装、强化责任担当,紧扣党政中心工作履职尽责,推动解决好基层政协"两个薄弱"问题,努力在服务基层治理上发挥更大效能;省政协副主席李汉宇到遵义市了解基层政协参与社会治理情况,要求做好基层协商工作,积极搭建协商平台、拓展协商形式、培育协商文化,激发委员履职活力;毕节市政协推行市县政协"四联"(议题联结、调研联合、协商联动、成果联用)履职机制,给省政协副主席罗宁留下深刻印象,认为是对破解"两个薄弱"问题的好探索;在贵阳,省政协副主席陈坚深入调研、听取汇报后,点赞市政协组织委员参与基层社会治理、委员联络服务组创建、委员工作站和"书香政协"基地建设等成绩突出;在黔东南,省政协副主席任湘生到村、社区(街道)了解基层民主协商试点工作开展情况,对全州政协创新实践"院坝协商"形成一批好经验、好做法给予充分肯定;省政协副主席孙诚谊到铜仁市访企业、听汇报,要求强化委员责任担当,以重引导、强管理、建机制推动党员委员亮身份、树形象、作表率,带动全体委员勇担当、善作为;省政协副主席张光奇到六盘水市走访基层政协、委员企业,要求以"回头看"为契机对中央政协工作会议精神再学习、再重温、再领会、再落实,以问题为导向查缺补漏;到黔西南州走访委员企业、基层政协后,省政协副主席陈晏要求强化委员担当、做好委员服务,积极探索、创新机制,更好发挥基层政协参与社会治理的作用。

而此前,全省9个市(州)政协明确工作思路、倒推时间节点,已于4月中旬完成"回头看"专题调研。

看成效,找不足,补短板。4月29日,省政协召开主席会议听取各调研组情况汇报。沉甸甸的9份汇报材料,不仅相关工作亮点纷呈,亦全面反映存在问题,更精准提出了诸多意见建议。

重落实,力促成效转化

通过提案协商促成增建加油站 20 个,满足居民日常生活能源需求;通过组织联动协商,3 个月内推动完成全区 50 条背街小巷改造……

社区"小协商",解决"大问题"。这是观山湖区政协以强化党的领导、协商平台建设、协商机制创新、协商成果转化为抓手,纵深推进社区协商,探索发挥基层政协助推基层治理作用交出的"作业"之一。

"让社区成为居民最放心、最安心的港湾",牢记习近平总书记去年初在黔考察期间到该区金元社区看望群众时的殷殷嘱托,区政协充分发挥专门协商机构作用,搭建委员驿站等 19 个基层协商平台,创建基层协商专家库、智囊团,探索基层协商"六进"机制,推动协商民主与党政中心、社会治理、民生关切深度融合,有效解决了一批群众"急难愁盼"问题。

类似实践不胜枚举。中央政协工作会议召开以来,省政协大力支持市县政协探索开展基层协商,推动政协职能下沉到基层、政协平台搭建到基层、政协委员下沉到基层、政协文化培育到基层,力促基层协商民主制度优势转化为基层治理效能。

去年 4 月被列为全省"院坝协商"工作试点后,黔东南州政协主动把协商民主搬到群众身边,实现协商组织延伸到一线、协商平台搭建到一线、协商活动深入到一线、协商文化培育到一线、协商成果运用到一线。目前,全州 16 个县(市)已建立"院坝协商"阵地 163 个,开展"院坝协商"192 场次,形成协商成果 157 个,促进解决问题 281 个。

基层强则国家强,基层安则天下安。

为更好发挥政协在基层治理中的特殊作用,省政协努力创造条件并要求先行先试解决市县政协"两个薄弱"问题。这也成为"回头看"工作的一项重要内容。

翻开前述汇报材料,彰显党政重视支持、政协有位有为的创新做法不时闪现:遵义市委将破题"两个薄弱"列为重大调研课题并出台指导意见,全市 250 多个乡镇(街道)实现政协工作联络组全覆盖,整合优化专委会设置,增加委员联络服务中心事业编制;铜仁市委主要领导、分管领导先后 5 次听取汇报,将破题"两个薄弱"纳入全面深化改革重点课题并印发实施方案,全市 181 个乡镇(街道)统一设置政协联络委,全市政协系统新增行政编制 3 名、事业编制 17 名,调配事业编制 84 名——"有人办事"问题得以较好解决。

…………

聚力谱新篇,加油向未来。下一步,省政协将把再学习、再领会、再落实中央政协工作会议精神贯穿始终,深化对政协工作特点及规律的认识,加强专门协商机构建设,使"回头看"的工作成效转化为推动政协工作提质增效的强大力量。

(《贵州政协报》2022年6月10日A1版 田锦凡)

开展"院坝协商" 建设文明村寨

——贵州省政协深入探索民主协商助力基层社会治理

打造具有政协"院坝协商"特色的文明村寨——这是贵州全省政协通过一年多的探索实践,给出的最新目标,一举将"院坝协商"推向深入。

6月14日,在全省政协"院坝协商"工作座谈会上,贵州省政协主席刘晓凯说"我们开展政协'院坝协商'既不是为了协商而协商,也不是走过场,而是要通过协商向群众宣传党的路线方针政策,以社会主义核心价值观和先进文化引领群众、凝聚共识,推动民生问题解决,促进乡风文明,打造具有政协'院坝协商'特色的文明村寨。"

一年多来的实践,为实现"院坝协商"的新目标提供了可能、积累了经验。

去年4月,贵州省政协印发《关于探索开展基层民主协商试点助力基层社会治理体系建设的指导意见》。随即,黔东南州政协全面推进"院坝协商"试点工作。

首先是"筑牢地基"。黔东南州16个县市政协纷纷行动,不建机构建平台,推动完善委员之家、乡镇政协委员联络委、村院坝协商议事会等工作平台的建设。采取"党政点题、政协选题、委员荐题、群众出题、各方征题"多元模式确定协商议题,构建出"政协委员+村组干部+党代表+群众代表+乡贤能人+主题涉及的有关部门负责人"的协商格局。黔东南州政协主席潘玉凤介绍,目前,全州建立村级委员工作室168个,乡镇政协委员联络委205个,"院坝协商"阵地163个。

施秉县政协"下手早",推动力度大,也最早尝到了甜头。通过"院坝协商"纠治了一批陈规陋习,促进了办好民生实事。在双井镇黄琴村,对规范红白喜事办理问题开展"院坝协商"后,达成了"彩礼钱不能高于8万元,一般亲戚朋友和寨邻送礼金额限于200元以下,每桌酒席控制在300元以内"的共识,遏制了水涨船高的攀比之风。在白垛乡白垛村,就污水处理问题开展院坝协商,让100余户500多人的生活污水净化处理工程得以实施。"你们开展规范外出务工人员返乡参加红白喜事和'合约食堂'规范办酒席院坝协商后,村民们都省了多少钱?"在全省政协"院坝协商"工作座谈会召开前的现场会,与会代表来到丹寨县兴仁镇烧茶村了解相关情况。

黔东南州政协委员、兴仁镇党委副书记、镇长韦燏说:"总体上每次为办理红白喜事的农户节约至少 1.5 万元,为每个外出务工人员节约往返交通等费用支出 1600 元以上。"

黔东南州委副书记、州长安九熊表示,开展"院坝协商"是推动人民政协工作的实践创新,有利于培育基层协商文化、广泛凝聚各方共识、助力基层社会治理,既为党委、政府当好参谋助手,又切实满足广大群众对美好生活的向往。

"院坝协商"要协商什么?

刘晓凯在座谈会上谈了看法:"开展政协'院坝协商',就是在农村组织群众协商解决农村的问题。"从目前贵州省的情况来看,农村社会治理的难点问题主要包括:婚丧嫁娶、挂清挂社大操大办、大吃大喝;日益攀升的彩礼和人情礼金让农民不堪重负;攀比之风盛行,比房子、比车子、比排场;薄养厚葬问题仍然突出。此外,还有民生领域群众急难愁盼的问题,比如农村的医疗、养老、环境整治、留守儿童等。

刘晓凯提出,开展"院坝协商"要主动向党委汇报,协商议题、协商计划要报党委审定,市州政协要加强对本地区"院坝协商"工作的具体指导,住县区的省、市州政协委员要积极参与。县级政协要承担起主体责任,组织开展好"院坝协商"工作,树立自己的"院坝协商"文明村寨样板。

日前,《贵州省政协"院坝协商"工作规则(试行)》已印发,逐步实现规范化、程序化,更好推广"院坝协商",努力把"开展院坝协商建设文明村寨"打造成为全省政协履职的创新载体和品牌。

(《人民政协报》2022 年 7 月 5 日 1 版　黄静)

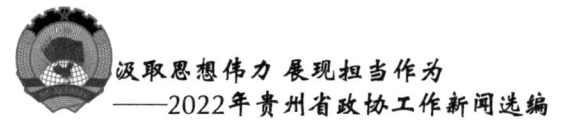

帮扶好帆悬　榕江泛波行
——省政协着力帮助榕江县加快乡村振兴步伐

7月25日,一场签约仪式如约而至,榕江县政府与中国电建集团贵阳勘测设计研究院有限公司正式签订了《贵州榕江县崇义抽水蓄能电站投资合作协议》。经过努力,这项装机80万千瓦,投资有望达50亿元的大型项目前期工作,又迈出了关键性的一步。

事情还要从今年3月省政协主席会议视察团到中国电建集团贵阳勘测设计研究院有限公司调研时说起。在这次调研中,视察团一行强调要深入学习贯彻习近平总书记视察贵州重要讲话精神,抢抓国发〔2022〕2号文件的重大机遇,加快推进我省抽水蓄能工作,助力贵州高质量发展。同时,还特别关注了在省政协对口帮扶的榕江县建设一座大型抽水蓄能电站的情况。

"我们结合榕江县的总体情况,初步规划在崇义乡建设抽水蓄能电站。"作为积极参与榕江县帮扶工作的省政协委员之一,中国电建贵阳院董事长许朝政向视察团专门介绍了有关情况。

此后的4个月,经过前期论证,项目正在开展规划入库、立项等前期工作,双方正式签约,将推动项目进一步加快进度。

榕江县是曾经的深度贫困县,也是省政协的帮扶联系点。在各方的共同努力下,2020年,榕江县作为全国最后一批宣布打赢脱贫攻坚战的县之一,彻底撕掉了千百年来的贫困"标签"。

脱贫后,如何帮助榕江县振兴乡村?省政协深入学习贯彻习近平总书记视察贵州时提出的"在乡村振兴上开新局"的殷殷嘱托,把工作重心放到帮助榕江县发展实体经济上,在发动中国电建贵阳院这样的委员企业投资榕江的同时,聚焦全方位深化粤黔协作交流持续发力,力争把榕江县打造成为粤黔协作的"桥头堡"。

今年新年伊始,省政协负责同志就率队南下广州,与广东省政协领导一起出席两省政协深化交流协作座谈会、共同见证了粤黔两省政协签署合作框架协议,又参加榕江与广东企业项目投资招商座谈会,并深入广州、佛山等地企业开展招商考察。

"3天时间,省政协考察组一行马不停蹄为榕江的招商引资工作奔忙,为一个县的发展付出这么大的努力,我们由衷地佩服。"受邀参会的广东企业家吴绍军有感而发,并立即用实际行动入黔兴业,将150台设备及物料等从佛山运至榕江,投入500万元在榕江县工业园区注册成立艺匠公司,主要生产文具袋。

选料、剪裁、车边……历经23道繁杂且严谨的工序,一个个精致的文具袋便通过快捷物流,晋身为得力、晨光两大知名文具家族的成员。

艺匠公司缝纫工石永温,是这条生产流水线上的普通一员。脱贫攻坚期间,石永温从兴华乡星月村搬到县城阳光小区,这些年都跟爱人在福建务工,得知县工业园区招工后,就一起回来了。

"现在离家很近,可以照顾两个读小学的孩子。我们月工资收入都在3000元左右,家庭开支没有问题。"能在家门口上班,看得出石永温对小日子很满意。

全部工种以工代训半年,方可算得上"熟手",艺匠公司负责人吴绍军对产品品质的把控自有一套规则。"品质必须保证,产品才能走出去、走长远。"获行业认可,他的自豪感溢于言表。作为粤黔协作落户榕江的粤企,目前,公司已实现日用工130余人,拟再招工250人,进一步扩大生产规模,项目建成达产后,预计年产值1亿元,年税收1000万元,带动就业1000人。

在艺匠公司落户榕江1个多月后,省政府印发《关于支持黔东南自治州"黎从榕"打造对接融入粤港澳大湾区"桥头堡"的实施意见》,榕江作为打造"桥头堡"的主阵地,再次揽入惠政"大礼包",也为吴绍军这样的外来投资者服下一剂"兴奋剂"。

在榕江县色边村,村支书兼主任罗永仁正忙着收拾自家空置房,准备交给贵州荣晟实业有限公司建代工厂。贵州荣晟实业有限公司是省政协帮助榕江县引进的又一家广东企业,主打产品是户外藤编产品。

落户后,荣晟公司创办者张荣颇为招工难发愁,"附近的招不到,远处的不愿来;订单接了不少,产品却跟不上"。为加快生产进度,在省政协领导的指点下,他决定把部分代工厂建在乡镇、开到村民家门口。

罗永仁有的,正是张荣缺的。经当地政协同志牵线,两人一拍即合。"村里很多中老年人都会手艺,组织做藤编不成问题。"罗永仁高兴地说。

目前荣晟公司在色边村的代工点已在定威水族乡、忠诚镇、仁里乡等地落地,就近参与务工的农民70人左右。这种模式既可以让荣晟公司以较低成本扩大生产规模,又能让当地群众实现就近就业。

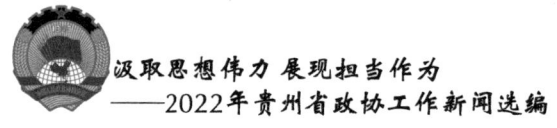

在榕江县工业园区内,省政协帮助引进的另一家广东企业——榕江宏溢皮具有限公司常常处于满负荷生产状态。

"虽然受疫情影响,外贸物流通道不太顺畅,但我们出口欧美国家的订单已经排到10月份。"该公司负责人吴国雄说,得益于县工业园区支持,企业准备利用闲置厂房进一步扩大产能,在已有110名工人的基础上,再在榕江本地招180名工人。

黎平县人吴国雄早年辗转广州、深圳等地务工,后来创办东莞市宏溢皮具有限公司,主要制作皮制外贸产品,去年由省政协引进落户榕江并很快投产。"感谢省政协牵线搭桥让我这个贵州人又再回贵州发展,'黎从榕'本来就是邻居,我现在也算半个榕江人了。"吴国雄说。

"我每次来榕江,就像回家一样。"作为省政协办公厅帮助引进的佛山市新美食品有限公司在榕江新建特色食品项目负责人,梁国荣近一年频繁往返于两地,对榕江相关风物张口便能娓娓道来,提起美食牛瘪、特产西瓜更是赞不绝口。

去年8月签约、10月开建肉类食品加工生产线,今年上半年前期试产进展顺利,梁国荣希望未来能联合贵州相关企业,在榕江建设一个肉牛养殖、交易、加工大型综合体。"跟这里的人打交道很舒服,所以我们充满了信心。"

2022年4月29日,省政协办公厅帮助引进的广东微宿文旅发展有限公司与榕江县政府签订投资协议,在乐里镇、头塘等地投资建设民宿。项目签约后迅速在榕江注册公司,目前首批民宿建设选点工作已完成,20栋微型民宿正在厂家紧张生产……

以招商引资激活产业振兴、提振工业经济,政协元素凸显,山海情意满满。在帮助引进劳动密集型企业,为当地解决大量脱贫人口就业的同时,如何解决榕江传统的木材加工产业的"小散弱"问题,是省政协领导特别关心的问题。

早在2021年7月,围绕助推榕江县林业发展,省政协机关就组建了助力榕江县林业产业发展工作专班。专班刚一成立,省政协提案委主任胡巍即奉命率队赴广东省佛山市开展招商洽谈。2个月后,佛山市家具行业协会,南海区、顺德区家具协会到榕江县进行了实地考察。

今年3月、5月,专班一行又两度南下佛山、广州,拜访当地多家知名家具企业,并促成广东爱米高家具有限公司与省政协委员饶科亮任董事长的贵州民投集团达成合作意向,爱米高公司将沙发木构件交由民投集团生产,在粤黔两地建立产业联接。

依托这一合作意向,在省政协办公厅的大力推动下,贵州民投集团旗下榕江两山农林发展有限公司注资1000余万元,激活受疫情影响停产数月的贵州福林福木业工贸有限责任公司,帮助其于5月初实现复工复产,280多名返岗及新聘工人又开始忙碌起来。

此举为承接广东爱米高家具公司的前端生产厂创造了有利条件。5月中旬,榕江两山农林发展有限公司收到爱米高公司设计图纸及样品后,立即组织试生产沙发木构件。样品经检测,对方反馈称"质量很好,达到想要的效果"。初步估算,若合作成功,年产值将突破4000万元。

跑广东要订单、在省内找企业、让好处留榕江。除了千方百计帮助引进工业企业外,在榕江县的乡村振兴帮扶路上,还有省政协办公厅帮助引进的贵阳市农投集团打造的万亩车江大坝高水平蔬菜与粮食生产基地,委员企业贵州民投集团投资的国储林项目与苗圃基地项目,以及省政协机关12个党支部结对帮扶榕江县12个村(社区),6名机关干部组成的驻村帮扶工作队,省政协智力支边办组织的"送医、送药、送健康"三下乡活动……大家多线推进、多点发力,在助力榕江县的产业发展布局、农产品加工销售、蜡染刺绣技艺传承、民宿建设、公共卫生等方面铆足干劲,用心、用情、用力帮扶。

帮扶好帆悬,榕江泛波行。都柳江的绿波见证着省政协的帮扶成效,榕江县的乡村振兴路一定越走越宽广!

(《贵州日报》2022年8月16日1版　田锦凡　黄芸)

—纪 实—

留得住乡愁　看得见远方
——全国政协文化文史和学习委员会"加强传统村落的保护和利用"专题调研综述

6月28日至7月3日、9月5日至9月8日,由全国政协副主席、民进中央常务副主席刘新成带队,全国政协文化文史和学习委员会副主任、教育部原部长陈宝生任组长的全国政协文化文史和学习委员会"加强传统村落的保护和利用"专题调研组,先后赴贵州省、浙江省开展调研。

习近平总书记高度重视传统村落保护发展工作,先后视察湖南省十八洞村、河南省田铺大塆村、陕西省杨家沟村等传统村落,并多次作出重要指示。调研组成员深入学习贯彻习近平总书记关于传统村落保护发展的重要论述,实地调研,了解当地传统村落保护和利用情况,取得的经验、成效及需要加强和改进的地方,提出了一系列意见建议。

留住青山绿水,记得住乡愁

2015年1月,习近平总书记在云南考察工作时强调,新农村建设一定要走符合农村实际的路子,遵循乡村自身发展规律,充分体现农村特点,注意乡土味道,保留乡村风貌,留得住青山绿水,记得住乡愁。

盛暑黔贵,溪涧潺潺,古楼巍巍。一座座依山傍水、古朴秀美的传统村落,像一幅幅如诗似画的美景图,诉说着黔贵大地之美。初秋禹杭,茂林修竹,古镇幽雅。一片片翘首相对、精致错落的古建古村,如一组组玉带绕树的画卷,充满着历史和岁月的气息。

"太美了!"这是委员们共同的感受。今年是中国传统村落保护名录制度建立10周年。10年来,社会各界以抢救性保护姿态,全面启动并大力推进传统村落保护和利用工作,取得一定成效。

贵州兴义的万峰林纳灰民族特色村寨、浙江丽水的碧湖镇堰头村,给文化文史和学习委员会副主任、中国作家协会原副主席钱小芊留下了深刻印象,他不禁感慨:"两地深入挖掘传统村落中的特色资源,利用自然山水环境优势,走绿色发展道路,保护绿水青山这个'金饭碗',呈现出一幅美丽壮阔的乡村画卷。"

吊脚楼、石头房、古榕,布依八音、阿妹戚托、"六月六"……在贵州,委员们一边感受着那一座座富有民族特色村寨的生机与活力,一边体会着当地居民载歌载舞所带来的精神力量。全国政协常委、文化文史和学习委员会副主任修福金直言,"可以看出,他们能够立足本地实际,突出特色,不仅保护了大量的历史建筑和传统民居,还将传统村落中丰富的非物质文化遗产进行传承和发扬,体现着人民对美好生活的无限追求。"

文化文史和学习委员会副主任、原中共中央党史研究室副主任吕世光对浙江省西坑村印象深刻。被称为"中国最优美的山村"的西坑村,位于丽水市松阳县四都乡,是一座坐落在海拔640米的山顶台地上的乡村,因每年有100多天的云雾,被称为"云上人家",因此成为著名摄影胜地,吸引众多游客。"室外古香古色,室内现代风格,很好地把古村生态与旅游、文化结合起来,以用促保,增强传统村落内生动力。"吕世光说。

在浙江省衢州市廿八都古镇,踏着古老斑驳的青石板路,听着潺潺的山水声,委员们完全被古镇古朴静谧的气质所感染。文化文史和学习委员会副主任、原文化部副部长丁伟直言,"一足踏三省"的古镇,凭借现代化的自然美景和古韵美景,让古迹为新村增色、新村为古迹添彩。

委员们表示,传统村落的保护和利用已经成为社会的共识和行动,各地在保护的基础上能够恰当利用,极大促进了传统村落的人居环境改善、提升了村民的获得感,充分挖掘传承村落物质和非物质文化遗产,以文化为引领促进区域经济社会发展,营造留住"乡愁"的历史文化和生态环境。

留住"根"与"魂",助力乡村振兴

路随山走、村随水布的布依族村寨,依山而建、沿道而聚的江南水乡……传统村落与自然相融相生,是乡村历史文化、自然遗产的"活化石"和"博物馆",是中华文明的"基因库",承载着中华民族的历史记忆,寄托着中华各族儿女的乡愁。

"传统村落的保护和利用,既要尊重自然,又要适应自然,还要因地制宜,符合当地人文特征。"让文化文史和学习委员会副主任、中国版权协会理事长阎晓宏印象深刻的是,浙江松阳县的"拯救老屋行动",就是在改造利用中尊重当地古村落的原生态,解决老屋无人居住等状况,从而打造成与自然环境相辅相成的典型。据说到此拍照、打卡者众多。

文化文史和学习委员会驻会副主任胡纪源对贵州兴义市清水河镇雨补鲁村记忆尤深。坐落于自然天坑中的雨补鲁,有着上百年的历史。2016年以来,当地政府通过实施民居改造、传统文化挖掘、景观打造等措施,使村寨风貌得到保护、历史建筑得到修缮,让其与自然融为一体,展现出一种诗情画意之美,参观的游客络绎不绝。"把村寨环境整治和民居改造结合起来,综合施策,不断探索创新路径。在保护村寨特色民居的同时,使其历史文化得以保护和传承。"胡纪源说。

"闽行者自此舍舟而陆,浙行者自此舍陆而舟。"衢州清湖古镇已有3600多年历史,曾是浙西南水陆交通重要枢纽、浙闽赣三省边境商业要冲、海上丝绸之路唯一的水陆中转节点。"徜徉在清湖古镇,古老的码头、宽阔的河道、林立的商铺,以及扑鼻的酱香,昔日的繁华仿佛就在眼前。"全国政协委员、文物出版社社长张自成表示,保护改造后的清湖古镇,依然散发着原汁原味的生活气息和各种历史文化信息。

不同于清湖石镇,在衢州清漾村,委员们一走进古宗祠、古祖宅,儒学之气四处荡漾、清廉之风扑面而来。全国政协委员、中国社会科学院世界历史研究所研究员俞金尧不禁惊叹:"传统村落的保护和利用,重在保护它的历史文化价值,这样才能留住它的'根'与'魂'。"

一路走来,全国政协委员、人民日报社原副总编辑张首映边看边思。他说,"传统村落的保护和利用意义重大,不仅要从传承弘扬中华优秀传统文化的角度来解读,还要从加强中华儿女大团结的高度来认识,这样才能真正理解国家实施乡村振兴战略的重大意义。"

倾注新时代的"气"和"息"

炎炎夏日,挡不住委员们不停的步履;初秋斜阳,落不下委员们飞转的思绪。

全国政协委员、中国文艺评论家协会主席夏潮一路边听讲解、边随手拍摄记录。在他的镜头里,不仅有旖旎风光,也有民俗文化,还有淳朴善良的村民。他说,"传统村落的保护和利用,首先要弄清楚'为了谁',不能为了保护而保护。人是主体,也是关键之所在。"

多日调研以来,全国政协委员、故宫博物院研究员王亚民也有诸多思考。他说,"大多数传统村落要见人、见物、见生活,通过政府主导、村民参与,才能提升传统村落的使用功能,才能让我们的后代记得起曾经的袅袅炊烟和淡淡乡愁。"

面对保护和利用过程中可能出现的问题,全国政协委员、北京大学中文系教授张颐武表示,要进一步完善传统村落保护利用法律法规体系,做到有法可依。

"传统村落中蕴藏着丰富的历史人文信息和丰厚的地理文化景观,是中国农耕文明保留下来的最大遗产。就拿贵州来说,讲好少数民族的文化故事,传统村落是一个很好的载体。"全国政协委员、中央广播电视总台新闻中心新闻联播部主播海霞也道出了连日来的调研感受。

全国政协委员、北京大学口腔医院教授林野"提醒"大家,要打造既养眼又养心也养肺的传统村落,这样才能留得住人,才能守得住文化之"魂"。

调研过程中,传统技艺传承断层是大家反映较为强烈的情况,北京工业大学传统村落保护发展研究所所长李华东认为,可以进一步加强传统村落保护利用的技术指导,比如开展技术人员和基层管理人员的专业培训,指导各地推进基础设施建设等。

一直致力于理论研究和艺术策展的全国政协委员、北京画院院长吴洪亮从专业角度提议,需要进一步挖掘传统村落的文化价值,并向公众展示其发展历史和重要意义。

委员们表示,明确活化利用是保护传统村落的关键,要在保护中利用,在利用中保护。在传统村落保护中,既要守住传统村落的"根"与"魂",也要倾注新时代的"气"和"息",这样才能留得住乡愁,看得见远方。

(《人民政协报》2022年9月26日9版　郭海瑾)

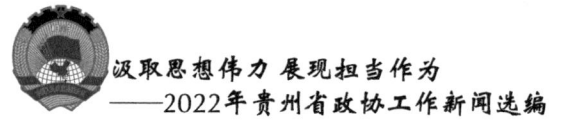

毕节,不负众望

——统一战线同心参与毕节建设贯彻新发展理念示范区见闻

冬日的海雀村,中午还是艳阳,转眼间大雾弥漫,气温骤降。村里的党性教育基地,还原了30多年前这里的贫瘠面貌,屋不避风衣不遮体,仿佛能感受到那时透骨的冷。

平均海拔2300米的海雀村位于贵州省毕节市赫章县河镇乡,是毕节试验区的"发祥地",在党中央的关怀和统一战线的接续帮扶下,海雀村今非昔比,已是生机盎然。

20世纪80年代,海雀村生态恶化,农民生活极度贫困,人均收入33元。1985年,一篇新华社内参引起党中央的高度重视。1988年,全国唯一一个以"开发扶贫、生态建设、人口控制"为主题的试验区——毕节试验区成立。后来,还确立了由统一战线帮扶。

2014年,习近平总书记对毕节试验区工作作出重要批示:全国政协、中央统战部和各民主党派中央、全国工商联长期坚持,广泛参与,创造了中国共产党领导的多党合作助推贫困地区发展的成功经验,充分体现了社会主义制度的优越性。

2018年,习近平总书记再次作出重要指示——努力把毕节试验区建设成为贯彻新发展理念的示范区。

在推动绿色发展、人力资源开发、体制机制创新新征程上,统一战线的用情用力和毕节干部群众的埋头苦干继续深刻着毕节试验区精神。

2021年9月,金沙教育研究院三所实验学校如期开学,就读学生2300余人。这3所学校的从无到有,仅仅用了一年时间。

金沙县地处贵阳、遵义、毕节、四川泸州四市交会处,具备良好的区位优势和资源优势。但是,作为贵州省经济强县,其教育资源较为薄弱。"我们县的很多优质生源被挖走,不少家长们也愿意把孩子送到县外的优质学校就读,近些年中小学毕业生流失状况严峻。"民进金沙工委主委黎佑海介绍。

2020年5月,金沙县统战部向民进中央发出请求函,请求帮助引进优质教育资源。民进中央1993年开始结对帮扶金沙县,2020年以来更是提出了"金沙所需,民进所能"的帮扶策略。接到请求函后,民进中央多次组织教育专家深入金沙调研,帮助联引并促成北京师范大学教师教育研究中心与金沙县合作共建金沙教育研究院及3所附属实验学校,作为金沙县义务教育高标准、高起点、高质量的示范引领基地校,作为公办强校的重要引擎。

金沙人很拼,2021年4月设立金沙教育研究院后,3所学校同步开建。"我们举全县之力,数千名建设者克服工期紧、体量大等重重困难,严控质量、抢抓工期,仅6个多月就完成了建设。"县教育科技局局长穆俊波说。

截至目前,在北京师范大学教师教育研究中心的协调对接下,金沙县已组织选派3所实验学校校长、教师等分3批次到北京、杭州等地培训并到学校跟岗实训共69人次,对教育研究院的教研员及实验学校的教师开展全员培训1345人次。

他们"野心"勃勃,全力打造"金沙教育"这张名片。

毕节大方县,1994年被确定为农工党中央定点帮扶县。

农工党中央充分发挥医疗卫生界别优势,帮助大方县编制医疗卫生事业发展规划、援建基础设施、指导科室建设、培训医务人员。2010年农工党中央在大方县实施"同心助医工程"等帮扶项目,帮助大方县完成34个乡镇204个村卫生室标准化建设。

走进大方县达溪镇卫生院,院长周开的自豪和自信体现了"同心助医工程"的帮扶成效。现在,卫生院区域内群众就诊率从42%提升到85%,群众满意度稳步上升,逐步实现了"小病不出村、一般病不出镇、上下联动、分级诊疗"的基层综合改革目标。

李贞是达溪镇卫生院的一名全科医生。2013年4月,农工党中央在"同心助医"工程项目基础上,探索帮助地方研究出台有利于人才引进的政策措施,提出"特岗医生"计划。2015年2月,农工党中央的"同心全科医生特岗人才计划"示范项目正式启动,李贞是第一批18名中的一名,她被分到达溪镇卫生院,一边工作,一边在项目的支持下系统学习,2020年考取中医类全科医生主治医师。她不仅在卫生院开展诊疗工作,还和家庭医生团队开展签约服务,进村入户为村民提供医疗服务。

作为特岗医生,李贞的编制在县医院,在基层工作5年后可以选择回县里。但她作出决定,放弃县医院的编制留在乡镇卫生院,这里更需要她。

朱伟限在赫章县铁匠乡处卓村小学五年级就读。他家就在学校对面,每天走过来只需要七八分钟。然而,他的哥哥姐姐们当年来上学需要花很久的时间,因为要过一条河,那时河上还没有桥。

2016年,一张处卓村小学生艰难过河的新闻图片引发社会关注。这一年,贵州省委统战部开始定点帮扶铁匠乡,修桥成了要办的第一件事。

第一座溪桥2016年11月10日建成,由省委统战部、各民主党派省委会、省侨联、省台联、省黄埔军校同学会、省中华职教社等单位干部职工捐资10万元,中国扶贫基金会捐资18万元建造。第二座金辉桥于2019年11月竣工,由中央统战部协调企业捐资80万元、贵州省委统战部协调企业捐资35万元修建。

2021年5月6日,贵州省委统战部、省台联、省侨联向毕节市赫章县铁匠乡选派6名工作队员开展驻村帮扶工作。仅仅半年,安路灯、修灶台、新修厕所等少数民族特色村寨村容村貌整治项目陆续完成。

贵州省委统战部从2016年选派驻村干部到铁匠乡各村,一轮接着一轮,为赫章县争取了17个建设项目,投入资金3000多万元,用于校园基础设施、种植养殖产业、道路建设等方面的发展,带动1840多户农户增收。

这只是记者所见的点滴,乌蒙大地上,一个个统一战线帮扶项目正在惠及民众。脱贫不脱钩,统一战线参与同心共迈"建设贯彻新发展理念示范区"新征程。

(《人民政协报》2022年1月5日1版　黄静)

—纪 实—

奋进的脚步再踏春天的征途
——省政协 2022 年新年茶话会侧记

又到一年岁末至,又是一年初启时。

2021 年 12 月 31 日上午 10 时,贵州饭店国际会议中心贵州厅洋溢着喜庆热烈的氛围。省委书记、省人大常委会主任谌贻琴,省委副书记、省长李炳军,省政协主席刘晓凯等省领导与各族各界代表人士欢聚一堂,喜迎新的一年。

这是畅叙友情的美好相聚,是逐梦新年的再次出发。

舞台正中,"赓续百年初心,奋斗'四化'征程"12 个大字在霓虹灯的映衬下熠熠生辉;会场中,一张张笑脸写满对 2021 年丰收的喜悦和对 2022 年的热切期盼。

"2021 年,在贵州发展历史上是具有里程碑意义的一年,也必将是载入史册的一年。一年来,在以习近平同志为核心的党中央坚强领导下,我们用汗水浇灌收获,以实干笃定前行,克服了重重困难,喜获了累累硕果。"

谌贻琴书记的讲话,在与会者心中激起阵阵涟漪——

这一年,人民领袖亲切关怀,我们收获了满满的幸福。

这一年,百年盛典喜庆热烈,我们收获了满满的激情。

这一年,全面小康千年梦圆,我们收获了满满的自豪。

这一年,"十四五"开局良好,我们收获了满满的自信。

省政协副主席、省工商联主席李汉宇代表各民主党派省委、省工商联、无党派人士作了激情讲话,"2022 年,我们将更加紧密地团结在以习近平同志为核心的中共中央周围,衷心拥护'两个确立'、忠诚践行'两个维护',与中共贵州省委同心同向,同舟共济,聚焦'四新''四化',积极建言献策、深入调查研究、加强民主监督,切实把全省团结奋进的局面巩固好、发展好。"

"……爷爷,您看,这不是习爷爷吗?""是啊,总书记来我们老家化屋村了。总书记常说:江山就是人民,人民就是江山,一直牵挂咱老百姓,给我们拜年来了……"

一位老人与其孙女的现场对话作为引子拉开了文艺演出的序幕。

"……是啊,过去我们村十个人里面就有六七个都是穷光蛋。经历了水库移民和易地扶贫两次搬迁,在各级党委和政府的关怀和帮助下,从结对帮扶修道路到发展黄姜黄牛黄粑'三黄'产业,到各种帮扶政策来支持,我们村彻底摆脱贫困也富起来了,麻窝寨、化屋村现在就要走上乡村振兴的阳关大道……"在第一篇章《不负人民·感恩奋进》中,花灯情景表演《春满化屋村》讲述了化屋村村民身边发生的真实故事,感受党的政策措施为农村带来的翻天覆地的变化。在激越高昂的歌声中,由雷山县政协主席韦通贤作词,十届省政协委员穆维平和省政协委员张华演唱的歌曲《遇见你最亲》,赞颂了习近平总书记至深至厚的人民情怀。

随着霓虹灯光的交织变换,一场跨越百年的时空对话把人们带到了那战火纷飞的年代——

"我叫华云翔,00后,2000后,一名中国共产党预备党员。""我叫邓恩铭,00后,1900后,一名中国共产党党员"……情景表演《跨越百年的对话》开启演出第二篇章《百年征程·接续奋斗》,在以平塘天眼、邓恩铭事迹、革命烈士奋斗、新中国建设、贵州发展成就、邓恩铭绝命诗、鲜红的党旗等图片为背景的舞台上,五个青年的表演让历史和现实碰撞:一百年前,邓恩铭、周逸群等一批贵州青年乘着红船逆流而上,以沸腾的热血与激情,拥抱中国共产党;一百年后,一代代青年登上新时代巨轮赓续时代传奇,以无限的生机与活力,接棒先辈们开创的鸿基伟业扬帆远航。穿越百年,当代青年眼里闪耀着百年前一样的光,初心不忘,肩擎使命,一心向党。

"一头是家园,一头是民族,初心是指引梦想的方向,走过百年红旗依然迎风飞舞。信仰是照亮真理的灯塔,跨越百年又奔向新的征途。"贵阳市政协委员蔡雷、云岩区政协委员吴险峰和黔南州政协委员龙智祥和其他几位歌唱家演唱的歌曲《百年之路》,用歌声赞颂了百年大党超越生命、穿越时空,永远生机勃勃、青春焕发的传奇。

"行走在贵州高原上,我注目凝望,见春风拂面、春潮激荡。在化屋村前乌江源百里画廊,在观山湖畔金元社区小广场,一个温暖的身形,伟岸挺拔。闯新路、开新局、抢新机、出新绩,一席殷殷嘱托,余音绕梁。目标擘画蓝图,目标指引方向,高原之路,豁然开朗。围绕'四新'主攻'四化',奏响这片热土新时代最强乐章……"在第三篇章《四新四化·奋勇前进》中,诗朗诵《行走在贵州高原上》内容紧扣"四新"总目标和奋进"四化"新征程,情景交融,气势磅礴,一幅贵州人民奋勇拼搏的画卷徐徐展开,让人热血沸腾——一个更高质量、更有效率、更加公平、更可持续的贵州,清晰可见,就在前方。

光与影、人与物、歌与舞巧妙配合,在近一个小时的文艺演出中,以情景表演、歌舞、花灯、朗诵等文艺形式,生动展现了新时代贵州人追梦拼搏、奋进前行的努力和对未来的无限憧憬。

"重整行装千万里山河再举,旗帜之下亿万万热血风骨,江山就是人民人民是江山,奋进的脚步再踏春天的征途。"文艺演出在省政协委员王松雪等领唱的《人民就是江山》歌声中缓缓落下帷幕。

"整个节目时代精神强,艺术效果好,贵州特色鲜明",作为文艺演出的顾问,省人大常委会原副主任、省文史馆原馆长顾久在参加节目彩排时便对这台文艺演出给予了高度评价和赞叹。

诚然,台上一分钟,台下十年功。为确保演出高超的艺术水准并充分反映时代主题,省政协办公厅提前3个月便开始策划构想,与省政协委员中的专业人士共同策划整台演出,邀请高校艺术学院专家学者与省文化文史专家等进行艺术指导,同时,省政协办公厅成立新年茶话会文艺演出工作专班,下设综合、联络、艺术、后勤四个工作组,负责推进文艺演出各项工作。省政协副主席任湘生多次参加相关筹备会议,并两次亲临彩排现场进行指导和完善相关节目。

"谌贻琴书记的讲话总结了收获满满的2021年,展望了充满希望的2022年,激励贵州人民更加感恩奋进、后发赶超。"住黔全国政协委员朱山在演出结束后略显激动,"我们将立足本职工作,发挥在经济、法律、文化、新媒体等方面的专业优势、资源优势和平台优势,围绕'四新''四化',助力稳定经济增长、青年就业创业、数字经济和数据治理、多元化矛盾纠纷化解、民法典宣传实施等,一定不负时代、不负春光、不负使命。"

省政协委员姜刚杰看完演出后说,"2021年,贵州按照'一二三四'工作思路,聚焦'四新''四化',全省人民团结一心,沉着应对新冠疫情等困难,全省经济社会发展稳中有进。这些为我们迈入新的一年提振了信心、鼓舞了斗志、奠定了基础,我们将在中共贵州省委的坚强领导下继续努力奋斗。"

第一次参加省政协新年茶话会的省政协委员魏明禄笑容满面,"谌贻琴书记的讲话立意高远,情真意切、鼓舞人心。回去后,我们将认真学习体悟谌贻琴书记讲话精神,谋划好2022年各项工作,为全省经济社会发展贡献黔南政协力量。"

"省里召开茶话会,各方代表拢一堆;举杯展望十四五,贵州发展又腾飞。"省政协委员耿文福在观看演出时心潮澎湃,即兴作诗一首,抒发了自己对贵州2022年发展的美好愿景和祝福。

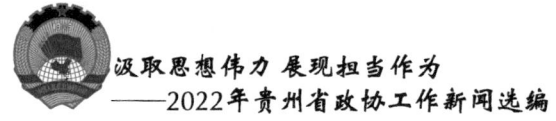

奋斗百年路,启航新征程。诚如省政协主席刘晓凯在主持茶话会时强调,"我们要认真学习贯彻贻琴书记的重要讲话精神,在省委的坚强领导下,凝心聚力,团结引导政协委员和各族各界人士围绕'四新'主攻'四化',助推全省高质量发展,以优异成绩迎接党的二十大和省第十三次党代会胜利召开。"

(《贵州政协报》2022年1月2日A1版　潘建　万里燕)

附件一

春满化屋村

大勇:小兰……

二牛:嫂子……

大勇:找到没得?

二牛:没得!

大勇:快去找……快去找……

二牛:找到了,在刘孃*家。

大勇:走! 二牛你来喊门。

二牛:刘孃……刘孃……

刘孃:来咯,小兰去看看是哪个?

小兰:好!

大勇:站到!

刘孃:哟! 是大勇二牛来了啊!

二牛:嫂子,快跟勇哥回家嘛!

小兰:回哪样家哦,他不给我道歉,我就不回去!

大勇:我给你道歉? 你搞的那个舞蹈队,本来就不对!

小兰、刘孃:哪点不对?

大勇:哪点都不对!

  (唱)我为借钱四处跑,

    你到广场唱唱跳。

    东家也来请,

    西家也来瞧。

    和你讲个买船事,

    连个影子都看不到。

---

* "孃"为"孃"的异体字,而后"孃"简化为"娘"。此篇需保留方言,故用"孃"。

小兰:我搞歌舞队不行,你一门心思买游船就行?

大勇、二牛:哪点不行?

小兰:哪点都不行!

  (唱)饭店还没照看好,

    一天就往水上跑。

    早上不见人,

    下午溜得早。

    做事要靠根本牢,

    不要心大另起炉灶。

二牛:嫂子,今年春节过后,我们化屋村游客爆棚,买条游船拉游客,赚钱得很!

刘孃:大勇,现在出去打工的人回来得多,村里支持我和小兰组建歌舞队,这是村里面旅游发展的大事哦!要让住下来的游客有歌舞看,欣赏我们的"化屋苗韵"。

大勇:一大堆时间搭进去,那农家乐哪个来管?

小兰:买船八字都不得一撇,农家乐你来管!

大勇:你来管!……

小兰:你来管!……

刘孃:大勇啊,你应该支持小兰!

二牛:嫂子啊,你应该支持勇哥!

刘孃:支持小兰!

小兰:支持勇哥!

大勇:好了!反正若不让我买游船,今天坚决不撤退。

小兰:若不让我搞歌舞,今天绝不把家回。走开!……

大勇:走……回家!

王支书:住手!快住手!这么多游客,不怕闹笑话呀!?

小兰:王支书,你听我说……

王支书:我都晓得了。你要组建歌舞队?

小兰:对!

王支书:你要买游船?

大勇:对!

王支书:但又舍不得农家乐,都想对方来打理,把时间留给自己。

众人:对对对!

王支书:我倒有个办法。

众人:哪样办法?

王支书:把农家乐关了!

众人:关了?不行不行!

王支书:咋个不行?关了就有时间搞歌舞搞游船了嘛。

大勇:王支书,国家扶贫政策好,易地扶贫搬迁把我们从麻窝寨那个山旮旯搬出来,当年我们……

小兰:当年我们两口子缺资金,都是脱贫攻坚驻村工作队帮扶我们的。

大勇:是啊!是啊!没得技术,又不会做饭,村里就组织师傅来教我们。

刘嬢:当年他们只会做清汤鱼,人家客人要吃酸汤鱼就在汤里放瓢醋。

二牛:客人要吃麻辣鱼,就撒把花椒、撒把辣椒……

大勇:不要说咯!这几年又修码头,又改房屋,村子的路越来越好,游客越来越多,客栈都有好几个,农家乐才有了起色。

小兰:去年长江十年禁渔令一下,村里又到外地帮我们联系采购生态鱼,还支持我们菜品转型主营炖土鸡,我们的生意才越来越红火。

大勇:这个农家乐是我们共同奋斗的见证,我们说哪样都……

大勇、小兰:不会关!

小兰:王支书!

王支书:说是共同奋斗的见证,为哪样吵架的时候就想不起来了?

大勇小兰:(语塞)这……

王支书:化屋村这一路走来,你们都是亲历者。以前化屋村叫化屋基,穷得叮当响。麻窝寨更是穷得"麻窝寨"……

二牛:麻窝寨、麻窝寨……睡觉没得被窝盖,格(虼)蚤多得下崽崽。

刘嬢:出门就靠手扒岩,早上出门去,半夜回不来。

王支书:是啊,过去我们村十个人里面就有六七个都是穷光蛋。经历了水库移民和易地扶贫两次搬迁,在各级党委和政府的关怀和帮助下,从结对帮扶修道路到发展黄姜黄牛黄粑三黄产业,我们村彻底摆脱贫困也富起来了,麻窝寨、化屋村现在就要走上乡村振兴的阳关大道!所以啊,我们村要振兴,发展旅游是当务之急,小兰姐和大勇哥想要组建歌舞队和买游船,在本质上都没有错!

众人:都没有错?

王支书:对!

　　(唱)化屋村,向上攀,
　　　　老百姓,无懒汉。

谁会嫌钱多？
　　赚也赚不完。
　　多出主意多出力，
　　挣它金山和银山。
　　巴不得产业大发展，
　　巴不得收入翻几番。

(白)这件事呀,要怪就怪你们不来跟村里面协商。

小兰大勇:我们还不是怕麻烦……

王支书:怕麻烦,就不怕有矛盾？我要是再来晚一点,估计刘孃家的房子都要遭你们拆了！跟你们讲,现在我们村是省里面确定的特色田园乡村集成示范试点了！

众人:哪样意思？

王支书:(念)生态旅游排第一，
　　　　打造 A 级新景区。
　　　　党委政府来出力，
　　　　北京大学来设计。
　　　　游客再到化屋基，
　　　　摆渡车辆送进去。
　　　　坐船游江好惬意，
　　　　悬崖上面修电梯。
　　　　要是觉得不安逸，
　　　　还能坐直升飞机！

大勇:那不是海陆空都齐了！

小兰:那不是游客会更多！

王支书:所以村里面支持你们组建歌舞队,下一步我们还要发动妇女搞刺绣,把我们化屋的苗绣打造成富民新产业。

大勇:王支书,那你们支不支持我们买游船？

王支书:支持！现在配合村里的主导产业贷款有优惠哦！申请贷款来买船,不用东家西家到处借！

大勇:太好了！

王支书:化屋村一路走来不容易,从一穷二白,到欣欣向荣,我们不能为一点点芝麻小事吵吵闹闹,影响和谐的大好局面。

众人:说得好!

王支书:大勇哥,还愣着干嘛,还不把嫂子接回去。

大勇:我怕她不愿意……

小兰:我愿意、我愿意!

王支书:刘孃、小兰姐,你们组建的那个歌舞队怎么样了?

刘孃:你们看!

人物简介:

小兰,女,30多岁,农家乐老板。

大勇,男,近40岁,小兰的丈夫。

刘孃,女,近50岁,歌舞队成员。

二牛,男,30来岁,大勇的朋友。

王支书,男,30多岁,村支书。

(陈龙)

附件二

跨越百年的对话

一百年前,邓恩铭、周逸群等一批贵州青年乘着红船逆流而上,以沸腾的热血与激情,拥抱中国共产党。

一百年后,一代代青年登上新时代巨轮赓续时代传奇,以无限的生机与活力,接棒先辈们开创的鸿基伟业扬帆远航。

穿越百年,当代青年眼里闪耀着百年前一样的光,初心不忘,肩擎使命,一心向党。

学生甲:看,那是我们FAST发现的第509颗脉冲星。

邓恩铭:看,这是千百万倒在血与火的生命在大地上长出的一个惊叹号。

学生甲:我看到了划入星海的光芒,那颗最亮的星星就是你。

邓恩铭:我看到了追逐黎明的星芒,那颗最亮的星星就是你。

学生甲:我叫华云翔,00后,2000后,一名中国共产党预备党员。

邓恩铭:我叫邓恩铭,00后,1900后,一名中国共产党党员。

学生乙:听!脉冲星在宇宙那头的声音,这是贵州骄傲的声音。

邓恩铭:我听见了,那曾经沸腾的热血,仍然在我身上炽热燃烧。

学生丙:看!中国天眼正在接收外太空遥远苍穹的信号!

邓恩铭:望远镜不是看,而是听,还能接收外太空的信号?看来新鲜事还真不少。

邓恩铭:我16岁离开家乡荔波,从南门经永康板寨,出黎明关沿着盐马古道赴山东求学、参加革命,就再也没有回去。我何尝不想回家,何尝不想看看爹娘?

学生丁:您为革命写下"长期浪迹在他方,决心肠,不还乡,为国为民,永朝永夕忙!"

邓恩铭:1923年冬,我刚起回家念头,广西又乱了起来!昔日的贵州被重重大山所阻,回家之路举步维艰。我真想看看,家乡如今变成了什么模样?想看看清澈的樟江,看看家门口那棵大榕树,吃一口母亲做的酸汤鱼。

学生甲:让我给您报告,您的家乡贵州,四通八达的高速公路,凿通了大山发展的血脉！上万座桥梁，鬼斧神工，跨越了困顿贫穷的沟壑！

学生丁：樟江依然清澈透亮，您家门前的大榕树更加枝繁叶茂，贵州的酸汤鱼已经从大山深处走进繁华都市，成为脍炙人口的大美黔菜，荔波也被誉为"地球腰带上的绿宝石"。

学生乙：小七孔已是5A级景区，世界自然遗产地，我们贵州还是全国拥有世界自然遗产地最多的省份！

学生甲：您想看到的家乡美景已然蜚声四海。走遍大地神州，醉美多彩贵州！

学生丙：数不清的自然与人文景观，吸引着八方来客。绿水青山正在变成金山银山！

邓恩铭：我曾给父亲写信，请他在家的周围多栽柏树和樟树，让景致更好看。现在看来，我可以带同志们回家看一看。

邓恩铭：在我生活的时代，种田之人吃不饱，纺纱之人穿不好，坐轿之人唱高调，抬轿之人满地跑。何等不公！何等荒唐！那是1921年，我永远不会忘记，我们一群志同道合的青年走到一起，创建无产阶级政党，带领劳苦大众，誓要翻转这世界！

学生丁：那是崭新的开始，无数的中华儿女前赴后继，为了反对内外敌人、争取民族独立和人民自由幸福而壮烈牺牲。

邓恩铭：你们可知道，生活在黑暗时代，既感受了种种的痛苦，知道中国的社会一定是要改造的，但是我们去改造非脚踏实地从事不可。若是不然，改造社会这件事，至少要迟下去数十年，我们就是罪人了！

邓恩铭：1925年2月，我与王尽美在山东发动铁路工人大罢工，沿这条铁路播撒革命火种！现在，我看见了这个美好的新社会！

学生乙：1949年，您的战友们带领全国人民经过浴血奋战，建立了新中国！1978年，改革春风吹拂神州大地。如今我们已阔步走在新时代，中国从站起来、富起来，走向了强起来。

学生甲：2020年11月，您牵挂的贵州最后一个贫困县成功摘帽，彻底撕掉贫困落后的标签，书写了中国减贫奇迹的精彩篇章！

学生丁：巍峨的身躯筑起一个又一个前进的路标，中国共产党人带领亿万中华儿女团结奋进，铺开了向社会主义现代化强国进军的宏图画卷。贵州也在"团结奋进、拼搏创新、苦干实干、后发赶超"中不断砥砺前行。

学生丙：今年全党开展了党史学习教育，来自五湖四海的各族人民在您的故居，倾听您的革命故事，感悟初心与使命。

学生甲:刚刚召开的党的十九届六中全会审议通过《中共中央关于党的百年奋斗重大成就和历史经验的决议》,您和您的战友们立下的不朽功勋,彪炳史册!

邓恩铭:卅一年华转瞬间,壮志未酬奈何天。不惜唯我身先死,后继频频慰九泉。

邓恩铭:未来将会铭记——

合:我们一定铭记——

邓恩铭:请铭记,1921年,我们民族崭新的开始!

学生丁:请铭记,2021年,我们在新时代开启第二个百年奋斗目标的新征程!

邓恩铭:为共产主义事业奋斗终身!

合:请党放心,强国有我!请党放心,强国有我!

邓恩铭:我,邓恩铭,一名中国共产党党员!

合:我,一名中国共产党预备党员!

(李亚林　李怡凡)

附件三

行走在贵州高原上

行走在贵州高原上,我注目凝望
见春风拂面、春潮激荡
在化屋村前乌江源百里画廊
在观山湖畔金元社区小广场
一个温暖的身形
伟岸挺拔
闯新路、开新局、抢新机、出新绩
一席殷殷嘱托
余音绕梁
目标擘画蓝图
目标指引方向
高原之路
豁然开朗
围绕"四新"主攻"四化"
奏响这片热土新时代最强乐章

行走在贵州高原上,我放眼四望
看黔山蒸腾、秀水欢唱
十大工业产业齐头并进
机器轰鸣,数据轻飏
朵朵"祥云"飘入"云上贵州"
"东数西算"逐"云"而行、踏"云"来归
战略新兴产业"无中生有"
传统优势产业"有中生新"

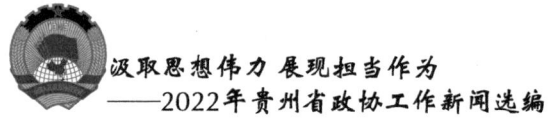

不经意间
正安吉它让梦幻心弦拨动起伏
锦屏羽毛球在运动的天空勾勒曼妙轨迹
"黔酒军团""白酒雁阵"酿出天下酱香
新能源的"贵州动力"逐鹿"双碳"中原
嫦娥四号、长征五号装载"贵州制造"巡游太空
数十年如一日的铝锭变身铝箔、轮毂、电饭煲和拉杆箱
中国南方独有的"源网荷储"一体化综合能源基地
中国最大的磷及磷化工生产出口基地
世界最多超大型数据中心的聚集地……名扬四方
链式、集群式发展书写着贵州工业的鸿篇巨制
新型工业化加速前进的强大"引擎"在天际彻响

行走在贵州高原上,我静静守望
观城镇棋布、人民安康
座座新城因山而起随水就势
在那山水之间的新型城镇化隆起时代的脊梁
每一座山都映照着城镇的背影
每一条河都萦绕出市民的悠扬
这里有"强省会"的高音
也有"双城记""金三角"的和声
这里有山地小城镇的优雅
也有大城市的繁华荣光
有易地扶贫搬迁集中安置点"一步跨千年"的安好
更有波澜壮阔从农村到城市的大迁徙
绘就瞬间气势恢宏的历史雄壮
棚户区、老旧小区、背街小巷改造与15分钟生活圈律动市井百态旧面新颜
智慧医疗、智慧教育、智慧城市建设让人来不及想起过往
互动融合的城市与乡村频频相约
动员每一缕晨曦、每一片晚霞、每一丝空气、每一个理想
浸润新型城镇化的远方

—纪 实—

行走在贵州高原上,我举目眺望

睹生态圣境,田园山庄

带着乡村振兴历史重任的十二大特色产业在山水间奔忙

"干净黔茶·全球共享""青山绿水·黔菌味美""贵州刺梨·维 C 之皇""黔地无闲草,夜郎多灵药"给"贵字号"黔优名品穿戴品牌盛妆

沐绿荫清风、啄林间虫蚁、食山野蔬草、品五谷杂粮的关岭牛、可乐猪、晴隆羊、小香鸡、三穗鸭也禁不住浅吟低唱

林下经济以生态产业化青山为金山

"一镇一品""一县一业"用工匠精神诠释农者善良

"茶云""辣椒云""一码贵州""黔菜网"隐匿了时空界限

互惠共生的公司加合作社加农户珠联璧合相得益彰

数不清的山珍河鲜、六畜果蔬浸满乡愁的味道

在烟火人间

历尽苍桑的农业归来依然青春年少血脉贲张

同频共进地巩固拓展脱贫攻坚成果与乡村振兴

正在用规模化、标准化、市场化、品牌化的四季辛劳

成就十七万平方公里土地上农业现代化斑斓的梦想

行走在贵州高原上,我一望再望

阅人文风情,峰峦叠嶂

乌江、北盘江、清水江、都柳江跌宕出苗韵侗声

磅礴乌蒙、巍巍大娄、奇峻武陵、高高的苗岭铸就黔胆贵魄

旅游产业化浪潮激发这片土地的亘古荣光

春有百花秋有月

夏有凉风冬有雪

黄果树飞瀑银练

梵净山一峰孤昂

军屯古堡、鼓楼梯田穿越时空隧道

四渡赤水、遵义会议永续炽热光芒

山河一脉,草木栖迟

古镇村落,田园幽香

一省一公园

全域全胜境
一个神奇美丽的山水贵州
一个独具魅力的文化贵州
一个开放包容的多彩贵州
如徐徐画卷展现在中国的西南、世界的东方
国际一流山地旅游目的地和国内一流度假康养目的地的愿景
在旅游产业化的东风里浩荡

行走在贵州高原上,我极目远望
梦想光芒,奋力生长
星河璀璨,晨露朝阳
站在新的历史起点上
发展和生态两条底线刻划出前行的地平线
"四轮驱动"在从未走过的新路上勇毅无双
聚天下英才的"英雄帖"已然飞传四海
纳四方企业的"凤凰树"正茁壮成长
每个贵州人坚实的脚步都没有停歇
每个贵州人都有新的气象
沸腾的热血与澎湃的激情
紧跟着时代脉搏一起跳荡
大鹏风起,扶摇直上
放眼未来,道路宽广
一个更高质量、更有效率、更加公平、更可持续的贵州
清晰可见
就在前方

(杨曦东)

—纪 实—

同心建言资政　同向凝聚共识
——政协第十二届贵州省委员会第五次会议纪实

岁序常易，华章日新。肩负着继往开来的历史使命，承载着各族人民的热切期待，1月19日至23日，来自全省各党派团体、各族各界的500多名省政协委员齐聚一堂、共商大计，省政协十二届五次会议胜利召开。

这是一次有着特殊重要意义的全会——

从会议背景看，这是在隆重庆祝中国共产党成立100周年、实现第一个百年奋斗目标、开启向第二个百年奋斗目标进军新征程的关键时期召开的一次重要会议。

从目标任务看，这是在贯彻落实省委经济工作会议明确2022年经济发展预期目标，坚定不移推动省委各项重大决策部署落实落地的重要时期召开的一次重要会议。

从发展形势看，这是在全省工作面临"三个叠加""三重压力""三大挑战"的特殊时期召开的一次重要会议。

从发展环境看，这是在喜迎党的二十大和省第十三次党代会的重大时期召开的一次重要会议。

回首2021年，全省人民牢记领袖嘱托，构建了以高质量发展统揽全局的"四梁八柱"；喜庆百年华诞，汇聚了以高质量发展统揽全局的磅礴力量；共圆千年梦想，筑牢了以高质量发展统揽全局的坚实基础；奋力开局起步，取得了以高质量发展统揽全局的显著成效。

在即将迎来习近平总书记视察贵州一周年的重要时刻，在贵州以高质量发展统揽全局向纵深推进的关键时期，全会的召开，承载着人民的期望，汇聚着广泛的共识，传递着信心和力量。

这是一次高举人民利益建言美好生活的全会——

开幕会上，省委书记、省人大常委会主任谌贻琴对省政协的工作给予肯定。她说，一年来，全省各级政协组织和广大政协委员坚持团结和民主两大主题，紧紧围绕政治协商、民主监督、参政议政，在坚持党的领导上旗帜鲜明，在服务全省大局上可圈可点,在推动自身建设上从严从实,做了大量卓有成效的工作,为推动贵州高质量发展贡献了独特的智慧和力量。

"谌贻琴书记的讲话高屋建瓴,统揽全局,催人奋进,为我们更好地履职尽责指明了方向。"田晓琴委员感慨地说道。

林昌虎委员难掩激动的心情,"省政协常委会工作报告实事求是总结2021年工作,亮点纷呈,2022年工作部署目标明确,激发了我们干事创业的信心和决心。"

热烈的掌声一次次响彻会场,饱含着委员们对2021年成绩的肯定与赞许,也表达着对新赶考之路的信心与期待。

5天的会议时间里,省政协委员以饱满的政治热情、高度的社会责任感和强烈的历史使命感,深入协商议政,积极建言献策。

汪振武委员非常关注贵州康养产业发展,已连续3年提交相关提案。他认为,贵州康养产业潜力巨大,大力发展康养产业对解决人口老龄化问题、提高群众幸福指数等具有重大现实意义。

彭玉荣委员说,贵州土地自然资源先天不足、农业设施建设后天不优,加快山地特色农业高质量发展,推动农业现代化实现新突破,是乡村振兴开新局的题中之义。为此,她提出5项具体建议。

汪文学委员的关注点是民宿产业,他说,在疫情常态化背景下,旅游逐步转向以周边市场为主、以在地消费为主、以内循环为主,大力发展民宿产业是促进贵州旅游大提质的有力抓手。

邓文森委员针对"坚决整治形式主义,为基层干部真抓实干腾出时间和空间"的发言,引发了委员们的强烈共鸣。他建议,要在"僚"字上治根本,在"新"字上求突破,在"实"字上下真功夫,在"减"字上出实招,在"长"字上建机制。

汪海波委员提出"全力扶助城镇困难群众脱困解难,确保共同富裕路上一个不掉队",李奕樯委员提出"关于落实'双碳'战略目标的对策建议",谢泉委员提出"准确贯彻落实'双减'政策,助推义务教育高质量发展",黄琳委员提出"发挥四级远程医疗体系作用,提升人民群众医疗保障水平"……

踊跃参与的背后,是一颗颗跳动着的爱省强省之心,是对广大人民群众过上美好生活的厚重责任。

这是一次增进共识促进团结的全会——

不设主席台,不设发言席,大家围成一个"同心圆",政协委员即席发言,省委、省政府领导现场签批,党政部门逐一回应……这样的场景,频频出现在省政协全会小组讨论、界别联组讨论活动中。

1月21日第二次全体会议上,彭玉荣、李忠祥、汪文学委员所作的大会发言,得到谌贻琴书记现场批示,她说"各位委员的发言聚焦全省大局、关注民生大事,提出的意见建议针对性强、参考价值高,体现了高度的大局意识、深厚的为民情怀和过硬的专业能力。省委和有关部门将对意见建议进行认真研究,结合具体实际充分吸纳转化,把各项工作做得更好。"

在第二联组讨论时,王宏委员谈到"我省个别市县非税收入占比较高、'花钱必问效'的理念亟需进一步加强。"

省委副书记、省长李炳军听完后对王宏说:"今年我们要整顿财政管理的违规情况,希望你能配合我们有关部门做一些工作。"

会议结束时,李炳军现场签批了部分委员的发言,并要求省有关部门将其他委员的意见建议认真梳理、充分吸纳。

"郭振委员提出的关于加大生态功能转移支付,建设贵州更美绿水青山的发言,我这会儿已签批给省财政厅办理。"在第三联组讨论发言会上,省委副书记蓝绍敏也作了现场回应。

22个小组3次认真审议讨论,10个联组与省领导畅叙真言,2场大会发言献智献计,委员们情真意切、孜孜不倦,把从省政协十二届一次会议以来积累的履职经验和过去一年来的工作思考带到会上。省委、省政府领导边听边记,不时询问有关详情。党的主张也在与委员交流互动中,有效转化为社会共识,有力促进广泛团结。

更值得关注的,这是李炳军省长在政府工作报告中提出今年要在全省政府系统"改进作风、狠抓落实"后,最有力度、最及时的带头示范。

李炳军说,"各级政府要以刀刃向内的勇气、猛药去疴的决心、滴水穿石的韧劲,坚决革除作风上的顽瘴痼疾。大力整治慢作为、不作为、乱作为、文山会海、官僚作风、弄虚作假。"话音刚落,全场报以热烈的掌声。列席省十三届人大五次会议的委员们热烈讨论,社会各界高度关注、广泛点赞。

一句句充满着真情实感、务实求真的铮铮诺言,饱含着顺应人民群众对美好生活的向往、增进人民福祉的有力措施;饱含着集众力、聚众智,形成改革发展最大合力、画出最大同心圆的决心力量。

这是一次齐心协力高效有序的全会——

任何一项事业背后,都需要付出非凡的努力,委员们参政议政如此,会议的服务保障也如此。

面对疫情防控常态化背景下召开的政协全会,大会秘书处周密筹备、精心组织,确保了大会的顺利圆满召开。各工作组以高度的政治责任意识、娴熟的业务技能、良好的服务态度、吃苦耐劳的奉献精神,分工合作、团结奋战,高标准、高效率地办公、办文、办事,用实际行动展示了省政协加强思想、作风、纪律和业务建设取得的突出成果,受到了各方一致赞誉和好评。

"围绕医药卫生界如何实现新担当,建议既要围绕新冠疫情做到科学精准防控,还要围绕乡村振兴提升基层医疗卫生水平并加强指导。""作为农业界的委员,我要在巩固拓展脱贫攻坚成果和推进乡村振兴中深入基层调研,帮助基层解决实际问题"……细心的委员们发现,今年全会简报的内容与往年相比,空话、套话少了,说实情、议实事多了。

变化的背后,是简报信息组要求各小组秘书在汇集讨论发言情况时,做到委员们怎么想、怎么说,就怎么汇报、怎么写,尽量保持原汁原味,确保代表委员心声。

作为全会重头戏的大会发言,在会前就受到了省政协各参加单位的高度重视,提前进行广泛深入的调查研究,针对贵州经济社会高质量发展和民生保障方面的诸多问题,踊跃建言献策,提交了数百份书面发言材料。

面对远远超出会议日程安排的发言材料,大会发言组按照"聚焦中央和省委重大决策部署、高质量发展中的突出问题、人民群众'急难愁盼'问题"的原则,就发言形式、篇幅、主题等反复与提交材料的各民主党派、工商联、各人民团体及政协委员沟通协商、调整修改,最后精选了24篇发言材料,以小见大,引发了广泛而热烈的讨论和思考。

"辛苦大家这么晚了还在审查提案。"在1月21日晚召开的提案审查会上,省政协副主席任湘生对在场的省委办公厅、省政府办公厅、省政协办公厅有关负责同志和60余名提案审查委员会成员关切地说道。

作为全会的重要环节,提案组24小时保证有人,随时为委员们提交提案做好服务。全会期间审查立案的701件提案,正是提案组严格按流程收集、分类、审查立案后汇总出来的。

宣传报道组下手早、组织严、策划到位,在中央媒体和省内主流媒体的全力配合下,高站位要求、高起点融合、高强度冲刺,通过报纸、电视、广播、微信公众号、视频号、抖音号和地铁、户外LED大屏,楼宇视频等渠道同步直播、转播,发稿数百条,刊登图片千余张,总点击量超千万,形成了立体式、全方位、多层次、广覆盖的全媒体融合宣传攻势。

文书会务组、组织组、行政后勤组、疫情防控组、安全保卫交通信访组承担着会议资料、选举、委员报到、食宿安排、会场布置、疫情防控、医疗保健、交通保障等繁重的会务工作。每个岗位、每个环节细化责任和目标,有条不紊地处理着每一件具体事务,热情耐心地解决每一个具体问题,力求在服务过程中,给委员们家的温暖。

会风会纪监督组、质量检查组设置了监督检查组、出勤考核组、综合组3个组,并根据委员驻点情况,又分成4个小组分别进驻4个驻点酒店,做到监督全覆盖、无盲区,在监督与服务中切实展现良好形象。

向青云委员说:"我当了十五年的政协委员,亲身感受到政协在建言献策、凝聚共识的机制上越来越完善,工作越来越好,作为政协委员感到自豪。"委员们的肯定,为新时代政协人团结一心、奔跑筑梦鼓足了干劲。

征程万里风正劲,重任千钧再奋蹄。随着委员们带着自信的眼神、坚定的步伐走出会场,新的赶考路乘风而来。全省各级政协组织和广大政协委员必定初心如磐,逐梦前行,在政治引领上彰显新担当,在履职尽责上展现新作为,在发挥优势上取得新成效,在自身建设上呈现新气象,团结向前进、一起向未来,努力交出不负历史、不负时代、不负人民的新答卷。

(《贵州政协报》2022年1月26日A1版 黄芸 施维 罗彩佳)

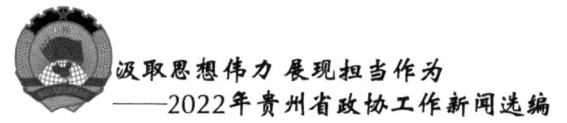

新国发2号文件出台后,省委、省政府发出一封感谢信——

贵州将奋力再创"黄金十年"

"这个文件的出台,饱含着以习近平同志为核心的党中央对贵州工作的高度重视、对贵州发展的殷切期望、对贵州人民的关怀厚爱,同时得益于全国政协和贵会的倾力关心、大力支持、强力推动,饱含着各位领导同志、专家学者的心血智慧和辛勤努力……"

1月28日,一封浸满深深感恩之心、浓浓感激之情的感谢信,从西南山区跨越数千公里,来到位于北京太平桥大街的中国经济社会理事会,落款为"中共贵州省委、贵州省人民政府"。

信中所提文件,即《国务院关于支持贵州在新时代西部大开发上闯新路的意见》。此前10天,这个文件以"国发〔2022〕2号"正式发布,被省委书记、省人大常委会主任谌贻琴誉为"新时代以习近平同志为核心的党中央支持贵州高质量发展的又一具有标志性意义的大事,贵州发展史上又一具有里程碑意义的大事"。

时间是伟大的书写者。回望过去一年乃至十年,贵州人民都难以忘记、也不会忘记——

2011年,习近平同志到贵州考察调研。2012年初,作为首个从国家层面全面系统支持贵州的综合性政策文件,《国务院关于进一步促进贵州经济社会又好又快发展的若干意见》(国发〔2012〕2号)出台实施。十年来,在习近平总书记的亲自关心下,得益于国发2号文件有力推动,贵州创造了飞速发展的"黄金十年",成为"党和国家事业大踏步前进的一个缩影"。

2021年春节前夕,习近平总书记再次亲临贵州视察,并赋予贵州"闯新路、开新局、抢新机、出新绩"的新目标新定位,为全省高质量发展、走好新的赶考路指明了前进方向、提供了根本遵循。

在上一个国发2号文件出台实施十年之后,新的国发2号文件到来。十年间,国务院两次专门发文支持贵州,这在贵州历史上从未有过。

"贵州人民永远铭记、永远感激!"感谢信中如是说。

新的国发 2 号文件,凝聚着习近平总书记对贵州人民的亲切关怀,是多位中央领导同志亲自指导关心和国家有关部委协调抓总、全力推动的结果,也是全国政协有关领导及中国经济社会理事会鼎力支持、出谋划策的结果。

作为全国政协领导下综合研究经济社会问题的全国性社团组织和高端智库,中国经济社会理事会与贵州深度结缘始于 2020 年。当时,由中国经济社会理事会与贵州省政协共同主办的"2020 年中国经济社会论坛"在贵阳举行,上百位知名专家学者与企业界人士围绕发展富民产业、推进乡村振兴主题进行了深入广泛研讨。

去年习近平总书记视察贵州后,为更好借助中国经济社会理事会强大的高端智库力量,经请示省委同意,省政协向中国经济社会理事会发出邀请,两者再度携手,共谋贯彻落实习近平总书记对贵州工作作出的新指示新要求。

很快,全国政协副主席、中国经济社会理事会主席张庆黎亲自部署,全国政协常委、港澳台侨委员会主任、中国经济社会理事会副主席朱小丹具体牵头,专门制定理事会协助贵州专项工作方案。随后,朱小丹、李伟等理事会副主席及苗圩、刘永富、杜鹰等领导同志,分多个批次率全国政协参政议政人才库特聘专家、理事会理事、知名专家学者等数十人,前后历时数月深入贵州开展调查研究,举办讲座与主题研讨会议,带领中国经济社会理事会企业家投资团队考察贵州。理事会副主席尚福林、罗志军等也对协助贵州专项工作给予积极指导帮助。

创新的举措,取得了丰硕成果。中国经济社会理事会支持贵州发展专项工作的开展,对贵州意义重大、影响深远。

通过深入细致的专题调研、站位高远的主题研讨、专业前沿的专题讲座、求实务实的投资考察,中国经济社会理事会从国家层面力推贵州争取重大政策支持,为全省高质量发展理念、方法、路径提供国家级智库支撑,为全省招商引资工作带来全国性资源,以高站位、大格局、实担当、强能力、好作风赢得了地方"由衷敬佩"。

在这场协助贵州专项工作中,最重要的成果是围绕支持贵州落实习近平总书记提出的"四新"重要指示要求形成的 4 份调研报告和 5 个专题报告,这些报告直接为新国发 2 号文件制定提供了大量基础素材,对推动文件出台发挥了独特的重要作用。

新的国发 2 号文件,在省两会隆重召开、农历新年到来之际及贵州全面铺展"十四五"规划、全面推进高质量发展统揽全局的关键时刻面世,不仅因时机非常关键而为节日里的贵州添满喜庆、为发展中的贵州添足动力;更因其赋予贵州在全国发展大局中"四区一高地"的战略定位及长远发展目标、重点任务,提出 103 条重大支持政策、139 个重大工程项目和 25 项试点示范,政策十分给力、内涵极为丰富而

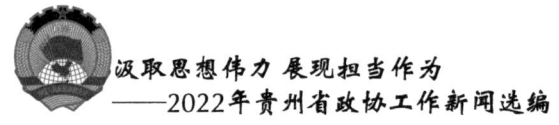

具有全局性、战略性、长远性促进作用。

殷殷关怀暖心田,强力支持催奋进。

作为习近平总书记视察贵州重要讲话精神的项目化、政策化、具体化落实,新国发2号文件为贵州以高质量发展统揽全局、围绕"四新"主攻"四化"绘制了"施工图"、明确了"任务书"。大道铺展、前景可期,全省上下倍添信心、倍增干劲——

省两会胜利闭幕第4天,即感谢信发出当日,省委常委会便召开会议,专题传达学习新国发2号文件,安排部署全省贯彻落实工作;

2月8日,春节后上班第二天,全省领导干部会议在贵阳召开,重温习近平总书记视察贵州重要讲话精神,对学习贯彻新国发2号文件进行动员部署和周密安排;

……

这是重大历史机遇,亦为一次发展"大考"。事实上,依托过去赶超进位"黄金十年"积淀的经验做法、铸就的精神意志,尤其是一年来认真践行习近平总书记"四新"重大使命、实现"十四五"良好开局起步,全省各族干部群众已为走好新的赶考路撸起袖子、多有筹谋。

根据省委副书记、省长李炳军所作的《政府工作报告》,贵州今年将集中力量大抓产业、全面推进乡村振兴、着力培育市场主体、全力稳投资促消费、大力推进改革开放创新、持续改善生态环境、防范化解各类风险、用心办好民生事业——这与新国发2号文件的指导思想、战略定位及工作任务高度契合、一脉相承。

在感谢信的最后,省委、省政府希望中国经济社会理事会充分发挥独特优势,与之建立更紧密的合作机制,在促成落实新国发2号文件的专家决策咨询智库等方面给予大力支持,推动文件有力有效落地落实。

省委、省政府对中国经济社会理事会寄予的希望,就是省政协履职的着力点。下一步,省政协将继续发挥职能优势,进一步争取全国政协和中国经济社会理事会支持帮助,积极争取广东、上海等省(市)政协组织委员中的企业家、科学家、教育家、医疗专家到贵州开展多领域协作,更好地借助外力助推贵州勇闯新路。

牢记嘱托闯新路,满怀信心向未来。贵州籍以"闯"的勇气、"创"的智慧、"试"的良方、举全省之力、集全民之智开创高质量发展新的"黄金十年",无疑充满了想象空间。

(《贵州政协报》2022年2月17日A1版
田锦凡　张健辉　卢星宇　陈曦)

—纪 实—

议政厅里掀起一阵金融头脑风暴
——省政协学习贯彻国发〔2022〕2号文件精神座谈会小记

2月14日,农历元宵节前夕,贵州人民对《国务院关于支持贵州在新时代西部大开发上闯新路的意见》(国发〔2022〕2号)的热议言犹在耳,一场高规格的座谈会接棒议政。

在省政协一楼议政厅内,省政协邀请金融业委员及部分中央在黔金融监管机构、银行业和非银行业等30余家金融机构负责人围坐成一个"同心圆",畅谈国发〔2022〕2号文件。

"国发〔2022〕2号文件的出台,凝聚着以习近平同志为核心的党中央对贵州发展的高度重视和深切关怀,是贵州发展史上又一具有里程碑意义的大事。作为以服务国家战略为己任的开发性金融机构在黔分行,我们备受鼓舞、倍感振奋,也深知机会难得、责任重大!"国家开发银行贵州省分行党委书记、行长庞景润激动地说道。

省政协委员、财政部贵州监管局党组书记、局长王宏也很感慨,"文件覆盖贵州经济社会发展的方方面面,干货多、礼包大、含金量高、政策红利期长,是贵州的及时雨、贵州人民的大福音。"

贵州人民深知,1月18日出台的国发〔2022〕2号文件对贵州来说来之不易,极其珍贵。

2012年1月,在习近平等中央领导同志的关心推动下,国务院出台了《关于进一步促进贵州经济社会又好又快发展的若干意见》,也就是国发〔2012〕2号文件,有力地支持了贵州经济社会发展。贵州也不负众望,开创了经济社会发展的"黄金十年"。

十年过去了,站在现代化建设新的历史起点,习近平总书记在2021年初再次亲临贵州视察,支持贵州坚持以高质量发展统揽全局,赋予贵州"闯新路、开新局、抢新机、出新绩"的新目标新定位。

如今,在习近平总书记视察贵州一周年之际,国务院又出台国发〔2022〕2号文件,充分体现习近平总书记对贵州人民的亲切关怀,是多位中央领导同志亲自指导、亲自关心的结果,也是全国政协、中国经济社会理事会等鼎力支持、出谋划策的结果。

十年间,国务院两次专门发文支持贵州,这在贵州历史上是从来没有过的。

"金融活,经济活;金融稳,经济稳。经济兴,金融兴;经济强,金融强。经济是肌体,金融是血脉,两者共生共荣。"省政协把与金融业委员的座谈安排在文件出台后的首场,省政协主席刘晓凯与大家开诚布公地说了很多心里话,他希望金融机构能从全局的高度和专业的角度领会、研读和贯彻国发〔2022〕2号文件,跳出贵州看贵州,站在"第三方"的视角看贵州,从文件中找到发展的新机遇、新动能。

"提升金融对实体经济服务质效,促进中小微企业融资增量扩面,切实帮助企业纾困解难""对贵州适度分配新增地方政府债务限额,支持符合条件的政府投资项目建设""中央预算内投资、地方政府专项债券积极支持贵州符合条件的基础设施、生态环保、社会民生等领域项目建设""支持发展绿色金融,深入推进贵安新区绿色金融改革创新试验区建设""支持开展基础设施领域不动产投资信托基金(REITs)试点"……国发〔2022〕2号文件提出了一系列重大支持政策。

围绕这些政策,中央在黔金融机构第一时间组织学习,及时向总部报告具体内容,大力争取支持。会上,9位同志作了交流发言,10位同志作了书面发言,提出了促进金融业高质量发展、服务实体经济发展、防范化解债务风险、发挥农业政策性金融作用、推动"险资入黔"、加大信贷支持力度、深化金融改革创新等意见建议。

王宏委员认为,除了加大金融领域工作力度,还要紧紧抓住"人"这个最关键、最根本的要素,下大力气引进一批、重用一批金融、科技、产业等方面的人才,汇聚强大合力。

省政协委员,上海浦发银行贵阳分行党委书记、行长陆韬建议,加快建立由省级政府牵头主导的银团项目推进机制,精细化对重大项目的名单式、动态式管理,推动国土、环保等部门对项目审批的提前介入,联动各类金融机构用好金融工具,积极拓宽融资渠道。

中国光大银行贵阳分行党委书记、行长赵军强建议,进一步健全以各类政府为主导的、贯通政银企的日常化、制度化政银企沟通协作机制。

"目前,我行已明确'三批三真'的工作方针,即:申请一批政策、真金白银投,创新一批产品、真抓实干闯,引入一批客户、真情实意帮,全力打造西部大开发综合改革示范银行。"省政协委员,中国农业银行贵州省分行党委书记、行长罗涛建议大力争取人民银行、银保监会、证监会化债专项政策,争取国家发改委、财政部等部门支持政策,加快推进相关政策先行先试,加大四大国有银行存款支持。

金融业省政协委员们深深感到金融发展和地方经济发展相互成就的重要关系。金融机构支持到位,地方经济发展就更加良性;地方经济发展好了,金融机构的发展空间就更加广阔。

省委书记谌贻琴在全省领导干部会议上强调:"新国发2号文件出台的时机十分关键,政策十分给力,内涵十分丰富,是对习近平总书记视察贵州重要讲话精神的项目化、政策化、具体化落实,是推动贵州省以高质量发展统揽全局、围绕'四新'主攻'四化'的'施工图'、'任务书',必须牢牢把握文件的重大机遇,全面开创贵州高质量发展新局面。"

拿着这份沉甸甸的"任务书",刘晓凯希望,在贯彻落实新国发2号文件、助力贵州高质量发展的进程中,金融机构应当大有作为,既要自身做大做强,又要切实发挥好对地方经济发展的重要支撑作用,主动争取,积极作为,为贵州在新时代西部大开发上闯新路贡献智慧和力量。

短短3个小时的座谈紧凑而热烈,犹如一场头脑风暴,火花迸发,金句频出。与会的委员及金融机构负责人以饱满的政治热情和强烈的责任担当出谋划策,更加统一思想、凝聚共识,更加增强了贯彻落实新国发2号文件的决心和信心。

会后,按照刘晓凯的要求,省政协经济委将分类梳理此次座谈会上的发言,形成具体的意见建议供省委、省政府决策参考。

(《贵州政协报》2022年2月18日A1版 黄芸 施维)

一场协商议政的生动实践
——省政协经济委召开中央在黔企业家委员学习贯彻国发〔2022〕2号文件精神座谈会小记

十年前出台的国发〔2012〕2号文件给贵州带来的发展变化已为世人见证,而今国发〔2022〕2号文件又为贵州注入强大发展动力;十天前省政协一楼议政厅里金融界省政协委员和专家们的建言之语仍不绝于耳,而今议政厅再次汇聚企业英才,献策之声激荡耳畔。

2月24日,省政协经济委员会召开学习贯彻国发〔2022〕2号文件精神座谈会,邀请省政协委员中的中央在黔企业负责同志围坐一席,为贵州贯彻落实新国发2号文件出谋划策、为贵州在新时代西部大开发上闯新路贡献智慧和力量。

"新国发2号文件一个'闯'字,一个'新'字,给予了贵州很大的发展空间。今天想请大家从全局的高度、专业的角度领会、研读和贯彻新国发2号文件,跳出贵州看贵州,站在'第三方'的视角看贵州,从文件中寻找发展的新机遇……"省政协副主席、省工商联主席李汉宇在主持会议时鼓励大家畅所欲言、集思广益。

"作为贵州省成品油供应主渠道单位,我们将全力保障全省油气资源稳定供应,保障好重点工程用油。"省政协委员、中石化销售股份有限公司贵州石油分公司党委书记张家顺在发言中表示。

"作为中央在黔重要的石油能源企业,我公司将重点落实新国发2号文件中支持贵州建设重要基地的政策,建设新型综合能源基地,提升能源安全保障能力。"省政协委员、中国石油天然气股份有限公司贵州销售分公司执行董事鲁凤浩说。

随后发言的省政协委员、国家粮食和物资储备局贵州局局长宋念柏立即表示:"我局现有多个油库,有的油库还毗邻天然气管道,完全可以为地方提供成品油和天然气储备服务。"

在座谈会这个平台上,政协委员们纷纷"站到前台",积极发挥"主体作用",和其他参会同志一起脱稿发言。

"新能源发展的关键在于储能,根据新国发2号文件'加快实施抽水蓄能项目'的要求,我公司正在积极跟进北盘江流域、三岔河流域的有关项目。"贵州黔源电力股份有限公司董事长罗涛表示。

"根据规划,国家近几年将核准 5000 万千瓦左右装机容量的抽水蓄能电站项目,贵州水电资源丰富,我公司将积极对接落实相关项目。"省政协委员、中国电建集团贵阳勘测设计研究院有限公司董事长许朝政表示。

"抽水蓄能项目是贵州的重大发展机遇,还请各大水电企业积极参与到贵州这方面的布局规划当中。"听了大家的发言,省政协主席刘晓凯立即表示。

大家关心关注的话题不断互动交流,下一步的工作思路和调研重点豁然开朗。

听完大家的发言,刘晓凯表示深受启发,围绕大家提出的破解传统产业数字化转型难题、"双碳"目标下"氢"等新能源的发展、国家战略物资储备、贵州铝产业发展等问题逐一进行回应。刘晓凯说:"中央在黔企业是贵州经济发展的中坚力量,贵州的发展机遇就是中央在黔企业的发展机遇。希望各位委员不仅要关注自身企业的发展,而且还要关注行业的发展和贵州的发展。"

"贵州怎么做、怎样做才能做好,这是我们最想听的。今天大家提出的新想法、好建议,我们将认真分类梳理,提供给省委、省政府作决策参考,省政协将为大家全力做好服务。"李汉宇表示。

虽然主持人宣布座谈会结束,但大家意犹未尽,又围拢在一起交流心中的想法及建议,迟迟不肯离开会场。

委员们表示,将紧紧围绕贯彻落实新国发 2 号文件,凝聚共识、汇聚力量,齐心协力、铆足干劲,为开创贵州高质量发展新的"黄金十年"贡献力量。

(《贵州政协报》2022 年 3 月 2 日 A1 版　潘建　张健辉)

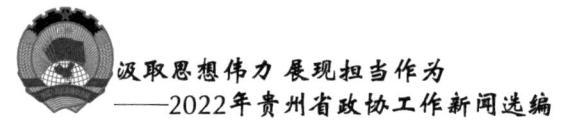
汲取思想伟力 展现担当作为
——2022年贵州省政协工作新闻选编

打造政协履职的创新载体和响亮品牌
——全省政协"院坝协商"工作座谈会侧记

民族原生态,锦绣黔东南。

6月14日,全省政协"院坝协商"工作座谈会在黔东南州凯里市召开。会议深入学习贯彻习近平总书记在中央政协工作会议上的重要讲话精神,全面推进我省政协"院坝协商"工作,把政协的制度优势转化为参与基层治理的效能。省政协主席刘晓凯出席会议并讲话,副主席赵德明主持会议,副主席任湘生出席会议。

省政协办公厅、提案委有关负责同志,黔东南州政府主要负责同志及来自各市(州)和部分县级政协负责同志等70余人齐聚一堂,共享这场经验交流的盛宴。

"院坝协商"是由省政协指导、市县政协具体组织实施的一次基层协商民主的创新探索。近年来,省政协加大工作创新力度,特别是聚焦推动高质量发展,组织实施了一系列思路新、举措实、成效好的工作。

会前,与会同志先后前往黔东南州丹寨县兴仁镇烧茶村和凯里市下司镇淑里村、三棵树镇格冲村进行实地考察。通过现场参观、听解说、听汇报、看展板、看视频等形式,对各村的协商议事长廊、"院坝协商"议事室、政协委员工作室等进行了考察,深入了解政协"院坝协商"工作。

"村土地和山林流转租金统一标准是怎么形成的?外出务工人员返乡参加红白喜事帮忙合约事项的'红三条''白三条'标准是怎么形成的?生活垃圾清运管理合约是怎么形成的?开展协商议事的过程,具体给我们介绍一下吧。"

"'院坝协商'工作开展以来,我们村开展规范外出务工人员返乡参加红白喜事和'合约食堂'规范办酒席'院坝协商'后,预计每次为办理红白喜事的农户节约至少1.5万元,为每个外出务工人员节约往返交通等费用支出1600元以上,进一步提升了群众的满意度和认可度……"

此次全省政协"院坝协商"工作座谈会采取现场观摩考察和召开座谈会的方式进行。在考察点的"第一站"烧茶村,考察组一行以提问的方式与汇报人深入交流,详细了解协商议事会议开展的过程,纷纷对该村着力破解群众身边"难题"、疏通群众自治"堵点"等工作取得的成效,竖起了大拇指。

走现场学经验,补短板谋创新。大家一路观摩、一路感叹、一路交流、一路点赞,不时地用笔记本或手机拍照,记录各地的亮点工作、特色工作——

凯里市政协探索"五联五有"机制,搭建基层协商民主新平台;下司镇淑里村"四强提四力"推进"院坝协商"走深走实;三棵树镇格冲村"五抓五到位"推动"院坝协商"落地落实。

丹寨县政协聚焦"五定五破"工作法,抓实"院坝协商";兴仁镇烧茶村坚持"三个突出"工作思路,扎实推进"院坝协商"转化为基础治理效能。

············

大家纷纷表示,实地参观后,感受到黔东南州各级政协"院坝协商"工作重实践、接地气,具有很强的操作性,将把自己看到的、听到的好经验、好做法"带回家",不断丰富协商形式、创新协商载体、提升协商能力、增强协商效能,充分发挥人民政协制度优势和职能作用,进一步推动政协协商向基层延伸,切实把政协的制度优势转化为基层社会治理效能,为助推经济社会高质量发展贡献政协智慧和力量。

下午两点三十分,大家观看了黔东南州政协"院坝协商"工作专题片后,座谈会正式开始。会上,黔东南州、黔南州、黔西南州和花溪区、红花岗区、钟山区、镇宁自治县、黔西市、碧江区、施秉县政协负责同志及剑河县政协委员作发言,介绍了相关工作开展情况及经验做法,会场气氛热烈。

各市(州)、县(市、区)政协负责同志既带来了"成绩单",也带来了"藏家宝"——

"黔东南州'五到一线'创新推进'院坝协商'基层民主实践。全州16个县(市)已建立'院坝协商'阵地163个,开展'院坝协商'192场(次),形成协商报告(成果)157个,促进问题解决281个……"

黔东南州政协主席潘玉凤以具体的数据和生动的案例介绍了该州"院坝协商"工作开展情况。她表示,将深入学习贯彻习近平总书记关于加强和改进人民政协工作的重要思想,持续激发政协委员活力,不断提升履职水平,努力推动全州"院坝协商"转化为更大的基层治理效能,在推进基层治理体系和治理能力现代化、助推经济社会高质量发展中贡献政协智慧和力量。

"有事好商量,众人的事情由众人商量,是人民民主的真谛。通过不断探索,我们积极组织政协委员、行业专家和政府部门负责人,把协商搬到村组、群众身边,在家门口搞协商,进一步激发群众主动性,发扬民主、集思广益,共同协商出办法、出共识、出感情、出团结,提高'院坝协商'成效。"黔西南州政协主席许风伦介绍了该

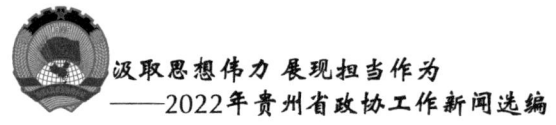

州院坝协商"12345"工作方法的具体实践,并围绕"如何开展院坝协商"提出了自己的见解。

"我们始终把反映民意作为政协第一责任,在助推乡村振兴和农村'五治'等工作中,以'院坝协商'形式,组织部门、群众和委员面对面交流沟通,突出问题导向提意见建议,通过撰写报告、参加党委政府专题会议等形式,畅通沟通渠道,确保协商取得实效,有效扩大民主协商的影响力。"花溪区政协主席禄竹介绍,今年以来,花溪区政协围绕农村"五治"组织委员和有关部门进村入户开展了坝坝会、院坝协商会26次,撰写了7篇专题调研报告,有效调动了委员的履职热情。

"我们以打造协商文化为抓手,不定期组织开展不拘泥于'院坝'的协商民主流动院坝会,全力打好'规定+自选+特色动作'院坝协商组合拳,努力为助推钟山区高质量发展画出最大同心圆,凝聚最大正能量。"钟山区政协主席罗敏介绍了该区协商进村居、进社区、进企业、进家庭、进机关、进学校的"六进"流动院坝会的推进情况,并列举了在助力乡村振兴、助推政策落地、推进民生工程等方面取得的成效。

镇宁自治县政协主席徐启才以《认真履职主动作为,深化基层社会治理》为题作交流发言。他认为,协商议事促进了基层治理由"干部说了算"向"大家商量办"转变,"商"出了解决问题的好点子和基层治理的新路子。

…………

"大家要深刻认识开展'院坝协商'的重要性、必要性,切实把思想和行动统一起来、把各方面力量汇聚起来。形成'党委领导、政府支持、政协搭台、各方参与、服务群众'的工作机制,努力把'开展院坝协商·建设文明村寨'打造成为我省政协履职的创新载体和响亮品牌。"

刘晓凯在总结讲话中从"为什么要开展政协'院坝协商'?开展政协'院坝协商'要协商什么?怎样开展好政协'院坝协商'工作?"三个方面,充分肯定了全省各级政协探索开展基层民主协商取得的成绩,并对进一步做好"院坝协商"工作,不断推进政协协商向基层延伸,充分发挥政协协商在基层治理中的重要作用提出了明确要求。

赵德明在主持时表示:"市县政协是人民政协的重要组成部分,是发挥人民政协专门协商机构作用的重要力量。希望各级政协认真贯彻落实习近平总书记关于加强和改进人民政协工作的重要思想,把协商摆在更加重要的位置,聚焦当地党委和政府工作的重点、群众关心的热点、社会治理的难点开展协商,助力党委和政府科学决策、有效施策。"

这既是现场会,也是经验交流会、工作推进会。会期1天,精简高效、环节紧凑、内容丰富。大家充分交流讨论,凝聚共识、汇聚力量,一致表示,回到工作岗位后,将结合当地实际,在已有工作基础上,继续创新开展"院坝协商"等工作,不断推动政协工作向基层延伸,让政协委员有序参与基层民主协商,促进政协协商有效服务基层治理。

(《贵州政协报》2022年6月16日A1版 何佼阳)

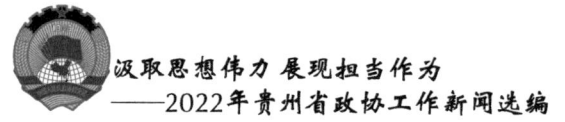

掏真心 说实话 献良策
——省长与省政协委员座谈会侧记

时至大暑,一年中最热的节点,万物沐泽阳气而生机盎然。

7月22日下午,一场同样饱含"热度"、气氛热烈的省长与省政协委员座谈会,在贵州省政协一楼议政厅如期举行。

"参政议政是政协履职的重要形式,也是党委政府听取意见、做好工作的有效方式。我很愿意到政协来,听真心话、了解实情,对政府工作帮助很大。特别是去年,省政协充分发挥独特优势作用,争取全国政协、中国经济社会理事会大力支持,为推动新国发2号文件出台作出了重要贡献。借此机会,我向大家表示敬意和感谢!"省委副书记、省长李炳军的开场语,赢得了如雷般掌声。

此番,他带着"稳经济大盘,促高质量发展"的重大课题和省政府相关部门负责人而来,再次如约与省政协委员面对面座谈,听取大家的意见建议,就大家普遍关注、关心的问题进行深入交流。

这一践行社会主义协商民主的高层次协商工作机制,已在贵州持续推进28年,历经6届省政协、10任省长从未间断——自1995年七届省政协首次召开省长与省政协委员座谈会以来,每年委员们均围绕事先确定的协商议题,讲现状、提建议、出点子;省长现场听、现场评、现场询,甚至现场拍板;各部门领导认真吸纳意见建议,把大家的真知灼见充分体现、落实到政府各项具体工作中。

成功实践铸品牌,接力传承续新篇。

今年以来,受百年变局叠加世纪疫情影响,我国经济下行压力持续增大,党中央为此提出"疫情要防住、经济要稳住、发展要安全"的明确要求。贵州认真贯彻落实党中央、国务院决策部署,紧抓新国发2号文件重大机遇,紧盯省第十三次党代会目标任务,陆续出台一揽子稳增长政策措施,有力应对超预期突发因素冲击,上半年实现地区生产总值9830.44亿元、同比增长4.5%,牢牢稳住了经济大盘。

围绕中心、服务大局,省政协主动将助力高质量发展及稳经济、稳增长列为年度履行三大职能议题,开年首次主席会议视察即到访企业,各位副主席亦结合分管领域开展入企走访活动；全省各级政协组织、广大政协委员纷纷就此深入调研，送政策、提信心、办实事、解难题，相关成果为开好这次省长与省政协委员座谈会做足了准备。

遵循省长"听实话"的诚意，现场发言委员掏真心、寄真情、抒真意，建言献策有事实、有依据、有观点——

民盟省委主委、省社会主义学院常务副院长冉霞建议，坚持对外开放，重点面向粤港澳大湾区开展招商引资；优化营商环境，健全完善项目管理体制机制；强化要素保障，高质量推进项目投产运营。贵阳市副市长龙丛建议，坚持市场化导向，以"续、转、提、关"为路径，让景区"经营权"流转市场、政策"发力点"对准市场、产业"方向盘"交给市场，分类施策、先易后难、逐个处置闲置低效旅游项目。铜仁市政协副主席、市科技局局长赵震洋建议，全力申创国家级园区，保障企业用电需求，提高清洁能源占比，完善产业生态体系，推动新能源电池及材料产业高质量发展。中国电建集团贵阳勘测设计研究院有限公司董事长许朝政建议，抢抓新国发2号文件机遇争取国家投资，制定规划实施方案明确建设时序，推进市场化改革吸引社会资本，尽快制定"两部制"电价提高盈利能力，推动跨区域交易拓展有效市场，加快抽水储能项目建设步伐。省教育厅基础教育处处长谢旌建议，千方百计发展产业、稳住企业、落实政策，帮助高校毕业生就业。

作为唯一行业协会代表，省煤炭工业协会煤炭学会联合党支部书记胡世延建议，切实处理好资源与产能、安全与保供、生产与生态、严管与放活的关系，立足资源禀赋、释放优质产能，推动贵州煤炭工业高质量发展。

说者激情，听者细心。李炳军边听边记，时而微笑点头、时而若有所思。按其要求，省商务厅厅长马雷、省文旅厅厅长孙含欣、省能源局局长陈华、省工信厅厅长李巍、省发改委副主任安银基、省人社厅厅长潘荣针对所提建议，先后一一做了回应。

"大家的建议提得好、提得准、提得实，我们将认真进行梳理，再运用到政府各项工作中去。"李炳军说。随后，他用较大篇幅解析了上半年全省经济发展遇到的困难、取得的成绩、存在的不足，指出疫情防控和经济社会发展统筹得好、"四新""四化"重点任务推进得好、重大政策机遇把握得好、基本民生保障得好、安全稳定维护得好，全省经济工作成效明显、成之惟艰，也有广大政协委员的一份功劳。

当天上午，全省半年经济工作会议刚在贵阳召开，分析上半年经济形势、部署下半年经济工作。"欢迎大家继续出谋划策，给政府工作多提意见建议。"座谈接近尾声，李炳军再次向委员们发出"诚挚邀请"。

聚力高质量,给力高质量。省政协主席刘晓凯表示,省政协将积极引导广大委员认真学习贯彻全省半年经济工作会议精神,按省委、省政府部署要求,围绕稳增长稳市场主体稳就业、狠抓产业发展、扩大有效投资、办好民生实事、维护安全稳定等问题,深入调查研究,积极建言资政,努力为全省高质量发展广泛凝心聚力。

大暑过后将立秋。一年一度的省长与省政协委员座谈会结束,又是委员们谋定后动、奋发有为的新起点——不远处,收获的气息正扑面而来。

(《贵州政协报》2022 年 7 月 23 日 A1 版　田锦凡)

—纪 实—

在新征程上展现新作为作出新贡献
——全省加强和改进市县政协工作座谈会侧记

8月17日,全省加强和改进市县政协工作座谈会在盘州市召开,省委书记、省人大常委会主任谌贻琴为此作出批示。

此次座谈会,旨在贯彻落实习近平总书记在中央政协工作会议上的重要讲话精神和中共中央办公厅印发的《关于加强和改进新时代市县政协工作的意见》,贯彻落实省委书记谌贻琴的批示精神和省委办公厅印发的《关于新时代加强和改进市县政协工作的实施意见》,是一次再学习、再领会、再落实的会议。

2019年9月20日,习近平总书记在中央政协工作会议暨庆祝中国人民政治协商会议成立70周年大会上发表了重要讲话,近三年来,全省市县政协深入学习贯彻习近平总书记重要讲话精神,牢牢把握新时代人民政协的性质定位,坚持团结和民主两大主题,坚持建言资政和凝聚共识双向发力,持续推进专门协商机构建设,不断提高政治协商、民主监督、参政议政水平,广泛凝聚各方共识和力量,各项工作迈上了新的台阶。

正因为如此,在5月9日至12日,全国政协副主席、党组副书记,中国经济社会理事会主席张庆黎率队在贵州开展贯彻落实中央政协工作会议精神进展情况"回头看"实地调研时,对贵州给予了高度赞扬:"在贵州省委领导下,全省各级政协积极探索、大胆创新,形成了党委真重视、政府真支持、政协真努力、委员真认真、群众真满意的生动局面。"

座谈会上,省政协主席刘晓凯在讲话中指出:"加强和改进新时代市县政协工作,是贯彻落实习近平总书记在中央政协工作会议上的重要讲话精神的重要举措,是习近平总书记关于加强和改进人民政协工作的重要思想的重要内容。我们要持续深入学习贯彻中央政协工作会议精神和中共中央办公厅印发的《关于加强和改进新时代市县政协工作的意见》精神,贯彻落实好谌贻琴书记的批示要求和省委办公厅印发的《关于新时代加强和改进市县政协工作的实施意见》精神,推动我省市县政协工作取得新成绩、迈上新台阶,努力在全省围绕"四新"主攻"四化"、实现高

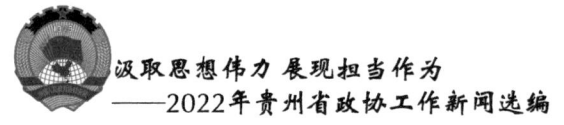

质量发展的新征程上展现新作为、作出新贡献。"

会上,气氛热烈,参会的全省市(州)政协和部分县级政协主席纷纷发言,既谈认识体会、又作问题分析,既分享具体举措、又体现实际成效——

如何贯彻落实中央、省委、市委政协工作会议精神,贵阳市政协主席石邦林在发言中首先分享了经验做法,贵阳市政协坚持把凝聚共识作为履职中心环节,围绕"往哪聚""怎么聚""聚得好",突出"四引领"(突出政治引领,把准"聚"的方向;突出协商引领,践行"聚"的要求;突出正面引领,扩大"聚"的半径;突出创新引领,提升"聚"的效果),奋力为"强省会"画大同心圆、广聚正能量。

"两个薄弱"是制约市县政协提升工作质量的瓶颈,也是此次座谈会大家关注的重要话题。

遵义市政协主席汪海波在发言中说,遵义市委将推动解决"两个薄弱"问题列入2021年重大理论研究课题,市委办公室印发《关于解决基层政协"两个薄弱"问题的指导意见》,为推动解决"两个薄弱"问题提供了依据。市政协在加强督促指导中、在持续巩固深化中推动解决"两个薄弱"问题。

"铜仁市政协聚焦全市政协组织党的建设、专委会建设、乡镇政协联络委建设三个重点,扎实推进政协专门协商机构建设,探索解决'两个薄弱'问题的有效路径。"铜仁市政协主席肖洪在座谈会上介绍。

毕节市政协主席杨宏远谈及其做法时说,毕节市政协积极探索议题联接、调研联合、协商联动、成果联用"四联机制",通过推动市县政协上下联动,整合履职资源和力量,着力破解"两个薄弱"问题。

加强新时代人民政协党的建设,对于更好坚持人民政协这一制度安排,坚持和完善中国共产党领导的多党合作和政治协商制度,巩固和发展最广泛的爱国统一战线,具有重大而深远的意义。

安顺市政协主席刘彤介绍,安顺市政协全面贯彻落实《关于加强和改进新时代市县政协工作的意见》精神,依托专委会建立功能型凝心党支部,以党建"两个全覆盖"破解"两个薄弱",创建"五心五凝"党建新品牌助推"双向发力"提质增效,努力形成以党建强政治、聚同心、促履职的良好局面。

谈及如何切实发挥凝聚共识重要渠道作用,六盘水市政协主席王立说,六盘水市政协深入学习贯彻习近平总书记关于加强和改进人民政协工作的重要思想和中央政协工作会议精神,强化思想政治引领,突出党建赋能、协商赋能、团结赋能,发挥凝聚共识重要渠道作用,促进工作提质增效。

"黔南州政协聚焦'两个薄弱''政协工作机构党的建设工作开展不平衡'等问

题,通过健全组织体系、职责体系、制度体系、保障体系,全面加强政协系统党的建设。"黔南州政协主席瓦标龙在发言中如是说。

市县政协协商是一个"通气""出气"达到"顺气""聚气"的过程,有利于在协商中沟通想法、换位思考、增进共识,有利于把矛盾化解在基层、将力量凝聚于基础。

黔东南州政协主席潘玉凤在谈及基层协商时说,黔东南州政协探索开展"院坝协商",以社会主义核心价值观和先进文化引领群众、凝聚共识,推动民生问题解决,促进乡风文明,打通了政协协商"最后一公里",发挥了政协在服务基层社会治理中的重要作用。

"黔西南州政协系统构建了'政协党组+机关党组+机关党委+基层党支部'的组织模式,建立了党组成员联系界别党员委员、党员委员联系党外委员制度,实现了党的组织对党员委员全覆盖、党的工作对政协委员全覆盖。"黔西南州政协主席许风伦说。

座谈会上,参会的开阳县、凤冈县、盘州市、西秀区、赫章县、印江自治县、凯里市、长顺县、兴义市政协主席进行了发言,分享了各自在加强和改进市县政协工作中的经验做法。

在认真听取了大家的发言后,刘晓凯在讲话中充分肯定了市县政协所做的大量工作和取得的成绩,并从坚持以党的创新理论武装头脑、指导实践,坚持以政协党的建设推进党的组织、党的工作全覆盖,坚持以创新体制机制切实解决基础工作薄弱、人员力量薄弱"两个薄弱"问题,坚持以整合协商资源丰富协商形式增强协商实效,坚持以高质量资政建言服务高质量发展,坚持以思想引领凝聚人心、汇聚力量六个方面提出了要求。

省政协副主席赵德明主持座谈会,并对9个市(州)政协和9个县级政协的发言进行了即席点评,希望在今后的工作中要相互学习,相互借鉴,积极探索,共同提高。

近六个小时的深入交流,思想的火花,在碰撞中不断迸发;工作的思路,在交流中更加明晰……

(《贵州政协报》2022年8月18日A1版 潘建)

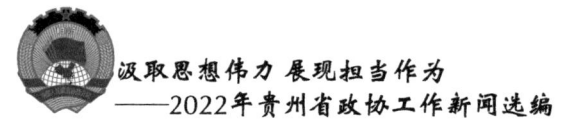
汲取思想伟力 展现担当作为
——2022年贵州省政协工作新闻选编

为赤水河流域增光　为长江经济带添彩
——2022年中国赤水河流域生态文明建设协作推进会侧记

清风送爽,丹桂飘香。

8月28日至29日,由民革中央和云贵川三省政协联合主办、全国政协人口资源环境委员会支持的"2022年中国赤水河流域生态文明建设协作推进会"在毕节市金沙县召开。

"云贵川三省认真践行习近平生态文明思想,携手并肩有力助推流域生态治理,持续完善跨区域共建共享机制。通过大家的共同努力,赤水河岸在变绿、水在变清、景在变美,生态文明建设取得了显著成效。"全国政协副主席、民革中央常务副主席郑建邦以视频方式出席并讲话。他强调,推动赤水河流域生态文明建设实现高质量发展,需更加凝聚好生态保护的共识,需更加推进好三省四市的联动,需更加发挥好人民政协的作用。只要以抓铁有痕、踏石留印的韧劲,持续助推赤水河流域生态环境保护、人与自然和谐共生、全流域协作共赢,一定能够将赤水河打造成为长江上游最美的生态河、流域绿色高质量发展先行示范区、践行"两山"理念的典范。

29日上午,来自民革中央、全国政协人资环委、国家有关部委、云贵川三省政协和民革贵州省委有关负责同志,贵州省有关部门负责同志,昭通、毕节、遵义、泸州4市16县(市、区)有关负责同志及有关专家代表再次相聚一堂,围绕"生态优先·协作共赢"主题,紧扣时代脉搏,共谋合作、共话发展,共绘赤水河流域美好蓝图。

"坚持生态优先,践行绿色发展理念,守护好赤水河一江碧水,筑牢长江上游这道绿色的生态保护屏障,是我们共同的政治责任和使命担当。"全国政协人资环委主任李伟在讲话中指出,要进一步完善好、运用好流域协商协作机制平台,进一步健全共谋流域生态文明建设的联合调研视察、民主监督和信息资源共享等机制,以调研报告、社情民意信息、提案等形式建言资政,努力推动赤水河流域协商协作成果落地见效,以优异成绩迎接党的二十大胜利召开。

赤水河一河连三省,是长江上游唯一一条保持自然流态的一级支流,是长江上游重要的生态屏障,也是长江上游珍稀特有鱼类国家级自然保护区,具有独特的自然、生态和历史文化禀赋。推进赤水河流域生态文明建设,既是贯彻落实习近平生态文明思想的重要举措,也是筑牢长江上游生态屏障、推动长江经济带高质量发展的具体行动。

人不负青山,青山定不负人。6年来,在三省四市政协共同助推流域生态文明建设的生动实践中,"云贵川是一家"的强烈共识和深厚情谊历久弥新、不断深化。用心用情守护赤水河的绿、赤水河的美,保护好赤水河一江清水、两岸青山,实现流域绿色发展、高质量发展,是云贵川三省肩负的职责使命。

得一江水清,上下游共建共治。会上,从理论与实践结合的角度,云贵川三省互相交流经验和做法,干货满满、成效显著——

"作为赤水河上游省份,我们主动担起'上游责任'、展现'上游作为',切实推进赤水河流域(云南段)保护治理与绿色发展,干支流生态环境质量不断改善,进一步筑牢了长江上游重要生态屏障。相信通过我们的接续奋斗,赤水河流域生态文明建设协作必将取得更大成效,水更清、山更绿、人民更幸福的目标一定能早日实现。"云南省政协副主席何波的发言铿锵有力、信心满满。

"我们把助推赤水河流域生态文明建设作为重要履职内容,省市县三级政协组织开展同题调研和联合视察12次,提交调研报告、提案、社情民意信息50余篇(条)。"四川省政协副主席杜和平在发言中提出了要强化统筹推动、强化协作联动、强化合力行动等建议。他表示,四川省政协将以此次会议为契机,进一步加强与云南省、贵州省政协的合作协作,发挥建言资政作用,打破行政区划限制,针对流域重点、难点、突出问题开展调研视察,合力向国家层面呼吁争取、向党委政府建言献策。

"贵州省将赤水河作为全省首个生态文明改革实践示范点,先后开展了流域生态保护红线、流域资源使用和管理制度、流域自然资源资产审计制度等12项生态文明体制机制创新;出台了系列政策法规,对流域内产业发展、生态环境保护修复等进行全面安排部署……"发言中,贵州省副省长、民革贵州省委主委王世杰介绍了贵州在推动赤水河流域保护治理上所做的具体工作和取得的成绩。他建议,要进一步推进流域共建、流域共通、流域共荣、流域共享,把一江清水保护好,把通航河道运用好,让发展成果惠及更多人民群众,让生态保护、产业发展真正造福流域、造福两岸人民。

在嘉宾主旨发言阶段,国家级非物质文化遗产茅台酒酿制技艺代表性传承人季克良,中国社科院旅游研究中心特约研究员高舜礼,茅台集团首席育种专家、红缨子研究所所长涂佑能,国家林业和草原局发展研究中心处处长、教授级高级工程师张升4位专家学者分别"以生态文明建设推动白酒'产区式'高质量发展""加强黔川滇区域协作 做长征国家文化公园建设的示范者""科技创新勇于开拓 以种业带动产业健康发展""基于生态产品价值视角的林业碳票发展思考"为主题作了精彩的发言,分享了理论研究成果,并结合自身工作实际,提出了很多好的意见建议,让人深受启发。

会议通过了《2022年中国赤水河流域生态文明建设协作推进会"毕节行动"》,宣读了《云贵川三省四市政协共设"赤水河保护宣传周"倡议书》《赤水河流域白酒企业投身生态文明建设助力乡村振兴倡议书》,举行了《加快推进赤水河流域长征国家文化公园建设战略合作框架协议》及有关企业合作协议签约仪式。

会前,与会人员前往金沙县柳塘镇进行了学习考察和充分协商,参观考察了乡村振兴建设、流域防污治污、绿色产业发展等方面的好经验好做法,切身感受贵州坚定不移走生态优先、绿色发展道路的生动实践。

两天时间,会议日程丰富、亮点纷呈,三省成绩硕果满枝。大家或认真倾听、或凝神思考、或轻声交谈。大家纷纷表示,依托赤水河流域生态文明建设载体,云贵川三省将以共建共促共繁荣的奋斗姿态,发挥凝聚共识作用,加强信息互通、工作互访、成果共享,携手推动流域各方深入交流、合作共赢,共同谱写赤水河流域绿色高质量发展的美好篇章。

(《贵州政协报》2022年8月31日A1版 潘建 何佼阳)

— 纪 实 —

为贵州发展汇聚海外力量
——全国政协海外列席侨胞考察团赴黔考察侧记

争取上力。8月28日,由中国经济社会理事会支持、贵州省政协主办的深入贯彻国发〔2022〕2号文件精神专题研讨会精彩收场。

广借外力。次日,身为中国经济社会理事会副主席的全国政协港澳台侨委员会主任朱小丹,便率以中国侨联副主席邵旭军、全国政协港澳台侨委原驻会副主任邓小清为副团长的全国政协海外列席侨胞赴黔考察团,开启深入三地、为期5天的行程。

凝聚合力。两场重磅活动无缝衔接,彰显了经贵州省政协积极努力,全国政协及其领导下的高端智库倾情倾力帮助贵州,全国政协港澳台侨委及海外侨胞对贵州发展的特别关心、特殊支持——继全国首家获国务院以"国发2号"为一省出台两份文件之后,贵州又成为全国政协海外列席侨胞考察团组团17年来首个两赴考察的省份。

看实景、听介绍、广交流、建真言……8月29日至9月2日,来自16个国家的22位海外侨胞代表,由贵州省政协副主席任湘生陪同走进贵安新区、黔南州、黔东南州,一路惊喜、一路收获。

通过身临其境,考察团不仅深刻感知"党的十八大以来党和国家事业大踏步前进的一个缩影",亦对合力开创贵州高质量发展新局面、同心谱写多彩贵州现代化建设新篇章饱含信心及期待。

共享机遇:传统产业加快转型,新兴产业创新发展,开放合作商机无限

迈步新征程的贵州,每天都在演绎"黄金十年"2.0版。

近十年间,贵州大数据产业从无中生有到落地生根、集聚成势,全省处处激荡数字经济发展的强劲脉动。考察团首站来到位于贵安新区的贵阳大数据科创城、中国电信云计算贵州信息园、华为云数据中心,即获"意外惊喜"——全国首个国家级大数据综合试验区弄潮当先、"中国数谷"奋发高地。

虽在行前做了功课,但全国政协海外列席侨胞、日本工程院院士任福继仍感

"异常兴奋",盛赞贵州大数据产业起步早、发展快、收获多、影响大。"推动大数据成为好数据、强数据,还需筑巢引凤、固巢养凤、强巢生凤。"这位人工智能专家说,愿以其在情感计算领域排名全球前三的科研优势,与贵州开展智能机器人、智慧城市等方面的科研及产业合作。

全国政协海外列席侨胞、苏州米太人工智能研究院院长刘亚平亦表示,人工智能、大数据技术可应用发展康养产业,他身为中国林业产业联合会森林康养分会顾问,愿助贵州打造全国智慧康养基地一臂之力。

以侨所长,补黔之短。全国政协海外列席侨胞、对外经贸大学法学院教授唐林及清华大学电子工程系长聘教授周伯文等,则从产学研融合创新的角度建言贵州数字经济发展,并有意在数据安全、人才培养等方面开展深度交流合作。

抢抓"风口",勇立潮头。走进福泉市千亿级工业园区,考察团再次惊喜于代表科技创新、产业发展方向的战略性新兴产业,正在偏居祖国西南的贵州风生水起。

巴西中国矿业协会秘书长陈钧看得仔细、听得认真。"光裕能、盛屯新能源电池材料和誉福隆重晶石精深加工新产品开发及生产、胜威钛磷硫全资源循环利用新材料4个项目,年产值就达千亿元,非常厉害!"他表示,结合巴西丰富的矿产资源,会尽快组织专家团队来黔深入考察,有望达成优势互补合作。

全国政协海外列席侨胞、乌干达中国和平统一促进会会长方忞,亦对贵州丰富的磷、锰等矿产资源颇感兴趣。得知投资矿产、能源等领域可获新国发2号文件加持、"贵人服务"优待,是谓"天时地利人和",他极有意愿到黔南"掘金"矿产资源开发利用。

"我们想成立一支煤炭产业纾困基金,对缺少资金的煤企定点精准纾困,助推贵州煤炭产业健康发展。"全国政协海外列席侨胞、意大利(中国)侨商会终身名誉会长项进光说,该基金首批拟筹50亿至100亿元,其团队此间已来黔与有关部门对接。

发掘素材:乡村振兴接力脱贫攻坚,"中国故事"的贵州篇章精彩纷呈

促文旅发展、助乡村振兴,以文旅产业带动全县发展的丹寨万达小镇获评"国家IP"。9月3日,"2021十大年度国家IP"评选结果出炉。

此前一天,来到这个由"包县扶贫"理念催生、深耕文旅产业获誉无数的网红小镇,漫步文旅商街、民族广场,赏苗侗歌舞、品特色美食,考察团沉浸于精品旅游综合体的"一站式"体验,为其开创从脱贫到致富的振兴之路所叹服。

同属网红打卡地,万达丹寨茶园是该县重点打造的农文旅融合发展林业产业示范园、东西部协作广东南海区产业联动帮扶建设示范基地,已带动周边3镇8村近 3000 户农户发展。其首创的"企业+东西协作+基地(合作社)+农户(反租倒包)"发展模式及"一地生四金"利益联结方式,吸引众人驻足观摩。

"我听说过这边,但没想到模式这么新、成效这么好!"茶园里一块块熟悉的认领牌,让祖籍南海的全国政协海外列席侨胞、波兰丝绸之路基金会会长招益华尤感亲切。他表示,一定要把做大做强的丹寨茶产业介绍给南海乡亲,还要把发生在贵州的发达地区扶持欠发达地区、先富帮后富的"中国故事"讲到"一带一路"要地、欧洲"十字路口"波兰去。

时代潮涌,来路回响。66个贫困县"摘帽",923万贫困人口脱贫、192万人搬出大山——贵州创造的中国减贫奇迹,引发考察团"集体震撼"。而"一步千年"之后,众多搬迁群众如何留下来、稳得住、能致富?走进惠水县移民搬迁安置点,侨胞们的疑虑很快消解。

"您一天工作多久?收入多少钱?"

"每天上班六七个小时,能挣一百来块……"

在由"扶贫车间"变身的制衣公司,全国政协海外列席侨胞、希腊华侨华人总商会会长徐伟春弯下身子,与操作智能校服生产线的大姐聊了起来。听到对方爽朗的笑声,看着墙上"车间建在家门口,脱贫致富好帮手""门口就业能致富,工作家庭两不误"的标语,他无限感慨:"老乡们从深山故地搬到幸福家园,又能在家门口务工,真好!"

"好花红哎好花红……五十六朵共一树,朵朵向阳朵朵红。"社区活动广场上,布依族群众载歌载舞引人围观。全国政协海外列席侨胞、欧洲杭州总商会会长朱培华情不自禁地融入其间,并邀约更多侨胞加入。一场即兴"演出"结束后,这位旅欧作曲家的激情久难平复:到底是什么力量,让这首词曲普通的布依山歌《好花红》传唱了半个多世纪?

"它唱响好日子、讴歌新时代,越听越好听、越唱越起劲。"置身于一幢幢崭新小楼中,朱培华意犹未尽地打开手机微信,向"万能的朋友圈"发出"征集令":美丽乡村花儿遍地开,欢迎优质歌词合作,我们再唱一首贵州赞歌!

倍增信心:民族文化扬自信,国之重器开"天眼",在黔山笃定中国梦

运刀作笔、滴蜡为墨、染色呈形,图腾纹样跃然土布之上,一件件蜡染作品惊艳亮相——这是"90后"非遗传承人张义苹最得意的本事。

历经两千多年传承,苗族蜡染作为首批国家级非物质文化遗产,正在苗岭山乡绽放魅力。走进新建成的丹寨县卡拉活态非遗村,考察团一行不约而同地放慢了脚步。

同处染色行业，专注羊绒纱线20余年的康赛妮集团董事长薛惊理，偶遇"同仁"颇显熟络。在张义萍的蜡染工坊里，他伸手轻触土布纹理、游目描摹蜡画图案、贴鼻闻香板蓝染缸，对手工精湛、意蕴深厚的非遗技艺叹为观止，反复叮嘱年轻主人用心守护民族文化、提振文创产业。

"民族文化也是生产力，这里走出了一条乡村振兴实现物质、精神双丰收的漂亮路子。"全国政协海外列席侨胞、美中青年企业家协会荣誉会长王彦博说，优秀传统文化是中华民族的根与魂，非遗让苗寨"看得见山、望得见水、记得住乡愁"，成为人们坚定文化自信、凝聚民族精神的力量源泉。

信心，正是海外侨胞代表此行贵州的"最大收获"。

积淀历史厚重，逐梦壮阔未来。一口架在平塘县大窝凼上的"天锅"，拓展了人类观察宇宙的视野极限，亦彰显了国人对浩瀚星空的勇敢执念——2016年建成运行的500米口径球面射电望远镜（FAST），被习近平总书记赞为"观天巨目、国之重器"，让美国科学家惊呼"一个中国走向航天大国的信号"。

尽管看过不少图片及视频，但当亲临考察中"最期待的一站"、站上FAST瞭望台时，可看透百亿光年、洞悉无垠星河的"中国天眼"如此真实地静卧眼前，众人皆难掩一触即发的震撼之感、直抵心房的自豪之情，或追着解说员听科普，或倚着围栏思绪万千。

"虽然身处洼地，却能够捕捉来自遥远星系的微弱信号，已经发现660多颗新脉冲星，进入成果爆发期……"西班牙西中经贸文化促进会会长毛燕伟时常关注"中国天眼"，对其近况娓娓道来。"作为国家科技自立自强的典范之一，它的每个环节、每块面板、每行代码，都凝结着中国智慧、中国创造。"他表示，此行特意购买了多件"中国天眼"纪念品，"要把这份正能量带出去"。

全国政协海外列席侨胞、美国中美教育基金董事田长桵亦然，"从南先生开始选址到设备安装，再到项目落成、开放运行，我一直都很关注"。在"中国天眼之父"南仁东事迹馆，他沿着南老的足迹重览这一伟大工程的艰辛建设历程后，心情更难平静："南先生用一生打开'中国天眼'，不仅造福中国，也造福世界。这种中国精神、中国力量，让我们对祖国发展充满信心，必将激发海内外中华儿女团结奋斗，为中华民族伟大复兴汇聚磅礴伟力。"

"向着中华民族伟大复兴的中国梦，我们的征途是星辰大海。"告别"中国天眼"，侨胞们纷纷感念道。

（《贵州政协报》2022年10月2日A1版　田锦凡　陈曦）

— 纪 实—

寻求最大公约数　画好最美同心圆
——全省政协"社区协商"工作座谈会侧记

12月2日,全省政协"社区协商"工作座谈会在贵阳市召开。来自各市(州)和部分县级政协的负责同志相聚筑城贵阳,通过"现场考察看典型+座谈交流讲经验"的方式,共话基层协商民主的探索与实践成果。

"政协'社区协商'是政协协商向基层延伸的重要形式之一。近年来,全省各级政协深入贯彻落实中央和省委政协工作会议精神,积极探索开展政协'社区协商'工作,打造基层民主协商品牌,展现了新时代政协履职新作为,为助力民生改善、助推基层社会治理作出了政协新贡献。"省政协副主席赵德明在总结发言中充分肯定了全省各级政协探索开展基层民主协商取得的显著成绩,阐述了探索开展"社区协商"的重要意义,提出了打造"社区协商"靓丽品牌必须坚持强化思想政治引领、坚持人民至上坚守为民情怀、坚持推进工作制度化规范化等工作原则。他强调,要深入学习贯彻习近平总书记关于加强和改进人民政协工作的重要思想,深入学习贯彻党的二十大报告关于协商民主相关精神,按照党中央关于加强和改进新时代人民政协工作的决策部署,强化思想认识,深刻理解开展"社区协商"的重要意义;要坚持守正创新,推进"社区协商"不断开创新局面;要强化责任担当,着力"四个第一线"深入实践展现作为;要强化工作保障,推动"社区协商"工作落地见效。

边看边议、边学边思。会前,大家先后前往贵阳市观山湖区金元社区、南明区国际城社区、云岩区金仓社区参观考察,实地察看各试点社区推进"协商议事室""委员工作室""同心会客厅""协商长廊"等协商平台搭建情况,详细了解贵阳市政协"社区协商"工作开展、机制完善、委员作用发挥等情况。

他山之石,可以攻玉。会上,贵阳市、遵义市、铜仁市和观山湖区、修文县、水城区、平坝区、赫章县、凯里市、都匀市政协负责同志在交流发言中直抒己见,畅谈考察学习感受,并介绍各地区"社区协商"工作开展情况和深入推进基层协商工作的经验做法——

"我们已建立'社区协商'阵地177个,开展协商活动500余场(次),促进解决问题 760 余个……"贵阳市政协主席石邦林用生动的案例和具体的数据介绍了市政协开展"社区协商"工作取得的成效。他表示,将按照党的二十大关于发展全过程人民民主、完善协商民主体系的要求,进一步推动政协履职创新,切实把工作做细做实,把特色做精做靓,奋力打造好贵阳市政协"社区协商"品牌,在服务解决人民群众"急难愁盼"问题上作出新的更大贡献。

"政协联系群众,优势在委员。我们把全体政协委员分片区划分到各乡镇(街道),既为政协委员深入基层、履职为民搭建了有效平台,又为'院坝协商''社区协商'汇聚了人才、智力和资源,实现了乡镇(街道)政协联络委常态化履职同政协委员实体化履职'双促进'。"铜仁市政协主席肖洪介绍了该市政协通过"强化统筹抓试点、强化督导促落实、强化联动见实效"推进"社区协商""院坝协商"试点工作的方法和举措。

"我们坚持围绕'协商什么、谁来协商、如何协商'等重点环节,积极探索实践,不断丰富协商内涵,提升协商质效。"遵义市政协副主席、秘书长魏在平说,将不断丰富"有事好商量"的内容和形式,以"社区协商"助发展、惠民生、聚共识、促和谐,在发展全过程人民民主中彰显更多政协作为,努力将"有事好商量"打造成党委信任、政协主动、务实高效、群众满意的政协基层协商品牌。

各地政协纷纷"晒成绩",其探索有创新、实践有特色、工作有成效——

观山湖区政协全力推动政协协商和"社区协商"有效衔接,积极探索"社区协商五事"工作法,发挥政协职能作用助推基层社会治理,委员"双岗"建功主体作用得到了进一步发挥,人民群众真正得到实惠。修文县政协聚焦"四向"发力,协商为民,助力解难题、办实事、聚人心、促和谐,推动"社区协商"走深走实。水城区政协以界别工作为载体,开展"五进五助",大力推动委员进社区、进乡村、进园区、进企业、进景区,助力社区治理、乡村振兴、园区发展、企业增效、旅游提质,助推基层提升治理体系和治理能力现代化水平。平坝区政协把"社区协商"作为推进政协委员下沉、协商重心下移的有效载体,创新搭建群众家门口协商平台,在助力基层社会治理体系建设中发挥了重要作用。赫章县政协积极探索融入基层治理新途径,以政协委员片区工作站为载体,打通政协履职"最后一公里",有力推动基层政协、协商民主广泛多层制度化发展。凯里市政协在全面推进"院坝协商"打造平安文明村寨的同时,在城市社区积极探索"四化解四难""社区协商"新机制,为基层社会治理赋能增效,为助力基层治理现代化建设作出有益探索。都匀市政协积极探索"1223"工作思路,让居民真正参与到社区决策过程中,推动解决群众"急难愁盼"问题,形成了政协搭台、社区主导、多元共治、共建共享的基层社会治理新格局。

…………

与会人员在讨论中寻找差距、在学习中互相提高,达到了总结经验、谋划思路、推动工作的目的,为接下来各地政协更好地开展基层民主协商工作理清了思路。

省政协副主席任湘生在主持会议时指出,要牢牢把握团结奋斗的时代要求,充分发挥人民政协作为统一战线组织的重要作用,团结引领本地区各族各界群众听党话、跟党走,努力在凝聚人心、汇聚力量上展现担当作为,画好最大最美同心圆。要紧紧围绕建设现代化国家和"四新""四化"主战略、"四区一高地"主定位等"国之大者""省之大计",充分发挥人民政协"重要阵地""重要平台""重要渠道"作用,开展更有高度的政治协商、更有深度的参政议政、更有温度的民主监督,以高质量履职助推高质量发展,为谱写贵州高质量发展新篇章作出新的更大贡献。

(《贵州政协报》2022年12月6日 A3版 何佼阳)

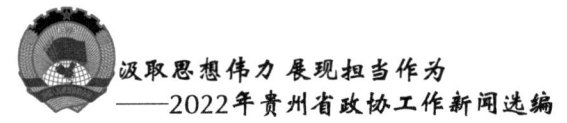
汲取思想伟力 展现担当作为
——2022年贵州省政协工作新闻选编

十二届省政协提案工作表彰会召开
——150件提案50个提案承办单位30名先进个人获表彰

11月16日,十二届省政协提案工作表彰会在贵阳召开,回顾总结十二届省政协提案工作主要成绩和基本经验,交流研讨进一步推进提案工作提质增效的思路举措。150件优秀提案、50个提案先进承办单位和30名提案工作先进个人获得表彰。

提案工作是人民政协一项基础性工作,是人民政协履职尽责的重要方式。十二届省政协以来,省政协和各有关方面始终坚持以习近平新时代中国特色社会主义思想为指导,深入贯彻习近平总书记关于加强和改进人民政协工作的重要思想,认真落实中央和省委政协工作会议精神,始终把提案工作作为助推贵州高质量发展的重要抓手,大力实施提案工作"三个质量"提升行动,认真组织提案工作"四个协商",创新实现提案工作重要环节"五个首次",推动提案工作整体高质量发展,提案工作大踏步前进。

省政协十二届一次会议以来,广大省政协委员、省政协各参加单位和专门委员会积极通过提案工作担当履职,共提出提案3939件,经审查立案3734件,提出具体建议11 000多条,为全省决战脱贫攻坚、决胜同步小康,统筹推进疫情防控和经济社会发展等贡献了智慧和力量。经各方共同努力,截至2022年10月31日,立案提案均已全部办结。

五年来涌现出了一批优秀提案、提案先进承办单位和提案工作先进个人。为肯定成绩、学习先进、激励担当,根据《贵州省政协提案工作条例》等规定,经省政协主席会议审议,决定对《关于发挥乌江历史文化资源优势推动文旅一体化发展的提案》等150件优秀提案、省委督查二室等50个提案先进承办单位和曾佩芸等30名提案工作先进个人予以表彰。

会上宣读了《政协贵州省委员会关于表彰优秀提案提案先进承办单位和提案工作先进个人的决定》,并向获奖代表颁奖。优秀提案和提案先进承办单位、提案工作先进个人获奖代表分别发言。

大家表示,要深入学习宣传贯彻党的二十大精神,衷心拥护"两个确立"、忠诚践行"两个维护",坚持以高质量发展统揽全局,全力以赴实施主战略、实现主定位,扎实有效提升提案工作"三个质量",为奋力谱写多彩贵州现代化建设新篇章作出更大贡献。

(天眼新闻2022年11月18日　陈曦)

—特 写—

百年古寨新生机

"这个古寨有600多年的历史了,它的形成可以追溯到明初洪武年间的'调北征南'时期,是一个比较原始的村寨了。"

"现在古寨有多少人居住呢?"

"218户,813人。都是布依族。"

"统计过有多少栋楼吗?"

"147栋吊脚楼。其中,核心区48栋掩藏在360多棵古榕树之下,非常美。"

7月1日,全国政协副主席、民进中央常务副主席刘新成率全国政协文化文史和学习委员会调研组以"加强传统村落的保护和利用"为主题到贵州省兴义市南盘江镇南龙布依古寨调研。这是调研组成员同黔西南布依族苗族自治州政协教科卫体与文化文史学习委工作人员罗松的一段对话。

甫一下车,映入眼帘的便是一棵棵参天古榕将寨门团团包围,阳光穿过古榕映留在青石板台阶上片片斑驳树影。拾级而上,一棵巨大的黄葛树出现在眼前,它生机盎然且遒劲古老的枝叶为到来的人们遮阴避凉,诉说着悠远的故事。

跟随罗松的指引,穿过一条条巷道,委员们不停驻足欣赏那具有布依特色的干栏式吊脚楼。

"自然风光优美,民族风情浓郁,这些古建筑也颇具神秘感,有特色。"全国政协文化文史和学习委员会副主任、中共中央党史研究室原副主任吕世光边走边赞叹。

"据说他们这个古寨的房屋是按九宫八卦形排列,巷道也环环相扣但道道相通,不熟悉的人来这里确实像走进了迷宫。"全国政协文化文史和学习委员会副主任、原国家新闻出版广电总局副局长、中国版权协会理事长阎晓宏也感叹道。

"经常回来吗?"

"我就住这里。我是这里土生土长的,在这个地方习惯了,不想出去了。"

委员们走到一座老屋前,与在门口做织绣手工的73岁老人韦世琴及其家人们聊了起来。

"你在这里住着,谁照顾你?"

"我的身体还很棒的,没事的。我的小孩住在县城,每个周末都会回来。"老太太边说边笑,洋溢着幸福。

"你的生活来源从哪里来?"

"政府有补贴;我的孩子每个月还会给一些,买米是吃不完的。"说完又是一阵爽朗的笑声,委员们也被老太太的笑声所感染。

"你平时烧饭用什么?"

"冷天用柴,顺便取暖;热天用电,电炉子方便。"

"这挺好,既有传统的,也有现代的。"

驻足良久,告别老屋前的老人,委员们一路前行,身后传来老人们的歌声,悠扬婉转,响彻古寨……

据介绍,她们唱的是布依八音。布依八音,又叫布依族八音坐唱,是布依族世代相传的一种民间曲艺说唱形式,因用牛角胡等8种乐器合奏而得名,被誉为"声音的活化石"。2006年5月,布依族八音坐唱经国务院批准列入第一批国家级非物质文化遗产名录。而南龙布依古寨就是"八音坐唱"的发源地。

"有人,有音,有生活,有情怀,古寨才会有生机。"全国政协委员,北京大学中文系教授、文化资源研究中心主任张颐武说道。

作为全国"少数民族特色村寨""中国传统村落",为更好地保护和利用,贵州省民宗委、贵州省文化和旅游厅已投入大量资金用于对古寨的整体修缮和功能完善。

"大多数传统村落要见人、见物、见生活,通过政府主导、村民参与,才能提升传统村落的使用功能。"全国政协委员,故宫博物院研究员、原常务副院长王亚民对此有很深的感触。20多年前他在河北教育出版社主持工作时,就规划出版了一套《中国古村落》图书,他认为,现在传统村落的保护和利用,是为了让我们的后代记得起曾经的袅袅炊烟和淡淡乡愁。

全国政协委员、人民日报社原副总编辑张首映说:"传统村落的保护,是保持乡愁和历史记忆、保留传统精髓和风貌的重要载体。保护好传统村落,使中华民族几千年文明史更有底蕴,使中华民族大融合更有基础,是加强中华儿女大团结的重要纽带,意义重大、价值重大。"

"传统村落中蕴藏着丰富的历史人文信息和丰厚的地理文化景观,是中国农耕文明保留下来的最大遗产。贵州省有着厚重的历史文化和浓郁的民族风情,讲好

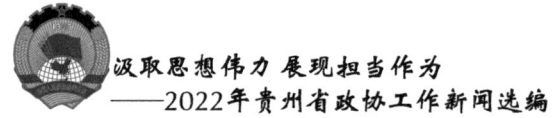

少数民族的文化故事,是讲好中国故事的一个重要组成部分,那么传统村落就是一个很好的载体。"全国政协委员,中央广播电视总台新闻中心新闻联播部主播、播音指导海霞提出了自己的想法。

"传统村落与现代人的生活方式、生产方式相结合,才能持续发展。"全国政协委员、北京画院院长吴洪亮也表达了自己的感受。

一路上,调研组成员一边回味着古寨那令人陶醉的场景,一边热烈讨论着、思考着……

(《人民政协报》2022年7月11日2版　郭海瑾)

—特　写—

在服务大局上可圈可点
——贵州省委书记点赞激发政协委员更大履职热情

"一年来，全省各级政协组织和广大政协委员做出了大量卓有成效的工作，在服务全省大局上可圈可点，为推动全省高质量发展贡献了独特的智慧和力量。"1月19日，省委书记谌贻琴在省政协十二届五次会议开幕会上对政协委员的肯定和对政协工作的点赞，让出席贵州省政协十二届五次会议的省政协委员们备受鼓舞，履职热情更加饱满。

贵州的大局是什么？

习近平总书记2021年初视察贵州时，要求贵州坚持以高质量发展统揽全局，在新时代西部大开发上闯新路、在乡村振兴上开新局、在实施数字经济战略上抢新机、在生态文明建设上出新绩。围绕"四新"，贵州布局以推进新型工业化、新型城镇化、农业现代化、旅游产业化为主要抓手。

过去的一年，贵州及时将工作重心从以脱贫攻坚统揽全局转到以高质量发展统揽全局，省长李炳军作政府工作报告时说："高质量发展已成为全省上下的共同意志和行动！"

贵州省政协拿出的是一份沉甸甸的常委会工作报告。

省委、省政府领导同志对省政协各类调研报告和发言材料批示46件。省政府办公厅将委员与省长、副省长专题协商中提出的意见建议细化分解成38项任务，纳入督办事项进行落实。

省政协竭尽全力争取全国政协和中国经济社会理事会的支持，支持协助贵州贯彻落实习近平总书记视察贵州重要讲话精神，深入贵州开展调研形成4份调研总报告和5份专题报告，为国家发改委拟出台支持贵州发展的综合性文件提供了重要的基础材料。

省政协主席刘晓凯说："我们深刻感悟习近平总书记赋予贵州的重大时代使命，从中找到前进方向、履职方针和工作方法，真正把学习成果转化为工作成效。"

本次会议是十二届省政协最后一次全体会议，委员们激情不减，把五年来积累

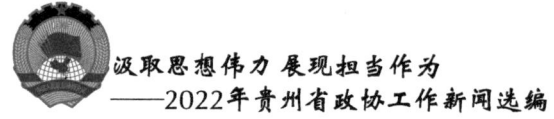

的履职经验和过去一年来的工作思考带到会上。

1月21日第2次全体会议上,彭玉荣委员和汪文学委员所作的大会发言,得到省委书记现场批示。

彭玉荣说,贵州土地自然资源先天不足、农业设施建设后天不优,加快山地特色农业高质量发展,推动农业现代化实现新突破,是乡村振兴开新局的题中之义,她提出5项具体建议。汪文学的关注点是民宿产业,他说,在疫情常态化背景下,旅游逐步转向以周边市场为主、以在地消费为主、以内循环为主,大力发展民宿旅游产业是促进贵州旅游大提质的有力抓手。

小组讨论、提交提案,委员们情真意切、思考良多,都在努力走好贵州"新的赶考路"。

(《人民政协报》2022年1月24日1版　黄静)

贵州省长参加联组讨论和委员聊起心里话

千秋大事不能一锤子买卖

"我到贵州一年的时间里,这是第6次来政协了,每次来收获都很大。"1月21日,贵州省委副书记、省长李炳军参加省政协十二届五次会议第二联组讨论,和委员们深入交流,这场讨论会开得坦诚真挚。

"我省个别市县非税收入占比较高,'花钱必问效'的理念亟须进一步加强。"王宏委员是财政部贵州监管局局长,他直陈财政管理上存在的短板弱项。

饶科亮委员发言时说到"擦亮'贵州蔬菜大省'名片",李炳军连忙说:"大省还达不到。"

汪振武委员是即席发言,他说贵州险资利用率低,建议专门对接各大保险公司,利用全国险资盘活康养等困难文旅项目。李炳军认为建议很好,嘱咐相关部门下来和委员对接并研究。

会上,围绕推动高质量发展,8位委员作主题发言,5位委员和侨胞代表作即席发言,到场的7家省直部门负责人对委员发言进行一一回应。

靠政府投资拉动高速发展受制约后,贵州今后怎么发展?

李炳军和委员们道出了很多心里话。"我们要有战略定力。发展不仅要看现在,还要看长远,发展是千秋大事,不能做一锤子买卖。"

李炳军说,产业发展是第一号任务。要巩固提升煤电烟酒等特色优势产业,抢抓机遇发展壮大新能源电池及材料、大数据等新兴产业,提升农业和旅游业质量效益,大力培育壮大市场主体。

近些年,贵州丰富的矿产资源使得以磷酸铁锂电池材料为代表的新材料产业优势明显,2022年的目标是实现产值增长80%以上。以此为基础谋划培育以整车为牵引、以动力电池和汽车零部件为支撑的产业集群。

"我们要抓住这个风口。"李炳军兴奋地说。

1月23日,按照李炳军的要求,省政协把此次会议上委员提出的需省政府或省级层面协调解决的事项梳理出来,省政府将交有关方面解决落实。

(《人民政协报》2022年1月29日3版　黄静)

贵州省金融业政协委员热议党中央送给贵州人民的"大红包"

再造一个"黄金十年"

近日,贵州省政协议政厅内进行了一场金融头脑风暴,金融业政协委员及部分中央在黔金融监管机构、银行业和非银行业等30余家金融机构负责人围坐畅谈国发2号文件。

1月26日发布的《国务院关于支持贵州在新时代西部大开发上闯新路的意见》(国发〔2022〕2号文件),提出了103项重大政策、明确了139个重大工程项目、支持贵州建设11个重要基地。满满的政策干货、实打实的真金白银,可谓党中央在农历新年之际送给贵州人民的"大红包"。

如何贯彻落实国发2号文件精神?春节一过,贵州省政协就开始研习谋划。正所谓"金融活,经济活;金融稳,经济稳。经济兴,金融兴;经济强,金融强",首场座谈便定位在"发挥好金融机构在助力贵州高质量发展的重要支撑作用"。

"提升金融对实体经济服务质效""对贵州适度分配新增地方政府债务限额""中央预算内投资、地方政府专项债券积极支持贵州符合条件的基础设施、生态环保、社会民生等领域项目建设""支持发展绿色金融""支持开展基础设施领域不动产投资信托基金试点"……国发2号文件提出了一系列重大支持政策。

重大利好,如何运用?贵州省政协主席刘晓凯对来自金融界的与会者说:"希望大家能从全局的高度、专业的角度领会、研读和贯彻,跳出贵州看贵州,站在'第三方'的视角看贵州,从文件中找到发展的新机遇、新动能。"

省政协委员、财政部贵州监管局局长王宏表示,国发2号文件含金量高、政策红利期长,他结合财政工作和贵州省情实际给出建议,深化财政改革,增强落实国发2号文件的财力保障。提升中央转移支付资金使用质效,确保财政资金花得其所、用得安全高效。加强重点领域的跨部门调查研究合作,为完善政策和争取财政金融支持提出意见建议。

省政协委员、上海浦发银行贵阳分行行长陆韬建议:"加快建立由省级政府牵头主导的银团项目推进机制,精细化对重大项目的名单式、动态式管理,推动国土、环保等部门对项目审批的提前介入,联动各类金融机构用好金融工具,积极拓宽融资渠道。"

中国光大银行贵阳分行行长赵军强建议:"进一步健全以各类政府为主导的、贯通政银企的日常化、制度化政银企沟通协作机制。"

"目前,我行已明确'三批三真'的工作方针,即:申请一批政策、真金白银投,创新一批产品、真抓实干闯,引入一批客户、真情实意帮,全力打造西部大开发综合改革示范银行。"省政协委员、中国农业银行贵州省分行行长罗涛建议大力争取人民银行、银保监会、证监会化债专项政策,争取国家发改委、财政部等部门支持政策,加快推进相关政策先行先试,加大四大国有银行存款支持。

既反映真实情况又进行深入分析,既突出问题导向又研究解决问题的办法,委员们及金融机构负责人的发言也可谓干货满满。

贵州人民称此次的国发〔2022〕2号文件为"新国发2号文件",是因为2012年1月,国务院出台了《关于进一步支持贵州经济社会又好又快发展的若干意见》(国发〔2012〕2号文件),助力贵州开创了经济社会发展的"黄金十年"。

贵州翘盼新国发2号文件再造一个"黄金十年"。

(《人民政协报》2022年2月22日1版　黄静　黄芸　施维)

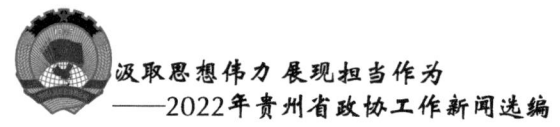
汲取思想伟力 展现担当作为
——2022年贵州省政协工作新闻选编

真正把这件好事办好实事办实
——全国政协农业和农村委员会聚焦农村改厕问题在黔调研座谈会记

"我们走了3个市调研了8个点,看到贵州省在农村改厕上多样化推进,有很多可学可取之处。"6月26日,全国政协"聚焦农村改厕问题 改善人居环境"调研组在贵阳召开座谈会时,调研组组长、全国政协农业和农村委员会副主任马中平说。

座谈会上,调研组和贵州省相关部门坦诚交流。

全国政协农业和农村委员会副主任吴晓青认为,贵州的做法实事求是,同时也代表了西南地区的水平。农村厕所革命是对农村群众环境观念的提升,是为了提高生活质量,扎实稳步推进,这是看得见摸得着的。

全国政协农业和农村委员会副主任杜宇新认为,农村改厕工作已经实施多年,各地都有一些具体的模式和创新做法,也积累了一批比较好的改厕经验。对于这些新技术、新模式和创新做法,应当进行一次整体评估,对经过科学评估后的好做法、新技术和成熟经验,进行分类总结,并加大推广力度。

全国政协农业和农村委员会副主任薛延忠提出,在实施农村改厕的过程中,要考虑后期管护问题,要保证农民用得起。

全国政协农业和农村委员会副主任刘永富建议,农村人居环境改善首先要规划先行,需要研究整村推进,防止重复建设。同时,要调动起群众参与的积极性,把改厕真正当作自己的事。

调研组强调,农村改厕还需要科技支撑,鼓励支持科研机构、企业等开展干旱寒冷地区卫生厕所适用技术和产品研发。建立技术支撑服务体系,分区分片开展现场、线上等多形式技术服务,帮助基层解决改厕难题。

委员们表示,农村改厕是一个系统性工程,求好不求快,一年接着一年干,扎扎实实向前推进,真正把这件好事办好、实事办实。

(《人民政协报》2022年6月30日2版　黄静)

— 特 写 —

庆祝香港回归祖国 25 周年
省政协委员共叙中国心香江情

今年是香港回归祖国 25 周年。今天的香港繁荣稳定、社会安宁，充满创新和活力，香港同胞的国家意识和国民身份认同不断增强，书写着爱国爱港的动人故事。多年来，黔港合作不断深化，随着新国发 2 号文件的发布，贵州也迎来了主动融入粤港澳大湾区扩大开放的重大机遇。本台记者视频连线采访部分贵州省政协委员，共诉中国心香江情，共话紫荆花开，黔灵秀甲。

"今年正值香港回归 25 周年，各位委员感受到香港和内地最大的变化是什么？"记者问道。

【贵州省政协委员　香港贵州商务促进会常务副会长兼秘书长　邝平山】

"二十五年风雨不平常，香港民众富有聪明才智和艰苦创业精神，这是香港长盛不衰的力量之源。香港的前途和国家的前途紧密联系在一起。香港不仅会从国家快速发展和繁荣富强中获得莫大利益，还会从国家生气勃勃的进取精神当中，获取自强不息的发奋思路。"

【贵州省政协委员　香港裕华国货董事总监　余伟杰】

"二十五年来，香港与祖国同发展、共繁荣，祖国是香港最坚强的后盾，'一国两制'在香港的实践取得了举世瞩目的成功。"

【贵州省政协委员　香港浸会大学内地发展办公室处长　李进秋】

"香港回归祖国 25 周年，恰好也是我在香港生活的 20 来年。作为从贵州大山里面走出去的孩子，我感受到香港和贵州都发生了非常大的变化。贵州发展在高速冲刺，但是又是马拉松式的一种跑步形式在往前发展。而香港它是属于一种慢跑的形式，两地都在往前走。"

【贵州省政协常委　香港贵州文化交流基金主席　程燕】

"几个月前香港通过选举产生了新一届的立法会议员和特首，能够担任 1500 人之一的选委感到特别自豪，而且这次选出的 90 位议员中，还有两位是现任的贵州省政协委员,还有一位是贵州籍的女士。"

"香港和贵州两地在商贸合作、文化交流上,一直有着密切的联系,对此,你们又有什么样的期待?"记者问道。

【贵州省政协常委　香港贵州文化交流基金主席　程燕】

"去年我的一个提案被评为优秀提案,它的主题是贵州有必要全要素引进粤港澳大湾区企业资源,以两头在外为导向,扮演好基地的角色,进而推进贵州农特产品供给侧结构性改革,助力黔货出山。今年国务院出台的新国发2号文件为贵州发展提供了历史的机遇,相信贵州在不久的将来一定会'赛过江南'。"

【贵州省政协委员　香港裕华国货董事　总监　余伟杰】

"过去多年来,裕华国货在香港举办的贵州名优产品展和多彩贵州文化节活动很受香港市民的欢迎和喜爱。国发〔2022〕2号文件赋予贵州内陆开放型经济新高地的战略定位,'十四五'规划当中提到要继续发展香港作为国际商贸中心和国际金融中心。香港是'黔货出山'的重要市场试点和对外对接的桥梁,贵州和香港有很大的商贸合作和文化交流空间。"

(《贵州新闻联播》2022年6月30日
苏姝　万好　阮博文　刘荣曌　李发静)

— 特 写 —

省政协委员：
再接再厉　再创佳绩　走好新的赶考路

【导语】在今天开幕的省政协十二届五次会议上，省委书记谌贻琴的讲话在广大政协委员中引发热烈反响。委员们表示将在履职尽责上展现新作为，在发挥优势上取得新成效，走好新的赶考路，喜迎党的二十大。

【正文】谌贻琴在讲话中指出，刚刚过去的2021年，在贵州发展历史上是具有里程碑意义的一年，也必将是载入史册的一年，春节前夕，习近平总书记亲临贵州视察，赋予贵州创新路、开新局、抢新机、出新绩的新目标、新定位，为贵州开启现代化建设新征程指明了前进方向，提供了根本遵循。

【省政协委员　西南能矿集团总经理　韩平】

我听了谌贻琴书记的讲话，感觉非常振奋，很有力量，很有信心，去年，我们省在贯彻落实习近平总书记视察贵州的讲话精神当中汇聚了八方的力量，以高质量发展统揽全局的基础，得到了很大的夯实，以高质量发展统揽全局，取得了优秀的成绩。

【省政协委员　中国农业银行贵州分行行长　罗涛】

在过去的一年，全省在围绕"四新"主攻"四化"，坚持高质量发展统揽全局方面，迈出了很多新步伐，取得了很多新成效，作为一个政协委员，在政治引领上衷心拥护"两个确立"，忠诚践行"两个维护"，加大信贷的投放，加大产品的创新，服务好乡村振兴，服务好实体经济。

【省政协委员　贵州全联律师事务所主任　李莉】

要关注人民群众急难愁盼的问题，接下来在关注民生这块，我们要参政参在关键处，议政议在点子上，提高人民群众的幸福感。

【正文】2022年是进入全面建设社会主义现代化国家，向第二个百年奋斗目标进军新征程的重要一年，委员们表示要在新的赶考之路上多谋创新之举，多献务实之策，交出优异答卷。

【省政协委员　贵州医科大学附属医院副院长　李伟】

谌书记提到我们贵州要走好新的赶考路,喜迎党的二十大,新的赶考路是什么呢？就是我们全省的整个的工作重心都要围绕着高质量发展,围绕着"四新"来主攻"四化",要让贵州的老百姓过得一天比一天好。

【省政协委员　玉屏融媒体中心副主任　姚磊】

大数据、大生态,乡村振兴硕果累累,贵州人民倍感振奋,幸福满满,未来在新的赶考之路上,我将更好地履职尽责、建言献策。

【正文】委员们表示,将大力弘扬伟大建党精神,增加历史自信,增进团结统一,增强斗争精神,凝聚共识,建言资政,为贵州的高质量发展作出贡献。

【省政协委员　贵州天羲轩体育文化发展有限公司董事长　樊小卉】

作为体育界别(的政协委员),我们是希望体育赛事、体育的设施能够走进乡村,提升乡村的知名度、美誉度,带动乡村振兴。

【省政协委员　省工商联副主席　马林法】

作为企业家,朝着"四新""四化"的目标,发展新技术、新产业、新业态、新模式,为贵州的高质量发展添砖加瓦。

(《贵州新闻联播》2022年1月19日　综合报道)

—住黔全国政协委员履职—

牢记初心善作为　高效履职勇担当

——十三届住黔全国政协委员履职回眸

春日渐暖,带着贵州人民的重托,十三届住黔全国政协委员即将赴京参加全国政协十三届五次会议。

本次会议是十三届全国政协最后一次全体会议,对委员们来说尤为珍贵。翻阅过去4年的履职答卷,住黔全国政协委员们的"作业本"有着很多精彩片段。他们心系国事、情牵民生,牢记使命担当、踊跃履职尽责,书写了有温度、有厚度的履职篇章。

2021年,百年党史的学习如火如荼——

在中国共产党成立100周年,23名住黔全国政协委员积极参加学习研讨和读书活动,深入学习贯彻习近平总书记"七一"重要讲话精神、党的十九届六中全会精神,扎实开展党史学习教育。

"我们要传承好'艰苦创业、无私奉献'的三线建设精神,从党史学习中汲取奋斗的精神力量。"去年4月,住黔全国政协委员、省政协副主席孙诚谊率队赴贵州三线建设博物馆开展党史学习教育。

"我们要深刻认识走好新的赶考之路的要求,做到学思用贯通、知信行统一,内化于心、外化于行。"去年12月,住黔全国政协委员、省政协副主席张光奇率队到贵州中医药大学第二附属医院宣讲党的十九届六中全会精神。

去年7月,住黔全国政协委员、时任省政协副主席左定超率队赴黔东南州、黔南州宣讲习近平总书记"七一"重要讲话精神……

学之愈深,知之愈明,行之愈笃。住黔全国政协委员在学习中凝聚共识、坚定信心,不断增强团结奋斗的思想政治基础。

2020年,新冠肺炎疫情的突袭来势汹汹——

"各参加单位、各级政协组织和广大政协委员要发挥政协独特优势,坚决扛起疫情防控重大政治责任,全身心投入疫情防控的人民战争、总体战、阻击战。"2020年初,住黔全国政协委员、省政协主席刘晓凯通过省政协党组(扩大)会议、专题会议等,动员全省各级政协组织和广大政协委员投身抗疫一线。

住黔全国政协委员、华彬集团董事长严彬第一时间组成公司"全球肺炎疫情防控领导小组",组织旗下航空公司架起肺炎疫情防控物资运输"空中走廊",拨备3000万元资金采购物资"驰援"湖北省各大医院和武汉雷神山医院建设。

住黔全国政协委员、贵州新基石建筑设计有限公司总经理刘颖组建给排水、电器、结构、暖通等项目团队,为贵州省职工医院、毕节市七星关区人民医院、黔西县人民医院等医院改建了传染病房、负压病房。

"战斗在鄂州疫情防治一线,大家一定要切实加强院感防控工作,做好自我防护的每一个细节,每一个环节都不容疏忽。"住黔全国政协委员、副省长、省援鄂疫情防治工作总指挥部副总指挥长王世杰连续前往7个驻地,指挥一线抗疫工作。

在这场没有硝烟的战争中,住黔全国政协委员各尽所能、倾力相助,在各条战线上贡献了政协力量,为全省战疫作出了突出贡献。

2019年,脱贫攻坚的决战志在必得——

2019年,是贵州脱贫攻坚决战之年,省委要求全省上下把脱贫攻坚作为重中之重、急中之急,确保取得根本性胜利。

这一年,对住黔全国政协委员、盘州市淤泥彝族乡岩博村党委书记余留芬来说,更是难忘的一年。在全国政协十三届二次会议上,她成为第一位走上"委员通道"、第一位作大会发言的十三届住黔全国政协委员。走"通道"、登"高台"的背后,是她利用村办企业优势带领村民脱贫致富的累累硕果。

住黔全国政协委员、时任铜仁市政协副主席王能军在这一年协调解决脱贫攻坚经费98万元,主导完成开挖产业路3.2公里,其中硬化产业路1.7公里,改善人畜安全饮水项目,实现300余人安全饮水。

住黔全国政协委员、中天金融集团董事长罗玉平带领中天金融走遍贵州十多个县开展产业、教育、医疗、保险扶贫,这一年中天金融被表彰为全国"万企帮万村"精准扶贫行动先进民营企业。

在打赢脱贫攻坚决胜战的关键时刻,住黔全国政协委员们展现了心怀大局的担当。

2018年,在"加强和改进人民政协工作的重要思想"的指引下服务大局——

2018年,全国政协系统集中开展习近平总书记关于加强和改进人民政协工作的重要思想学习研讨活动,覆盖全国和地方各级政协委员。住黔全国政协委员牢牢把握新时代政协工作新要求,深入调研、认真建言,努力把制度优势转化成治理效能。

住黔全国政协委员、贵达律师事务所主任朱山围绕如何推动国家大数据立法开展调研,将提案带到了全国政协十三届一次会议上。

住黔全国政协委员、贵州大学教授丁贵杰关注生态补偿机制在具体实施中存在的问题,在全国政协十三届一次会议上提出了有关建议。

2018年11月,住黔全国政协委员、省政协副主席李汉宇率省政协主席会议视察组赴安顺市开展了农产品深加工暨促进一二三产业融合发展视察。

2018年7月,在省长与委员座谈会上,住黔全国政协委员、九三学社中央常委黄宗洪围绕加强职业教育、助推产业扶贫等内容提出了有关建议。

……

即将召开的全国政协十三届五次会议,是在迎接党的二十大胜利召开的关键时间节点上召开的一次重要会议。住黔全国政协委员们激情不减,将把四年来积累的履职经验和过去一年来的工作思考带到会上,建真言、谋良策,为努力走好"新的赶考路"贡献力量。

(《贵州日报》2022年2月27日1版　黄芸)

铭记奋斗历程　担当历史使命
——住黔全国政协委员扎实开展党史学习教育

时间回到 2021 年 6 月 18 日,贵州省瓮安县猴场会议会址内陈列着的一幅猴场会议场景油画吸引着众多参观者的目光。

住黔全国政协委员、省政协主席刘晓凯率部分住黔全国政协委员正在这里开展党史学习教育,重温革命历史,缅怀革命先烈。

聆听讲解、参观实物、观看图文,一张张照片、一件件文物生动再现着当年浴血奋战的场景,大家不时驻足停留,向在血雨腥风、风雨如磐的战斗岁月中牺牲的英烈们致以崇高敬意。

问初心,淬党性。这既是一次精神的洗礼,也是一次思想的提升。

"我们要通过在红色教育基地体验长征历程,接受革命传统教育,不断从党史中汲取力量,牢记初心使命,坚定理想信念,让认识再提高、党性再教育。"政协委员们将学习体会,化身为率先垂范、身体力行的动力,在学习研讨中感悟思想伟力,在现场教学中赓续红色血脉,在宣讲调研中汲取奋进力量,在为群众办实事中践行初心使命。

一年来,住黔全国政协委员、省政协副主席李汉宇先后赴安顺市王若飞故居开展党史学习教育;赴贵阳市、安顺市、毕节市调研走访企业。

住黔全国政协委员、省政协副主席孙诚谊先后赴息烽集中营革命历史纪念馆、六盘水市贵州三线建设博物馆开展党史学习教育;赴贵阳市云岩区、经开区和毕节市赫章县调研走访企业;向港澳委员和侨胞代表专题宣讲习近平总书记"七一"重要讲话精神。

住黔全国政协委员、省政协副主席张光奇先后赴石阡县困牛山红军战斗遗址开展党史学习教育;赴贵阳市观山湖区、黔南州惠水县调研走访;赴贵州中医药大学第二附属医院宣讲中共十九届六中全会和中共贵州省委十二届十次全会精神。

住黔全国政协委员、时任省政协副主席左定超赴荔波县开展党史学习教育;赴黔东南州台江县宣讲习近平总书记"七一"重要讲话精神;赴安顺高新区走访企业,宣讲中共十九届六中全会精神、中央经济工作会议精神及中共贵州省委十二届十次全会精神。

2021年5月,住黔全国政协委员、时任贵阳市副市长魏定梅,住黔全国政协委员、时任铜仁市政协副主席王能军参加了全国政协副主席刘奇葆率全国政协党外委员视察团在贵州开展"学习百年党史,增进'四个认同'"专题视察。

2021年7月1日,住黔全国政协委员、时任黔东南州副州长胡国珍在天安门广场现场参加了庆祝中国共产党成立100周年大会庆典。

2021年7月6日,住黔全国政协委员蒙启良、黄家培参加了在全国政协网上书院举办的"品读红色经典 汲取奋进力量"线下讲读会。全国政协委员、黔南民族师范学院学生资助管理中心主任潘晓慧以视频方式讲读了习近平总书记《在全国脱贫攻坚总结表彰大会上的讲话》(节选)。

质胜于华,行胜于言。红色血脉的赓续,奋进力量的传承,不仅在于知,更在于行。住黔全国政协委员始终将学史力行作为明理、增信、崇德的归宿与落脚点,作为开展党史学习教育的关键环节。

在安顺市调研工业大突破时,刘晓凯提出:"要坚持以高质量发展统揽全局,围绕'四新'主攻'四化',充分发挥科技创新支撑引领作用,延长产业链,提升价值链,努力为全省推进新型工业化和高质量发展贡献力量。"

在榕江县忠诚镇乐乡村调研时,刘晓凯又为乡村产业谋划指路,"林业资源丰富是榕江县的特色优势,要延伸产业链条、完善产业配套,力争把木材加工业打造成为榕江新型工业化的支柱产业。"

"已将康命源(贵州)科技发展有限公司股权融资需求项目纳入新型工业化发展基金项目库。"左定超在安顺市夏云工业园区现场调研,协调省工信厅解决企业项目纳入专项资金支持等问题已得到落实回复。

"园区已按企业需求,将该企业实际用地范围(勘界)报钟山区空间规划小组进行调整。"孙诚谊收到走访企业贵州日恒资源利用有限公司矿渣微粉项目土地调规问题的解决回复。

张光奇协调省卫生健康委帮助解决大方县疾控中心建设资金约200万元;协调省中医药管理局将大方县纳入中医综合改革示范区,帮助开展三级中医医院创建工作。

…………

住黔全国政协委员一直用心用情用力解决人民群众"急难愁盼"问题,内容涉及乡村振兴、生态文明、科技创新、数字经济、企业发展、产业融合等多方面。

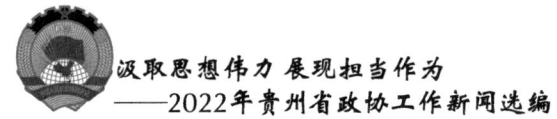

"我们要认真贯彻落实习近平总书记'七一'重要讲话精神和视察贵州重要讲话精神,接好乡村振兴的接力棒,认真履职尽责。"潘晓慧委员说。

"我们要在学史知史传史中汇聚中华民族伟大复兴的强大力量,主动担当作为,紧扣'十四五'规划实施的重点问题,不断提高凝聚共识和建言资政水平。"王能军委员说。

住黔全国政协委员们表示,要把党史学习教育作为长期任务,融入日常、抓在经常,以昂扬向上的精神状态和一往无前的奋斗姿态走好新时代的长征路。

(《贵州日报》2022年2月28日1版 黄芸)

奋进新征程　展现新担当

——住黔全国政协委员积极助力巩固拓展脱贫攻坚成果同乡村振兴有效衔接

在"十四五"开局之年,贵州如期实现同步全面小康,脱贫攻坚成果扎实巩固,乡村振兴有力推进。住黔全国政协委员积极参与其中、努力作为,为助力贵州巩固拓展脱贫攻坚成果同乡村振兴有效衔接作出了应有贡献,在新征程中展现了政协委员的新担当。

榕江县是住黔全国政协委员、省政协主席刘晓凯的乡村振兴联系点。2021年他多次到榕江县,既宣讲习近平总书记视察贵州重要讲话精神,带领基层干部群众把总书记的关怀厚爱转化为强大的政治动力、精神动力、工作动力;又深入开展调研,为榕江县巩固拓展脱贫攻坚成果、接续推进乡村振兴工作出谋划策;还在榕江县与广东省佛山市家具行业企业家考察团座谈,帮助榕江引进外省投资做大产业、带动就业。住黔全国政协委员何力、王世杰、左定超、李汉宇、孙诚谊、张光奇等去年也多次深入各自乡村振兴联系点,调研"五个振兴"推进情况,帮助谋划发展思路,倾力帮助解决实际问题,切实办好民生实事。

山茶油牙膏、山茶油面膜、山茶油化妆品……这些山茶油新品2021年能在铜仁研发上市,离不开住黔全国政协委员、铜仁市政协领导王能军的推动。他去年在担任铜仁市油茶产业专班领导期间,促成武陵山油茶产业技术创新研究院在铜仁挂牌成立。去年,该研究院就取得油茶产业相关专利41项,开展了10个研发项目,已研发上市产品10种。

从"帮"转"兴"!贵州"万企兴万村"行动去年8月启动后,住黔全国政协委员、中天金融集团董事长罗玉平带领中天金融积极参与"万企兴万村"行动,将工作重点从解决建档立卡贫困人口"两不愁三保障"转向实现乡村产业兴旺、生态宜居、乡风文明、治理有效、生活富裕,从集中资源支持脱贫攻坚转向巩固拓展脱贫攻坚成果和全面推进乡村振兴。

此外,住黔全国政协委员去年还积极参加专题协商、提交提案、反映社情民意,广泛建言献策。

"建议进一步加强村医队伍建设,明确村卫生室为乡镇卫生院派出机构、村医

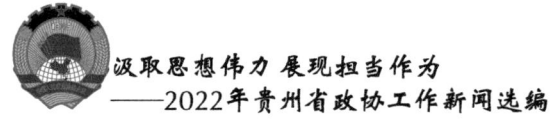

为乡镇卫生院派出人员,提高农村基层医疗服务水平,助力乡村振兴。"2021年5月24日,全国政协在京召开"巩固拓展脱贫攻坚成果,全面实施乡村振兴战略"专题协商会,孙诚谊委员在贵州分会场发言并提出建议。

"脱贫摘帽不是终点,而是新生活、新奋斗的起点。扶贫搬迁也不是简单'挪个窝',还得'铺好路'。"2021年参加全国政协十三届四次会议,全国政协常委、黔东南州领导胡国珍走上"委员通道"讲述贵州易地扶贫搬迁后续扶持故事,同时还向大会提交《关于抓好易地扶贫搬迁后续扶持工作的提案》,多次聚焦确保搬迁群众搬得出、稳得住、能致富问题建言献策。

乡村振兴,产业为基,关键在人。委员们高度关注,积极建真言、献良策。

住黔全国政协委员、民盟贵州省委副主委、贵州大学贵州省森林资源与环境研究中心主任丁贵杰去年提交了《关于科学高效发展林下经济助推乡村振兴的提案》,得到立案并高质量办复。"提案提出的做好顶层设计、加大财政支持、加大科技投入、坚持产业融合、坚持以林为主等建议,被国家林业和草原局、国家发改委、财政部全部采纳,将在下一步工作中推进。"

住黔全国政协委员、盘州市淤泥彝族乡岩博村党委书记余留芬提交了《关于强化人才和产业振兴在实施乡村振兴战略中的支撑作用的提案》,围绕加强农村基层组织和村级企业留才、引才提出建议,受到农业农村部、民政部、人力资源和社会保障部高度重视。

委员们提出的意见建议,受到广泛关注,为党委政府提供了决策参考。

2022年是进入全面建设社会主义现代化国家、向第二个百年奋斗目标进军新征程的重要一年,中国共产党将召开二十大。住黔全国政协委员们踔厉奋发,深入调查研究,积极抢抓新国发2号文件政策机遇,继续围绕巩固拓展脱贫攻坚成果同乡村振兴有效衔接认真准备提案,为今年参会做足准备。

住黔全国政协委员、贵州贵达律师事务所主任朱山准备了《关于进一步发挥新的社会阶层人士在助力乡村振兴上的作用的建议》。住黔全国政协委员、贵州新基石建筑设计有限责任公司董事长刘颖持续关注进城务工人员及随迁子女的教育生活问题,今年她将聚焦进城务工随迁子女免费营养午餐向全国政协十三届五次会议提交提案。

随着今年的中央一号文件发布,2022年全面推进乡村振兴重点工作进一步明确。委员们表示,将认真学习贯彻文件精神,积极履职尽责,主动担当作为,更好地为全面推进乡村振兴献计出力。

(《贵州日报》2022年3月1日2版　陈曦)

积极履职尽责 展现使命担当
——2021年住黔全国政协委员提案及办理情况扫描

在全国政协十三届四次会议上,住黔全国政协委员共向大会提交提案100件。每一件提案,每一条建议,都聚焦中心工作,关注贵州高质量发展,饱含浓浓的为民情怀,展现了委员们的使命担当。

承办提案的国家有关部委,对每一件提案都高度重视,在办理中多次与委员进行沟通并征询意见建议,最后以书面形式进行详细答复,委员们对提案办理结果表示满意——

"铜吉铁路新建项目用地预审获自然资源部批复,批准总用地面积61.4公顷,占用耕地面积19.7公顷,目前已启动征地拆迁前期调查工作。"王能军委员欣慰地说,他已连续四年在全国两会上提交支持建设铜吉铁路的提案,现在终于有了一个满意的结果。"铜仁至吉首铁路的开工建设,对于破解黔东北和湘西地区交通瓶颈、优化区域铁路网结构、打通湘黔两省旅游黄金通道、助推沿线乡村振兴和经济社会发展等都具有重要作用。"王能军委员说,在全国政协十三届四次会议上,他提交的7件个人或联名提案,都得到了有关部委的重视支持和积极回应。

《关于进一步完善医疗救助制度的提案》《关于以农民工就业正规化为抓手实现农民工市民化的提案》……左定超委员去年共提交了个人和联名提案15件,教育部、国家医疗保障局、国家中医药管理局、民政部、人力资源和社会保障部、最高人民法院等部门均认真办理并给予回复,许多意见建议得到了采纳落实。

"承接东部转移产业等情况而造成地方退税负担压力较大的问题,在个别基层市县确实存在。"财政部在答复李汉宇委员的提案《关于进一步优化"西部承接,东部转移"税收政策的提案》中表示,将指导各地省级财政研究完善省以下留抵退税分担机制,采取调整收入划分、库存调度、先垫付后结算等措施,进一步缓解市县留抵退税压力较大问题。在李汉宇委员提交的另一份提案《关于加强中医药知识产权保护的提案》中,国家中医药管理局在答复中表示,将做好中药材产业扶贫工作与乡村振兴的有效衔接,积极探索建立稳定脱贫的长效机制,同时对贵州省黔东南

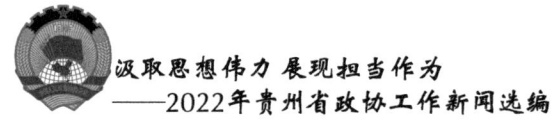

州少数民族地区道地药材产业发展情况予以关注。

易地扶贫搬迁工作在实现"搬得出"的问题解决后,如何实现搬迁群众"稳得住、有就业、逐步能致富"成了关键,在胡国珍委员提交的《关于抓好易地扶贫搬迁后续扶持工作的提案》中,国家发改委经商财政部、人力资源和社会保障部、银保监会、林草局、乡村振兴局,对易地扶贫搬迁后续扶持政策及资金扶持力度、完善易地扶贫搬迁安置区劳动力培训和就业服务体系建设等给予了逐条答复。

张光奇委员在提案《关于进一步加强乡村医生队伍建设的提案》中,对提高乡村医生养老保障水平,建立退出机制和乡村医生执业风险化解机制等提出意见建议,国家卫生健康委在提案办理答复中逐条进行了回复。

水利部在办理何力委员提案《关于支持贵州省印江自治县岩口水利工程纳入国家"十四五"水安全保障规划的提案》中表示,水利部已初步考虑将岩口水库纳入"十四五"水安全保障规划,支持推动建设。

长期从事法律工作的朱山委员,在提交的《关于加强金融消费者权益保护的建议》提案中,针对金融消费领域中消费者自身素养不够、监管力度不够、个人信息泄露等问题提出了具体建议;在《关于完善工伤保护制度的建议》提案中,针对工伤案件在实践中存在的维权程序繁琐,时间周期长、赔偿标准不一致,工伤人员面临两难选择等问题提出具体建议。所提意见建议均得到了承办单位中国人民银行、人力资源和社会保障部的认真办理和答复,朱山委员对此表示满意。

刘颖委员去年提交了《关于支持随迁子女融入城市的提案》,国务院妇女儿童工作委员会对该提案进行了办理并认真答复。

新一年的全国两会即将召开,委员们又准备好了新的提案。大家纷纷表示,将积极围绕"四新四化"、促进经济社会高质量发展积极建言献策,切实履行委员职责,在新时代新征程上奋力展现新作为。

(《贵州日报》2022年3月2日2版　潘建)

奋力做好助推高质量发展的"排头兵"

——2021年住黔全国政协委员履职情况扫描

2021年,住黔全国政协委员围绕中心服务大局,凝聚共识助力发展,以强烈的责任担当做好调研协商、建言献策、引资引智等工作,在各领域争做助推高质量发展的排头兵。

参与多领域调研考察积极献智出力——

2021年,习近平总书记视察贵州,赋予贵州"四新"重大使命。住黔全国政协委员闻声而动、听令而行。

努力打造新能源材料研发生产新高地,推进农旅、文旅、康旅、体旅深度融合……省政协主席、住黔全国政协委员召集人刘晓凯率队赴六盘水市、黔西南州、铜仁市调研"四化"发展情况。

在刘晓凯带领下,住黔全国政协委员左定超、李汉宇、孙诚谊、张光奇、蒙启良、黄家培先后围绕"四新""四化"开展调研视察,形成了关于支持贵州绿色高质量发展、新时代农村精神文明建设、开发区高质量发展、新型城镇化建设、民族文化强省、培育壮大农业龙头企业等一批高质量调研报告。

《贵州省长征国家文化公园条例》于2021年7月1日正式实施。为推动这项全国首例长征文化公园立法的相关工作,何力委员全力以赴牵头开展了系列调研论证工作。

林业专家丁贵杰委员参加中国经济社会理事会调研组到贵州开展的"在生态文明建设上出新绩"专题调研,为我省新时期林业资源管理利用和生态环境保护提出专业建议。

参与多层次协商积极建言献策——

懂政协、会协商、善议政。

"要以居家养老为重点构建普惠型全覆盖的农村养老体系,同时依托乡镇卫生院,合理布局康养结合的集中养老机构。"左定超委员在北京参加全国政协"积极应对人口老龄化,促进人口均衡发展"专题协商会时积极建言。

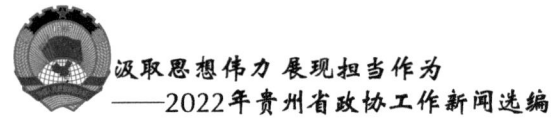

7名住黔全国政协委员在贵州分会场参加全国政协"巩固拓展脱贫攻坚成果,全面实施乡村振兴战略"专题协商会,孙诚谊委员关于稳定村医队伍的建议被国家有关部委吸纳。

省政协以高层次多元化的协商方式,为住黔全国政协委员搭建协商议政平台。"加强与泛珠三角区域协作,积极融入粤港澳大湾区建设""推动我省高等教育高质量发展""推动旅游产业化高质量发展"……王世杰、左定超、李汉宇、孙诚谊、张光奇等委员认真组织开展专题调研协商,与省有关部门共谋高质量发展路径。

省政协议政性常委会、与省长座谈协商等,成为住黔全国政协委员深化省情认识、参与协商讨论、积极建言献策的大平台。

汇集民智民意积极反映社情民意——

住黔全国政协委员围绕党政关注、群众关心的重点难点问题反映社情民意信息。

林浩委员持续关注科技创新工作,汇集调研成果提交了关于"改善科技成果转化机制促进中小企业健康发展""规范人脸等生物特征识别应用及数据管理"等多篇社情民意信息。

孙诚谊委员提出了加强港澳青少年爱国主义教育等建议;张光奇委员关注患者希望降低或消除就医过程痛苦问题,建议开展无痛医院试点相关工作;罗玉平委员建议建立市场化、长效化的政府主导、统战协同、龙头发力的现代乡村产业体系。

一条条信息成为委员们反映群众诉求、汇集民智民意、凝聚社会共识的桥梁纽带。

坚守本职岗位积极助推发展——

做好政协工作的同时,政协委员们作为各族各界的代表,更加感到责任重大,在各自的本职岗位上都竭尽全力履职尽责,善作为敢担当。

"黔东南州的森林覆盖率达到68%,良好生态环境孕育了丰富的中药材资源,贵州侗乡大健康产业示范区建设热烈欢迎大家的参与。"作为黔东南州副州长的胡国珍委员率队赴广东、上海开展招商引资活动,强力推动医药企业项目合作、签订发展绿色大健康产业战略合作框架协议。

身为律师的朱山委员创新"贵州新黔进""民营经济法律大讲堂"及线上线下法律公益服务品牌,带头组织资深律师深入机关、企业、学校、社区等宣讲《民法典》50余场,线上线下受众达200余万人次。

…………

锐意进取提升履职效能,献智出力服务复兴大业。站在现代化建设新征程的新起点上,住黔全国政协委员时刻不忘自己的职责使命,在高质量发展的大局中,勇立时代潮头,争做排头兵、书写新答卷!

(《贵州日报》2022年3月3日2版　施维)

商国是谋发展　共赴春日之约
——住黔全国政协委员赴京参会侧记

时间从未改变前行的脚步,2022年的春天里,一场盛会如期而至——十三届全国人大五次会议、全国政协十三届五次会议将分别于3月5日、3月4日在北京开幕。

迎着时代春风,肩负神圣使命。3月3日,住黔全国政协委员承载着贵州各族人民的殷殷期盼和重托,肩负政治协商、民主监督、参政议政重任,赴京参加全国两会。

2022年,是我国进入全面建设社会主义现代化国家、向第二个百年奋斗目标进军新征程的重要一年,是党的二十大召开之年,在这个重要历史节点召开的全国两会,备受瞩目。

为开好此次盛会,委员们作了充分准备。事前深入基层,深入群众,倾听各界呼声和诉求,围绕国家和我省的重大决策部署,以及群众关注的热点、难点问题进行广泛深入的调查研究,精心准备了大会发言和提案。

无论是在花溪迎宾馆,还是在龙洞堡国际机场,委员们早早进入了"角色",热情地接受记者采访,围绕党和国家中心任务、贵州高质量发展、新国发2号文件等,畅谈对此次盛会的愿景和期待。

今年,胡国珍委员围绕完善计划生育家庭利益导向机制、加快推进儿童福利服务体系建设等方面向大会提交了4件提案。她希望通过提案提出的意见建议,进一步完善计划生育家庭利益导向机制,推动形成人人守法的良好导向,更好地推进法治社会建设。

"今年是党的二十大召开之年,也是落实'十四五'规划的关键一年,我们肩负使命,责任重大！结合贵州发展,特别是黔西南州的区位优势、资源优势和新技术的前期研究优势,我将围绕在贵州建立铝基新材料示范基地的相关内容提交提案。"黄榜泉委员对今年全国两会充满期待,并向大会提交了5件个人提案,希望通过国家层面推动在贵州建立铝基新材料示范基地,打造一个千亿级的产业园。

"建立健全生态产品价值实现机制,要解决普遍存在的难度量、难变现、难交易等问题,让优良生态环境更好造福百姓。"丁贵杰委员重点关注生态产品价值实现问题,他希望国家将贵州省和青海省纳入生态产品价值实现机制试点示范省份,开展先行先试工作,尽快解决"三难"问题。

"新国发2号文件提出稳步推进'无废城市'建设,作为生态文明示范城市,贵阳建设'无废城市'意义重大。"魏定梅委员表示,今年她准备的关于支持贵阳市推进"无废城市"建设的提案,提出了强化环境保护执法监督力量,广泛宣传生态优先、绿色发展理念,发展壮大绿色经济,探索完善生态保护补偿机制等建议。

余留芬委员说:"刚刚出台的新国发2号文件,专门针对贵州出台了一系列关于乡村振兴的好政策。我把推进乡村振兴中关于人才、产业、文化、组织等一系列的想法写进提案。作为一名基层委员,能把老百姓的心声及他们的所需所盼带到全国两会,我感到骄傲和自豪。"

"我们一定要履好职、担好责,建好言、献好策,积极反映群众呼声,不断提升服务大局、履职尽责的能力和水平。"林浩委员告诉记者,他今年继续重点关注数字经济发展,在前期深入调研的基础上,围绕建立数字经济中人工智能安全治理体系、建立健康码互联互通和数据安全保障机制、以数据资产为切入点促进数据交易等准备了3件提案,将提交到全国政协十三届五次会议上。

"非常期待全国两会能带来更多稳经济、惠民生的好政策,我们将认真履职,及时推动贯彻落实。"朱山委员表示,今年他重点关注数据交易平台规范发展的问题。

…………

使命在肩,履职意浓。委员们表示,将以更加饱满的政治热情参加全国两会,讲好贵州故事,为贵州高质量发展发出更多"好声音"。在接下来的"两会时间"里,他们将精心准备大会发言和提案,认真听取并审议好、讨论好大会的有关报告和文件,积极建言献策,充分展示住黔全国政协委员履职风采。

(《贵州政协报》2022年3月4日A1版　潘建　何伇阳)

凝聚团结力量　迈向奋斗征程
——住黔全国政协委员出席全国政协十三届五次会议履职侧记

3月的北京,东风劲吹,春意暖人。

3月4日下午,全国政协十三届五次会议在北京人民大会堂开幕。近2000名全国政协委员紧扣党和国家工作大局,深入协商议政、认真履职尽责、广泛凝聚共识,为全面建设社会主义现代化国家汇聚智慧和力量。

今年是全面建设社会主义现代化国家、向第二个百年奋斗目标进军新征程的重要一年。面对这一场"春天的相聚",住黔全国政协委员肩负贵州人民的重托,带着社情民意,带着真知灼见,汇聚于国家最高议政殿堂,共赴这场春天的盛会。

在党的二十大召开之年参加全国两会,他们充满美好愿景、表达彼此期待。会期6天,一场场讨论、一次次建言,充分展现政协委员为国履职、为民尽责的担当作为,彰显协商民主的活力与生机。

履职担当展形象　共商国是谋发展

会议期间,全体政协委员认真讨论政府工作报告和其他报告,审议全国政协常委会工作报告等文件,围绕党和国家中心工作深入协商议政。

3月6日下午,习近平总书记看望参加全国政协十三届五次会议的农业界、社会福利和社会保障界委员并参加联组会时作了重要讲话。住黔全国政协委员丁贵杰、余留芬、罗玉平参加了联组会,现场聆听了习近平总书记的重要讲话。

"总书记始终惦记千万人民群众,讲话中离不开'民生'二字,体现了总书记浓浓的民生情怀。"余留芬委员说,"回去以后,我将带领村干部、党员群众学习好总书记的重要讲话精神和全国两会精神,认真抓好落实和部署,以苦干实干的工作作风,用心用脑用力做好保障和改善民生各项工作。"

"作为一名农林科技工作者,感到肩上的担子重逾千钧,但前进的方向也更加明确,奔跑的心情更加迫切。"丁贵杰委员现场聆听了习近平总书记的重要讲话后,备受鼓舞、倍感振奋、倍增干劲。

3月6日上午,中共中央政治局常委、全国政协主席汪洋看望出席全国政协十三届五次会议的民建、工商联界委员并参加讨论。李汉宇委员在会上作了题为《充分发挥民企作用 助力促进乡村振兴》的发言。他认为:"实施乡村振兴战略是党中央作出的重大决策部署,推进乡村振兴,民营企业是重要力量,应发挥积极作用。"为此,他在发言中提出持续优化营商环境、合理配置要素资源、坚持引导约束并重、全力支持"万企兴万村"行动等建议。

在时间压缩、节奏加快的会议议程中,委员们秉持着高质量、高要求、高标准的理念,以高质量建言服务高质量发展。

何力委员认为,贵州的"黄金十年",是在党中央、国务院以及发达地区大力支持下取得的。新国发2号文件的出台,让贵州再次迎来重大机遇,我们将大力宣传贯彻新国发2号文件,为贵州发展赢得更多支持。

"我们要深入贯彻落实习近平总书记关于疫情防控的系列重要指示批示精神,坚持'外防输入、内防反弹'总策略和'动态清零'总方针,坚决巩固我省来之不易的疫情防控成果,切实保障人民群众身体健康和生命安全,全力护航贵州经济社会高质量发展。"王世杰委员表示。

在聆听了李克强总理所作的政府工作报告后,孙诚谊委员表示:"作为政协委员,要紧紧围绕贯彻落实新国发2号文件精神积极建言献策,充分发挥协调关系、汇聚力量、建言献策、服务大局的作用,为贵州在新时代西部大开发上闯新路作出新贡献。"

张光奇委员表示,要学习贯彻落实好全国政协常委会工作报告和提案工作情况的报告精神,将报告作为开展好新一年政协工作的指南,做到知责于心、担责于身、履责于行,讲好多党合作故事和政协故事,在新征程中全面展现政协委员的新担当。

"在这几年的履职经历中,我看到了人民群众的生活蒸蒸日上,文明风尚不断形成,群众的获得感、幸福感、安全感不断提升。作为全国政协委员,通过提案建议助力国家治理体系和治理能力现代化,感到非常欣慰。"魏定梅委员说。

建言高质量发展 传递贵州好声音

在全国政协十三届五次会议期间,住黔全国政协委员认真履职、积极建言,截至大会提交提案截止时间,共向大会提交提案104件。委员们提交的这些提案,来自人民群众的呼声和期盼,来自对经济社会发展问题进行的深入调研和思考。

围绕推动高质量发展,委员们提出了编制《赤水河流域高质量发展规划》、建设绿色低碳铝基新材料国家示范基地、加快贵州自由贸易试验区建设、建立数字经济中人工智能安全治理体系、加快推进"东数西算"工程建设等建议。

围绕推进巩固拓展脱贫攻坚成果同乡村振兴有效衔接，委员们提出了创建武陵山片区国家乡村振兴试验区、设立易地扶贫搬迁后续扶持专项资金、推进乡村旅游、加强农村基层人才队伍建设等建议。

围绕持之以恒推进生态文明建设，委员们提出了将"贵州省岩溶固碳时空计量与动态监测及其对中国碳中和的贡献"列入科技部国家重点研发计划重点专项指南、支持贵阳市开展"无废城市"建设、加快推进生态产品价值实现机制试点示范等建议。

围绕进一步保障和改善民生，委员们提出了进一步完善计划生育利益导向保障机制、支持贵州发展普惠托育服务、加大对贵州养老服务工作支持力度、增设农村公办幼儿园教学点等建议。

结合工作和调研思考，委员们还提出了从国家层面支持保护利用贵州"困牛山百壮士"事迹及其战斗遗址、加大支持西部省区研究生培养能力建设、切实做好石漠化耕地保护、充分发挥政协专家智库作用推动西部民营经济创新发展、在2022年开工建设铜仁至吉首铁路等建议。

笃行不怠勤履职　再接再厉续华章

3月10日上午，顺利完成各项议程后，全国政协十三届五次会议圆满闭幕。走出会场，委员们意气风发，一句句话语既是真情实感的表达，又是面向未来的坚定承诺。

"坚决贯彻落实习近平总书记视察贵州重要讲话精神，抢抓新国发2号文件政策机遇，主动担当作为，奋力为贵州高质量发展贡献力量。"黄家培委员说。

蒙启良委员表示，习近平总书记为贵州高质量发展指明了方向，新国发2号文件和内陆开放型经济试验区已确定了发展目标和路径，现在就是实打实地苦干。"一打纲领不如一个行动。"主动作为、大胆探索、敢闯敢干，这就是贵州下一个"黄金十年"的起点。

胡国珍委员说："我已经当了十年的全国政协委员，这十年，恰恰是我们贵州发展的'黄金十年'。我亲身经历着家乡的变化，我们苗乡侗寨也开进了高铁，修建了机场。家乡人民的笑脸，成为我履职路上最好的动力。现在，新国发2号文件又为贵州带来了新的发展机遇，我期待着贵州能再创一个新的'黄金十年'，也期待着自己能出一份力、尽一份责。"

黄宗洪委员表示："作为一名水稻科技工作者，今后将努力在水稻良种推广示范、农民栽培技术推广应用等工作上抓实抓细，为贵州省水稻丰产丰收作出应有贡献。"

"新征程已经开启,将继续立足科技工作岗位,深入实施创新驱动发展战略,抢抓新国发2号文件重大机遇,围绕推进科技创新积极建言献策,为奋力开创贵州高质量发展新的'黄金十年'贡献力量。"林浩委员说。

值得一提的是,从2020年全国两会开始,因为疫情防控需要,各省媒体记者不再赴京到政协会议现场采访。为了能给贵州新闻媒体传回会议现场照片和采访视频素材,黄榜泉、朱山、潘晓慧3名委员应邀在政协会议期间当起了"委员记者",为贵州媒体做好全国两会报道给予了重要的支持。

履职没有终点,奋斗永远"在线"。今年的全国政协会议,还有不一般之处——这是本届政协委员履职的最后一年,住黔全国政协委员都格外珍惜这极为宝贵的机会,充分、尽力为民代言、为国献策。

(《贵州政协报》2022年3月15日A1版　潘建　何佼阳)

围绕中心服务大局
以高质量履职助力高质量发展
——十三届住黔全国政协委员履职回顾之一

"写给总书记的信收到了,得知村里的白酒、火腿产业日益兴旺,有望带动更多群众脱贫致富,总书记非常高兴。"2018年2月,住黔全国政协委员、盘州市淤泥彝族乡岩博联村党委书记余留芬收到了中共中央办公厅转达习近平总书记的回信。

拿着这封回信,余留芬委员激动不已,她回想起2017年10月中共十九大期间,习近平总书记来到她所在的贵州省代表团,同代表们一起审议党的十九大报告的情景。在向习近平总书记汇报脱贫攻坚工作时,她大胆地"推销"起村里生产的火腿和白酒。一时间,余留芬委员和她的"人民小酒"迅速走红。

一句祝福,满是牵挂,也饱含希望。带着习近平总书记的嘱托,2018年,余留芬开启了十三届全国政协委员的履职时间。几年来,无论是出于本职工作的考虑,还是作为全国政协委员的担当,她一边继续让"人民小酒"带动村民致富、带动本土小微企业发展,一边围绕农村基础设施建设、产业发展、人才支撑等方面深入调研,找准问题、理清原因,把一条条建议带到十三届全国政协5次全体会议上。

脱贫攻坚——改变中国命运的伟大决战,这是党委、政府为人民谋幸福的职责使命,也是住黔全国政协委员履职的重点。身在全国脱贫攻坚主战场之一的贵州,住黔全国政协委员尤其深知肩上责任的重大。

2018年以来,结合全省政协2018年启动的脱贫攻坚"百千万行动",住黔全国政协委员以拳拳的担当,找准位置、履职尽责,在发起总攻、夺取全胜的决战中凝聚了强大的政协力量。

黄宗洪委员早在2014年就因参与"两系法杂交水稻技术研究与应用"项目,荣获国家科学技术进步奖特等奖。

作为农业科研方面的专家,黄宗洪委员从未将自己"高高挂起",反而总说自己是"拿工资的农民"。反复深入深度贫困的赫章县铁匠乡处卓村、威宁自治县石门乡新龙村,全省20个极贫乡镇之一的镇宁自治县简嘎乡等地调研,走入田间地头指导火龙果、百香果等经果产业发展……

在全国政协十三届三次会议上，黄宗洪委员提出了加快基层农业科技人才队伍建设、现代山地特色高效农业和农业生物种质资源保护等方面的建议；在全国政协十三届四次会议上，他提交了《关于支持西部地区高标准农田建设　助推乡村振兴的提案》；今年，他又提交了《关于推进乡村旅游助力乡村振兴的提案》。

"贵州优异种质资源对我国农业生物遗传资源保护具有重要战略意义，地方优良品种在脱贫攻坚中发挥了重要作用。"履职路上，黄宗洪委员一直在用自己的专业为脱贫攻坚和乡村振兴服务。他说："只要专注这片土地，就不会没收获。"

曾任省文化和旅游厅党组书记的李三旗委员结合自己的工作岗位，把脱贫攻坚作为文化和旅游工作的重中之重，连续两年将"旅游扶贫"确定为2018年第十三届和2019年第十四届全省旅游产业发展大会主题，组织召开全省旅游扶贫推进会，牵头制定旅游扶贫"九项工程""1+9"实施方案，用实际行动助推脱贫攻坚工作取得实效。他说："作为住黔全国政协委员，我深感使命光荣、责任重大。这是一项严肃的政治任务，一项光荣的职责要求，我必须认真担负履行这一重大使命，努力为全省夺取脱贫攻坚战全面胜利贡献自己的一份力量。"

蒙启良委员多次到帮扶点指导春耕备耕及农业生产；黄家培委员在视察中建议稳定产业和贫困户的利益联结机制；黄榜泉委员倾情参与全省政协脱贫攻坚"百千万行动"，提出"加快左右江革命老区交通基础设施建设，持续巩固老少边穷地区脱贫攻坚成效"等建议……

除了打赢脱贫攻坚这场决胜仗，住黔全国政协委员在新冠肺炎疫情防控的阻击战中也贡献了非凡的力量。

"全省各级政协组织要发挥好在社会治理中的重要作用，广泛动员政协委员参与疫情防控阻击战。"2020年2月6日，省政协党组召开会议，安排进一步加强新冠肺炎疫情防控的工作措施，住黔全国政协委员、省政协主席刘晓凯再次发出号召。

住黔全国政协委员闻令而动，在防控一线、后勤服务、政策解读、知识普及等各项工作中出主意、想办法、尽力量、作贡献。

罗玉平委员带领企业捐赠500万元用于抗疫物资采购，所在的中天金融集团联动成员企业累计捐赠1150.43万元，并通过全球渠道采购N95口罩10万个、医用防护服1万套。

严彬委员组织旗下航空公司架起肺炎疫情防控物资运输"空中走廊"，拨备3000万元资金采购物资"驰援"湖北省各大医院和武汉雷神山医院建设。

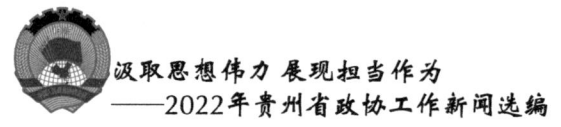

刘颖委员带领设计师团队放弃休假,不分昼夜无偿投入到省内 3 家定点救治医院的改造设计。

余留芬委员带领岩博村和岩博酒业筹集 160 万元捐款,连同价值约 50 万元的 7000 个口罩、35 吨消毒液、1000 箱鸡蛋送往武汉。

何力委员赴医疗器械生产企业调研市场供给保障工作;魏定梅委员到贵阳市多家医药企业调研复工复产和疫情应对工作;胡国珍委员到基层卫生机构察看隔离病区病房建设;王能军委员到乡镇值守检测点慰问干部,并送去物资;朱山委员为公众免费提供法律咨询服务,编写《新冠疫情典型案例启示》,助力依法防控疫情和复工复产;林浩委员到贵阳高新技术企业开展复工复产面对面服务;潘晓慧委员和同事们做好了迎接学生复课的一切准备……

李汉宇委员作为省工商联负责同志,就物资筹集等工作进行安排部署,接连 3 天向广大贵商发出倡议,得到了工商界人士的积极响应。

孙诚谊、张光奇、左定超、黄宗洪委员作为省级民主党派负责同志,在部署民主党派助力抗疫工作、指导联系点脱贫攻坚、视察推动企业复工复产的同时,还带头积极反映社情民意,撰写了有关公共安全重大应急事件专家委员会决策制度、完善中医药有效参与传染病防控机制、发挥基层医疗机构传染病哨点作用的多篇信息,积极履行政协委员建言献策职责。

唯其艰难,方显本色,更显担当。在脱贫攻坚和疫情防控"两场战役"中,住黔全国政协委员用行动诠释了政协委员的政治责任和履职担当。在助力贵州经济社会高质量发展中,委员们也在用新阶层的专业力量,尽心尽力作贡献。

2021 年初,习近平总书记视察贵州,赋予贵州"四新"重大使命。省委、省政府围绕"四新"要求,提出全力以赴抓"四化"目标任务。

如何把总书记的指示精神和省委的要求转化为推动高质量发展的强大动力?刘晓凯委员带领省政协借力全国政协资源,邀请中国经济社会理事会组织专家学者为贵州贯彻落实习近平总书记提出的"四新"重大使命,推动"四化"高质量发展出谋划策,站在国家层面开展系列政策调研,为贵州争取国家重大政策支持在国家层面进行了强有力推动。

李汉宇、孙诚谊、张光奇、蒙启良、左定超、黄家培等委员结合"四新""四化"内容,先后围绕"支持贵州绿色高质量发展、新时代农村精神文明建设、开发区高质量发展、新型城镇化建设、民族文化强省、培育壮大农业龙头企业"等主题开展调研视察,提出意见建议。

2022 年春节前夕,在习近平总书记和党中央亲切关怀下,《国务院关于支持贵州在新时代西部大开发上闯新路的意见》(国发〔2022〕2号)正式出台,提出了103项重大政策、明确了139个重大工程项目、支持贵州建设11个重要基地。

一个个重大利好政策的出台,住黔全国政协委员们有着十分自豪的参与感,自然成为他们在全国政协十三届五次会议期间热议的话题。

"新国发2号文件出台,是贵州发展史上又一具有里程碑意义的重大事件,标志着贵州又站在一个新的历史起点上扬帆前行,我们倍感温暖、倍感振奋、倍感鼓舞,也倍感责任重大。"孙诚谊委员说。

林浩委员仔细研读新国发2号文件提出的关于"支持贵阳大数据交易所建设,促进数据要素流通"政策,专门提交了《关于以数据资产为切入点,促进数据交易的提案》。

朱山委员表示:"要为新国发2号文件的实施,发挥好法律专业人士的作用,为推进有关政策、项目、资金的对接落实落地做好相应服务准备工作,服务好市场主体。"

初心决定使命,历史昭示方向。5年来,住黔全国政协委员一直在为改革发展尽职尽责、为民生福祉尽心尽力,着眼党和国家中心任务,聚焦贵州高质量发展目标任务,扎实履职、积极建言,以敢担当、善作为的履职态度,留下了一个个精彩的履职瞬间。在十三届全国政协委员任期的最后一年,委员们将继续把政治协商、民主监督、参政议政放在各项工作大局中去谋划和推进,以高质量的履职服务助力贵州经济社会高质量发展,喜迎党的二十大和省第十三次党代会胜利召开。

(《贵州政协报》2022年3月17日A1版 黄芸)

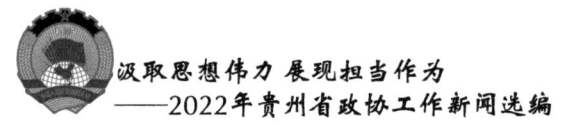

协商议政建诤言　视察调研献良策
——十三届住黔全国政协委员履职回顾之二

"汪洋主席好,大家好,我是贵州省黔东南苗族侗族自治州胡国珍委员……"2019年3月,全国政协召开"推进'四好农村路'建设"网络议政远程协商会,住黔全国政协委员、黔东南州副州长胡国珍在麻江县龙山镇共和至琅琊公路旁的现场连线点参加视频连线。

这是全国政协在2018年开展网络议政远程协商活动以来,住黔全国政协委员首次"面对面"参加视频连线,胡国珍委员既兴奋又紧张。她激动地向大家介绍着身后的麻江县龙山镇共和至琅琊公路在助推产业扶贫、方便群众出行中发挥的作用,讲述着当地建路、护路的做法,并围绕农村公路养护存在的问题提出了建议。

"汪洋主席说我汇报得很好,还向大家介绍我,国务院扶贫办也对我提的建议作了回应……"连线刚结束,胡国珍委员难掩激动的心情,立即向大家描述主会场交流的情况。作为边远民族地区的全国政协委员,能通过视频连线直接反映基层群众的诉求,胡国珍委员十分珍惜这样的机会。

2018年,十三届全国政协正式推出移动履职平台 App 和"网络议政、远程协商"活动,住黔全国政协委员充分利用互联网搭建的履职新渠道,积极建言献策,成为落实习近平总书记提出的"探索网络议政、远程协商等新形式,提高协商实效"重要讲话精神的生动实践。

随后,住黔全国政协委员朱山、刘颖在2019年通过手机连线方式参加了网络议政。他们结合这些年贵州公路建设取得的成绩经验、存在的问题不足,梳理出西部地区农村公路建设普遍存在的共性问题,在委员移动履职平台上积极建言献策,反映了农村公路"末梢不畅"、农村公路"油返砂"、村道安防设施不足等问题,并提出了有关建议。

"建议加快推进大数据立法进程,建立个人信息保护公益诉讼制度,建立常态化的信息报告、抽查、普查以及针对大型互联网企业的重点调查制度……"2020年1月,全国政协召开网络议政远程协商会,围绕"加强大数据时代个人信息保护"协商议政,朱山委员在贵州分会场作了连线发言。

"加强对农村党员干部教育培训的针对性,对各地开发利用特色资源给予政策倾斜和技术支持,更好推进乡村振兴战略实施……" 2020年9月,全国政协召开"发挥文化建设在实施乡村振兴战略中的作用"专题协商会,住黔全国政协委员余留芬在贵州分会场作了主题发言。

2021年5月,全国政协召开"巩固拓展脱贫攻坚成果,全面实施乡村振兴战略"专题协商会,住黔全国政协委员、省政协主席刘晓凯,住黔全国政协委员、省政协副主席李汉宇、孙诚谊、张光奇,住黔全国政协委员、时任省政协副主席左定超,住黔全国政协委员蒙启良、黄家培在贵州分会场参加了远程协商。孙诚谊委员围绕"进一步加强村医队伍建设"作了连线发言,相关建议得到国家有关部委的采纳。

"加强大数据时代个人信息保护""积极应对人口老龄化,促进人口均衡发展"……

一场场网络议政远程协商会主题鲜明,能深入参与网络议政,也给住黔全国政协委员以极大鼓舞。委员们感到,远程协商并不仅仅是单纯的视频会议,而是重在"协商",在这个履职平台上,每一句话都有可能被关注、被重视,每一次发言能得到国家有关部门的现场回应,每一个讨论话题都会经过梳理,形成正式的网络议政成果进行报送,这样的履职方式更加灵活、及时、交互,委员们的积极性也更高。

能参与远程协商的委员毕竟是"有限"的,会上建言的时间也是"有限"的,一条条建议提出的背后,是委员们把视野放得更宽,在会前充分视察调研,把前期"功课"做得更足的成果。

2018年10月,住黔全国政协委员考察团赴广东省围绕"粤港澳大湾区建设发展情况"进行考察调研,为推动粤港澳大湾区更好地辐射带动内地发展,助推贵州更好地融入粤港澳大湾区建设建言献策。

2019年11月,围绕贯彻落实习近平总书记在解决"两不愁三保障"突出问题座谈会上的重要讲话精神,住黔全国政协委员考察团赴重庆市开展关于"山地农机研究推广应用、产业扶贫、乡村整治"的考察调研。

2020年10月,住黔全国政协委员调研考察组赴安顺市、六盘水市,围绕"巩固脱贫攻坚成果 推进乡村全面振兴"主题开展调研考察;10月、11月,分别赴安顺市、六盘水市、贵阳市,围绕"发展科教事业 激发创新活力"主题开展调研考察。

2021年,左定超、李汉宇、孙诚谊、张光奇、蒙启良、黄家培等住黔全国政协委员先后围绕习近平总书记视察贵州提出的"四新"总要求,结合"四化"开展视察调研,形成了支持贵州绿色高质量发展、新时代农村精神文明建设、开发区高质量发展、新型城镇化建设、民族文化强省、培育壮大农业龙头企业等高质量调研报告。

今年全国两会前夕,为更加完善拟提交全国政协十三届五次会议的有关提案,孙诚谊委员赴关岭自治县,围绕贵州易地扶贫搬迁安置区改善民生、发展生产等方面内容开展实地调研,积极争取国家支持。

王世杰、李三旗、潘晓慧、刘颖、丁贵杰、林浩、黄宗洪、王能军、余留芬、严彬、魏定梅、黄榜泉等住黔全国政协委员结合自身本职工作和特长优势,分别连续多年关注基层基础设施建设、民族地区教育发展、农民工随迁子女教育、激发林业经济效能、数字经济发展、农业科研、完善铁路路网建设、脱贫攻坚与乡村振兴有效衔接、实体产业发展、医疗卫生等领域的发展难题,开展务实、高效的系列调研,在提出建议时精益求精、接地气,形成了有深度、可操作性的调研报告,得到国家有关部门的高度重视和推动落实。

为民履职无穷期,又是一年春好时。无论是参加全国政协考察、调研等履职活动,还是列席省政协全会、常委会议、专题协商会等重要会议和协商活动,住黔全国政协委员始终肩负为民尽责的使命和社会责任,用心用力推动问题得到落实解决。在十三届住黔全国政协委员履职的最后一年,委员们依然热情饱满,踔厉奋发、笃行不息,继续发扬历史主动精神,强化责任担当,为人民政协事业发展认真履职尽责。

(《贵州政协报》2022年3月18日A1版 黄芸)

胸怀"国之大者" 心系"民之所向"

——十三届住黔全国政协委员履职回顾之三

"左定超委员:工业和信息化部已采纳您关于支持毕节试验区纳入电信普遍服务试点的建议。前期电信普遍服务试点中,结合毕节市申报情况,我们均已将毕节市纳入了试点……"

"委员您好,您提交的《关于国家综合施策治理磷石膏环保难题 助力国家生态文明试验区建设的提案》,财政部已充分吸纳到《关于完善资源综合利用增值税政策的公告》(财税 2021 年第 40 号公告)中……"这是今年春节前夕,财政部给林浩委员发来的提案办理情况反馈。林浩委员感到很满意,立即给财政部联系人回复信息:"衷心感谢财政部对委员所提建议的重视和肯定,这是对我们委员的极大鼓舞,新的一年里,希望大家工作上有更大的成就,国家发展更加兴旺繁荣!"

…………

翻开十三届全国政协以来住黔全国政协委员的提案及办理情况记录,一件件暖民心的提案彰显担当,一张张务实的成绩单令人振奋。住黔全国政协委员立足全国政协会议平台,找准党政之所需、群众之所盼、自身之所长,围绕国家中心工作和贵州经济社会发展的方方面面,从一次会议以来共提交提案 520 余件,每一件提案、每一条建议,都紧扣时代脉搏、聚焦中心任务,饱含浓浓的为民情怀。

"新国发 2 号文件明确提出'开工建设铜仁至吉首等铁路',为这条铁路早日开工建设送来了东风。"王能军委员学习文件时看到自己提案提出的建议转化为国家支持贵州的具体政策时,心里十分激动。

"今年是第 5 年提交关于铜吉铁路建设的相关提案了。铜仁至吉首铁路的开工建设,对于破解黔东北和湘西地区交通瓶颈、优化区域铁路网结构、打通湘黔两省旅游黄金通道、助推沿线乡村振兴和经济社会发展等都具有重要作用,一定要抢抓用好新国发 2 号文件重大机遇,积极向上争取支持,全力推动文件落地落实。"王能军委员说。过去 4 年,他的提案见证着这条铁路从列入前期研究项目到列为储备开工项目。今年,国发 2 号文件明确提出,开工建设铜仁至吉首铁路,也给了 4

年的坚持一个圆满的答复。

当谈及自己的提案时,余留芬委员如数家珍:《关于完善贫困地区基础设施建设夯实经济发展基础的建议》的提案,提出要持续加强农村基础设施建设;《关于请求将岩博小锅酒酿制工艺正式列入国家级非物质文化遗产代表性项目名录名单的建议》的提案,提出要将非遗保护和乡村振兴结合起来;《关于支持大数据与乡村振兴深度融合推进国民经济全行业大数据融合应用的建议》的提案,提出要推动大数据与乡村振兴深度融合发展……

让余留芬委员记忆犹新的是《关于以乡村振兴战略为指引多措并举加强农村信息网络基础设施的建议》的提案。

"说实在的,岩博村现在的道路、用水、用电都没有问题了,但随着社会的发展和互联网的日益普及,网络变得越来越重要。"2019年初,余留芬委员进村入户走访发现,但凡村里的哪家有无线网络,无论白天晚上,这家门口就会有三三两两站着、蹲着"蹭网"的年轻人。

为此,在当年的全国两会上,余留芬委员提交了《关于以乡村振兴战略为指引多措并举加强农村信息网络基础设施的建议》的提案。提案反映农村基础建设薄弱、网络信号不畅的问题,引起广泛关注,并迅速得到回应——移动公司工作人员完成了岩博村周边所有基站优化,实现了6个村民组宽带全覆盖。京东集团则伸出援手,与岩博村合作打造智能供应链解决方案的"岩博样本",助推"黔货出山",助力贵州脱贫攻坚。短短一年间,该提案在岩博村落地落实,促进了经济社会的快速发展。

自2017年担任麻沙河州级河长以来,黄榜泉委员每年都会带队巡河4次以上。他了解到,近年来,兴仁市水利基础设施虽得到一定加强,但总体看,季节性、工程性缺水仍十分严重。为此,在2021年全国两会期间,黄榜泉委员向大会提交了《关于将贵州省"兴仁水库"纳入国家"十四五"水利改革发展规划的提案》。该提案得到了水利部的重视,如今,相关项目被纳入国家"十四五"水利改革发展规划推动建设。

"'兴仁水库'的建设规划,将是对麻沙河进行的一次'工程性治理',综合考虑了区域防洪减灾、合理配置水资源、解决工程性缺水、保障安全用水、保护珠江上游水生态屏障等需求,于民生、环保、经济社会发展等,都是利好。"黄榜泉委员说,看到悉心准备的提案,从"良言"变"良策",并落地实施,破解一些难题、促进发展进步,感到无比欣慰与自豪。

"如何让调研成果和提案建议落地有声,真正满足群众需求,是我一直思考的问题。"在魏定梅委员看来,只有用真心贴近群众、用脚步丈量民情,才能提出高质量的建议。

"去年,我一共提交了3件提案,均得到相关部委的及时回复,特别是《关于改革完善疾病预防控制体系的提案》被列为了重点提案。"2021年3月,魏定梅委员接受记者采访时说,希望通过提案引起相关部门的重视,推动疾病控制体系能力水平的建设,让预防为主的健康中国建设能够实施得更好,人人享有健康。"结果被列为了重点提案,让我备受鼓舞。"

…………

条条有回应,件件落地有声。每一件提案都凝聚着政协委员的心血与智慧,每一条建议都彰显着政协委员为国履职、为民尽责的责任与担当。

从"十三五"到"十四五"的跨越,从脱贫攻坚到全面乡村振兴的历史性转移,履职期间,委员们始终把报国之志、为民之心和履职之能结合起来,知责于心、担责于身、履责于行,充分用好提案这一履职方式,以高度的政治责任感和使命感,深入开展走访调研,向国家层面反映了一件件有深度、有温度的高质量提案,一大批提案或已被吸纳到相关政策措施中、或已从构想转变为现实融入实践,必将为贵州的改革发展和祖国的繁荣昌盛增添动力。

(《贵州政协报》2022年3月22日 A1版 罗彩佳)

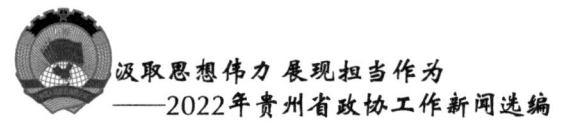
汲取思想伟力 展现担当作为
——2022年贵州省政协工作新闻选编

相约"两会" 别样印记
——十三届住黔全国政协委员履职回顾之四

一年一度的全国两会,备受人民群众的深切关注、世界各地的热情瞩目。全国两会期间,住黔全国政协委员都尽心履职、全力议政,在高强度工作的同时,不乏一些鲜活、生动的故事,令人感动。

小礼物展示大情怀

"你们看,这衣服上的绣饰、花草、鱼鸟、飞凤,皆为巧手的绣娘用编入马尾的丝线一针一线绣织而成,整套衣服的绣饰需要匠心巧手用一年功夫才能完成。"2021年,全国政协十三届四次会议间隙,住黔全国政协委员、黔南民族师范学院学生资助管理中心主任潘晓慧正在向媒体记者展示着她从家乡带去的"马尾绣"特色民族服饰。

这不是潘晓慧委员第一次"带礼物"参会了。

"2020年参加全国两会,我带上了都匀毛尖茶,参会的委员们喝后都赞不绝口。2021年除了茶,还购买了刺梨干,给朋友们品尝,让更多的朋友了解贵州更多的'宝贝'。"潘晓慧委员说。

同样于2021年带礼物参会的,还有住黔全国政协委员、盘州市淤泥彝族乡岩博联村党委书记余留芬。

余留芬委员手拿一个"小布袋",娓娓地向参会政协委员及媒体朋友介绍说,"这是我给大家带来的我们本土企业制作的人民小酒外包装布袋。可别小看了这个小布袋,仅2020年一年,这个小布袋就带动了周边邻村老百姓100多人就业致富,产值达到200多万元。而这仅占了人民小酒外包装用量的五分之一。"

特意带上小布袋去参会,余留芬委员"别有用心"。她说,"2021年,人民小酒将继续扩大培育像这样的本土小微企业,这是让当地群众致富的实事和好事。哪怕是手工成本上要高过外地大机械化企业1角、2角钱,我们也要继续做这件事,让这个小布袋变成百姓致富的'小金袋'。"

穿着"马尾绣"服饰去参会的潘晓慧委员也自豪地说:"我希望穿上它们,将家乡的'美好'随身相携,展示给更多来自全国各地的朋友们欣赏,让大家惊艳我们水族'非遗'文化,为宣传家乡、宣传贵州出一份力。"

小身影登上大舞台

由于会期的安排,全国政协十三届历次会议,有4次都是在3月初进行,在北京过"三八"国际劳动妇女节,已成为魏定梅、胡国珍、潘晓慧、刘颖、余留芬5位女委员的特殊"福利"。

"广大妇女积极投身新时代中国特色社会主义事业,以巾帼不让须眉的豪情和努力,起到了'半边天'的重要作用。"2021年3月6日,全国政协十三届四次会议期间,习近平总书记代表中共中央,向参加全国两会的女代表、女委员、女工作人员,向全国各族各界妇女,向香港特别行政区、澳门特别行政区和台湾地区的女同胞、海外女侨胞,致以节日的祝贺和美好的祝福。

"习近平总书记的祝福,让我们倍受鼓舞。我们女同胞要在工作中继续发扬'巾帼不让须眉'的精神,开拓创新、奋发前进,继续发挥女性刚柔并济、细致周到的特质,恪尽职守、精益求精。"

一年又一年的祝福,让女委员们倍加珍惜,"巾帼不让须眉"的成绩也绝对名副其实。

2019年3月3日,人民大会堂中央大厅,全国政协十三届二次会议首场"委员通道"开启,余留芬委员亮相"委员通道",成为第一位走上"委员通道"的住黔全国政协委员;3月11日,人民大会堂内再次传来了余留芬委员的声音,她登上庄严的人民大会堂主席台发言席,面对全体全国政协委员作大会发言,成为第一位在全会作大会发言的十三届住黔全国政协委员。

2021年3月10日,在全国政协十三届四次会议闭幕会举行前,第三场"委员通道"开启。胡国珍委员走上"委员通道",回答记者提问,讲述心声、展现风采。

聚光灯下、闪光灯前,"咔嚓、咔嚓"的快门声此起彼伏,面对海内外媒体密集的"长枪短炮",两位女委员镇定自如,小小的身影展现了女同胞大大的能量。

小镜头捕捉大场面

受新冠肺炎疫情影响,全国政协十三届三次、四次、五次会议都烙上了鲜明的"抗疫印记"——会期缩短、缩减工作人员、地方记者不再随行赴京采访报道……这对会议的宣传报道工作无疑是高难度的考验。

换思路、改方案,不打无准备之仗。省政协办公厅结合疫情防控新要求,创新报道谋划,组织省内主要媒体在后方集中办公,安排记者对位联系参会的住黔全国政协委员,通过"云采访"、手机视频连线等形式,开展及时、准确、充满创意的"两

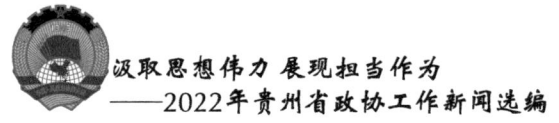

会报道"。

"到时候我们在现场用手机帮你们拍点素材吧。"在2020年赴京参加全国政协十三届三次会议前夕召开的座谈会上,委员们正在讨论如何配合媒体做好会议宣传时,朱山、潘晓慧委员主动请缨,承担起在京的现场报道和拍摄任务,成了全国两会的"客串记者"。

这对需要大量"现场画面"的记者们来说无疑是一场及时雨。

"委员们自拍视频时,手机要横屏拍摄,保持自己头部完整于画面中。""不要逆光拍摄,尽量保持手机稳定。"贵州广播电视台记者立即对委员进行了现场紧急"培训",从构图、对焦、光线、录音等手机拍摄的各个环节进行讲解,省政协办公厅将相关内容专门印制成《新闻宣传工作专项提示》分发给委员们作参考。

会议期间,朱山委员除拍摄委员每天参会情况外,还主动联系了他所在界别的外省全国政协委员,谈贵州印象、话发展期待,并将视频传回给后方的记者共享。潘晓慧委员用手机拍摄了大量会议剪影,还不时帮助参会的其他全国政协委员完成连线访谈。

两位前方"首席记者"一客串就是三年,用小小的手机镜头记录了全国两会最真实的现场。

其他参会的住黔全国政协委员在履职议政之余,也努力回应后方记者的微信、电话、视频"轰炸",积极配合视频连线或语音采访,并在电脑或手机上整理记者所提问题,及时传给后方记者共享。

"在互相采访的交流过程中,委员之间也增进了感情,一举多得,非常好。"潘晓慧委员在完成采访任务后谈起了感受。

朱山委员也说:"我争取把委员们最美好的瞬间都记录下来!"

不论是"老兵"还是"新手",无论在屏前、云端还是在现场、后方,大家尽力发挥最大潜能、努力破层"出圈",让全国两会报道声势不弱、力度不降、精彩不减,在宣传报道中讲好贵州故事,传递贵州好声音。

春天充满希望。一年一次相约春天的聚会,不仅仅在于会议本身的重要意义,从会场内外发出的各种音符,汇合成一首动人的协奏曲,让全国两会的魅力指数日趋上升,也为委员们留下了最难忘的参会记忆。

(《贵州政协报》2022年3月24日A1版 黄芸)

在委员履职中深刻体会了制度优势

——访"政协第十三届全国委员会优秀提案"获得者、全国政协常委胡国珍

近日,政协第十三届全国委员会优秀提案和先进承办单位表彰会在北京召开,248件优秀提案和46个先进承办单位获表彰。全国政协常委、黔东南州政协副主席胡国珍3年前提交的《关于加大"组团式"医疗帮扶的提案》,获评优秀提案。

每届开展一次评选表彰优秀提案和先进承办单位活动,是全国政协的传统做法。这次表彰的248件优秀提案,是从十三届全国政协立案办理的2万多件提案中脱颖而出的。得知获奖,胡国珍非常高兴,"这份荣誉,是对我做好'委员作业'的极大肯定。"

《关于加大"组团式"医疗帮扶的提案》是胡国珍在2019年全国两会期间,向全国政协十三届二次会议提交的委员提案。时任黔东南州副州长的胡国珍,当时分管医疗卫生工作,她结合前期调研了解的情况,在提案中总结了浙江大学医学院附属第二医院"组团式"帮扶贵州省台江县人民医院的做法经验,提出了加大推广"组团式"医疗帮扶模式、建立"组团式"医疗帮扶的长效机制有关建议。

"在浙江大学医学院附属第二医院帮扶之前,台江的医疗条件比较落后,群众都不愿意在当地看病。"胡国珍回忆说,"组团式"医疗帮扶开展几年后,台江医疗水平改观很大,群众基本实现了"大病不出县"。而且台江还形成了"洼地效应",邻县甚至州府所在地的群众还会去台江看病。

"这样的帮扶不仅台江需要,贵州和西部地区都需要,不仅脱贫攻坚时期需要,推进乡村振兴了也还需要。"胡国珍于是撰写并提交了这件提案,呼吁在2020年以后仍持续选派医疗战线骨干、专家赴西部地区开展"组团式"对口帮扶。

全国政协十三届二次会议期间,这件提案获立案,并交由国家卫生健康委员会办理。提案提出的有关建议得到了采纳,国家卫生健康委员会2019年7月26日在办理提案的答复函中表示,将进一步完善帮扶机制,进一步聚焦重点任务,进一步健全长效机制,全面高质量实施组团支援和对口帮扶任务。

这件获奖提案,是胡国珍在全国政协平台积极履职的一个缩影。从2013年开

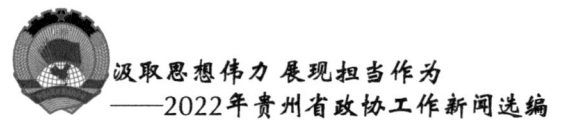

始,她连续担任两届全国政协常委,持续关注民族地区经济社会发展。

本届以来,胡国珍围绕精准扶贫、乡村振兴、民族文化传承与保护等,提交了24件提案。其中,《关于支持做好少数民族地区民族文化保护工作的建议》《关于推广实施"组团式"教育帮扶模式提升西部贫困地区教育教学质量的提案》《关于加大"组团式"医疗帮扶的提案》《关于加大对民族地区乡村振兴支持力度的建议》《关于进一步完善计划生育家庭利益保障机制的提案》等都得到了很好的落实。

提案之外,胡国珍还积极反映社情民意。"比如脱贫攻坚中随意拔高医疗报销标准、扶贫中按'人头'计算惠民政策不科学、检查评比过多、基层负担过重等问题,通过反映,得到了很好的整改落实。"

履职五年间,胡国珍还有很多难忘的时刻。

2019年3月29日,全国政协召开网络议政远程协商会,围绕"推进'四好农村路'建设"建言资政。胡国珍站在麻江县龙山镇的一条村级公路上与主会场视频连线,介绍身后的麻江县龙山镇共和至琅琊公路在助推产业扶贫、方便群众出行中发挥的作用,讲述当地建路护路的做法,反映农村公路养护中存在的一些问题,并提出了建议。

2021年3月10日下午,胡国珍走上全国政协十三届四次会议"委员通道",介绍了"十三五"期间民族地区经济社会发展取得的巨大成就和易地扶贫搬迁的主要做法。从人民大会堂传出的"贵州好声音",通过央视直播传到了全国各地。

这些年的履职经历,让胡国珍更加深刻地感受到了中国共产党领导的多党合作和政治协商制度的独特优势。"通过政协协商,我们这些来自基层的委员,可以把从基层了解到的、需要国家层面解决的问题直接反映上去,只要说得有理有用,建议就能被采纳。"

(天眼新闻2022年9月27日　陈曦)

林浩委员:4年8份提案 助推数字经济发展

向大会提交4份提案,其中3份是关于数字经济,全国政协委员、省科技厅一级巡视员林浩今年重点关注数字经济发展。

"新国发2号文件提出,要支持贵阳大数据交易所建设,促进数据要素流通。抢抓这个重大机遇,我今年专门提交了《关于以数据资产为切入点,促进数据交易的提案》。"林浩说,实现数据价值、推动数字经济发展的关键是数据要素的资产化和商品化,加快完善我国的数据要素市场化配置、建立健全数据要素市场规则迫在眉睫。

针对目前我国数据交易机制尚不完善现状,林浩在提案里提出了促进数据交易统筹发展、推动数据资产化、制定数据交易规则、完善数据交易监管4条建议。

他告诉记者,《关于建立数字经济中人工智能安全治理体系的提案》聚焦人工智能发展中遇到的风险问题,提出了建立数字经济中人工智能安全治理技术体系等3条建议。《关于建立健康码互联互通和数据安全保障机制的提案》则是为了推动保障健康码数据合理合法使用,实现健康码"全国一盘棋"。

林浩对数字经济发展的关注,不是从今年才开始的。

从20世纪80年代开始,他就一直在贵州科技系统工作,近年来还专门从事数字经济研究。担任十三届全国政协委员后,林浩就把在政协平台的履职"触角"深入到了大数据、人工智能、数字经济发展领域。

推进大数据与实体经济融合向纵深发展,促进工业互联网生态体系建设,加快公共数据开放共享立法进程,发挥数字经济引擎作用推动煤炭工业高质量发展,建立防范数据滥用的数据安全治理体系……从2019年到2021年,林浩一共提了5份数字经济发展相关提案。

"这些提案,件件都有回复,而且提案的答复评价比较高,我也很满意。"林浩说,其中评价最高的是国家网信办前年和去年办理的2件提案。

"前年,网信办在办理我提交的《关于开展数据开放共享立法试点,加快公共数据开放共享立法进程的提案》时指出,提案分析的问题和提出的建议,对开展数据开放共享工作具有十分重要的指导意义。"

"去年,网信办在办理我提交的《关于建立防范数据滥用的数据安全治理体系的提案》时指出,提案提出的建议针对性很强,对进一步加强数据管理工作具有十分重要的借鉴意义。"

提案能得到这么高的评价,林浩觉得当一名政协委员很有价值和意义。谈及履职心得,林浩说就是要多调研,"政协委员履职,只有立足时代发展,和党委政府同频共振,积极反映人民诉求,才能建言建在点子上,献策献到关键处。"

(《贵州日报》2022年3月7日6版 陈曦)

五年提一案！这位住黔全国政协委员的提案写入了国发2号文件

"非常激动,4年的追踪,4年的连续提案也有了一个结果！"

这是全国政协委员王能军第5年提交关于铜吉铁路建设的相关提案了。过去四年,他的提案见证着这条铁路从列入前期研究项目到列为储备开工项目,今年,国发2号文件明确提出,开工建设铜仁至吉首等铁路,也给了4年的坚持一个圆满的答复。

"2018年的时候我提的提案就是要求在'十三五'期间开工建设,国铁集团也做了回答;2019年我又提了,国铁集团表示支持地方尽快地进行预可研;2020年我又提,这条铁路最终纳入了'十四五'规划;去年我又提,国铁集团回答我的是已经纳入了2021年的储备开工项目,又近了一步;那么今年的国发2号文件明确了开工建设。"王能军难掩激动,"我的目标就是锲而不舍,每年都提,一直到这条铁路开工！"

铜仁至吉首铁路起点为张吉怀铁路凤凰站,终点为铜玉铁路铜仁站,是我国中长期铁路网规划项目,也是贵州东部出省大通道,对完善区域快速铁路网布局和武陵山区的发展都意义重大。今年是王能军委员履职的第五年,他仍然提交了铜吉铁路的相关提案。

"铜吉铁路开通后,到重庆长沙郑州非常方便,去北京可以缩短一个多小时。"王能军说,"我今年的提案是铜吉铁路在2022年开工建设,尽快地让项目落地落实。"

(动静贵州2022年3月4日　余跃　邢宇清)

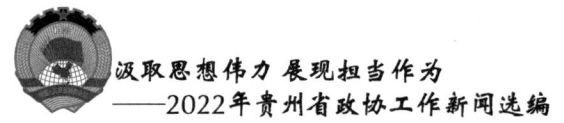

丁贵杰委员：献务实之策　建有用之言

"去年，我提交的3件个人提案均已立案，提案办理部门多次与我电话沟通，最后以正式发文的形式进行了回函，充分肯定了我在提案中提出的相关意见建议。"

全国政协委员、民盟省委副主委、贵州大学贵州省森林资源与环境研究中心主任丁贵杰告诉记者，在全国政协十三届四次会议期间，他提交的提案都得到相关部委的高度重视，特别是《关于科学高效发展林下经济助推乡村振兴的提案》得到立案并高质量办复。该提案中提出的做好顶层设计、加大财政支持、加大科技投入、坚持产业融合、坚持以林为主等建议，被国家林草局、国家发改委、财政部全部采纳。

"作为政协委员，我们的提案建议能够被采纳并转化为政策措施，我感到特别荣幸。今后将继续结合本职工作，聚焦社会热点难点，积极履职尽责，始终做到献务实之策、建有用之言，为我国经济社会高质量发展贡献力量。"丁贵杰委员表示。

全国政协十三届一次会议以来，作为全国政协农业界别的委员，同时又是全国政协人口资源环境委员会的委员，丁贵杰委员始终积极参加界别活动和专委会调研考察。活动中，他积极建言献策，提出的意见建议也多次被采纳到全国政协人口资源环境委员会的调研报告和视察报告中。

"履职以来，我每年积极参加全国政协组织的调研考察等活动，通过全国政协的平台，与各地的专家、委员们交流学习，总结了一些好经验、好做法，让我感受颇深。"丁贵杰委员兴奋地说。

今年，丁贵杰委员的提案聚焦生态文明体系建设等方面。他表示，建立健全生态产品价值实现机制，是践行绿水青山就是金山银山理念的关键路径。随着"两山"理论落实到制度安排和实践操作层面，国家提出"1+6"制度框架，按照中央统筹、省负总责、市县抓落实的总体要求，采取有力措施，结合实际精准落实。为此，丁贵杰委员向大会提交了《关于加快推进生态产品价值实现机制试点示范的提案》。"希望相关部门能够深入研究，考虑把贵州这样一个生态优势明显的省份纳入试点示范,并且围绕'三难'问题展开理论上、方法上以及实验案例上的探索,通过助力贵州试点建设,为全国生态良好的欠发达地区以及少数民族地区生态产品价值实现,提供可复制、可推广的经验模式。"丁贵杰委员说。

此外,丁贵杰委员一直十分关注我国种业发展,并多次围绕该内容提交了相关提案。结合近年来的发展变化和对林草种质资源的研究,今年他又向大会提交了《关于进一步加强林草种质资源保护及利用的提案》。

丁贵杰委员认为,林草种质资源是良种选育的基础材料,是遗传多样性和物种多样性的重要基础,是维护国家生态安全的重要战略资源,保护林草种质资源意义重大。因此,他在提案中提出了进一步加大林草种质资源普查投入力度、加强林草种质资源收集保存工作的顶层设计、加大对林草种质资源鉴定评价的支持力度等建议。

"希望提案中的意见建议得到相关部门的关注,为振兴民族种业、解决种业'卡脖子'问题作出自己的贡献。"丁贵杰委员说。

(《贵州政协报》2022年3月8日 A2版　何佼阳　李昊霖)

全国政协委员余留芬：
乡村振兴还需沉下心来做特色产业

履职5年来，全国政协委员、贵州省盘州市淤泥彝族乡岩博村党委书记余留芬一直关注脱贫攻坚和乡村振兴问题。

全国两会前夕，余留芬在农村企业、养殖场开展调研，针对"发展特色产业带动乡村振兴""加强乡村人才的培育和乡村人才储备库建设"等6个建议，完善提案内容。她说，"这些提案，反映了基层在推进乡村振兴中遇到的困难和问题，也提出了基层的期待和建议。"

近年来，余留芬所在的岩博村坚持把发展酿造业作为该村的龙头产业，通过酿造业带动种植业、养殖业、加工业等产业链群的发展，让更多的人在家门口就业、增收。

"我最近几年一直在围绕农村产业发展如何进行突破做研究。"余留芬认为，推进乡村振兴还是要重点扶持产业。产业做好了，人才才能留得住，也才能引得进来，通过产业还能培养土秀才、土专家。有了产业，抓乡村文化也才有基础。

余留芬建议，国家有关部委在民族地区乡村振兴示范点项目建设中对当地特色产业进行重点扶持、重点打造、重点推送。在乡村振兴推进的大浪潮中，打造一批"可学、可看、可鉴"的示范点，将经验成熟，经营模式完善的村级建设推广到更多乡村中，助推乡村振兴建设工作。

(《人民政协报》2022年3月4日17版　黄静)

潘晓慧委员——关注教育　贡献力量

一大早，全国政协委员、贵州省黔南民族师范学院学生资助管理中心主任潘晓慧就来到办公室，为即将带到北京的提案做最后的准备。

从 2008 年开始，潘晓慧已连续担任 3 届全国政协委员。作为一名教育工作者，她每年的提案几乎都与教育有关，今年也不例外。

"以往的资助主要靠学生自主申请，如果孩子们不主动将困难说出来，学校很难及时伸出援手。"从事学生资助管理工作多年，潘晓慧一直挂念着家庭困难学生的健康成长和发展，并积极为完善教育救助机制建言献策。

去年，潘晓慧跟随全国政协调研组赶赴江苏，走访了救助管理站、社会儿童福利院和街道社会组织服务中心等单位。回到贵州后，她又前往当地特殊教育学校进行调研。

潘晓慧发现，不仅低收入家庭的学生需要资助，边缘户学生和问题学生也需要帮助，"他们的家庭经济条件不一定困难，但在学业、心理等方面面临困难"。

"教育救助的对象大多是未成年人，如果必须像其他社会救助项目一样公示、评议，可能会伤害到孩子们的心理健康。"去年 7 月，在参加全国政协双周协商座谈会时，潘晓慧就教育救助保障学生发展权作了发言，建议制定特殊的救助程序。

潘晓慧也十分关心教师的生活工作状况。通过调研，潘晓慧发现，有些教师除了教学任务外，还承担了不少无关教学的任务。她了解到，许多工作其实是在重复开展，当地政府职能部门或网格员手中就有现成的信息，只要打通共享渠道就能减轻教师的负担。

根据收集的材料，潘晓慧提出，让中小学教师回归教书育人本位，减轻教师负担，并准备将其写成提案。

截至目前，潘晓慧带到全国两会上的立案提案已达 50 余个。去年，她呼吁缩小中西部教育差距，得到了教育部的回应。"落后地区要实现后发赶超，人才是关键，教育是基础。"潘晓慧说，"希望在自己履职的过程中，为教育事业贡献力量。"

(《人民日报》2022 年 2 月 21 日 4 版　程焕)

—中国经济社会理事会支持贵州发展专稿—

中国经济社会理事会调研组到贵州开展"推动脱贫地区特色产业可持续发展"专题调研

7月13日至17日,全国政协农业和农村委员会主任、中国经济社会理事会副主席罗志军率队到我省开展"推动脱贫地区特色产业可持续发展"专题调研。调研组副组长、中国经济社会理事会副主席郭军,全国政协文化文史和学习委员会副主任、中国经济社会理事会常务理事陈际瓦,全国政协农业和农村委员会副主任马中平,全国政协常委王林旭等参加调研。省政协主席刘晓凯出席座谈会。

调研组一行实地考察了黔南州农产品加工企业、生态养殖基地、特色水果种植基地、蔬菜保供基地等。在贵阳召开调研座谈会,听取省政府有关工作情况介绍。

罗志军指出,国发〔2022〕2号文件赋予贵州"巩固拓展脱贫攻坚成果样板区"战略定位,为贵州巩固拓展脱贫攻坚成果、全面推进乡村振兴提供了精准有力指导。贵州高质量打赢脱贫攻坚战,涌现出一大批带动群众增收致富的脱贫产业,一大批经过脱贫攻坚检验、群众认可的基层干部,一大批惠民利民和乡村治理的经验做法。调研组将认真总结贵州的经验做法,更好助推贵州巩固拓展脱贫攻坚成果、加快现代山地特色高效农业发展。

刘晓凯说,罗志军副主席带队到贵州开展专题调研,充分体现了中国经济社会理事会对贵州发展的大力支持。恳请中国经济社会理事会一如既往关心帮助贵州发展,指导我们更好地贯彻落实国发〔2022〕2号文件精神。省政协将聚焦巩固拓展脱贫攻坚成果、做强做优特色优势产业、全面推进乡村振兴积极建言资政,努力为贵州高质量发展贡献力量。

中国经济社会理事会部分理事,省政协办公厅和有关专委会、省有关部门负责同志等参加调研活动。

(《贵州日报》2022年7月19日1版　陈曦)

中国经济社会理事会到贵州围绕贯彻落实国发〔2022〕2号文件开展专题调研

杜鹰出席介绍会并讲话　刘晓凯主持

8月22日,中国经济社会理事会调研组到贵州围绕贯彻落实国发〔2022〕2号文件开展专题调研并在贵阳召开情况介绍会。全国政协参政议政人才库特聘专家、国家发展和改革委员会原副主任杜鹰出席会议并讲话。省政协主席刘晓凯主持会议。省委常委、常务副省长吴强介绍有关情况。省政协副主席罗宁、任湘生出席。

在听取贵州省政府关于贯彻落实新国发2号文件精神情况介绍和省有关部门关于建设"四区一高地"专项汇报后,调研组领导和专家与大家作了互动交流,提出了意见建议。

杜鹰在讲话中指出,贯彻落实习近平总书记视察贵州重要讲话精神和新国发2号文件,奋力在新时代西部大开发上闯新路责任重大、任务艰巨。贵州要始终坚持解放思想、实事求是的思想路线,以全新的精神状态闯新路,积极克服当前经济下行压力大、国际环境不确定性因素增多以及疫情影响,努力保持一定的经济增长速度,推动经济社会高质量发展。调研组将对下一步更好地贯彻落实新国发2号文件提出意见建议,为专题研讨会圆满召开贡献力量。

刘晓凯在主持会议时说,在贵州全省上下深入贯彻落实新国发2号文件之际,中国经济社会理事会领导专家和国家发展和改革委员会有关同志到贵州调研,为我们在深刻领会新国发2号文件"设计图"的基础上落实好"施工图"提供有益指导、注入强大动力,是一次深刻的专题辅导和政策指导。我们要认真学习调研组各位领导和专家的意见建议,积极推动新国发2号文件落地落实,以高质量资政建言服务全省高质量发展。

8月22日至25日,专题调研组还将到贵阳市、贵安新区、安顺市开展实地调研。

(《贵州政协报》2022年8月23日A1版　田锦凡　李昊霖)

中国经济社会理事会调研组赴黔调研乡村振兴工作

李伟率队

8月31日至9月2日,中国经济社会理事会调研组到贵州调研乡村振兴工作。全国政协人口资源环境委员会主任、中国经济社会理事会副主席李伟率队。全国政协教科卫体委员会副主任、中国经济社会理事会副主席常荣军,全国政协农业和农村委员会副主任、原国务院扶贫办主任刘永富参加调研。省政协副主席罗宁陪同。

调研组一行深入黔西南州、安顺市,走进晴隆县阿妹戚托小镇、兴义市纳具和园康养小镇、万峰林街道办事处纳灰村、双生村,云贵高原道地药材关岭集散中心、贵州黄牛集团关岭牛核心保种场,安顺经济开发区羊场村、阿歪寨、牛蹄关村实地调研,详细了解美丽乡村和民族特色村寨建设,以及当地旅游、特色民宿和农业产业发展等情况。

调研组指出,乡村振兴战略是党的十九大提出的一项重大战略,是关系全面建设社会主义现代化的全局性、历史性任务。当前,贵州深入学习贯彻习近平总书记视察贵州重要讲话精神,围绕"四新"主攻"四化",推动经济社会高质量发展已成为全省上下的共同意志和共同行动。在推进巩固拓展脱贫攻坚成果同乡村振兴有效衔接工作中,要抢抓国发〔2022〕2号文件机遇,依托当地资源禀赋优势,因地制宜培育发展特色富民产业。在加大基础设施建设、不断补齐短板的同时,要鼓励市场资本、龙头企业下乡发展,参与乡村振兴,努力走出一条具有贵州特色的乡村振兴之路。

中国经济社会理事会、中国社会科学院农村发展研究所、中国发展研究基金会有关同志参加调研,黔西南州、安顺市负责同志等陪同调研活动。

(《贵州日报》2022年9月3日1版 陈曦)

深入贯彻国发〔2022〕2号文件精神专题研讨会在贵阳开幕

朱小丹杜鹰出席　刘晓凯主持　时光辉致辞

8月26日，由中国经济社会理事会支持、贵州省政协主办的"锚定'一个统揽四个新'，奋力建设'四区一高地'——深入贯彻国发〔2022〕2号文件精神"专题研讨会在贵阳开幕，并举行"建设巩固拓展脱贫攻坚成果样板区""建设内陆开放型经济新高地"专题研讨。

中国经济社会理事会副主席朱小丹和省委副书记、省委政法委书记时光辉致辞。国家发展和改革委员会原副主任杜鹰出席。省政协主席刘晓凯主持。清华大学中国农村研究院副院长张红宇，国家乡村振兴局规划财务司二级巡视员张洪波，商务部研究院学术委员会副主任张建平，商务部政策研究室二级巡视员陈正红先后作主旨发言。省政协副主席赵德明、李汉宇、罗宁、陈坚、任湘生、张光奇、陈晏，住黔全国政协委员黄家培出席。

朱小丹指出，国发〔2022〕2号文件是深入贯彻习近平总书记视察贵州重要讲话精神的国家层面顶层设计，是贵州改革开放和现代化建设迎来的重大历史机遇，是增进贵州各族人民福祉的重大政策利好。中国经济社会理事会作为支持单位参加本次研讨会，是国家级智库围绕中心、服务大局的职责所在，是去年支持贵州专项工作的深化和延伸。希望通过研讨会进一步凝聚"牢记嘱托、感恩奋进"坚强共识，进一步激发改革开放创新转型内生动力，进一步细化"四区一高地"建设落地举措，进一步焕发决战决胜奋斗精神，推动新国发2号文件深入贯彻落实，开创贵州高质量发展新局面。

时光辉代表省委、省政府对全国政协及中国经济社会理事会、国家有关部委给予贵州的关心支持表示衷心感谢。他指出，国发〔2022〕2号文件的出台，是对习近平总书记视察贵州重要讲话精神的政策化、具体化落实，为贵州发展提供了重大机遇。希望中国经济社会理事会继续发挥独特优势，帮助贵州争取更大支持。全省各地各有关部门要以此次研讨会为契机,主动对接汇报,虚心学习求教,进一步用好研讨成果、提高落实成效。

刘晓凯在主持时说,这次专题研讨会是中国经济社会理事会和国家有关部委帮助贵州在深刻领会国发〔2022〕2号文件"设计图"的基础上落实好"施工图"的精准指导,是一次高站位的战略谋划、高层次的战役攻坚、高水平的战术辅导。我们要牢牢把握重大历史机遇,用足用好这次会议成果,以全新的精神状态闯新路、开新局、抢新机、出新绩,不断推动"四区一高地"建设取得新成效。

中国经济社会理事会专家组成员,国家发展和改革委员会、工业和信息化部、生态环境部、商务部、国家乡村振兴局有关负责同志,省有关部门负责同志等参加。

(《贵州日报》2022年8月27日1版　陈曦)

深入贯彻国发〔2022〕2号文件精神专题研讨会举行建设数字经济发展创新区、建设生态文明建设先行区专题研讨

朱小丹主持　杜鹰刘晓凯时光辉出席

8月27日,由中国经济社会理事会支持、贵州省政协主办的"锚定'一个统揽四个新',奋力建设'四区一高地'——深入贯彻国发〔2022〕2号文件精神"专题研讨会,举行"建设数字经济发展创新区""建设生态文明建设先行区"专题研讨。

中国经济社会理事会副主席朱小丹主持。国家发展和改革委员会原副主任杜鹰,省政协主席刘晓凯、省委副书记、省委政法委书记时光辉出席。申万宏源证券研究所首席经济学家杨成长、工业和信息化部信息技术发展司副司长杨蔚玲、国务院发展研究中心资源与环境政策研究所研究员谷树忠、生态环境部宣传教育司司长刘友宾先后作主旨发言。省政协副主席赵德明、李汉宇、罗宁、陈坚、任湘生、张光奇、陈晏出席。

朱小丹在主持时说,专家、部委代表从不同层面、不同角度,对贵州建设数字经济发展创新区和生态文明建设先行区提出了很多有价值、有分量的意见建议,体现了此次研讨会的高质量和高水准,体现了各方对贵州高质量发展的关心和支持。相信在国家有关部委、相关领域专家的大力支持和有力指导下,贵州一定能抢抓数字经济发展新机,为数字中国建设探索新经验、闯出新路子。在各方共同努力下,贵州一定能够做好绿水青山就是金山银山这篇大文章,开创百姓更富、生态更美的多彩贵州新未来。

大家在发言中表示,贵州建设数字经济发展创新区前景广阔,要发挥数字要素作用,加强数字经济治理机制创新、产业生态创新,深入推进东西部协作联动,让大数据优势转化为贵州新一轮发展优势。要系统推进生态文明建设,扎实推进生态

产品价值实现,早日建成生态文明建设先行区,为贵州转型发展提供强劲的绿色动能,为生态文明建设贡献更多经验。

中国经济社会理事会专家组成员,国家发展和改革委员会、工业和信息化部、生态环境部有关负责同志,省有关部门负责同志,部分省政协委员等参加。

(《贵州日报》2022年8月28日1版　陈曦)

深入贯彻国发〔2022〕2号文件精神专题研讨会在贵阳闭幕

谌贻琴讲话　李炳军朱小丹出席　刘晓凯主持

杜鹰等作专题研讨讲话

8月26日至28日,由中国经济社会理事会支持、贵州省政协主办的"锚定'一个统揽四个新',奋力建设'四区一高地'——深入贯彻国发〔2022〕2号文件精神"专题研讨会在贵阳举办。8月28日上午,专题研讨会举行"建设西部大开发综合改革示范区"专题研讨及闭幕会。

省委书记、省人大常委会主任谌贻琴出席并讲话。省委副书记、省长李炳军,全国政协港澳台侨委员会主任、中国经济社会理事会副主席朱小丹出席。省政协主席刘晓凯主持。国家发展和改革委员会原副主任杜鹰、中国宏观经济研究院副院长吴晓华作专题研讨讲话。省领导陈少波、赵德明、李汉宇、罗宁、陈坚、任湘生、陈晏,住黔全国政协委员黄家培出席。

杜鹰在专题研讨讲话中,围绕贵州建设西部大开发综合改革示范区,运用丰富的事例和详实的数据,就如何理解深化改革是贵州闯新路的首要选择,如何把握贵州深化改革的目标、主线和着力点,如何推动要素市场化配置改革、国企国资改革、优化营商环境等重大改革举措落地见效等问题,进行了深入讲解,提出了意见建议。他表示,贵州要进一步解放思想、转变观念,充分发挥改革的先导和突破作用,把握好有效市场与有为政府的关系,更好促进质量变革、效率变革、动力变革,努力为推进西部大开发形成新格局探索路径。

吴晓华在专题研讨讲话中表示,"十四五"时期是贵州在西部大开发上展现新作为的关键时期。他建议贵州在把握重大意义、优化实施方案、完善改革方式等方面下功夫,推动关键性基础性改革不断取得突破,实现改革与发展深度融合、高效联动,更好在新时代西部大开发上闯新路。

谌贻琴在讲话中说,国发〔2022〕2号文件的出台,是新时代以习近平同志为核心的党中央支持贵州高质量发展的又一具有标志性意义的大事,是在贵州发展史上又一具有里程碑意义的大事,充分体现了习近平总书记对贵州人民的亲切关怀和殷切期望,凝聚着各方面对贵州的特殊关心和鼎力支持。中国经济社会理事会倾注真情、倾尽全力帮助贵州,充分彰显了作为国家高端智库的高度政治自觉、强烈责任担当、高超能力水平、过硬工作作风。

谌贻琴表示,贵州始终把贯彻落实国发〔2022〕2号文件作为一项重大政治任务,以时不我待、只争朝夕的紧迫感,持续狠抓学习培训,坚持高位推动落实,深入研究重大问题,压紧压实工作责任,在全省上下持续兴起学习宣传贯彻落实文件精神的热潮。目前,国发〔2022〕2号文件贯彻落实工作实现良好开局、取得积极成效,有力推动贵州经济社会发展继续保持良好态势。

谌贻琴表示,贵州将深入学习贯彻习近平总书记视察贵州重要讲话精神,牢牢把握国发〔2022〕2号文件重大机遇,坚持以高质量发展统揽全局,全力实施主战略,努力实现主定位,奋力谱写多彩贵州现代化建设新篇章,在全面建设社会主义现代化国家新征程中贡献贵州更大力量。希望中国经济社会理事会一如既往关心支持贵州,围绕全面落实国发〔2022〕2号文件要求,充分发挥自身优势,帮助贵州深入研究高质量发展和现代化建设进程中的重大问题,提出更多宝贵意见建议。希望国家各部门各单位在政策、资金、项目等方面,进一步加大对贵州的倾斜支持力度,为贵州巩固拓展脱贫攻坚成果、推动高质量发展等不断注入强劲动力。

刘晓凯在主持时表示,这次专题研讨会既是一堂生动深刻的市场化改革课、经济发展课,又是一次具体精当的思想方法辅导、行动落实指导。贵州将用足用好研讨成果,凝聚广泛共识,激发内生动力,以决战决胜的奋斗精神,坚定不移围绕"四新"主攻"四化",全力以赴建设"四区一高地",在中国经济社会理事会的指导帮助下,努力把各项支持政策转化为推动高质量发展的实际成效。

中国经济社会理事会专家调研组成员,国家有关部门单位相关同志,贵阳市和省有关部门单位负责同志,省政协各专门委员会主任、副主任,省政协各界别召集人,部分省政协委员等参加。

(《贵州日报》2022年8月29日1版　陈曦)

笃行造样板　奋进新高地
——"建设巩固拓展脱贫攻坚成果样板区""建设内陆开放型经济新高地"专题研讨侧记

深入研讨闯新路之道,同台建言高质量发展。

8月26日下午,由中国经济社会理事会支持、贵州省政协主办的"锚定'一个统揽四个新',奋力建设'四区一高地'——深入贯彻国发〔2022〕2号文件精神"专题研讨会在贵阳开幕。围绕"建设巩固拓展脱贫攻坚成果样板区""建设内陆开放型经济新高地"主题,两名专家及两位国家部委代表率先作主旨发言,带来了一场笃行不息、奋发有为开创贵州高质量发展新局面的思想盛宴。

66个贫困县如期"摘帽",923万贫困人口全部脱贫、192万人搬出大山,减贫人数、易地搬迁人数均为全国之最——创下世界减贫史上的贵州奇迹后,我省正鞍马不歇在巩固拓展脱贫攻坚成果、接续推进乡村振兴的新征程中快马加鞭。

结合近两年三度来黔实地调研10多个县(区)的观察及思考,全国政协参政议政人才库特聘专家、中国经济社会理事会理事、清华大学中国农村研究院副院长张红宇认为,贵州已具备可持续发展的坚实基础。这得益于,全省聚焦特色形成了可持续产业基础、瞄准就业形成了可持续增收基础、完善机制形成了可持续发展基础。

乡村振兴,重在产业振兴。"我们调研所到之处,特色产业发展势头都很好,凸显了贵州的农业资源优势。"张红宇表示,在欣喜不断的同时,产业发展基础较弱、科技支撑能力不强、农民群众收入偏低等问题,亦令身为中央农办、农业农村部乡村振兴专家委员会委员的他深感:贵州全面推进乡村振兴,必须谋划并落实好产业发展、劳动力就业、乡村建设、共同富裕等重点任务。

坚持以高质量为统揽,如何打造巩固拓展脱贫攻坚成果样板区?"不仅要举贵州全省之力,也需要全社会广泛关注、大力支持。"张红宇说。这位多次参与中央1号文件等重要文件起草的博士专家建议,要有更准确的发展目标定位、各项要素投入的保障举措、切实可行的监督检查和落实机制,尤需有深化农村改革的创新要

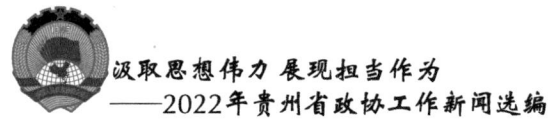

求,"全国闻名的农村'三变'改革就发源于贵州,未来要在农村土地、经营、产权制度创新中再探新路、再立新功"。

继连续5年获国家脱贫攻坚成效考核"好"评后,我省去年在国家首次巩固脱贫成果后评估中再获"好"评,国家乡村振兴局规划财务司二级巡视员张洪波为此点赞"树了标杆"。她同时认为,囿于少数民族地区农业产业基础较弱等,贵州巩固拓展脱贫攻坚成果的任务还较重,乡村全面振兴的难度也较大。

如何确保样板区建设靶向精准?张洪波希望贵州健全并运行好防止返贫动态监测和帮扶机制,稳步提升"两不愁三保障"及饮水安全保障水平,千方百计促进脱贫人口稳定增收,扎实做好国家乡村振兴重点帮扶县支持工作,强化资金项目使用及管理、易地搬迁后续扶持等。

"国家乡村振兴局将加大支持力度,推动贵州样板区建设往深里走、往实里落。"张洪波说,具体举措包括加快签署省局共建合作协议,促进衔接资金、金融政策、支持项目落地见效,加强经验总结、宣传推广等。

推动高质量发展,既要夯实"内循环"、亦需畅通"外循环"。

近年来,随着经济发展水平大幅提升、城镇化进程加快、基础设施建设不断完善,我省对外开放水平持续提级,已形成"1+8"国家级开放创新平台体系,拥有省级开发区56家,内陆开放型经济试验区建设正如火如荼。

西部大开发初始首赴贵州、时隔23年再来,黔中大地发生的翻天覆地变化,令商务部研究院学术委员会副主任、区域经济研究中心主任张建平直言"难以想象"。而步入"十四五"时期,全省物流、进出口贸易、大数据信息等产业呈现快速发展态势,在陆海新通道建设等政策利好下,贵州又迎来全方位开放的新一轮重要机遇。

"陆海新通道往前延伸与粤港澳大湾区相连,贵州作为新通道的物流枢纽中心,可借此与长三角经济带形成紧密互动,加快资源要素流动,吸引一大批企业落户。"张建平结合其长期研究国际经济、区域合作及对外投资的经验建议,贵州应着力推进交通枢纽建设,强化物流运输组织,加速与周边省份产业"大融合";更重视与国内、国际区域间经济合作,降低省级要素流动壁垒,积极对接国际经贸规则,进一步提高本省对外开放水平。

这位曾参与我国部分自贸协定可行性研究与谈判的经济学博士还建议,贵州可紧抓RCEP(区域全面经济伙伴关系协定)历史机遇,全力促进贸易投资便利化,以渐次推进方式深耕拓展RCEP市场规模;重点培育大数据中心、电商基地,推动"大数据+货物贸易+服务贸易"规模及质量提升,拓展数字经济发展新路径。

贵州开放创新的"升级版"如何打造?商务部政研室二级巡视员、办公室主任陈正红认为,应推动实现更大范围、更宽领域、更深层次、更趋安全的开放,积极加快融入国家"一带一路"建设。据其介绍,商务部早于2018年与贵州签署省部合作协议,几年来已争取10亿元支持贵州发展,其中4.6亿元就放在了外经贸发展上。

基于上一个"黄金十年"取得的显著成就,陈正红希望贵州继续打好"四张牌",即打好全国交通枢纽的优势牌、多彩贵州资源富集的特色牌、贵州制造"走出去"的潜力牌、新时代贵州精神的闯劲牌,推动开放创新之路走得更快、更远、更宽广。

"专家与领导紧密围绕主题深入研讨、同台建言,将对贯彻落实好新国发2号文件产生积极推动作用。"出席专题研讨开幕会的全国政协常委、港澳台侨委主任,中国经济社会理事会副主席朱小丹说。省政协主席刘晓凯则强调,要用足用好专家、领导提出的许多真知灼见、宝贵意见,以全新精神状态闯新路、开新局、抢新机、出新绩。

(《贵州政协报》2022年8月27日A1版　田锦凡　卢星宇)

发力创新驱动　　探路生态文明
——"建设数字经济发展创新区""建设生态文明建设先行区"专题研讨侧记

"贵阳建成'中国数谷',是属于贵州人民的伟大创造。"8月27日上午,全国政协委员、民建中央常委、申万宏源证券研究所首席经济学家杨成长面对百余名领导、专家及政协委员如是评价。

当天,深入贯彻国发〔2022〕2号文件精神专题研讨会围绕"建设数字经济发展创新区""建设生态文明建设先行区"主题开展研讨,杨成长及工信部信息技术发展司副司长杨蔚玲,全国政协委员、中国经济社会理事会理事、国务院发展研究中心资源与环境政策研究所研究员谷树忠,生态环境部宣传教育司司长刘友宾先后作了主旨发言。

始于2013年抢占全国先机,近十年间,大数据产业在贵州完成从风生水起到落地生根、再到集聚成势的精彩"三级跳"。2021年,全省数字经济占地区生产总值比重达34%,增速连续7年排名全国首位。

杨成长点赞贵州数字经济发展所获突出成绩。尤其是设立全国首个数据交易所,围绕数字价值发现及变现开展系列实践探索;通过"一码贵州"等创新案例及典型场景,推动大数据与民生服务、乡村振兴深度融合,令这位经济学博士颇感兴趣。

随着国家数字经济发展战略向纵深推进,贵州数字经济的政策红利持续释放。但杨成长认为,贵州在数字经济发展中亦面临不少挑战,如核心产业占比不高、人才匮乏、市场配套亟待提升等。

长期从事证券法规、证券公司发展等方面研究,杨成长尤为关注数字交易。他建议,贵州应通过推动贵阳大数据交易所成为全国性数据交易所、特色化数字资源聚集中心、国内最安全的大数据交易中心并发挥其全国服务能力,推动贵阳成为国家西部算力中心,确立并巩固贵阳大数据交易所在全国的重要地位。

"我和杨委员既是同行、又同属民主党派,他讲的内容专业性强、内涵丰富、见解独到,为我们提供了可借鉴、可实施的工作路径。"杨蔚玲互动说,这对我国数字经济发展最具活力的"明星"省份——贵州打造创新区也极具参考价值。

此前一天,她在贵阳参加大数据与实体经济深度融合全国行贵州站活动,深感贵州抢抓机遇、高位推动数字经济发展带来的巨大变化。杨蔚玲表示,"十四五"是我国工业经济向数字经济迈进的关键期,充分发挥数据要素潜能作用至关重要。为支持建好创新区,工信部已与贵州签署省部合作协议,其中就包括培育壮大人工智能、大数据、区块链、云计算等新兴数字产业,打造国家数据生产要素流通的核心枢纽等。

创新区"新"在何处?杨蔚玲希望贵州不断创新治理机制,探索数字经济中政府治理、数字交易、法规及标准的贵州模式;创新产业生态,加快构建以数字经济为引领的现代产业体系;创新合作交流,助力国家构建内外循环相互促进的新发展格局。

抢新机蹄疾步稳,出新绩指日可待。

优良生态环境是贵州最大的发展与竞争优势。近年来,我省通过全力实施大生态战略行动,生态环境质量持续向好。石漠化面积减少数量、幅度均居全国之首,森林覆盖率达62.12%……印证了"贵州生态文明建设,干得很漂亮"。

在谷树忠看来,贵州推进生态文明建设具有优良生态本底、特殊地形地貌及多党合作、国家试验、国际交流等多重优势,亦需加快补齐设施、资金、科技、人才等短板,积极防范自然灾害、财政金融、社会舆情、生态环保、党政决策等风险,加大管理体制机制改革创新力度,建立健全规制体系,全面提升法治能力。

身为中国自然资源学会副理事长,谷树忠重点聚焦扎实推动生态产品价值实现。他认为,这是贵州在生态文明建设上出新绩的必由之路、重要基础,并提出建立健全生态产品价值实现机制的行动方案——建立生态产品调查监测机制等6个一级机制、大力推动生态资源权益交易等19个二级机制。

"贵州依托得天独厚的生态资源,通过有益探索一定会更有作为,为高质量发展提供强劲的绿色动能。"谷树忠说。

"新国发2号文件部署贵州'四区一高地'战略定位,既是对已有成绩的充分肯定,更是对更大贡献的殷切期待。"刘友宾表示,这一顶层设计把生态文明建设摆在突出重要位置,体现了习近平生态文明思想在贵州的积极实践。

11年前,他曾挂任六盘水市委常委、副市长半年,见证首份国发2号文件出台时贵州人民的奋斗激情,亦深谙"西南煤都"实现绿色转型的发展之道。"今天的贵州天更蓝、山更绿、水更清,生态环境更优美、人民生活更幸福了。"刘友宾欣慰地说。

上月底,生态环境部刚与贵州签署打造生态文明建设先行区合作协议。刘友

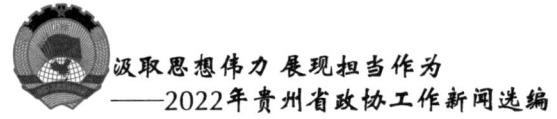

宾认为,贵州先行区建设应在坚持以习近平生态文明思想为引领,铸就精神之基;坚决守好发展和生态两条底线,推动高质量发展;深入打好污染防治攻坚战,持续改善环境质量;不断加强自然生态保护修复,筑保生态屏障;广泛动员社会参与,构建全民行动体系等方面发力。

"专家与部委代表提出的意见建议很有针对性、建设性,听后很有收获、很受鼓舞,让我们看到了贵州建设数字经济发展创新区、生态文明建设先行区的广阔前景。"主持研讨交流的全国政协常委、港澳台侨委主任,中国经济社会理事会副主席朱小丹说。

(《贵州政协报》2022年8月28日A1版　田锦凡　卢星宇)

改革不停歇　闯出新路子

——"建设西部大开发综合改革示范区"专题研讨侧记

10年,是一段时间和历程,也是一次跨越和蝶变。

从各项经济指标全国挂末,到发展速度连年领先;从贫困人口全国最多,到彻底"摘帽"建成小康社会;从"三不沿"到西南陆路交通枢纽,黔山秀水百业俱兴……10年来,贵州翻天覆地的变化成为"党和国家事业大踏步前进的一个缩影",更是全省干部群众心中的"黄金十年"。

对全国政协参政议政人才库特聘专家、国家发展和改革委员会原副主任杜鹰而言,亲身参与并见证新旧两份国发2号文件接续支持贵州发展,"黄金十年"亦是他"极不平常、记忆深刻"的10年。

新国发2号文件赋予贵州"四区一高地"的战略定位,建设西部大开发综合改革示范区居于其首。立足新起点,此间率队来黔开展实地调研的杜鹰频提"闯新路",尤需深化改革、锐意创新。8月28日上午,在深入贯彻国发〔2022〕2号文件精神专题研讨会上围绕"建设西部大开发综合改革示范区"主题作专题研讨讲话时,他再提改革创新,"一定要大胆试、大胆闯、主动改"。

杜鹰乐见贵州省委、省政府已将深化改革作为闯新路的首要选择、根本动力。"大家一定要深刻认识到,以往'黄金十年'创造的赶超跨越模式,未必再适用于新阶段的贵州发展,必须加快转变增长方式、转换发展动能,这就对深化改革提出了新要求。"这位一直倾情倾力贵州工作的学者型老领导语重心长地说。

"不改革,无新路。"中国经济社会理事会理事、中国宏观经济研究院副院长吴晓华亦认为,贵州在新时代西部大开发上闯新路,就是要探索出符合中国式现代化要求、体现西部地区特点、富有本省特色的新体制新机制。而新国发2号文件的最大亮点、鲜明特点,即将建设西部大开发综合改革示范区列为"首要定位+首要任务"——此乃加快推动新时代西部大开发形成新格局、在新时代新征程上全面深化改革之战略所需,亦为贵州实现高质量发展之迫切需要。作为西部12个省(区)中唯一拥有国家战略定位的省份,贵州无疑使命光荣、责任重大。

加快要素市场化配置改革、深化国企国资改革、全面优化营商环境，是新国发2号文件明确贵州建设西部大开发综合改革示范区的三大任务。"作为新时代西部大开发的'优待生'，贵州推进综合改革的一大指向和最大突破口，应该是更重视生态环境、大数据两大类新要素的市场化配置改革。"吴晓华说。

他表示，贵州要加快推动绿水青山转化为金山银山，积极探索转化路径、丰富转化内容、提升转化层次；加快建立完善大数据基础制度，统筹推动数据产权、数据交易、收益分配及安全治理，推进数字产业化、产业数字化，打造全球数字经济高地。他还建议，提升贵州综合改革实施方案的审批层次，应由国家发改委提交中央深改委审批，再由中办、国办印发。

主要从事宏观经济形势跟踪分析、重大发展战略规划研究的吴晓华特别提及，建设西部大开发综合改革示范区的另一个关键词是"综合"，表明中央主导定方向、划底线，贵州则需提建议、报诉求。"这就特别要有主动性、判断力和创造性、想象力，不能被动等中央给，而是积极主动去要。走出这一步，不仅能够解决自身问题，更是给西部地区甚至全国立标杆、作示范。"

据了解，遵照省委、省政府部署，省发改委在国家发改委体改司的支持下，正抓紧编制《建设西部大开发综合改革示范区实施方案》，初步提出8个方面58项改革任务及46个需中央授权的改革事项，已形成材料上报的良好基础。

但在杜鹰看来，这显然还不够。曾参与党中央、国务院有关农村改革发展重要文件起草工作的他认为，示范区改革要敢于碰硬，刀刃向内，真枪实弹，充分体现"闯"的要求。贵州应坚持目标导向、问题导向及超前性、突破性原则，抓紧修改完善示范区综合改革实施方案并上报中央，"特别是要抓住难点、堵点问题不放，抓住基层所盼、民心所向的改革事项不放"。

杜鹰同时建议，要注重处理好深化改革与防范风险的关系。"深化改革遇到的大都是'老大难''硬骨头'，所以更需要解放思想、开拓创新的精神状态和大胆试、大胆闯的责任担当。"他表示，既要鼓励领导干部、企业家、基层群众去探索、去创造，对他们少一些责备、多一些支持，以健全改革工作机制保护改革积极性，不能让干事创业的人吃亏；又要秉持科学态度、务实精神、底线思维，从严防范各种风险，尤其是不能犯颠覆性的错误。

"任何改革都不会一蹴而就、一劳永逸，示范区建设也不可能三年不鸣、一鸣惊人，总是要不断地拿出阶段性成果来。"杜鹰为贵州鼓劲说，这不仅是向全国提供可借鉴、可复制改革经验之所需，亦为鼓舞改革士气、积小胜为大胜、不断将改革推向深入之所需。

"当前,贵州正处在爬坡上坎的关键阶段,有大家帮一把、推一把,我们更有信心迈上新台阶。"出席专题研讨闭幕会的省委书记、省人大常委会主任谌贻琴表示,希望国家有关部委从政策、资金、项目等方面加大对贵州的倾斜支持力度,为贵州巩固拓展脱贫攻坚成果、全面推进乡村振兴加油鼓劲,为贵州推动高质量发展、加快现代化建设不断注入强劲动力。

"我们要始终牢记嘱托、感恩奋进,凝聚广泛共识、激发内生动力,以决战决胜的奋斗精神,努力把各项支持政策转化为推动高质量发展的实际成效,不辜负中国经济社会理事会、国家有关部委对贵州发展的支持和帮助。"主持专题研讨闭幕会的省政协主席刘晓凯最后说。

(《贵州政协报》2022年8月29日A1版　田锦凡　卢星宇)

深刻领会"设计图" 完善落实"施工图"

中国经济社会理事会
助力贵州建设"四区一高地"

助力贵州高质量发展，国家级智库再发力。

8月26日至28日，由中国经济社会理事会支持、贵州省政协主办的"锚定'一个统揽四个新'，奋力建设'四区一高地'——深入贯彻国发〔2022〕2号文件精神"专题研讨会在贵阳举办。

这是中国经济社会理事会和贵州第二次"联手"举办高端研讨会。从去年与贵州"携手"以来，中国经济社会理事会始终倾注真情、倾尽全力助推贵州高质量发展，支持贵州专项工作不断深化和延伸，彰显了国家级智库的使命担当。

为开好这次专题研讨会，中国经济社会理事会专家组会前提前来到贵州，开展了为期4天的专题调研，深入了解我省贯彻落实新国发2号文件采取的措施、取得的成效、存在的问题和亟需的支持。

"希望按照新国发2号文件支持部省共建贵州地方高校，加大科研经费投入。""贵州本地乳企促农增收成效明显，但是进一步扩大规模受到限制。""新能源材料及其配套项目的土地指标，还不能满足产业发展需要"……来自贵州各级各部门的意见建议，在调研中不断向专家汇集。

专家们认真梳理各方意见建议，有针对性地提出对策建议，为开好研讨会奠定了坚实基础。

这是一场汇聚高端智力的思想盛宴。

在研讨会召开的3天时间里，来自中国经济社会理事会以及国家发展和改革委员会、工业和信息化部、生态环境部、商务部、国家乡村振兴局、国务院发展研究中心、清华大学、中国宏观经济研究院等部门和单位的领导专家，围绕贵州如何建设"四区一高地"，分专题进行全方位、立体式、多角度、深层次的研讨。

围绕贵州建设西部大开发综合改革示范区，国家发展和改革委员会原副主任杜鹰运用丰富的事例和详实的数据，就如何理解深化改革是贵州闯新路的首要选择,如何把握贵州深化改革的目标、主线和着力点,如何推动要素市场化配置改革、国企国资改革、优化营商环境等重大改革举措落地见效等问题,进行了深入讲解,提出了意见建议。

"贵州要进一步解放思想、转变观念,充分发挥改革的先导和突破作用,把握好有效市场与有为政府的关系,更好促进质量变革、效率变革、动力变革,努力为推进西部大开发形成新格局探索路径。"杜鹰指出。

中国宏观经济研究院副院长吴晓华建议,贵州要在把握重大意义、优化实施方案、完善改革方式等方面下功夫,推动关键性基础性改革不断取得突破,实现改革与发展深度融合、高效联动,更好地在新时代西部大开发上闯新路。

"贵州建设巩固拓展脱贫攻坚成果样板区,要聚焦突出产业发展、实现充分就业、加快乡村建设、夯实共同富裕基础四个方面任务,有更准确的发展目标定位,有各项要素投入的保障举措,有深化农村改革的创新要求,有切实可行的监督检查和落实机制。"清华大学中国农村研究院副院长张红宇认为。

国家乡村振兴局规划财务司二级巡视员张洪波也指出,贵州巩固拓展脱贫攻坚成果的任务重,必须准确地把握工作重点和工作要求,确保巩固拓展脱贫攻坚成果样板区建设方向不偏、靶向施策。

"贵州建设内陆开放型经济新高地,要加快开放平台与通道建设,以国内统一大市场为抓手,实现对内与对外开放相结合,提高经济发展水平。"商务部研究院学术委员会副主任张建平建议。

商务部政研室二级巡视员陈正红提出,贵州建设内陆开放型经济新高地,要打好优势牌、特色牌、潜力牌、闯劲牌"四张牌"。

申万宏源证券研究所首席经济学家杨成长分析了贵州省数字经济发展的成就、机遇与挑战,建议要发挥数字要素作用,加快建设数字经济发展创新区,让大数据优势转化为贵州新一轮发展优势。

"贵州是我国数字经济发展的一个明星省份,建设数字经济发展创新区,要继续加强治理机制创新、产业生态创新、合作交流创新,做强做优做大数字经济。"工业和信息化部信息技术发展司副司长杨蔚玲指出。

聚焦建设生态文明建设先行区,国务院发展研究中心资源与环境政策研究所研究员谷树忠分析了推进生态产品价值实现的基本路径、保障机制、主导模式等,并对《贵州省建立健全生态产品价值实现机制行动方案》提出了建议。

生态环境部宣传教育司司长刘友宾认为,建设生态文明建设先行区,要坚持以习近平生态文明思想为引领,铸就先行区建设的精神之基;坚决守好发展和生态两

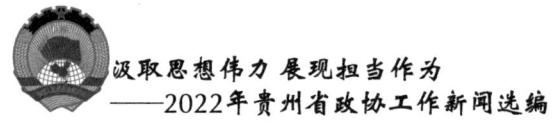

条底线,推动经济高质量发展;深入打好污染防治攻坚战,持续改善生态环境质量。

领导专家们提出的真知灼见,帮助贵州在深刻领会新国发2号文件"设计图"的基础上落实好"施工图",提供了精准指导。

贵州党员干部聆听研讨会,深受启发、收获丰硕,纷纷表示要全面梳理这次专题研讨会的成果,认真学习和深入研究各位领导、各位专家提出的宝贵意见建议,充分吸收和加快运用到实际工作中去,更好将研讨成果转化为实践成效。

(天眼新闻2022年8月31日 陈曦)

专家深入调研把脉　助贵州精准落实"施工图"

【导语】为开好"深入贯彻国发〔2022〕2号文件精神"专题研讨会,会前,专家调研组和国家发改委有关同志到贵阳市、安顺市等地进行了深入调研,为我省在深刻领会新国发2号文件"设计图"的基础上落实好"施工图"提供有益指导。

【商务部研究院学术委员会副主任　张建平】

按照新国发2号文件的要求,贵州落实好RCEP的规则,充分发挥这个大市场给我们带来的新的发展动力。通过陆海新通道,更好地走向东南亚地区,深度地对接我们的粤港澳大湾区融入长江经济带的发展。下一步(要)通过我们制度型的对外开放,加快吸引海内外的资本、技术、企业、人才到贵州来集聚发展。

【申万宏源证券研究所首席经济学家　杨成长】

通过我们的大数据的引领和新一轮的交通枢纽的建设,降低企业的信息成本、制度成本、物流成本,进一步地巩固贵州大数据在全国乃至全球当中的这样一个地位。在数字确权、数字定价、数字交易、数字配置、数字风险管理、数字治理这方面摸出一条道路出来。

【国务院发展研究中心资源与环境政策研究所研究员　谷树忠】

我们生态的本体条件比较好,急需把生态产业化、生态价值化,以赤水河流域为代表的流域治理上,包括磷石膏在内的工业固废这块儿。现在通过技术的一些革新,治理模式的一些创新,还可以再出新绩。

(《贵州新闻联播》2022年8月27日　李雯霖　李永胜)

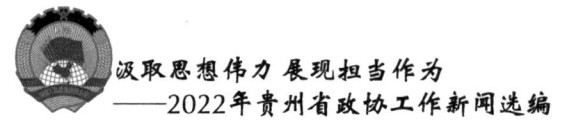

建设"四区一高地" 专家建议贵州这么干

"要进一步解放思想、转变观念,充分发挥改革的先导和突破作用,把握好有效市场与有为政府的关系,更好促进质量变革、效率变革、动力变革。"在近日由中国经济社会理事会支持、贵州省政协主办的"锚定'一个统揽四个新',奋力建设'四区一高地'——深入贯彻国发〔2022〕2号文件精神"专题研讨会上,国家发展和改革委员会原副主任杜鹰建议贵州进一步深化改革、持续推进西部大开发形成新格局。

今年初印发的《国务院关于支持贵州在新时代西部大开发上闯新路的意见》进一步确立了贵州建设巩固拓展脱贫攻坚成果样板区、内陆开放型经济新高地、数字经济发展创新区、生态文明建设先行区、西部大开发综合改革示范区(简称"四区一高地")的战略定位。

"不同领域的改革可以有先有后、有主有次、有快有慢,但必须统筹兼顾、协同推进,而不能各自为政、畸轻畸重。"中国经济社会理事会理事、中国宏观经济研究院副院长吴晓华建议贵州大胆试、大胆闯、自主改,实施条件成熟的要"不等不靠"、"率先突破",同时要"重大改革于法有据","这两种要求看似相互矛盾,实际存在平衡点,这个平衡点就是'先行先试'的切入点"。

贵州是我国首个国家大数据综合试验区,数字经济增速连续7年位居全国之首。数字经济发展创新区的路在何方?

"要充分利用各类数字要素,解决好当前经济发展中面临的困难,打开全省高质量发展新局面。"申万宏源证券研究所首席经济学家杨成长建议贵州通过数据导流支持更多零售企业向线上延伸,提升市场销售网络化水平;探索以数字消费券带动形成新消费热点;在交通网、生态网建设基础上开展新一轮水网建设,为地质灾害防控、提升自然资源安全性拓展空间。针对中小企业经营压力问题,加强中小微企共享数据平台建设,实现行业资源链接,提升企业抗风险能力。

与会专家在发言时建议贵州系统推进生态文明建设,扎实推进生态产品价值实现,早日建成生态文明建设先行区,为贵州转型发展提供强劲的绿色动能,为生态文明建设贡献更多经验。

"作为一个92%都是山地的省份,贵州可以说无处不是景观、无处不是好山好水。"中国经济社会理事会理事、清华大学中国农村研究院副院长张红宇建议,贵州要整省推进发展全域乡村旅游,加大媒体宣传力度,进一步提升贵州山水景观在全国的知名度,塑造"黔山黔水好乡村"的贵州旅游品牌,建设观光旅游、休闲农业大省。

贵州开放创新的"升级版"如何打造?商务部政研室二级巡视员陈正红认为,应推动实现更大范围、更宽领域、更深层次、更趋安全的开放,积极加快融入"一带一路"建设。

"陆海新通道往前延伸与粤港澳大湾区相连,贵州作为新通道的物流枢纽中心,可借此与长三角地区形成紧密互动,加快资源要素流动,吸引一大批企业落户。"商务部研究院学术委员会副主任、区域经济研究中心主任张建平建议贵州着力推进交通枢纽建设,强化物流运输组织,加速与周边省份产业"大融合";更重视与国内、国际区域间经济合作,降低省级要素流动壁垒,积极对接国际经贸规则,进一步提高本省对外开放水平。

张建平认为,"贵州可紧抓 RCEP 历史机遇,全力促进贸易投资便利化,以渐次推进方式深耕拓展 RCEP 市场规模;同时,重点培育大数据中心、电商基地,推动'大数据+货物贸易+服务贸易'规模及质量提升,拓展数字经济发展新路径。"

会前,中国经济社会理事会组织专家围绕推进工业资源综合利用基地建设、绿色制造、深化国企国资改革、磷污染专项治理、推进开放平台建设、电子元器件产业生态链构建及特色农业发展、就业增收等主题到贵州部分地区进行了实地调研。

(《经济日报》新闻客户端2022年8月30日　吴秉泽)

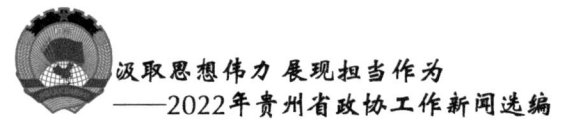

贵州新一轮改革发展迎来新机遇
——访全国政协港澳台侨委员会主任、中国经济社会理事会副主席朱小丹

"重大举措""重大机遇""重大利好"！这三个词，是全国政协港澳台侨委员会主任、中国经济社会理事会副主席朱小丹对新国发2号文件的评价。

在他看来，10年前，国务院出台的国发〔2012〕2号文件，引领了贵州跨越式发展的十年"黄金期"，正如习近平总书记所说："贵州取得的成绩是党的十八大以来党和国家事业大踏步前进的一个缩影。"

今天的贵州，已经登上发展的历史新起点，开启了现代化建设的新征程。朱小丹认为，新国发2号文件承前启后、继往开来，对于贵州新一轮改革发展具有重大意义。

"新国发2号文件出台是贯彻落实习近平总书记对贵州提出的'四新'要求的重大举措。"朱小丹指出，新国发2号文件通篇贯穿"四新"要求，体现了党中央、国务院对贵州的全方位支持，通过国家顶层设计，为"四新"在贵州落地生根、开花结果提供了基本遵循和根本保证。

他认为，这是贵州新一轮改革发展迎来的重大机遇。"新国发2号文件聚焦支持贵州在新时代西部大开发上闯新路，明确了贵州作为西部大开发综合改革示范区、巩固拓展脱贫攻坚成果样板区、内陆开放型经济新高地、数字经济发展创新区、生态文明建设先行区的战略定位，这些新的更高的战略定位将为贵州发展提供新的更大的战略机遇。"

"这是增进贵州各族人民福祉的重大利好。"朱小丹说，新国发2号文件秉持以人民为中心的发展思想，提出了巩固拓展脱贫攻坚成果同乡村振兴有效衔接、提高保障和改善民生水平的一系列政策措施，必将促进贵州走上共同富裕的康庄大道。

值得一提的是，新国发2号文件的出台，离不开全国政协领导的"国家级智库"中国经济社会理事会的助力。去年以来，中国经济社会理事会大力支持贵州创新落实习近平总书记赋予贵州的"四新"重大使命，不仅为贵州高质量发展积极建言献策，还向国家层面呼吁制定支持贵州发展的综合性政策文件。

朱小丹深度参与了这项工作，他既担任中国经济社会理事会协助贵州专项工作总牵头人，还作为协助贵州"在新时代西部大开发上闯新路"调研组组长，率队深入贵州调研……

通过做好这些工作，朱小丹对贵州有了更深入全面的认识，对贵州如何闯新路也有了更精准的建议，概括起来就是"改革、开放、创新、转型"4个词8个字。

第一是改革。朱小丹指出，贵州要成为西部大开发综合改革示范区，以先行先试的综合改革，破解深层次体制机制矛盾，以大胆试、大胆闯、主动改促进发展方式由总量扩张为主向质量提升为主转变，激发高质量发展内生动力，成为西部地区全面深化改革的排头兵。

第二是开放。朱小丹认为，贵州要构建内陆开放型经济新高地，一头连接融入粤港澳大湾区、长江经济带和成渝地区双城经济圈建设，一头连接融入"一带一路"建设，更大幅度打开对内对外开放两个扇面，使贵州成为连接国内国际双循环的重要战略节点。

第三是创新。朱小丹建议，贵州要在科技创新上补短板、强弱项，整体促进区域创新能力提升进位，实现发展动能由投资拉动为主向创新驱动为主转换。

第四是转型。朱小丹看来，贵州在新一轮改革发展中要解决的主要矛盾是结构性的发展不平衡不充分问题。要在守住生态和发展两条底线的基础上，持续深化供给侧结构性改革，加快构建以数字经济为引领的现代产业体系，形成传统优势产业升级、战略性新兴产业倍增、文化旅游产业振兴的新局面，为贵州与全国同步基本实现社会主义现代化打下更加坚实的基础。

(《贵州日报》2022年2月11日1版 陈曦)

新战略定位将引领贵州新发展
——访全国政协委员、中国科学院地理科学与资源研究所资源生态与生物资源研究室主任闵庆文

从2012年到2022年十年间,国务院先后出台两个支持贵州的国发2号文件。

对比两个文件赋予贵州的战略定位,全国政协委员、中国经济社会理事会理事、中国科学院地理科学与资源研究所资源生态与生物资源研究室主任闵庆文看到了贵州在全国发展大格局中定位的丰富和提升,也看到了贵州新的发展机遇。

"国发〔2012〕2号文件把贵州定位为'三区一屏障''四基地一枢纽',更多是立足于贵州的资源要素禀赋。国发〔2022〕2号文件赋予贵州'四区一高地'战略定位,更加注重改革推动、开放带动、创新驱动。"闵庆文特别关注新国发2号文件赋予贵州"生态文明建设先行区"的战略定位,认为这一定位非常准确,将为贵州进一步推进生态文明建设提供根本遵循。

闵庆文自2007年以来,多次到贵州开展生态保护与农耕文化和民族文化调研,并直接推动了"从江侗乡稻鱼鸭复合系统"成功申报为全球重要农业文化遗产,以及安顺、花溪、锦屏等地申报中国重要农业文化遗产工作。去年闵庆文参加中国经济社会理事会调研组来黔调研,让他对贵州有了更全面的认识和了解。

"贵州92.5%的国土面积都是山地丘陵,堪称山地省。崇山峻岭、高原峡谷对于一般意义上的经济发展可能是不利因素,但森林、草原、湖泊、河流正是绿水青山的真实写照,能为经济社会发展提供生态安全保障。"在闵庆文看来,贵州良好的自然生态条件和丰富的生物多样性,本身就是生产优质特色农产品、发展生物资源产业以及生态旅游和康养产业的良好资源,加上古镇古村和民族风情等丰富的文化多样性,形成了贵州生态与文化相辅相成、相得益彰的独特资源优势。

闵庆文建议,在新发展阶段,贵州要充分发挥生态和文化资源优势,探索新发展理念和发展路径,变劣势为优势,通过持续的生态保护与建设,大力发展生态产业,把绿水青山变为金山银山,实现生态文明建设先行区的发展目标。

回顾过去,国发〔2012〕2号文件推动贵州实现了又好又快发展。"那是首个从

国家层面全面系统支持贵州的综合性政策文件,有力推进了贵州基础设施建设、特色优势产业发展、新型城镇化步伐、生态环境持续改善、社会事业全面进步等。"闵庆文认为,其中最重要的标志,就是贵州如期打赢脱贫攻坚战、同步全面建成小康社会、保持经济持续高速增长,创造了贵州发展的"黄金十年",极大提升了贵州在全国发展格局中的地位和影响力。

展望未来,国发〔2022〕2号文件将推动贵州在新时代西部大开发上闯新路。"这个文件的出台实施,是贵州经济社会发展进程中的重大标志性事件,具有划时代的里程碑意义。文件提出的系列支持举措,将为贵州发展提供新的重大历史机遇。"闵庆文说,相信经过新的"黄金十年"发展,将看到一个百姓富、生态美的多彩贵州,"走遍大地神州、醉美多彩贵州"将成为现实。

(《贵州日报》2022年2月14日1版　陈曦)

用好贵州生态优势实现高质量发展
——访全国政协人口资源环境委员会副主任、中国科学院院士、中国经济社会理事会理事江桂斌

"贵州的'黄金十年'不是等出来的,是踏踏实实干出来的,当然也离不开国家的巨大支持。"全国政协人口资源环境委员会副主任、中国科学院院士、中国经济社会理事会理事江桂斌表示。

江桂斌说,国发〔2012〕2号文件出台以来,特别是党的十八大以来,贵州攻坚克难、开拓进取,在国家的大力支持下,在东部地区帮扶下,实现了跨越发展,全省脱贫攻坚、数字经济和生态建设等方面成效显著。贵州初步走出了一条坚守发展和生态两条底线,经济效益、生态效益、社会效益并重的发展新路,值得总结和学习。

时隔十年,国务院出台〔2022〕国发2号文件,支持贵州在新时代西部大开发上闯新路,成为贵州经济社会发展史上又一个具有里程碑意义的重大事件。

江桂斌认为,这份文件对支持贵州经济社会发展提出了一揽子的政策措施,让贵州在推进探索西部大开发形成新格局中大胆试、大胆闯、主动改,依法依规赋予贵州更大的改革自主权,为贵州建功新时代、奋进新征程、开创高质量发展新的"黄金十年"注入了强大动力。同时,文件明确了国务院有关部门要给予大力支持,国家发展和改革委员会要协调解决突出问题,这给贵州经济社会发展提供了难得的政策和机遇,必将有力促进开创百姓富、生态美的多彩贵州新未来。

在江桂斌看来,贵州承东接西、沟通南北,地理区位优势明显。贵州在新时代西部大开发上闯新路,将对西部其他地区起到辐射带动示范作用。"我相信,全面落实文件的各项要求,必将巩固提升贵州在西部陆海新通道中的战略地位,促进贵州经济社会高质量发展。"

江桂斌是我国著名的环境化学与毒理学家,长期从事环境分析化学方法、环境污染现状与过程机制和毒理与健康研究。他对贵州生态建设和环境保护工作十分关注,去年还参加了中国经济社会理事会调研组赴黔开展的协助贵州"在生态文明

建设上出新绩"专题调研,为贵州提出了很多有建设性的意见建议。

江桂斌认为,改善生态环境就是发展生产力,贵州的生态答卷也是贵州致力生态文明建设的红利体现。优良的生态环境,已成为贵州最大的发展优势和竞争优势。

但江桂斌也指出,由于特定的地理位置和复杂的地形地貌,贵州的生态环境又十分脆弱,一旦破坏就非常难以修复。特别是山高坡陡土层薄,容易发生水土流失和石漠化。地表水、地下水相互连通,一旦被污染,极难治理和恢复。"因此需要加强生态环境保护建设的定力,实行严格的生态环境保护制度,用先进的理念和技术,呵护好贵州的生态环境。"

江桂斌建议,贵州要用好生态优势,实现高质量发展。建设生态文明不能走"先污染后治理"的老路,要转变发展方式,大力推进产业生态化、生态产业化。在谋划工作时多些"生态+"的前置思维,把绿色发展的要求融入经济社会发展之中。在发展产业时多些"+生态"的延伸思考,探索出更多绿色发展的新方式、新业态、新路径。

(《贵州日报》2022年2月23日1版　陈曦)

—"困牛山红军集体跳崖千古壮举"专题研讨会专稿—

"困牛山红军集体跳崖千古壮举"专题研讨会在石阡举行

在中国人民解放军建军95周年之际,8月1日,"困牛山红军集体跳崖千古壮举"专题研讨会在铜仁市石阡县举行。

省委书记、省人大常委会主任谌贻琴出席并致辞。全国政协常委、提案委员会副主任、中央军委联合参谋部原副参谋长戚建国,全国政协文化文史和学习委员会副主任叶小文,中央军委政治工作部群众工作局局长肖安水,军事科学院副政治委员周胜刚作主旨发言。省政协主席刘晓凯主持。省委常委、省委秘书长陈少波,省军区政治委员李辉,省政协副主席、省工商联主席李汉宇,省政协副主席任湘生出席。

1934年10月,作为中央红军长征先遣队的红六军团,进军黔东途中在石阡陷入敌军重围,红六军团第52团400多人为掩护主力转移,把敌军引向困牛山,最后留下阻击追敌的100多名红军战士,与数十倍于己的敌人殊死激战。战斗到最后,红军战士宁死不伤群众、宁死不做俘虏,毅然集体跳崖,用鲜血和生命谱写了一曲惊天地、泣鬼神的英雄赞歌。

谌贻琴在致辞中说,贵州是中国革命的圣地、福地、伟大转折地,红军长征时在贵州活动时间最长、活动范围最广,不仅召开了具有伟大转折意义的遵义会议,创下了四渡赤水等现代战争史上的经典范例,还有困牛山红军集体跳崖的千古壮举,谱写了长征史上尤为壮烈的篇章。八十多年来,困牛山红军壮士的绝对忠诚在贵州大地上始终赓续传承、坚定信念始终薪火相传、为民初心始终历久弥坚、斗争精神始终熠熠生辉。困牛山红军壮士的崇高精神,对我们进行具有许多新的历史特点的伟大斗争有着重要时代价值,是激励我们奋进新时代、迈步新征程的强大精神动力。我们一定认真落实习近平总书记关于党史学习教育的重要指示和视察贵州重要讲话精神,衷心拥护"两个确立"、忠诚践行"两个维护",赓续红色血脉、传承红色基因,大力弘扬伟大建党精神、长征精神、遵义会议精神和新时代贵州精神,奋力谱写多彩贵州现代化建设新篇章,以更加蓬勃的发展告慰革命先烈,以更加优异的成绩迎接党的二十大胜利召开。

戚建国说,贵州是一片红色的土地,是红色教育的大课堂。在中国共产党的领导下,红六军团创造了困牛山战斗的千古壮举,书写了红军长征史上的壮烈篇章,在中国革命史、世界战争史上都是非常罕见的。困牛山战斗,完成了为中央红军战略转移先遣探路的战略任务,实现了掩护中央红军长征的战略策应目的,圆满完成了红军长征的战略任务,在维护全党和红军团结统一中发挥了关键作用。困牛山红军壮士听党指挥的忠诚品质,革命到底的坚定信念,不怕牺牲的战斗精神,不负人民的爱民情怀,是伟大建党精神、伟大的红军精神和长征精神的重要体现。贵州人民保护和抢救了困牛山战斗留下的宝贵财富,在新时代新征程上,我们要加强对困牛山战斗战略价值的研究,加强对困牛山精神时代价值的提炼,更好激励全党全国全军在实现第二个百年奋斗目标的伟大进程中共同奋斗。

叶小文说,"困牛山红军集体跳崖千古壮举"是长征这篇伟大史诗中的一个壮烈篇章,是伟大长征精神的集中体现。人民英雄创造了敢教日月换新天的新的历史,也在继承优秀传统文化的基础上创造了浴火重生的新的文化。我们要传承弘扬革命文化,坚持人民至上,永远保持与人民群众的血肉联系。要加强红色资源发掘、梳理和研究,坚持保护为先,统筹好抢救性保护和预防性保护、本体保护和周边保护、单点保护和集群保护。要讲好党的故事、革命的故事、英雄的故事,坚持教育为重,充分发挥红色资源的作用。要发挥人民政协文史工作的作用,坚持育人为要,让史料说话,努力把体现红军壮举、符合历史真相的史料反映出来,增进对中国共产党和中国特色社会主义的政治认同、思想认同、理论认同、情感认同。

肖安水说,困牛山之战,红军壮士绝境不改初心的信仰忠诚,为教育引导官兵铸牢军魂、听党指挥丰厚了政治滋养。红军壮士临危不负使命的血性胆魄,为教育引导官兵敢于斗争、敢于胜利提供了精神动力。红军壮士誓死不做俘虏的革命气节,为教育引导官兵不惧牺牲、拼搏奋斗立起了坚毅风骨。红军壮士把生留给百姓的为民情怀,为教育引导官兵践行宗旨、服务人民擦亮了底蕴本色。困牛山红军壮士的英雄壮举,集中体现了我党我军的优良传统作风,对于丰富发展革命精神谱系内涵,激励官兵更好传承红色基因、争做时代新人,奋力推进新时代强军事业具有重要借鉴和启迪作用。

周胜刚说,困牛山战斗,是一场狭路相逢的遭遇战、以少击多的阻击战、舍生取义的决死战,对丰富党史军史提供了新的鲜活材料,对伟大建党精神和长征精神作了生动诠释,对我们依靠顽强斗争打开事业发展新天地提供了有益启示。我们要深入学习贯彻习近平总书记重要讲话精神,从困牛山战斗等红色资源中汲取丰厚滋养和智慧启迪,坚决做到"两个维护",大力提高胜战能力,不断激发战斗精神,深入巩固军民团结,不断开创强军兴军新局面。

刘晓凯在主持会议时说,我们要弘扬伟大建党精神、长征精神,深度研究和挖掘困牛山战斗的宝贵历史价值、文化价值、社会价值,创作一系列经典之作、传世之作,开展一系列专题宣传报道,组织一系列缅怀活动,进一步增强贵州各族群众的历史自觉、文化自信、奋斗精神,让困牛山红军英烈精神世代相传、让红色丰碑永不褪色。

省委党史研究室、铜仁市及石阡县主要负责同志,困牛山跳崖红军幸存者后代代表,有关专家学者分别围绕主题作了研讨发言。

中央军委政治工作部、军事科学院、解放军报社,全国政协提案委员会、文化文史和学习委员会,中国社会科学出版社有关负责同志,省有关部门单位、铜仁市及石阡县有关负责同志等参加研讨会。

会前,与会人员还前往困牛山战斗遗址,瞻仰困牛山红军壮举纪念碑,缅怀革命先烈。

(《贵州日报》2022年8月2日1版 许邵庭)

—"困牛山红军集体跳崖千古壮举"专题研讨会专稿—

让英烈精神世代相传　让红色丰碑永不褪色
——"困牛山红军集体跳崖千古壮举"专题研讨会侧记

一寸山河一寸血,一抔热土一抔魂。8月1日,人民军队迎来95岁生日,在中国工农红军战斗过、流血牺牲过的贵州省铜仁市石阡县,"困牛山红军集体跳崖千古壮举"专题研讨会隆重召开。

这场由全国政协提案委员会、文化文史和学习委员会支持,政协贵州省委员会主办的专题研讨会,是首次高规格、大规模、广范围对困牛山红军集体跳崖千古壮举开展研讨,汇聚了全国众多党史、军史专家等参加,取得了丰硕成果,达成了广泛共识。

8月1日,"困牛山红军集体跳崖千古壮举"专题研讨会与会嘉宾瞻仰困牛山红军壮举纪念碑,缅怀革命先烈

这是一次铭记困牛山红军集体跳崖千古壮举历史的庄严仪式——

88年前,困牛山战火连绵、硝烟弥漫。

1934年10月,红六军团第52团为掩护主力转移,把敌军引向困牛山,面对汹涌而来的强敌和被胁持在前面挡枪弹的百姓,红军战士宁死不伤群众、宁死不做俘虏,毅然集体跳崖,用鲜血和生命谱写了一曲惊天地、泣鬼神的英雄赞歌。

88年过去,困牛山山河无恙、浩气长存。

专题研讨会前,与会嘉宾来到困牛山红军壮举纪念碑前,深切缅怀跳崖红军先烈,把最深情的思念和最崇高的敬意寄托在八月的鲜花中,告慰英烈山河盛世如您所愿、山河盛世我辈未负。

专题研讨会上,与会领导专家学者深入学习贯彻习近平总书记关于党史学习教育的重要指示精神,深情回顾困牛山战斗光荣而悲壮的历史,深刻阐释困牛山战斗和红军集体跳崖千古壮举的重要历史意义和现实教育意义。

"困牛山战斗,完成了为中央红军战略转移先遣探路的战略任务,实现了掩护中央红军长征的战略策应目的,圆满完成了红军长征的战略任务,在维护全党和红军团结统一中发挥了关键作用。"全国政协常委、提案委员会副主任、中央军委联合

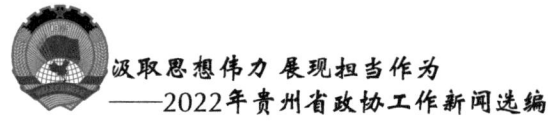

参谋部原副参谋长戚建国指出,困牛山红军壮士听党指挥的忠诚品质,革命到底的坚定信念,不怕牺牲的战斗精神,不负人民的爱民情怀,是伟大建党精神、伟大的红军精神和长征精神的重要体现。

全国政协文化文史和学习委员会副主任叶小文认为,人民英雄创造了敢教日月换新天的新的历史,也在继承优秀传统文化的基础上创造了浴火重生的新的文化。我们要传承弘扬革命文化,讲好党的故事、革命的故事、英雄的故事。

8月1日,"困牛山红军集体跳崖千古壮举"专题研讨会在铜仁市石阡县举行

这是一次对困牛山红军跳崖千古壮举研究成果的集中展示——

"我们已收集考证红52团人员名单78人,发现虎井沟红军跳崖遗址、黄泥桥、田海清坟等遗址遗迹11处,收集红军用过的军号、机枪、军刀、步枪、水壶等遗物70余件……"石阡县委书记田运栋在研讨会上发言时,介绍了当地在各方帮助下挖掘研究困牛山战斗史实最新进展。

这些成果,应用到了新建成的困牛山红军壮举展陈中心,向与会嘉宾全景展现了这段史实。

一大批关于困牛山红军集体跳崖千古壮举的高质量论文,也在这次研讨会上汇聚。

"会前我们面向全国军史、党史研究专家广泛征集论文,共征集到30多篇,其中27篇入选《'困牛山红军集体跳崖千古壮举'专题研讨会论文汇编》。"省委党史研究室副主任覃爱华告诉记者,这些论文水平非常高,下一步将充分运用好论文成果,进一步做好困牛山战斗遗址遗迹保护利用和史料挖掘研究等工作。

8月1日,"困牛山红军集体跳崖千古壮举"专题研讨会与会嘉宾在新建成的困牛山红军壮举展陈中心参观学习

这是一次推动困牛山红军集体跳崖千古壮举深入挖掘研究的再出发——

专题研讨会的召开,汇聚了众多宝贵的意见建议。

要积极推动"困牛山红军集体跳崖千古壮举"进机关、进学校、进教材、进军营、进社区,推出一批真实反映历史原貌的高质量文艺作品,开展一系列专题宣传报道,组织一系列缅怀活动,努力把困牛山战斗遗址打造成为全国爱国主义教育示范基地和全国重点文物保护单位……大家从不同角度对困牛山战斗遗址保护利用和宣传工作提出意见建议。

专题研讨会的召开,坚定了进一步做好挖掘研究工作的信念信心。

在挖掘和宣传困牛山红军跳崖壮举史实道路上奔波了21年的石阡县委党史研究室原副主任杨又铸十分欣慰,沉寂了88年的英雄的困牛山,终于走出了石阡、走向了全国。"这次专题研讨会,将是困牛山壮举史料挖掘和宣传之路上的一个新起点。"

"通过这次研讨会,更加清晰了困牛山战斗的历史原貌,丰富了贵州党史研究成果,促进了党史部门的工作,这也是我们告慰逝去红军先烈最好的方式。"省委党史研究室主任杜丹表示。

"我们将深入挖掘长征资源文化和困牛山战斗各类史料,坚决保护好管理好运用好红色战斗遗址和各类革命文物,把红军在铜仁的故事世世代代讲下去、传下去,把困牛山的英雄壮举世世代代讲下去、传下去,永远鼓舞和激励黔东儿女克难攻坚、奋勇前进。"铜仁市委书记李作勋说。

(《贵州日报》2022年8月2日1版　陈曦)

传承革命先烈精神　走好新的长征路
——访军事科学院原军事历史研究院研究员陈力

"在中国人民解放军建军95周年之际,贵州举办'困牛山红军集体跳崖千古壮举'专题研讨会,非常有意义,有助于深入挖掘研究这段历史,通过各方力量把这段还没有广为人知的历史宣传出去。"中国人民解放军军事科学院原军事历史研究院研究员陈力表示。

陈力长期从事红军史研究,她注意到,以前困牛山战斗有关研究宣传比较少,主要原因在于史料缺乏。"参加困牛山战斗的红军大多都跳崖牺牲了,只能靠幸存者和目击者的回忆口述,相关史料中关于困牛山战斗的记载也比较零散,增加了研究这段历史的困难。"

这次来参加专题研讨会,陈力看到贵州党史研究工作者在史料收集方面做了大量工作,非常高兴。"会议为大家提供了一系列资料,尤其是《困牛山战斗史实资料汇编》收集了当时敌我双方的情况资料、党史研究者走访调查资料等内容,非常重要。"她说,只有基础工作做好了,有史实资料了,研究的人才可以有根据进行研究,宣传的人才可以有依据进行宣传。

陈力在以往的著述和授课中,曾多次提及困牛山战斗。再次回望那段历史,她依然被困牛山红军集体跳崖壮举震撼和感动。

"红六军团西征,承担着为中央红军战略转移先遣探路的任务,一路遇到了很多危险。红六军团第52团为掩护主力转移,把敌军引向困牛山,与数十倍于己的敌人殊死激战,红军战士宁死不伤群众、宁死不做俘虏,毅然集体跳崖,十分悲壮、十分感人。"陈力说,困牛山红军集体跳崖的壮举突出彰显了人民军队勇于担当、顾全大局和面对强敌、不怕牺牲的精神以及爱护群众、人民至上的宗旨初心。人民军队能够由小到大、由弱变强不断发展壮大,最终战胜强敌,有人民群众的大力支持是最根本的原因之一。

陈力认为,弘扬困牛山战斗革命精神,具有重要的时代意义。"在新长征路上,我们还有许多'雪山''草地'需要跨越,还有许多'娄山关''腊子口'需要征服。

只有时刻把人民放在心上,无所畏惧、敢于战斗,我们的事业才能不断向前发展,中华民族伟大复兴才能更好实现。"

如何进一步挖掘好、宣传好困牛山红军集体跳崖壮举？陈力建议,要在长征国家文化公园建设中将困牛山战斗有关历史充分展现出来,让新时代重走长征路的人们都能看到这段历史。要用好各种方式手段加强宣传,不断加深大家对这段历史的认识了解。要用好重要时间节点,推动这段历史的挖掘、研究和宣传再上新台阶。

(《贵州日报》2022年8月5日2版　陈曦　李海钦　贾智)

弘扬长征精神　支持革命老区发展
——访中国社会科学出版社社长、中国社会科学院大学教授赵剑英

"参加'困牛山红军集体跳崖千古壮举'专题研讨会,深受感动、深受教育。这件事应该在社会上广泛宣传,让更多党员干部、人民群众知道这一红军长征史上的英雄壮举。"在中国社会科学出版社社长、中国社会科学院大学教授赵剑英看来,困牛山红军集体跳崖千古壮举,生动诠释并丰富了伟大长征精神,值得深入挖掘和大力宣传。

常年从事马克思主义哲学研究和社会科学期刊与出版工作,赵剑英喜欢阅读党史和军史。此行瞻仰了石阡困牛山红军战斗遗址,结合研讨会所见所闻,他深切体会到红色政权来之不易,新中国来之不易,中国特色社会主义来之不易。"长征这条红飘带,是无数红军的鲜血染成的""新中国是无数革命烈士用鲜血、生命铸就的"。赵剑英表示,现在生活越来越幸福,中国特色社会主义道路越走越开阔,我们更加不能忘记革命先烈所付出的巨大牺牲。

"在新时代新征程上,我们要始终牢记党的初心使命,走好新时代的长征路。"赵剑英认为,当年红六军团作为中央红军长征的先遣队,在西征路上,其52团为掩护军团主力的转移,阻击数十倍于己的强敌。面对被敌人挟持在前充当"人盾"的百姓,红军边打边退,弹尽粮绝之际,宁死不伤百姓,宁死不做俘虏,毅然集体跳下几十米高的悬崖,彰显了一种绝对忠诚、信念坚定、勇于牺牲、赤诚为民的大无畏革命精神。"当前面对复杂严峻的国际形势和繁重的改革发展任务,越是遭遇风高浪急甚至惊涛骇浪,越要铭记革命先烈的伟大壮举和牺牲精神,坚持革命理想高于天,磨砺敢于斗争、勇于胜利的伟大斗争精神。"

作为中国革命的转折之地,贵州优良的生态环境、人民生活条件的改善让再次来到贵州的赵剑英印象深刻。"山上的绿色更加浓郁,森林更加茂密,空气更加清新,老百姓的房子比以前要好。"赵剑英认为,铜仁、石阡是一片红色的土地,是红六军团留下战斗足迹的地方,具有的红色和绿色两种资源交相辉映、相得益彰,可以把两种资源有机结合,发展红色旅游、绿色旅游和康养业,帮助老百姓增收致富。

"我们应该把对革命先烈的怀念,转化为对老区人民的热爱,以实际行动支持老区的发展。"

在赵剑英看来,新征程上既需要当地干部群众自力更生艰苦奋斗,同时需要社会各条战线一齐发力,推动老区高质量发展。"推动物质生活共同富裕的同时也要大力推进精神生活的共同富裕,要丰富文化设施如图书馆、文化馆、体育设施等。要创作更优秀、更能打动人、更深入人心的人文社科读物和文艺作品,创新文化产品形态,不断满足人民群众的精神生活需要。"

如何发挥优势支持贵州发展?赵剑英表示,计划支持石阡革命老区建立公共文化阅读空间,让各年龄段读者读到更多好书。他还希望,以后能和贵州社科界多合作,联合举办学术活动,多推出一些反映贵州红色革命故事的通俗读物、反映贵州优秀传统文化的通俗读物,努力讲好红色贵州、绿色贵州的故事,讲好贵州巩固拓展脱贫攻坚成果、接续推进乡村振兴的故事,讲好贵州干部群众认真学习贯彻习近平新时代中国特色社会主义思想、奋力实现高质量发展的故事。

(《贵州日报》2022年8月8日2版　李海钦)

贵州省委党史研究室覃爱华：
用好研讨会成果
宣传和保护好困牛山红军战斗精神

今年是中国人民解放军建军95周年。95年来，在党的坚强领导下，英雄的人民军队为民族独立、人民解放、国家富强建立了不朽功勋，其中，红军长征更是一段可歌可泣的壮举。1934年，红六军团奉命西征，为掩护军团主力突围，红18师52团战士在石阡县困牛山与敌人殊死搏斗，红军壮士面对十倍于己的敌人和被反动民团裹挟当作"人盾"的百姓，宁死不伤百姓、宁死不当俘虏，最终集体跳下悬崖，大多数人壮烈牺牲。今年8月1日，由全国政协提案委员会、全国政协文化文史和学习委员会支持，政协贵州省委员会主办，政协贵州省委员会办公厅、中共贵州省委党史研究室、中共铜仁市委员会、政协铜仁市委员会承办的"困牛山红军集体跳崖千古壮举"专题研讨会在贵州省铜仁市石阡县举行。会议期间，动静记者专访了贵州省委党史研究室副主任覃爱华。

动静记者：

覃主任，您好！今天我们在这里举行"困牛山红军集体跳崖千古壮举"专题研讨会，有什么意义？

贵州省委党史研究室副主任　覃爱华：

"困牛山红军集体跳崖千古壮举"专题研讨会，是困牛山研究宣传以来规格最高的一次。在全国层面上，它得到了全国政协两个专委会的指导，非常受到重视。除了研讨本身的规格比较高之外，全国范围内有很多军史、党史方面的专家提供了论文，参加研讨的论文质量很高。可以说这次研讨会在重视程度、水平高度上都是前所未有的。

首先，在党史和军史方面，红六军团西征作为党史、军史上的一个重大事件，我们过去对它的研究较为薄弱。在军史上仍有不少未解之谜，困牛山的战斗就是其中之一。战斗经过、时间等细节现在我们都在不断地挖掘和深入地研究当中。这次的研讨会对我们地方的党史研究工作也是一种推动。把这些问题搞清楚，对党史、军史的研究是一个重大的突破。

其次,困牛山战斗是一个千古壮举,需要我们搞清楚历史史实,进而宣传和弘扬红军"不怕牺牲,忠诚于党,忠诚于人民"的崇高精神。只有把史料弄清楚,才能把这种宝贵的精神财富宣传好、使用好。

另外,有关部门的重视和大力支持也是贵州当前贯彻落实好新国发2号文件,挖掘利用好贵州的红色文化资源的一个非常好的契机,是贵州的发展一个极大的机遇。

动静记者:
这次研讨会我们产生了哪些成果,接下来怎样发挥这些成果的作用?

贵州省委党史研究室副主任　覃爱华:
依托高平台引起的高关注度,我们通过向全国各地征文和约稿的方式,收到了30多篇论文,经过初选之后入选的论文有27篇。这些论文质量很高,从不同的角度给我们提供了很好的帮助。

一是从史实研究的角度,论文中提供了大量一手资料。很多学者从军史的角度,将在困牛山上决战的这支英雄部队的沿革情况梳理得很清晰。通过这些专家们提供的史料,我们进一步整理,这样对于我们宣传这个英雄事迹,包括展馆设计、专题片拍摄等,在学习和宣传方面都提供了宝贵的资料。

二是,许多文章从实践方面关注贵州的现实发展。比如,怎么样挖掘好红色文化资源、发展红色旅游、助推我们当地经济社会的发展等。在贵州开启现代化建设新征程的重要阶段,这对用好红色文化资源、弘扬长征精神、助推经济社会的发展,提了很多很好的建议。我们将通过梳理,把这些建议作为贵州发展可以借鉴的智力支持,把它们用好。

这些好的论文,我们也将通过融媒体的方式,把它宣传出去,把论文的成果介绍出去,讲好贵州的红色故事。

动静记者:
对困牛山战斗遗址,下一步有什么工作计划?

贵州省委党史研究室副主任　覃爱华:
对于困牛山红军战斗遗址,第一要求就是要做好保护。对遗址附近涉及革命文物保护的区域以及长征路都要进行保护,在保护的基础上再进行合理的开发利用。

在贵州省的长征国家文化公园规划中,困牛山战斗纪念园区的建设,是我们省规划中的重点项目之一,正在加紧建设。除了已有的红军烈士纪念碑之外,省里还计划建一个主题雕塑和历史陈列馆。以更为形象的方式彰显英雄壮举,发展爱国主义教育,推动红色旅游,进一步助推乡村振兴。

(动静贵州2022年8月2日　秋月　丁勇)

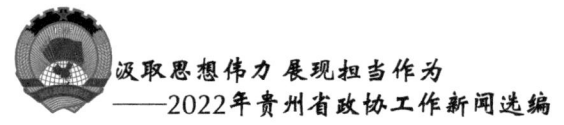
汲取思想伟力 展现担当作为
——2022年贵州省政协工作新闻选编

为了丰碑永不褪色
——省政协助推"困牛山红军集体跳崖千古壮举"保护传承工作纪实

困牛山,一座革命的山、英雄的山、光荣的山。

88年前,红军战士"宁死不伤百姓、宁死不做俘虏",毅然纵身集体跳崖,用鲜血和生命谱写了一曲惊天地、泣鬼神的英雄赞歌。魂铸困牛山,英烈壮举千古。

时间回溯至1934年8月7日,红六军团奉命西征,为中央红军战略转移先遣探路,拉开了红军长征的序幕。经转战赣、湘、桂、黔四省,先后突破国民党军4道封锁线,于10月7日进至贵州石阡县甘溪地域,陷入敌军24个团的重围之中。第18师第52团为掩护军团主力突围,将敌军诱至困牛山地区,与敌激战三昼夜,使军团主力成功突围。坚守困牛山的红军战士打退了敌人一次次冲击,但面对被胁迫走在敌军前面的当地百姓时,他们为了不伤及人民群众,毅然决然地选择集体跳下几十米深的悬崖。

困牛山之战,是一场身陷绝境的断后之战、向死而生的突围之战、舍生取义的惨烈之战、壮怀千古的勇毅之战。在这场战斗中发生的"困牛山红军集体跳崖千古壮举",是伟大建党精神的光辉实践、革命战争的悲壮史诗、中国革命军人的英雄典范。

贵州省委高度重视"困牛山红军集体跳崖千古壮举"的保护传承工作。2021年2月28日,在全省党史学习教育动员大会上,省委书记谌贻琴向全省党员干部专门讲述"困牛山悲壮事迹",强调要通过开展党史学习教育,教育、引导全省党员干部牢记初心使命,始终把人民放在心中最高位置;同年3月16日,谌贻琴专程前往困牛山战斗遗址,深切缅怀革命先烈,明确提出"要把这个故事世世代代讲下去、传下去"。

在省政协主要负责同志的统筹谋划、部署推动下,省政协以党史学习教育为契机,充分发挥自身优势,努力汇聚各方力量,助推"困牛山红军集体跳崖千古壮举"保护传承工作落地见效。

两级政协委员鼓与呼,携手推动保护传承

"当年在困牛山发生的历史事件非常壮烈,比起著名的'狼牙山五壮士'事迹,

还要早7年。我们一定要把这个故事和战斗遗址挖掘好、讲述好、保护好、传承好,让它伟大的精神价值在全社会彰显光辉。"走进困牛山战斗遗址,全国政协提案委副主任、中央军委联合参谋部原上将副参谋长戚建国动情地说。

去年5月,全国政协党外委员视察团到贵州开展"学习百年党史,增进'四个认同'"专题视察时,戚建国被困牛山事迹深深打动,心灵受到了极大震撼。身为从贵州成长起来的干部,全国政协文化文史和学习委副主任、视察团分团长叶小文亦对此特别关注。加快推动"困牛山红军集体跳崖千古壮举"保护传承,两位全国政协委员都感到义不容辞。

此后,围绕这项重要工作,省政协及两位全国政协委员不断奔走呼吁。

去年7月,省政协邀请戚建国及全国政协委员、空军原中将副司令员陈东,军事科学院军队政治工作研究院解放军党史军史研究中心研究员翟清华等,再次专程到石阡县调研红色文化挖掘与保护工作。

随后,戚建国、叶小文根据调研了解的情况,撰写近9000字的长篇雄文《困牛山英烈千古壮举》,在《解放军报》《新华文摘》《贵州日报》等媒体刊载,引起了巨大反响。

"我们既要积极争取全国政协指导和帮助,又要充分发挥省政协优势助推挖掘、保护工作。"省政协主要负责同志说。

去年8月,省政协组织撰写了《关于重点推动"困牛山红军集体跳崖千古壮举"保护传承的提案》,明确由相关副主席领衔督办。

得益于各方共同努力,困牛山战斗遗址有关项目已纳入长征国家文化公园贵州重点建设区重点推进项目;省委宣传部将提案反映内容纳入《贵州省2022年度哲学社会科学规划课题指南》,作为重大招标课题集中进行深入研究;省发改委给予1000万元专项资金支持,修建1200平方米的游客接待中心及陈列室、停车场等配套设施;省交通运输厅推动建成湄石高速困牛山收费站至纪念碑段4.5公里的红色旅游公路等,各项保护传承工作实现有力有序推进。

虽然贵州做了大量工作,但仍面临史料研究不够、宣传教育作用发挥不够、保护利用不够等困难。要进一步纵深推进,还得向上借力。

省政协主席刘晓凯认为,亟待从国家层面进行重点保护传承。全国政协十三届五次会议期间,他与戚建国、叶小文联名提交了《关于从国家层面支持"困牛山红军集体跳崖千古壮举"保护传承的提案》,建议请中央党史和文献研究院、军事科学院等研究机构对困牛山红色文化进行史料征集和挖掘,在全体党员干部、青少年中开展好学习教育,加强对困牛山战斗遗址的系统规划、保护利用。目前,该提案正

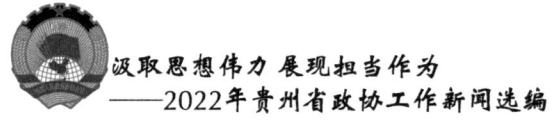

在办理之中。

三级职能部门齐发力，挖掘保护走深走实

全国政协十三届五次会议甫一结束，围绕如何加快从国家层面进行支持，贵州省政协有关负责同志就向戚建国、叶小文作了汇报。两人建议，全面整理与烈士相关的文史资料，学习借鉴湘江战役纪念馆建设经验，做好相关展陈等工作。

今年4月12日，谌贻琴作出批示，要求进一步高质量做好困牛山英雄事迹及战斗遗址的保护、宣传、利用工作，不断巩固拓展党史学习教育成果。

为此，省政协明确由一名副主席牵头抓总，省政协办公厅、省委党史研究室、铜仁市、石阡县各司其职、通力协作。

在省政协统筹推动下，史料挖掘整理、遗迹发掘保护工作进展顺利、成效显著。

"我们建立专班联席机制，统筹铜仁市、黔东南州和石阡县等市（州）、县党史部门开展困牛山英雄事迹资料征集，全面收集文献、回忆、手稿等基本史料。"省委党史研究室主任、省政协提案委副主任杜丹介绍说，在三级党史研究部门共同努力下，史料挖掘工作取得阶段性成果，共新发现红52团人员名单29人，红六军团转战锦屏县电令、电报等史料35条，转战镇远文章、故事26个，电文19则、图片18张、图文档案资料7则、诗词4首，极大丰富了红六军团西征入黔的史料，进一步佐证了困牛山红军跳崖战斗的史实。

"全市集中力量保护、修缮、建设困牛山战斗遗址，实施了困牛山战斗遗址周边环境整治、红军步道修缮整理、困牛山战斗陈列室展陈等工程，还创作了舞台剧《困牛山红军壮举》、红色歌曲《丰碑》。"铜仁市委常委、市委宣传部部长、市委统战部部长商友江说。

"我们查阅党史资料3万多份，搜集、整理上世纪80年代走访红军的原始手稿3卷，梳理出红52团人员名单78人，查明战斗遗址遗迹11处、红军墓11处，收集红军炼制火药硝石的土罐子、火药枪、军刀、水壶等遗物70多件，以此筹建了展陈室，拍摄了《困牛山红军壮举》专题片。"石阡县委书记田运栋说。

奔着同一个目标，省市县三级干部心往一处想、劲往一处使，齐心协力、全力以赴，困牛山这篇"大文章"正掀开新的一页。

开展专题研讨汇众智，传承弘扬再启新程

今年2月17日，戚建国、叶小文专门向省政协主要负责同志转达国家有关领导同志对"困牛山英烈千古壮举"的关心及重视，并提议由贵州举办专题研讨会，通过"思想盛宴"分享观点、建言献策，帮助困牛山"鼓与呼"，共同助推做好保护传承工作。

4月8日，省政协有关负责同志赶赴北京，专门向戚建国、叶小文对接细化专题研讨会相关事宜。大家一致认为,"组织召开专题研讨会,将进一步扩大、增强困牛山红色文化资源的表现力、传播力、影响力"。

"要做好专题研讨会的专家学者邀请和论文征集工作,用足用好会议成果,持续深化保护传承。"省政协主要负责同志在部署专题研讨会筹备工作时如是强调。

"届时,中央军委政治工作部、中国人民解放军军事科学院和《解放军报》《新华文摘》等单位和媒体的专家学者等,将出席会议并发言。"省政协办公厅负责同志介绍说,这将是一次告慰红军英烈、推动挖掘传承的高端思想盛宴。

不仅出席专题研讨会的专家学者层次高、造诣深,入选的论文同样质量很高、颇具影响力。

"在铜仁市委党史研究室初审筛选的基础上,我们对拟入会的28篇征文进行了史实审核把关。这次入选论文对'困牛山红军集体跳崖千古壮举'有很多独到的精辟见解,相信通过各种研究力量汇聚,将进一步推进保护传承工作。"负责专题研讨会论文征集审核工作的省委党史研究室副主任覃爱华说。

时隔88年,8月1日,一场由省政协主办,全国政协提案委、文化文史和学习委支持的"困牛山红军集体跳崖千古壮举"专题研讨会将如期举行。

"我们以专题研讨会的方式回顾、梳理这段历史,是对先烈的告慰、对初心的涤荡、对精神的弘扬,也是向党的二十大献礼、向建军95周年致敬的一场特殊活动。"省政协有关负责同志说。

为了这场不能忘却的纪念,几级政协组织、三级职能部门、各有关方面共同聚焦"困牛山红军集体跳崖千古壮举",两年来做了大量扎实有效的工作。专题研讨会并非"到此为止"的休止符,而是"接续深化"的新起点。

"我们还将以省政协重点提案督办'回头看'、协办全国政协联名提案为契机,持续关注并推动'困牛山红军集体跳崖千古壮举'保护传承。"省政协提案委有关负责同志说。

"我们将以召开专题研讨会为契机,紧紧抓住方方面面都聚焦关注困牛山这一难得机遇,集中精力办好自己的事情,项目化推进'困牛山红军集体跳崖千古壮举'保护传承、开发利用各项工作。"铜仁市委主要负责同志说。

困牛青山瘗忠骨,千古壮举万丈碑。88年前的硝烟已然散去,但英雄的壮举永垂不朽。今天的我们,一定要让这鲜红的基因传承、血脉赓续,让巍峨的丰碑永远屹立、永不褪色!

(《贵州政协报》2022年7月29日A1版　王馨)

困牛山上的决绝,告诉了我们一个道理!

贵州省石阡县有一个地方

山势蜿蜒,绝壁陡峭

放牛至此无需看管牛也走不出去

故名:困牛山

88年前

一支年轻的队伍

从困牛山上一跃而下集体跳崖

大部分人英勇牺牲

书写了红军长征中撼人心魄的壮举

建军节要来了

我们再忆起这段往事

1934年8月

中国工农红军第六军团9000余人

从江西出发踏上长征先遣征途

其中,红18师52团

平均年龄不到20岁

但战斗力极强

反"围剿"屡立战功

部队行军过程中

屡作后卫阻击敌人

萧克将军称之为

"湘鄂赣久经战斗的部队"

1934年10月

红六军团在石阡县

遭遇国民党军二十多个团

损失惨重

16日,红六军团从石阡南撤

为拖住敌人,掩护主力

52团调转方向

将敌人牵制在困牛山

逆向而行

把希望留给战友

视死如归

将危险引向自己

面对数倍于己汹涌而来的强敌

面对被敌人挟持在前充当人盾的百姓

宁死不当俘虏,宁死不伤百姓

红军砸烂武器

纵身跳下悬崖

当年17岁的陈世荣是52团司号员

跳崖后被藤条缠住幸存

他说,当时吹响军号

不是为冲锋

而是为牺牲

88年过去

每逢清明

当地群众都会前来祭拜烈士

记录着这段历史的陈列馆

人来人往

红色的基因,代代相传

硝烟散尽,丰碑永存

困牛山上的决绝

告诉我们一个道理

人民军队为人民

忠诚信仰重千钧

(新华网2022年7月31日　胡星　刘勤兵　周宣妮)

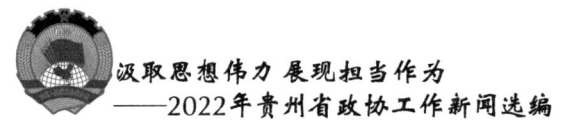

昔日以生命换生机,今朝以生机践使命——

生死困牛山

北有狼牙山,南有困牛山。

巍巍武陵山,时间的刻刀在贵州石阡的历史之壁,雕凿出一座叫困牛山的丰碑。

"没有一人叛变,没有一个逃兵……"

在困牛山下的历史展陈馆,珍藏着一把锈迹斑斑、饱经战火的军号,88年前,它最后一次被吹响,发起向死而生的冲锋。

军号响起,勇往直前。红军"宁死不伤百姓、宁死不做俘虏",毅然纵身集体跳崖。

在困牛山,当地老人说,什么是共产党?共产党就是宁愿牺牲自己生命,也不愿伤害百姓的人。

凝视中国共产党建党和建军的历史坐标,1934年10月16日的困牛山壮举,隐藏在尘烟深处。这支红军在最决绝处,以生命换生机,用壮怀激烈的牺牲践行对党的忠诚和追随。

当下,在党史学习教育蔚然成风之际,困牛山战斗遗址成为越来越多党员群众触摸红色记忆的钥匙,传承红色基因的密码。

近三年,困牛山所在的龙塘镇,已为部队输送优秀人才36名。115名石阡籍新兵着绿装、从戎去,扛起保家卫国的重任。

山,刺破青天锷未残

7月29日,困牛山下,随着大幕缓缓拉开,舞台中央,鲜红的旗帜高高飘扬。

"冲啊!"枪林弹雨下,冲锋号越吹越响,子弹带着尖厉的呼啸声从战士们耳边阵阵划过。生动的舞台剧将人拉回到那个风雨飘摇、硝烟弥漫的年代——

1934年8月,作为中央红军先遣队的红六军团转战赣、湘、桂、黔四省,一路浴血奋战,先后突破国民党军四道封锁线,于10月7日进入石阡县甘溪地域,与敌军在困牛山展开殊死决斗。

为掩护军团主力突围,第18师52团与敌激战,800多人的队伍锐减至400余人,师长龙云率200余人冲出重围,余下的红军战士被逼到虎井沟的一段悬崖边上。

"双方交火,打着打着枪声就朝天放。当时爷爷不明白为什么,后来才知道是因为红军不愿意伤害到夹杂在敌军中的百姓才朝天开枪。"困牛山村党支部副书记张国玉回忆中,语带哽咽,敌人抓住红军不伤百姓的软肋,强行把百姓挟持在前,做他们的"人盾"。

生死抉择间,红军战士抱定宁死不做俘虏、宁死不误伤百姓的决心,把目光投向了树木掩映中的河谷深渊。

"我们都知道,跳下去就是死,但是我们不愿意伤到老百姓,也不愿意做俘虏。"跳崖被树藤挡住得以生存的司号兵陈世荣(原名何步荣)生前说。

站在当年的跳崖处俯身看去,绝壁之险已被葱郁草木掩盖,但黑滩河的潺潺水声依旧声声入耳。

舞台上,战士们仍在激战。舞台下,《困牛山红军壮举》的执行导演张军生边看边记。"这部剧绝大部分演员来自困牛山村及周边村子,对于从小接受红色教育的他们来说,置身其中,更能产生共鸣,向观众呈现一个个有血有肉的红军战士。"

剧本创作期间,52团团长田海清的扮演者黄辉湘曾多次到困牛山战斗遗址了解史实,到崖边实地感受红军视死如归的英雄气概:"他们那么果敢、那么坚定,能扮演田团长,于我而言,无疑是一次十分深刻的红色教育。"

山,倒海翻江卷巨澜

"当年在困牛山发生的历史事件非常壮烈,比著名的'狼牙山五壮士'的事迹,还要早7年。"作为提案人之一,全国政协常委、提案委员会副主任戚建国动情地说。

今年3月,全国政协十三届五次会议期间,一份《关于从国家层面支持困牛山红军集体跳崖千古壮举保护传承》的联名提案,引发关注。

联名提案产生前,戚建国及全国政协文化文史和学习委副主任叶小文做了大量工作,撰写了近9000字的文章《困牛山英烈千古壮举》,为加快从国家层面支持"困牛山红军集体跳崖千古壮举"保护传承工作提供了史料支撑。

围绕这项工作,贵州高度重视。

2021年3月16日,省委书记、省人大常委会主任谌贻琴专程前往困牛山战斗遗址,缅怀革命先烈,明确强调"要把这个故事世世代代讲下去、传下去"。同年8月,省政协组织撰写了《关于重点推进"困牛山红军集体跳崖千古壮举"保护传承的提案》。

"我们既要积极争取全国政协的指导和帮助,又要充分发挥省政协优势助推挖掘保护工作。"省政协有关领导表示。

今年4月12日,谌贻琴书记作出批示,要求进一步高质量做好困牛山英雄事迹及其战斗遗址的保护宣传利用工作,不断巩固拓展党史学习教育成果。为此,省政协明确一名副主席牵头抓总,省政协办公厅、省委党史研究室、铜仁市、石阡县各司其职、通力协作。

"在三级党史研究部门的共同努力下,史料挖掘工作取得了阶段性成果。"省委党史研究室主任杜丹说,新发现红52团人员名单29人,红六军团转战锦屏县电令、电报等史料35条,转战镇远文章、故事26个,电文19则,图片18张,图文档案资料7则,诗词4首,极大地丰富了红六军团西征入黔的资料。

8月1日,一场由省政协主办,全国政协提案委、文化文史和学习委支持的"困牛山红军集体跳崖千古壮举"专题研讨会将如期举行。下一步,还将以省政协重点提案督办"回头看"和协办全国政协联名提案为契机,持续关注并推动"困牛山红军集体跳崖千古壮举"保护传承。

如今,在各方共同努力下,困牛山战斗遗址有关项目已纳入长征国家文化公园贵州重点建设区重点推进项目,困牛山村入选全省第一批红色美丽村庄试点建设项目;省发改委给予1000万元建设资金支持,修建了1200平方米的游客接待中心和陈列室、停车场等配套设施;省交通运输厅推动修建了湄石高速困牛山收费站至纪念碑段4.5公里的红色旅游公路等,各项保护传承工作有力有序推进。

山,快马加鞭未下鞍

7月29日,走进位于武陵山深处的石阡县困牛山村。道路两旁、村居墙上,五角星、红色标语、红色宣传画处处可见,浓郁的红色文化气息扑面而来。

"谁能想到这么偏僻的村子还能搞旅游。"年逾古稀的任明秀老人告诉记者。月初,她与老伴卖起了石阡特有的"神仙豆腐",端上了"旅游碗"。

"去年3月到现在,我们共接待了8万多名游客,有机关、单位、企业组织的,也有自发前来的。"困牛山村第一书记蔡国隆说,红色旅游带动乡村振兴势头正劲。

一代人有一代人的长征。

"石阡县各级党员干部正大力弘扬伟大长征精神,用理想之光照亮奋斗之路,不断提高政治判断力、政治领悟力、政治执行力,不断增强做好为民服务工作的使命感、责任感,闯关夺隘,力争夺取新的胜利。"石阡县委常委、组织部部长张翊宝说。

"我们将进一步挖掘好红色故事,传承好红色基因,持之以恒抓好长征国家文化公园建设和红色美丽村庄试点建设,坚定不移围绕'四新'主攻'四化',持续巩固拓展好脱贫攻坚成果、全面推进乡村振兴,以优异成绩迎接党的二十大胜利召开。"石阡县委常委、常务副县长张晓亮表示。

(《贵州日报》2022年8月1日4版　袁燕　孙蕙　华姝)

"追光者"赵春莉：

一位"全国文物系统劳动模范"的本色人生

"我是一名讲解员，是让文物的灵魂活起来的人，是拉近群众和历史距离的人。"

7月28日晚9时许，为筹备两天后召开的"困牛山红军集体跳崖千古壮举专题研讨会"忙碌到晚上的赵春莉，挤出时间接受本报记者的采访。

"红色历史犹如一束光，穿越历史的时空长廊。我们要让这道光照进更多人的心里。"赵春莉说。

赵春莉是铜仁市周逸群烈士陈列馆讲解员，在7月22日召开的全国文物工作会议上，她被评为"全国文物系统劳动模范"。

梳着整齐的发髻，身着讲解员的白衬衣、黑西裤，赵春莉靠在"红军长征在石阡"陈列馆前的石栏杆上，略显疲惫。见记者到来，她起身迎接，端庄亲切，像极了一位在等候客人到来的女主人。

身后的陈列馆，就似她的家。

从"南漂"到"贵定"

赵春莉的人生轨迹，就像一列自北向南，又骤然转向西南的列车。

在辽宁农村长大的她，高中毕业后就出门打拼，只为尽快帮家里减轻负担。

当青春遇见深圳，赵春莉被"好人丛飞"的事迹深深感动，走上了"志愿者"之路。

"他两次被评为'感动中国人物'，即使出生寒微也热心慈善，坚持爱心公益活动11年。"

在丛飞身上，赵春莉找到了生命的方向。

只因在旅途中，多看了一眼，这个梳着大辫子的东北姑娘的人生轨迹再次改变。2006年9月，赵春莉来到石阡县国荣乡楼上古寨，成为古寨村级完小联合小学的一名志愿服务者。

她的课堂上，不仅有学生，还有村民，可以学到草编、刺绣等手工艺，还可以学到茶灯等非遗技艺。

把这处"世外桃源"分享给更多的人,也成了赵春莉课余最热心的事。

2017年她被共青团贵州省委聘为"楼上村脱贫攻坚夜校班"教师。她还是楼上古寨的代言人、石阡县乡土文化的宣传员……

"有的人总喜欢站在墙角,抱怨为什么光照不到自己,那是因为他没有站出来拥抱阳光。当你走出来服务社会的时候,别人总会知道你的存在。"

支教期间,兼管图书馆的她在《中国工农红军史略》一书中了解到,石阡是红军长征两次经过的地方。

"都说'长征是地球上的红飘带',机缘巧合让我与这'红飘带'结缘。"

好奇心让赵春莉去了解那段历史,她也逐渐被贵州的红色文化魅力所征服。

那些尘封的历史,仿佛一道光照进她的心,让她久久不能平复。她反复问自己:"我能为革命老区做些什么?"

"从那时起,我开始承担宣传讲解工作,给孩子们上课、讲红色故事,给当地百姓和外来游客介绍红色文化和非遗文化,这样的生活让我过得十分充实。"

4年支教期满,赵春莉没有离开,而是选择留下来,做一名红色文化传承人。

红色讲解员永不脆弱

赵春莉有一个执念,那就是在有限的时间里,传递出最大的信息量,让聆听者和她一样爱上这片土地。

为了这个自我要求,她付出了惊人的努力。

16年来,为讲好困牛山红色故事,她跋山涉水,收集石阡历史人文故事,整理超过十万字的历史史料;在甘溪英雄纪念碑,红军长征在石阡陈列馆,红二、红六军团总指挥部旧址,困牛山红军战斗遗址等地义务讲解红色故事近千场次,让无数听者闻之泪湿;她的"话惠民·感党恩"讲座走进石阡19个乡镇(街道),受众5万余人次,"赵老师"在石阡家喻户晓。

一天下午,赵春莉临时接到一个非常重要的讲解任务,第二天一早讲解困牛山。

在困牛山红军壮举纪念碑前、红色文化宣传展板旁,赵春莉时而蹲下,时而起立,围着空地转了一圈又一圈,心里反反复复琢磨,如何突破以往的讲解,增强这段历史的共情力,给听众留下深刻印象。

暮色四合的困牛山,寒意渐起,四下已不见人群。88年前的红色历史一遍遍在她的心中浮现,充盈她的心,一位位有名或无名的烈士,仿佛穿过硝烟而来……最后,通过四位关键人物的故事串联,一幅困牛山群英图谱跃然而出。

饱含深情和张力的讲解,跌宕起伏,叩击人心,让众多听众哽咽。

困牛山的故事,赵春莉最忙时一天要讲解10个小时,一场接一场,连轴转。

"嗓子不行了,就喝点热水。"赵春莉说。她随身携带的红色保温杯略显破旧,一双脚也因经常长时间站立,落下了病根。

这些艰辛在赵春莉看来算不得什么,最让她愧疚和难受的是无法陪伴女儿。

讲解工作时常要早出晚归,许多时候,讲解完后已过了晚饭时间。太阳落山了,9岁的女儿还在外面等她接回家。

"宝贝,要去人多的地方,实在不行就去超市等着妈妈,妈妈很快就来接你……"

如果仅仅是为了一个"饭碗",赵春莉或许早就坚持不住了。让她坚持下来的,是这些红色故事和伟大灵魂传递给她的信仰。

"做红色讲解员是不会脆弱的,那些革命故事就是最好的强心剂。"

"每当我讲到革命英雄与敌肉搏,'宁死不伤百姓,宁死不当俘虏',选择跳崖突围时的壮举,听众都被深深打动,而我心里也有种自豪的感觉,觉得自己的选择是对的。"赵春莉的脸上浮现出一抹欣慰的笑容。

追光者自带光芒

赵春莉的坚持,还因一份深切的嘱托。

2016年,任弼时之女任远芳等红军后人来到石阡县,分别时任远芳拍着赵春莉的肩对她说:"小赵,我们重走父辈们的长征路,可能只这一次了,你在当地要多去讲讲这段历史,不要让后辈们忘了啊。"

这份厚重的嘱托,让赵春莉铭刻在心。

"如果明天将死,我最大的遗憾便是买的书没有看完。"这句近乎玩笑的话,是痴迷于红色历史世界的赵春莉的自白。

赵春莉特别爱看书,她的家狭小,唯有书最多,而红色历史书籍更是占领了房间的每个角落。每天忙完工作,她最享受的就是看书的时光。受她的熏陶,女儿也养成了阅读的好习惯。

种子的播撒,悄无声息。

"女儿两三岁时,能坐背篓就跟着我一起出去讲解了,有好多照片记录了我当时的工作状态。"

女儿四岁时,有一次赵春莉练习讲解出现了口误,本来在地下揪小草玩的女儿突然回头说,妈妈你说错了。

去年,铜仁市小学生讲红色文化比赛,小丫头信心满满地上去,演讲开篇就说:"我的妈妈是一个红色文化讲解员,我从小就跟她去困牛山,听她讲红色的故事,接下来我就为大家讲一个故事……"最终,小姑娘拿了一等奖回来。

说到这,赵春莉笑得十分开心,整个人明亮起来,似乎所有的疲惫在那一瞬消失了。

在困牛山,一种叫作传承的力量在流淌、在滋长。

石阡国荣乡楼上古寨,老兵周正培的故事给了赵春莉极大震撼。

周正培是赴朝志愿军。儿子长大后,他对儿子说,我没有什么能给国家的,只有儿子,所以你必须参军。说到这里,赵春莉眼中含泪。

老人家临终前,赵春莉听到他最后一句话:感谢党中央。

"这是让我最震撼的。因为石阡这么偏远,他可能都没到过天安门,但一生的家国情怀融入了他的血液,融入了他的家风家教。"

让赵春莉心灵饱受冲击的还有很多。

在困牛山,她遇到一位前来祭奠的残疾军人。他说,我是从战场上回来的人,虽然我残疾了,但我还活着,可他们没了,清明了,我就想来看看他们。

"其实这就是一种情怀,一种精神的力量,这种精神力量要有人去说,而我恰恰有这份机缘。"

她也曾看到一家人带着小孩前来祭奠,年幼的孩子尚不懂祭祀礼仪,把家长买的花篮放在纪念碑底下,没有鞠躬就转身跑了。听到家长庄严地喊着敬礼的口令,孩子返回来恭恭敬敬鞠躬敬礼。

"那一瞬间,我真的感受到了什么叫传承红色基因,什么叫赓续红色血脉。"

很快到了深夜11点35分,赵春莉第二天一早尚有困牛山专题会议的重要准备工作,采访在不舍中结束。

告别时,赵春莉拿出她的红色保温杯,快速喝了一口热水,起身的步履略为踉跄,稍微站立,适应一下才能迈出脚步。"这是站得太久的职业病,医生说就是劳损。"她说。

黑夜里,她拖着缓慢的步伐一步一步往家的方向走去,路边的灯光打在她的身上,仿佛舞台的追光灯,为她蹒跚的背影勾勒出一道光。

对话

记者:荣获"全国文物系统劳动模范"称号,有什么感受?

赵春莉:我感觉很幸运,赶上了一个好时代。这份荣誉来之不易,其中有一条评选标准,就是要有10年以上的志愿服务经历。作为一名讲解员,我们肩负着让文物活起来的责任,不仅仅是要讲好,更要深挖文化、研究文化,让面对面交流的人对历史文化产生一种情怀,去认识那个时代,感受那段历史。

记者:从事这个行业,给你带来了什么变化?

赵春莉:我觉得自己可能有点"职业病",在北京接受表彰时,在食堂用餐,我习惯将餐盘里的饭菜吃到连渣都不剩。出去开会,见别人打开了矿泉水就会提醒"喝不完也请记得带走"。我始终想着,革命烈士们用生命换来我们今天的幸福,我们真的没有资格去随意浪费。

记者:工作之余,你喜欢做什么?

赵春莉:没有工作时,我特别喜欢一个人静静地看书,历史书、红色文化书、非遗文化书我都看。看书能带来快乐,从书里能不断汲取能量和智慧。我常常在想,如果明天将死,我最大的遗憾便是买的书没有看完。

记者:你最喜欢的一句话是什么?

赵春莉:"提出问题的人比解决问题的人聪明"。在此之前,我一直要求自己做个乖娃娃,认为听话就是好孩子,后来看了这句话后,我改变了自己的看法,我认为不仅仅要听话,还要善于思考。如果不思考,不反问自己,我也不会选择来到贵州,找寻到自己生活的意义。

不忘初心　追光前行

世上所有的坚持,都是因为热爱。

赵春莉爱上红色文化、乡土文化,以及贵州这片红色热土,她已坚持了16年,并将继续坚持下去。

爱就要为之付出。

多年来,赵春莉为各类社会组织、单位团体讲解甘溪英雄纪念碑、红军长征在石阡陈列馆、红二红六军团总指挥部旧址、困牛山红军战斗遗址等红色景点的故事,她付出的不仅是时间,更是她那颗真挚、热烈的心。

让生命在传承革命先烈故事中被燃亮。在十余年近千场的解说中,赵春莉在有限的时间内,传递出了最大的信息量。她声情并茂分享的红色故事,感动了无数聆听者,而她,就是被最先感动的那个人。

革命先烈坚定信念、无限忠诚、顾全大局、不畏牺牲的革命精神和革命意志已成为赵春莉工作和生活的精神滋养。

感受心灵洗礼,赓续红色血脉,愿你我都做不忘初心的追光者。

(《贵州日报》2022年8月1日9版　袁燕　孙蕙　刘骏娇)

—"困牛山红军集体跳崖千古壮举"专题研讨会专稿—

困牛山下矗丰碑 红色基因世代传

【导语】88年前,在贵州铜仁石阡困牛山,红六军团红18师红52团红军战士在弹尽粮绝之际,宁死不伤百姓,宁死不做俘虏,毅然集体跳下几十米高的悬崖,展现了中国共产党及其领导的人民军队绝对忠诚、信念坚定、勇于牺牲、赤诚为民的崇高精神。88年后的今天,当地深入挖掘红色文化资源,打造爱国主义和红色教育基地,传承红色基因、赓续红色血脉。

【正文】在石阡县困牛山村,新建成的"困牛山红军集体跳崖千古壮举"展陈中心已布置完毕,即将对外开放。红色文化讲解员们正在聆听红军后代陈向梅为他们讲述爷爷那一辈浴血奋战的故事。

【红军陈世荣后代　陈向梅】

他的原名叫何步荣,是红六军团18师52团的号兵……

【困牛山集体跳崖红军后人　陈向梅】

我们今天的幸福生活都是他的战友们用鲜血换来的,所以我想把这段故事一代一代讲给其他人听。

【石阡县红色文化讲解员　杨绘】

平时都是在书本上、展馆里了解困牛山的故事,今天听到了红军后代的真实讲述,让我更加真切的感受到这场战斗的悲壮,我会努力从前辈的手中接过这根接力棒,继续讲好红色故事,传承好红色基因。

【正文】1934年8月,为配合与支持中央红军即将进行的战略转移,红六军团从江西遂川横石出发,开始突围西征。于9月20日进入贵州黎平县境。10月7日,红六军团在石阡县甘溪遭遇敌军24个团的阻击,10月16日为保证军团主力顺利南撤,红18师红52团吸引敌人向西至困牛山与敌激战,狡诈的敌军见久攻不下,便将威胁来的老百姓推到前面,充当"人盾",向红军一步步逼近。红军边打边退,一直退到一段悬崖边上。弹尽粮绝之际,红军宁死不伤百姓,宁死不做俘虏,毅然集体跳下几十米高的悬崖。大部分壮烈牺牲,仅极少数被树藤挡绊得以幸存。

【正文】红52团指战员的浴血奋战和英勇牺牲,为红六军团主力突围与红三军在印江木黄胜利会师、策应和掩护中央红军实施战略转移作出了重要贡献,为中国革命保存了实力,确保红六军团胜利完成了中共中央、中革军委赋予的战略任务。

【正文】如今在困牛山战斗遗址的纪念碑前,时常都有来自各地的党员群众敬献花篮、缅怀先烈。

【游客　陈学军】

他们是不知道(这段历史),所以我们今天就把他们带(过来),一代传承一代,把它永久传承下去,不能忘记他们。

【共青团松桃县委书记　杨政森】

作为青年干部,我们要发扬红军战士舍生忘死的牺牲精神,百折不挠的战斗精神和无限忠于党的拼搏精神,奋进新征程,建功新时代,永远跟党走。

【正文】硝烟散尽,丰碑永存。如今,困牛山战斗遗址已被列入长征国家文化公园贵州重点建设区保护建设项目,困牛山村也被列入贵州省23个红色文化美丽乡村试点村之一。对红色资源的深入发掘和有力保护,正让红色信仰历久弥新、红色基因代代传承。

【石阡县委党史研究室主任　丁浠】

我们编纂了《红军长征在石阡》《红色石阡记忆》《困牛山战斗史实研究》等书籍,目前,全县发现遗址遗迹30多处,建纪念碑8座,收集红军遗物130余件。

【石阡县红色文化讲解员培训教师　路义峰】

围绕着这些(红色文化)历史的背景进行理论教学,让(观众)更详细地了解石阡的红色文化,激发他们成为红色基因的优秀传承者的内生动力。

(《贵州新闻联播》2022年8月1日　李印　杨殊

铜仁台　石阡台)

—"困牛山红军集体跳崖千古壮举"专题研讨会专稿—

让红色成为困牛山的鲜明底色

——四级政协联动助推"困牛山红军集体跳崖千古壮举"保护传承

"感谢贵州,为研究红军长征史、特别是红六军团西征史创造了一个很好的学习环境。"8月1日,在由全国政协提案委员会、文化文史和学习委员会支持,贵州省政协主办的"困牛山红军集体跳崖千古壮举"专题研讨会上,全国政协常委、提案委副主任戚建国在作主旨讲话时如是开场。

谢意之辞,源于贵州省委高度重视困牛山红军壮举保护传承工作。尤其是2021年初开展党史学习教育以来,省委书记、省人大常委会主任谌贻琴亲自向全省党员干部讲述困牛山英烈事迹,专程到困牛山战斗遗址缅怀革命先烈,就做好困牛山红军壮举保护、宣传、利用工作作出批示。得益于此,这段尘封多时的历史逐渐还原真实面貌并掀开新篇章。

1934年10月,红六军团18师52团为掩护主力转移,把敌军引向石阡县境内的困牛山展开殊死搏斗,最后毅然集体跳崖,用鲜血和生命谱写了红军长征在贵州的悲壮史诗。

87年后,戚建国首次触摸困牛山的红色脉搏——去年5月,全国政协党外委员视察团来黔开展"学习百年党史、增进'四个认同'"专题视察时,委员们被困牛山红军将士"宁死不伤百姓、宁死不做俘虏"的事迹深深打动,心灵受到了极大震撼。彼时,他是视察团的分团长。

视察团另一名分团长,全国政协委员、文化文史和学习委副主任叶小文是从贵州成长起来的干部,亦对此特别关注。视察结束后,他很快联系上中国美术馆,拟成立长征组雕创作采风团深入贵州采风,并为困牛山红军壮举创作英雄群体塑像。

在省政协主要负责人的统筹谋划、部署推动下,戚建国则受邀再次到石阡县专题调研红色文化挖掘保护工作,重点提炼困牛山红军壮举精神。

随后,戚建国、叶小文根据实地调研所获所感,撰写近9000字雄文《困牛山英烈千古壮举》在《解放军报》等媒体刊载,引发巨大反响。文中概括红军将士"听党指挥、服从大局的绝对忠诚,不畏艰难、革命到底的坚定信念,英勇顽强、不怕牺牲的战斗精神,牢记宗旨、人民至上的爱民情怀",被视为"中国共产党人精神谱系的光辉实践"。

与此同时,省政协组织撰写《关于重点推动"困牛山红军集体跳崖千古壮举"保护传承的提案》,作为重点提案以"省政协提案委"名义提出,在省政协全会闭会期间审查立案,并明确由相关副主席领衔督办。

困牛山战斗是党领导下的人民军队创造的千古壮举。为推动从国家层面进行重点保护传承,全国政协十三届五次会议期间,省政协主席刘晓凯与戚建国、叶小文联名提交了《关于从国家层面支持"困牛山红军集体跳崖千古壮举"保护传承的提案》。此事获国家有关领导同志关心及重视,戚建国、叶小文遂提议由贵州举办专题研讨会,通过"思想盛宴"分享观点、建言献策,携手助推困牛山红军壮举保护传承。

赓续血脉,存史为先。按省委主要领导批示要求及专家学者建议,省政协还明确由一名副主席牵头抓总,省政协办公厅、省委党史研究室及铜仁市、石阡县各司其职、通力协作,全力以赴推进困牛山红军壮举史料挖掘整理、遗迹发掘保护工作。

既积极争取上力,亦充分调动下力。在红军三赴活动的铜仁,市政协经省政协提案委指导,撰写了《关于支持铜仁将石阡困牛山战斗遗址申报为国家级爱国主义教育基地的建议》,为红色文化资源挖掘、保护、利用助力。近年来,市政协还发挥自身优势、整合各方力量,助推铜仁高质量推进长征国家文化公园建设,着力讲好长征故事、弘扬革命精神。

在红军两进两出的石阡,县政协为推动红色文化资源挖掘、保护、利用,组织开展外出考察学习、深入实地调研,形成《关于石阡红色文化资源挖掘与保护利用情况的调研报告》,供党政决策参考。近年来,县政协委员为推动困牛山红军壮举保护传承,先后提交了《关于加强困牛山红色旅游景区建设的建议》《关于建设困牛山长征文化主题公园的建议》等提案。

上下合力,政协有为。一系列阶段性成果陆续呈现,是为佐证——三级党史部门新发现红52团人员名单29人,红六军团转战锦屏县电令、电报等史料35条,转战镇远文章、故事26个、电文19则、图片18张、图文档案资料7则、诗词4首;困牛山战斗遗址有关项目入列长征国家文化公园贵州重点建设区重点推进项目,省发改委支持建成困牛山游客接待中心、红军壮举展陈中心及停车场等配套设施,省交通运输厅推动建成湄石高速困牛山收费站至纪念碑段4.5公里红色旅游公路等;参加专题研讨会的党史、军史专家学者,以4篇主旨讲话、5篇研讨发言、27篇研究论文倾情献智献策,为贵州高质量发展提供了一份智力支持、精神滋养……

忠魂长眠处,后人开新局。"要深度研究和挖掘困牛山战斗的宝贵历史价值、文化价值、社会价值,创作一系列经典之作、传世之作,开展一系列专题宣传报道,组织一系列缅怀活动,让困牛山红军英烈精神世代相传、让红色丰碑永不褪色。"省政协主要负责人说。

(《贵州政协报》2022 年 8 月 5 日 A1 版　田锦凡)

参加"困牛山红军集体跳崖千古壮举"专题研讨会的专家学者力挺

做大叫响"红色石阡"品牌

夏秋之交，石阡县困牛山上郁郁葱葱，困牛山红军壮举纪念碑穆然矗立，迎接络绎不绝前来缅怀革命英烈的瞻仰者。

军事科学院原军事历史研究所研究员陈力长期从事红军史研究，对88年前红52团将士宁死不伤百姓、宁死不做俘虏，集体跳崖掩护军团主力成功突围的史实很熟悉。尽管在过往著述、授课中频提困牛山战斗，但再次踏上这片浩气长存的热土，她仍不禁感言"十分悲壮、十分感人"。

陈力来过贵州多次，2021年曾受邀到省长征国家文化公园内容建设小组举办的"全省长征场馆解说员培训班"授课，今年又受邀参加8月1日在石阡县召开的"困牛山红军集体跳崖千古壮举"专题研讨会——时值庆祝中国人民解放军建军95周年、喜迎党的二十大，与会党史、军史专家学者通过4篇主旨讲话、5篇研讨发言、27篇研究论文，现场完成全国首次对困牛山红军壮举的高规格、大规模、广范围研讨，让她觉得非常重要、意义重大。

会场外，应邀接受本报等媒体专访的多位专家学者亦表示，要借助多种渠道、各方力量把这一知之未多的英雄壮举宣传出去，推动"红色石阡"赓续革命精神、传承红色文化，为地方经济社会高质量发展注入"红色血液"。

此番参会"倍受感动、深受教育"的赵剑英，是中国社会科学出版社社长、中国社科院大学教授，常年从事马克思主义哲学研究、社科期刊出版工作，阅读党史、军史早成喜好。他认为，困牛山红军壮举是对伟大长征精神的生动诠释及丰富，值得深入挖掘、大力宣传。

"黔中大地的绿色更浓郁、森林更茂密、空气更清新，老百姓的房子也比以前好多了。"二度走进贵州这个中国革命转折之地，优良的生态环境、优质的生活条件让赵剑英印象深刻。在他看来，这是红军长征伟大斗争精神转化为地方干部群众自力更生、艰苦奋斗的一种体现。"我们也要把对革命先烈的缅怀，转化为对革命老区人民的热爱，以实际行动支持老区发展。"

如何支持？赵剑英说，中国社会科学出版社拟为石阡县建立一个公共文化阅读空间，向各类读者提供适合阅读的优质图书；希望以后能与贵州社科界深入合作，联合举办相关学术活动，推出一批反映贵州红色文化、优秀传统文化的通俗读物，努力讲好"红色贵州""绿色贵州"的故事。

红绿融合，发展可期。赵剑英还建议用好红色文化、绿色生态两种资源，使之有机结合并发展红色旅游及绿色、康养产业，带动广大群众增收致富。

"这次重视程度、水平高度前所未有的专题研讨会成功召开，为贵州贯彻落实好新国发 2 号文件、挖掘利用好红色文化资源、推动全省高质量发展，提供了一个非常好的契机。"省委党史研究室副主任覃爱华说。作为会议承办单位之一，该室多年来在对困牛山战斗史实的挖掘研究中倾力而为、作用不菲。

由其牵头从全国各地征集、约稿收到的前述研究论文，从实践角度关注贵州现实发展，就如何深度挖掘利用红色文化资源及发展红色旅游、振兴乡村产业等提出诸多可行性建议，为全省推动高质量发展、推进乡村振兴提供了智力支持。

目前，困牛山战斗核心展示园已入列长征国家文化公园"1+3+8"标志性项目。覃爱华表示，除了新落成的困牛山红军壮举展陈中心，规划中还要建一座主题雕塑，旨在以更为形象的方式彰显英雄壮举，为发展红色旅游、助推乡村振兴创设品牌 IP。

陈力亦建议，应在长征国家文化公园贵州重点建设区中将困牛山战斗史实充分展现出来，让新时代重走长征路的人们均可从中汲取奋进力量；采取各种方式手段、用好重要时间节点，推动对这段尘封历史的挖掘、研究、宣传再上新台阶。

中国美术馆长征组雕创作采风团的适时到来，为上述规划落地按下了"快进键"。

该团一行 10 人在困牛山战斗遗址考察采风期间，受邀参加专题研讨会。"现场聆听党史、军史专家学者和红军后人的讲述，为我们创作播撒了种子。"采风团成员、中国美术馆理论与创作指导委员会副主任崔光武说。

据了解，中国美术馆长征组雕创作项目自去年立项，由全国政协常委、中国美术馆馆长吴为山组织策划——他亦受邀参会研讨。除石阡县外，采风团还走进遵义市，深入遵义会议会址、娄山关大捷战斗遗址等地考察采风，最终创作的组雕作品将在中国美术馆展出。

而促成此事，与专题研讨会支持方之一的全国政协文化文史和学习委有关。去年 5 月，全国政协党外委员视察团来黔开展"学习百年党史、增进'四个认同'"专题视察后，身为分团长的全国政协委员、文化文史和学习委副主任叶小文就立即联系吴为山，商讨为困牛山红军壮举创作英雄群体塑像，两人一拍即合。

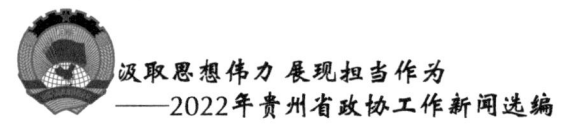

青山不语,号声犹在。采风团成员、中国城市雕塑家协会副主席殷小烽表示,实地瞻仰困牛山战斗遗址收获的真切感受,感染其用艺术手法创作出生动的雕塑作品,将以此表达对红军英烈的缅怀、对伟大历史的敬畏。

(《贵州政协报》2022 年 8 月 12 日 A1 版　田锦凡)

铭记红军壮举　传承坚定信仰
——"困牛山红军集体跳崖千古壮举"专题研讨会举行

贵州省铜仁市石阡县有座困牛山,1934年10月,长征中的红六军团第52团为了掩护主力转移又不伤及群众,把敌军引向这处地势险要的绝境。战斗到最后,毅然集体跳崖,用鲜血和生命谱写了一曲壮烈的英雄赞歌。

然而由于困牛山的红军战士绝大多数已经牺牲,史料记载很少,这一英雄事迹长期未被发现。据贵州省委党史研究室副主任覃爱华介绍,经过贵州各界的不懈努力,困牛山壮举的研究不断深入,通过史料间相互印证史实脉络也愈发清晰。近日,贵州省政协组织了"困牛山红军集体跳崖千古壮举"专题研讨会,集中展示了党史、军史研究上的最新成果,成为长征史研究的新热点。

多方走访明晰历史

"贵州人民在党的领导下抢救了红六军团西征战史的宝贵财富。"全国政协常委、提案委员会副主任戚建国在研讨会上表示,正是在贵州各级各界的共同努力下,才挖掘出这一段历史。

中国人民解放军军事科学院原军事历史研究所研究员陈力说:"参加困牛山战斗的红军大多都跳崖牺牲了,只能靠幸存者和目击者的回忆口述,相关史料中关于困牛山战斗的记载也比较零散,增加了研究这段历史的困难。"

石阡县委党史研究室原副主任杨又铸对收集资料困难的体会尤其深刻。从第一次步行到困牛山进行田野调查开始,杨又铸在追寻史实的道路上奔波了21年。多年来,杨又铸走遍了困牛山的每个角落。他到贵州省档案馆、贵州省博物馆以及周边思南、镇远等地查阅了大量文献资料,走访失散红军的后代、目击者、知情人795人,撰写手稿上百万字,逐步弄清了红军跳崖时间、地点、原因、大概人数等内容,并主编出版了《困牛山红军壮举》。

石阡县委书记田运栋介绍,近年来工作人员共走访幸存者、红军后代、目击者和研究者共200余人,整理红军手稿、调查材料等1200余万字。

"党史工作者的责任感和对史实的敏感性使我深深认识到,挖掘这场战斗史实,还原再现困牛山战斗历史真相意义重大。"杨又铸说。

困牛山脚下,新落成的困牛山红军壮举展陈中心里,42幅上墙制作画面、32套雕刻制作、70余张照片,以及红军使用的军号、枪支、军装等40余件实物,向每一位参观者静静展示着那段气吞山河的革命壮举,诉说着红军赤诚为民的牺牲奉献精神。

伟大长征精神的注脚

"贵州是红六军团西征的重要转战地。"贵州省委党史研究室主任杜丹表示,自1934年8月上旬江西突围开始,到1934年10月24日木黄会师为止,在贵州的36天征程中,跨越800多公里,战胜了湘赣桂黔四省等敌军的围追堵截和无数艰难险阻。

杜丹说,红六军团西征作战为中央红军实行战略转移,起到了先期探路、策应转移、实现红军力量集聚和宣传扩大红军影响力的作用,胜利完成了中共中央、中革军委部署的战略任务。其中,红52团在困牛山的激战,掩护了军团主力胜利突围,保存了一支重要的战略力量。

"这场战斗年代久远,但对研究党史军史提供了宝贵资料。"中国人民解放军军事科学院副政治委员周胜刚表示,困牛山战斗是红六军团执行中共中央战略先遣任务的一次壮烈战斗,是红六军团乃至红二方面军战史中不可或缺的重要事件,在整个长征巨幅画卷中也留下了浓墨重彩的一笔。他说:"困牛山红军集体跳崖的英雄壮举,是对伟大建党精神和长征精神的生动诠释和有力注脚。"

中央军委政治工作部群众工作局局长肖安水表示,困牛山之战,红军面对敌军围攻和被胁迫走在前面的百姓,"宁死不伤群众,宁死不做俘虏"、毅然集体跳崖的英雄壮举,集中体现了我党我军的优良传统作风,所展现的坚定信仰忠诚、英勇战斗精神、高尚革命气节和赤诚为民情怀,对于丰富发展革命精神谱系内涵,激励官兵更好传承红色基因、争做时代新人,奋力推进新时代强军事业具有重要借鉴和启迪作用。

(《光明日报》2022年8月19日　吕慎　陈冠合)

—委员战疫专稿—

编者按：2022年9月，贵阳市疫情防控形势复杂严峻，广大政协委员、政协干部闻讯而动。他们勇担责任、不畏艰辛、尽己所能，积极投身战"疫"一线，聚力筑起一条条抗疫防线，用实际行动书写着一份份"抗疫答卷"。《贵州日报》、天眼新闻、《贵州政协报》等主流媒体对广大政协委员、政协干部的抗疫举动进行宣传报道，记录积极投身抗疫一线政协人的家国情怀、责任担当……现将部分媒体刊载的稿件选载如下。

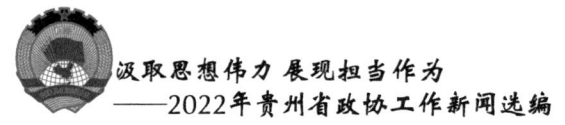

同心战"疫",贵州省政协委员在行动

9月初,新冠肺炎疫情突袭贵阳市。疫情就是命令,防控就是责任。在抗击疫情的关键期,省政协委员第一时间站出来,敢于担当、主动作为,下沉一线投身疫情防控工作,为打赢疫情防控攻坚战贡献智慧与力量。

打赢抗疫保卫战,物资保障是关键。

"作为省政协委员,我要发挥联系广泛的优势,通过各种渠道和形式,为大家送去必需的物资。"省政协文化文史与学习委员会副主任张崇新说。9月8日至10日,他组织贵阳市道教界向乌当区捐赠8.53吨新鲜蔬菜,协调两辆货车从黔西市运输22吨蔬菜到南明区花果园、花溪区清华中学,从黔西市购买7.86吨新鲜蔬菜捐给云岩区。"这些紧缺物资,为居家市民解了燃眉之急。"

同样忙于为贵阳市民联系、捐赠物资的,还有省政协委员、省新联会副会长温升。身为贵州云图时代公司董事长,他积极动员旗下企业员工参与志愿服务、支援抗疫工作,并组织为贵阳贵安疫情防控捐赠物资、贡献力量。

9月7日,温升动员云图时代合资公司贵州义派电商定向捐助贵阳电子职业学校蔬菜、大米、矿泉水等11吨抗疫物资,价值共计5万元。10日,又组织云图时代捐赠包菜、佛手瓜等抗疫物资,共计15吨、价值9万元;动员贵州义派电商定向捐赠贵阳白云兴农中学蔬菜、辣椒、土豆、佛手瓜等抗疫物资,共计10吨、价值6万元。

疫情防控,人人有责,更需人人尽责。省政协委员、省文物考古研究所研究员赵小帆积极响应号召,参加向云岩区毓秀街道办事处抗疫工作者捐赠200件矿泉水活动,为疫情防控一线"大白"送上自己的爱心;省政协委员、民建省委理论研究委员会副主任耿文福组织民建黔南州直二支部及会员,向民建贵阳市委捐赠口罩10 000只、特殊会费近万元。

应对严峻挑战、抵御重大风险,不仅需物质支持,更需精神支撑。

作为黔西南广播电视台播音员,省政协委员王自菇充分发挥个人专长、利用专业优势,参与拍摄多个战"疫"宣传片,积极传播防疫知识,为打赢疫情防控攻坚战加油鼓劲。

谈及参与疫情防控工作的感想,王自菇说:"我能够做的可能不多,但即使只是很小的一份力量,也要全部贡献出来。"

担责在肩,共克时艰。虽然当前贵阳贵安疫情防控形势依然复杂严峻,但广大省政协委员、社区工作者及市民都向着打赢疫情防控攻坚战而努力。相信在全省各地各部门的齐心抗"疫"下,这场没有硝烟的战争一定会迎来最终胜利。

(《贵州政协报》微信公众号2022年9月12日　卢星宇)

住港贵州省政协委员捐款捐物助力贵阳抗疫

贵阳市疫情防控正处于攻坚关键期,住港贵州省政协委员虽身在香港,亦密切关注抗疫工作进展情况。他们踊跃捐款捐物,助力贵阳开展疫情防控,尽显住港省政协委员的担当与作为。

贵阳本轮疫情发生以来,住港省政协委员密切关注抗疫工作,住港省政协常委邓小宙、程燕、陈月明迅速向全体住港省政协委员发出倡议,希望大家为助力贵阳抗疫捐款捐物、奉献爱心。住港省政协委员积极响应、担当作为,纷纷伸出援助之手。委员们表示,疫情防控中医护人员及志愿者不辞劳苦、顽强拼搏的精神,深深鼓舞了大家。作为住港省政协委员,无论家乡是否在贵州,贵州都是大家牵挂的地方,必须第一时间提供支持。目前,邓小宙、程燕、陈月明三位常委及谢晓东、吴志良、杨国强、陈宇龄、史理生、余伟杰、王绍尔、简浩贤等委员已向贵阳捐款港币47万元,温竑平委员捐赠了价值22万元的防疫物资。

住港省政协委员一直大力支持贵州疫情防控工作,早在2020年初抗疫的关键时期,就向省红十字会捐款60余万元,用于帮助购置负压救护车支援抗疫一线。住港省政协委员还高度关注贵州脱贫攻坚、乡村振兴工作,积极参与省政协组织的脱贫攻坚"百千万行动",多次向省内贫困地区捐款捐物合计300余万元。

省政协港澳台侨与外事委员会有关负责人表示,将积极配合省红十字会、省慈善总会切实做好港澳委员捐赠资金、物资使用情况的追踪工作,确保每一分钱都用到抗疫的刀刃上,为贵阳疫情防控工作作出贡献。

(《贵州政协报》微信公众号2022年9月22日 黄懋)

省政协常委张雷：百万元物资驰援抗疫一线

本轮疫情发生后，贵州雨田集团·茅恒酒业紧急协调各方资源、筹集抗疫物资，并组织员工紧锣密鼓地进行配送。目前，包括防护服、N95口罩在内的50余万件价值100余万元的医疗物资，已捐往贵阳、遵义及贵定、织金等地，助力全省做好疫情防控工作。

省政协常委、省工商联副主席、雨田集团董事长张雷介绍说，企业积极响应疫情防控号召，实行线上、线下联动办公，通过北京等全国各地渠道，将各类抗疫物资调往贵州。

受疫情影响，省内多个地区处于封控状态，物资运输效率极大降低。张雷带领雨田集团克服重重困难，将医用防护物资以最快速度悉数送抵受赠点。

"虽然每天工作都比以往更加辛苦，但作为一名雨田人，能够为家乡贡献自己的微薄之力，我感到非常骄傲和自豪。"雨田集团职工张琳鹏说。

"不管哪里有需要，雨田都会站出来为抗疫贡献力量，集团将继续筹集抗疫所需物资，并组织职工志愿者前往防疫一线。"张雷表示，他仍在积极联络全国各地渠道，希望能筹集到更多防疫物资支援贵州。

"雨田集团作为一家成立30年的本土企业，在贵州遭受疫情之时有责任站出来，和贵州人民一起打赢这场疫情攻坚战，这也是企业全体职工的共同意愿。"张雷语气坚定地说。

雨田集团自上世纪90年代创办以来，一直积极履行企业社会责任，致力于各项社会公益事业，捐资助学、帮贫扶困、修桥铺路，以实际行动展现有担当、有责任、有信念的标杆典范形象，赢得了社会各界高度赞誉。疫情当下，雨田集团全体职工积极参与、共克时艰，汇点滴成江河，展现出贵州本土企业的担当与作为。

（《贵州政协报》微信公众号2022年9月15日　潘建）

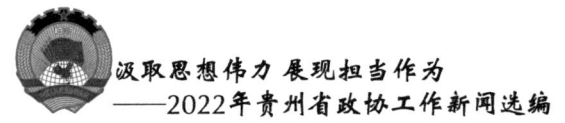

省政协常委魏红杰:发挥所长为抗疫服好务

仲秋时节,突如其来的疫情使贵阳被迫按下"暂停键":企业停工、商家关门、学校停课……

一方有难,八方支援。9月3日,全市开展部分区域全员核酸筛查,省内8个市(州)纷纷伸出援手,派遣医疗队驰援贵阳抗疫。

"收到双龙航空港经济区发来接待援助医疗团队的消息后,我们立即召开紧急会议,安排部署相关工作。9月2日晚,酒店连夜安排妥当全部客房设施,全力做好六盘水市妇幼保健院、钟山区人民医院、钟山安居医院等8家医疗机构医疗队员的后勤保障服务。"省政协常委、贵州吉源实业发展有限公司董事长魏红杰回顾着十几天前的紧张场景。

作为吉源实业跨界酒店业的第一个项目,贵阳航空港希尔顿惠庭酒店尚在筹备开业,正处于工程验收移交运营团体阶段,大部分房间已达入住条件。9月2日,因贵阳部分区域实行静默管理,一些酒店员工无法到岗,魏红杰遂组织各部门负责人梳理统计在岗人数,带领员工用情用心投身疫情防控,凝聚起全员同心抗疫的强大力量。同时,他叮嘱一定要以最佳状态、优质服务接待好援"筑"医疗团队,为他们提供充足的后勤保障服务、送去贵阳人民的温暖和感激之情。

9月3日凌晨,来自六盘水的驰援贵阳核酸检测医护人员顺利入住酒店。截至目前,已累计入住173名医护人员。

"医护人员奋战在抗疫一线,守护大家的平安。作为接待酒店,我们一定尽全力做好后方支援,为他们送上温暖。"魏红杰说。

他积极响应号召、协调各方资源,充分发挥驾校主业优势,以车为线助力抗疫,组织吉源驾校承担部分物资运送工作,腾出训练场地用于堆放蔬菜、水果等物资,并安排50名企业员工参加疫情防控志愿者服务。

抗击疫情,全民皆兵。吉源驾校教练员化身抗疫前线"运输兵",初期有200名小车驾驶员加入应急救援队伍、11名大车教练员加入大车应急物资运输队;随着疫情防控形势变化,按不能跨区域流动要求,最终筛选出25名志愿者。

此间,吉源实业的居家党员、干部职工也没闲着,积极投身抗疫前线,纷纷在所属片区承担志愿服务工作,义无反顾地贡献着力量。

"疫情就是命令,防控就是责任。作为一名企业委员,我将义不容辞继续立足岗位、发挥所长,用实际行动在抗击疫情中彰显使命担当,为助力贵阳打赢疫情防控攻坚战贡献力量。"魏红杰言语铿锵地说。

(《贵州政协报》微信公众号2022年9月15日　何佼阳)

住澳省政协委员区柏来:"在线"抗疫显担当

在贵阳本轮疫情正处关键的特殊时期,住港澳贵州省政协委员密切关注抗疫工作进展,踊跃捐款助力疫情防控,尽显港澳委员担当与作为。

9月15日,住澳门省政协委员、澳门新伟浩进出口贸易公司董事长区柏来心系贵阳贵安疫情防控,通过省政协港澳台侨与外事委员会,向贵阳市红十字会捐款20万元支持抗疫工作。区柏来表示,当前贵阳贵安正在抗疫最吃紧的关键阶段,全体市民服从管理,以全城静默阻断病毒传播;广大志愿者身先士卒、挺身而出、冲锋在前,夜以继日、忘我奋斗在抗疫第一线,构筑起打赢疫情防控攻坚战的牢固防线,让他非常感动。"作为一名身在澳门的贵州省政协委员,我虽然不能同大家奋斗在抗疫一线,也必须贡献自己的一份力量,展现港澳政协委员的风采与担当。"

近两年,区柏来一直全力支持贵州疫情防控工作。早在2020年初的抗疫关键期,他就向省红十字会捐款60万元,用于购置负压救护车驰援抗疫一线。他还十分关注全省脱贫攻坚工作,积极参与省政协组织的"脱贫攻坚百千万行动",多次深入榕江县等地考察,累计捐款捐物100余万元。

截至目前,在省政协港澳台侨与外事委组织下,住港澳省政协委员、侨胞代表、港澳企业界人士已为贵阳贵安抗疫捐款150万元,捐赠各类物资价值70余万元。该委将配合省红十字会、省慈善总会做好捐赠资金、物资使用情况追踪工作,确保每一分钱都用到抗击疫情的刀刃上,让捐赠人放心、安心。

(《贵州政协报》微信公众号2022年9月16日 黄懋)

努力让千家万户有菜吃
——合力超市日均7万线上订单背后的保供故事

"菜马上到了,半小时后出来搬。"9月11日,一辆合力超市物流车行驶在高速上,出发地是云南省,目的地是贵阳市。

12日零点30分,物流车到达合力超市位于贵阳市南明区的南浦路门店后,立马有员工出来帮忙卸货、搬运。凌晨2点30分,这批物资根据线上订单分拣、打包好后,即将被送往各小区,工作秩序井然。

省政协委员、贵州合力超市集团董事长李德祥介绍说,目前,合力超市物流中心日均发货量在400吨左右,日均发货车次达到125次。

"面对陡然增大的物资压力,我们必须打有准备的仗。"李德祥说,疫情发生以来,合力超市线上订单日均3万个,爱心蔬菜包日均4万个以上,超市根据顾客需求调集农产品,全力保障市民"菜篮子"。

镜头调回到9月5日。全省疫情防控形势复杂,为保障居民基本生活物资需求,贵阳市公布了19家生活物资重点保供企业名单,合力超市是其一。

该超市积极响应号召,调动全集团人力、物力投入保供,全省84家门店人员驰援贵阳市,100余辆物流车24小时不停歇运转,分拣、打包、卸货、装货工作24小时不间断。

最终,一份份保供物资由贵阳市区26家超市门店通过公交车、电动车、私家车、购物车,送到千家万户的市民手中。

"大白菜、莲花白、白萝卜都保持在0.495元/公斤,西兰花1.995元/公斤,和以前一样,便宜又新鲜。"南明区南浦路的住户打开菜包看了一眼,扫码支付后满意地走了。

"他们今天新上线了22种生活包,对我来说太有用了。"12日,花果园S区的一住户拿到了新下单的应急餐具包。他说,除蔬菜包、肉包外,现在还能线上购买到加工熟食包、日化用品包、婴儿辅食包等物资。

自疫情发生以来,合力超市加大了物资采购、储备力度,肉类、蔬菜、米面粮油

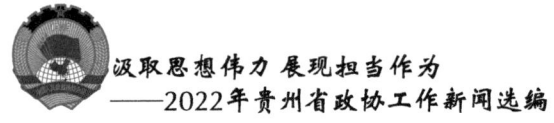

等生活必需品均按照日常备货量的 3 倍至 5 倍进行备货和配货。

据介绍,为进一步提高配送效率,合力超市更是推行了"小区楼长集中购、统一配送"模式,统一无接触式配送到小区单元门口。

李德祥已连熬 10 余天,眼中充满红血丝。接受记者采访后,他还要召开每日例会,每每例会结束时已是凌晨三四点。

"我是一名政协委员,在这个特殊时期更要积极履职,承担社会责任。"李德祥表示,他将继续带领所有员工始终坚守岗位,做好疫情防控生活物资保障工作。

(《贵州日报》2022 年 9 月 13 日 2 版　曾书慧)

民投集团保供累计投入物资1200吨

9月10日,清镇市解除临时静态管理。但省政协委员、民投集团董事长饶科亮明白,公司抗疫保供的任务没有结束,只是"主阵地"从清镇一域扩至了贵阳市。

"撸起袖子继续干!"饶科亮说,之前主要负责清镇青龙山街道、红枫湖镇辖区30万居民的生活物资保障工作,现在清镇虽然解除了临时静态管理,但贵阳其他地方物资保供任务依然很重。

11日至13日,除清镇外,民投集团贵阳订单翻倍,连续3天每日接线上团购订单2700余个、大宗配送订单近90吨。所有物资紧锣密鼓地分拣、装车后,一一运送到位。

作为地方重点保供企业,自本轮疫情发生以来,民投集团一直用实际行动给贵阳加油。9月4日下午3时,一接到抗疫保供指令,集团旗下速顺配送公司立即启动应急机制,通过各种渠道调配物资和车辆。

当晚8时,300公里之外,国家级保供企业——民投集团兴绿洲公司屠宰的第一批次10万只三穗白条鸭,也完成装车并连夜发往贵阳。深夜,民投集团携手清镇市供销社打造的供应链物资转运及分拣中心灯火通明。一辆辆满载果蔬生鲜的货车陆续驶入分拣厂区,防护严密的工人们快步上前卸货。

凌晨3时,分拣好的保供物资按区堆放整齐;凌晨5时,第一批保供物资完成装车,开始往清镇市各社区、门店配送……

清镇静态管理期间,民投集团按照"一个中心、三个体系"抗疫保供布局的物流集散中心,所有工人24小时轮班分拣果蔬生鲜,每天约发出150辆配送车、15万公斤保供物资。

"面临疫情'大考',作为政协委员更要履职尽责,写好'委员作业'。"饶科亮说,他一直身处前线"督战",只为稳住"菜篮子""果盘子""米袋子",力保居民的"一日三餐"。

同时,民投集团除分拣、运输、配送人员外,静默居家员工就地转化为技术、客服等人员,迅速投入线上下单等工作。传统门店超市的技术员,仅用一个晚上就开发出微信小程序,运行首日就完成3000多个订单。饶科亮很兴奋,特地发了一条朋友圈:"我们真是一个能战斗的团队!"

民投集团通过"线下超市+线上团购+大宗配送"等多条渠道发力,目前已累计投入保供物资1200吨,日均投入150吨,采购金额达1400万元。

电话采访中,饶科亮也特别强调"平价蔬菜、保供惠民"的承诺,所有"双线"保供产品均按批发价销售,"像大白菜只卖1.98元,最多的一天卖了12吨"。

"哪里生活物资紧缺,我们就竭尽全力往哪里配送。"饶科亮说,运送量足价稳的保供物资,员工每天都在争分夺秒地接力,尽可能将它们及早送到千家万户。

(《贵州日报》2022年9月15日3版　田锦凡　曾书慧)

"我当了14年志愿者,疫情当前,没有理由不站出来"

"作为一名常年从事志愿服务工作的志愿者,同时又是一名青联委员,在疫情防控的关键时刻,应当有所作为,参与到疫情防控一线中去……"

当疫情来临时,省政协委员、省青联常委、贵州省青年志愿服务基金会项目负责人王远贵积极响应团省委的号召毅然写下"请战书"。

在获得单位领导同意后,王远贵中午随即向居住地花果园X区街道办和居委会报到,主动请缨加入小区疫情防控中。由于当天贵阳市多个区域进行第一次全员核酸筛查,他与志愿者一起,对辖区群众进行体温登记、扫码和秩序维护等志愿服务工作。直至9月4日凌晨4时,大家配合完成了服务点位3个单元共2000余名群众的核酸检测。

花果园X区共有8栋楼22个单元,住有7560户约22 000名居民。疫情发生以来,广大居民报名参与志愿服务的积极性很高,于是,王远贵找到居委会负责人,把自己想成立一支青年志愿者突击队的想法与其沟通,得到了居委会负责人的认可。于是,王远贵立即行动,建群招募储备志愿者,3个小时共招募了130余人。

根据小区各项工作所需,王远贵与大家商议,将志愿者团队分为三组。

一是核酸检测组。主要通过储备志愿者为各核酸检测点进行补充和调度。同时,为解决静默期间生活物资"最后100米"的问题,志愿者电话号码面向小区居民公布。

二是物资配送组。在小区两个进出口分别安排志愿者,在接到配送电话后通过微信群通知值守小区进出口的志愿者进行配送,有效提高运输效率。

三是物资发放组。负责配合物业对政府支持的物资和社会捐赠物资进行卸货、分拣、发放。截至9月13日,王远贵带领志愿者参与物资分拣发放5次,从45楼逐层往下,逐户敲门发放。

此外,王远贵积极联系广大企业和爱心人士支持,为志愿者团队筹集到价值共10万余元的抗疫物资和生活物品。"在疫情面前,作为一名政协委员,我没有理由不站出来。虽然工作辛苦,但我也只是所有志愿者中的一员,做了自己力所能及的事情。"在与记者聊起这一段时间的感受和体会时,王远贵说。

(天眼新闻2022年9月14日　曾书慧　潘建)

——委员战疫专稿——

响应战疫不等待　金融服务不打烊

金融机构如何为战疫贡献金融力量？省政协委员、中行贵州省分行党委书记、行长黄黎阳带领干部职工这样书写答卷。

本轮疫情发生后，中行贵州省分行党委紧急召开疫情防控领导小组专题会议，就疫情防控和金融服务保障工作进行安排部署，安排关键岗位人员80余人到岗封闭办公，非必要人员居家远程办公，通过"现场保障+远程支持"的办公模式，保证疫情期间金融服务及时响应。

为确保疫情期间薪资正常发放，中行贵州省分行制定代发工资应急机制，安排专人值守进行代发工资。本轮疫情发生以来，该行共为贵州省全辖624家企业累计代发工资2.95亿元，保障了各企业共17万员工的正常工资发放和正常生活需要。

"不到24小时，资金就到位了，你们的效率真高！"某房企西南区负责人向中行观山湖支行信贷经理感激地说。贵阳部分区域解除临时静态管理后，中行贵州省分行观山湖支行在摸排疫情期间企业存在的困难时，了解到某重点合作房企急需资金确保项目进度，支行立即为该房企梳理可放款情况，成功投放个人住房贷款414万元，助力企业在疫情期间渡过难关。

近日，某公司向中行贵州省分行紧急求助，公司从国外进口的原材料已到港，但因贵阳地区疫情管控，办理业务所需单据到达贵阳某快递公司后无法正常派送，希望该行能帮助取得业务单据，尽快为其办理进口押汇融资业务。中行贵州省分行开通绿色通道，紧急办理进口押汇融资业务，成功为该公司发放进口融资贷款1302万美元，保障了企业的生产经营。

据统计，9月4日至16日，中行贵州省分行已累计为辖内企业投放融资贷款超8.38亿元，有力保障了特殊情况下各类紧急信贷业务正常运转与审批放款，为企业纾困解难注入了金融活水。

（天眼新闻2022年9月17日　陈曦　黄懋）

发挥新媒体优势 凝聚抗疫正能量

"谣言粉碎机丨网传白云区恒大城买不到物资,有小孩饿哭?假的!"
"贵州志愿者,这份个人防护指南,请收藏!"
"划重点!贵阳各区县分级分类管控!"
……

这些是新浪微博中关于贵阳疫情防控的一些热门信息。

贵阳本轮疫情发生后,省政协委员、贵州新贵视界信息科技有限公司董事长包新带领居家办公员工全力投入疫情防控宣传报道,充分发挥微博传播快、反应快、覆盖广、形式活、互动强等优势,在网络阵地广泛凝聚疫情防控正能量。

9月3日,新贵视界在微博话题"抗疫有我 共卫筑城"中发布第一条微博,当天阅读量超过1万+。半个多月来,这个由多家新闻媒体共同参与的微博话题,阅读量已接近6000万。新贵视界编辑团队每天在话题中编辑发布微博近50条,阅读量均达10万+,持续保持较高的话题贡献度。此外,新贵视界还创建主持了微博话题"关注贵州新冠肺炎疫情",目前阅读量达1700万+。

新贵视界旗下账号@乐生活在贵州、@贵阳身边事、@嗨哟贵州,积极转发政府通告、倡议书、防控知识等信息。截至9月20日,共发布信息500余条、短视频30余条,覆盖人群超140.2万人次。

公司设计团队先后制作设计了2个系列原创海报并在微博发布。"战疫筑城 同心协力"系列海报,收集了贵阳各小区内市民们积极配合做核酸、一线抗疫人员辛苦工作的画面,展示了抗疫一线的生动场景,传递了全民抗疫的正能量,倡导大家共同守护疫情防控成果,展现了暖暖贵阳城。"抗'疫'小贴士"系列海报,则运用图文结合的形式,广泛宣传疫情防控期间需要注意的事项。截至9月20日,新贵视界制作的12张抗疫海报,累计阅读曝光已达50万次。

(天眼新闻2022年9月20日 陈曦)

省政协委员熊莹：守护"疫"线　静待"花"开

2020年初就投身贵阳北站站前抗疫一线，省政协委员、贵州晨酱商贸有限公司总经理熊莹在本轮贵阳疫情发生后，又毫不犹豫地第一时间挺身而出，冲锋在一线。

"这次疫情很突然，来势汹汹。"熊莹说，根据自己两年多前参与抗疫的经验，预感疫情防控工作人员存在不足，所居住小区实行封闭管理次日，她就主动联系云岩区野鸭社区报名，成了一名抗疫志愿者。

根据社区分配的任务，熊莹主要负责万科悦城一栋32层的居民楼，总共150户、300多人的日常防疫工作。每天从清晨4点多开始准备物资，爬楼梯挨家挨户检查居民的健康码并通知做核酸检测，帮助居民有序排队及登录"贵州核酸检测"小程序等。

除了核酸检测，熊莹还负责开展抗原检测工作，挨家挨户敲门询问家中人数，反复交代注意事项并示范操作方法，确保检测有序、有效、有质，做到"不落一户、不漏一人"。为保障居民的日常生活，她又承担起社区保供物资分装、配送等相关工作。

其间，熊莹了解到小区内一些独居老人缺乏生活物资及药品，便主动承担照顾老人的任务，不仅帮助他们做抗原检测，还定期送去必需的药品、生活物资等。

熊莹的坚守及付出，得到了小区群众的认可、肯定。一天夜晚，当她如常在小区巡楼时，没想到有两位邻居专门在家门前等候，给她送上自制的蛋糕、咖啡，令其深受感动。

凌晨一两点钟，是广大志愿者分装保供物资最忙碌的时候。在搬运物资路过分隔卡点时，听说值守夜班的警察、志愿者及工作人员还没吃上一口热饭，熊莹赶紧为他们送去一个微波炉。"希望这个小小的举动，能够传递一份温暖。"

看到很多一线抗疫人员几天几夜坚守岗位，已是身心疲惫，熊莹便协同"拽叔叔的拿手咖啡"团队，深入观山湖区世纪城社区及新世界社区、白云区泉湖社区、云岩区渔安社区等地，为抗疫一线的工作人员、医护人员、志愿者等送去"爱心咖啡"。

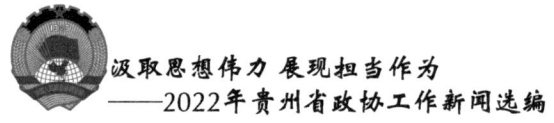

截至目前,已送出总价值约3.8万元的咖啡,为一线抗疫人员提神助力。

得知奋战在花果园社区的致公党贵阳市南明支部缺少物资,身兼致公党观山湖二支部主委的熊莹就在朋友帮助下,第一时间为致公党南明支部筹集总价值6430元的防护服、酒精、消毒液、N95口罩等医疗防护用品,并由致公党员金思远爱心接力,及时送至抗疫人员手中。

曙光在前,重任在肩。熊莹说:"只要我们齐心协力,定能吹散病毒阴霾;只要我们万众一心,春天终将如期而至。"

(《贵州政协报》微信公众号2022年9月28日　王吟)

— 委员战疫专稿 —

省政协委员刘学文：聚八方力量 驱一城疫疠

乘众人之智，则无不任也；用众人之力，则无不胜也。本轮疫情发生以来，援助贵州战"疫"的各界力量拧成一股绳，携手织牢疫情防控网。省政协委员、北京贵州商会副会长、贵商总会天下贵州人活动组委会秘书长刘学文，便是背后的"织网人"之一。

面对突如其来的疫情，刘学文立即通过"天下贵州人"交流群，向群内近500名海内外贵州英才发出倡议，号召大家紧急行动起来。倡议书发布后，群员们积极响应——

9月15日中午，北京圆网慈善基金会理事长付一然给刘学文发来短信，告知北京华数之星教育咨询有限公司希望捐赠1200套防疫包、100瓶众望免洗凝胶。他遂与疫情形势严峻的花溪区联系，区委常委、区委统战部部长张琳随即安排有关部门接收这批物资，并分发至各社区居民手中。

9月16日中午，贵州爽净集团董事长张占俊给刘学文来电，表示想为全省抗疫工作做些贡献。商量好捐赠物资及数量后，他随即与省工商联会员部副部长徐锡文联系，落实接收单位、办理通行证等事宜，决定将该批物资捐给织金县。18日，载着"爽净人"爱心、价值20万元的1万件矿泉水运抵织金，并发放到医护人员、居民手中。

当天上午，重庆市贵州商会党支部书记、会长吴政菊给刘学文发来短信，表示想为贵州疫区捐赠一批物资。刘学文说，因织金疫情较为严重，希望她把这批物资捐给该县。很快，吴政菊携手贵州天虹志远电线电缆有限公司从重庆采购价值30万元的医用物资，并于次日安排3辆卡车连夜送到织金。

……

众志成城，众擎易举。从发出号召至今，天下贵州人的力量汇聚成抗击疫情的强大合力，在助力各地坚决打赢疫情防控攻坚战中作出了积极贡献。

"在贵州这场战'疫'中，我看到了天下贵州人情系家乡、回报桑梓的大爱情怀，也看到了无数普通人挺身而出。人心齐、泰山移，贵州加油、贵州必胜！"刘学文感慨道。

(《贵州政协报》微信公众号2022年9月29日 张健辉)

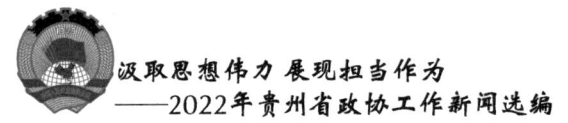

省政协委员朱建国：白衣执甲　护佑筑城

9月初，贵阳社会面出现新冠肺炎传播，疫情防控形势突然吃紧。身为省政协委员、民进成员、省人民医院医保处处长的朱建国主动请缨，要求前往抗疫最紧张的第一线。

作为一名抗疫"老将"，今年4月26日，朱建国曾带领贵州省援沪医疗救治一队的257名队员，从贵阳北站集结启程，奔赴上海抗疫一线。历经31天奋战，圆满完成援沪医疗救治任务，实现了医疗零事故、护理零差错、队员零感染、全程零投诉。

贵阳本轮疫情发生后，朱建国根据组织安排，迅速联系贵州省援沪医疗救治一队的所有队员，做好闻令而动的准备。9月10日中秋节收到指令，贵州省援沪医疗救治一队整建制支援贵阳市方舱医院。身为领队，朱建国第一时间投入队伍集结、驻地安排、防护物资筹备等具体而繁重的工作中。

9月11日队伍集结完毕，朱建国立即带领救治队骨干赶到贵阳市方舱医院。因需进入方舱医院治疗或隔离的患者较多，医院要尽快开启九号舱，救治队主动领下这一艰巨任务。当晚，朱建国便与30名队员一起推小车、搬物资，把开舱所需物资从仓库运至九号舱4层楼的4个病区，一直忙到凌晨4点，为顺利开舱做好了充分准备。同时，他还派出30名骨干支援兄弟救治队的工作。

因早期缺少保洁、保安等第三方服务人员，这些工作均由负责救治任务的医护人员完成，一个班十卜来，朱建国与"战友"们全身湿透了……

进入方舱医院第二天，朱建国被任命为方舱医院分管医疗工作的副院长，责任重大。时值疫情上升期，每天入院患者较多，为方便其尽快入舱，在医院主要负责人带领下，朱建国与医务组的同志加班加点，在确保医疗安全的基础上不断改善流程，确定了"快进、早诊断、早识别、早救治、快出"（两快三早）的治疗流程。针对第三方人员缺乏的情况，朱建国鼓励各舱在住院患者中组建志愿者队伍。志愿者除了完成医护人员交办的事务，还主动关注病区里的状况，通过上传下达成为大家的贴心帮手。每天就餐前半小时，志愿者们就来到取餐点，仔细核对配餐份数，分片区有条不紊地及时发放到舱内患者手中,让大家吃上热腾腾的饭菜。

"我们既要打胜仗,还要零感染。"朱建国具体联系九号舱,他多次在全舱会议上说:"院感是我们与病毒斗争的盾,必须全流程做好防护,按照最新版治疗指南、院感防控要求规范行为,这样才能保护自己、救治病人,千万不能成为有勇无谋的战士。"

为此,舱内采取"人盯人"战术,全程监督穿脱个人防护用品过程。兼职院感专员全程监督,既缓解了医护人员的恐慌、孤寂,又从根本上保证了杜绝医务人员院感。

目前,贵阳疫情防控已取得阶段性成效,实现了社会面清零,形势总体平稳可控。但朱建国及其"战友"仍奋斗在贵阳市方舱医院的各个岗位,以实际行动继续为抗疫胜利作出贡献。

(《贵州政协报》微信公众号 2022 年 10 月 1 日　王吟)

他们这样同心筑牢战"疫"堡垒……

9月3日,贵阳市决定对云岩区、南明区、观山湖区开展区域全员核酸筛查。

"我报名!""我是党员,我先上!""一切听从指挥、服从命令,尽管指示!""我可以!"……

面对突发疫情,省政协机关干部职工迅速行动、主动作为,积极投身抗疫一线。在没有硝烟的战场上,有的当起秩序维护员、信息登记员、心理疏导员,有的拿起小喇叭成为核酸采集"播报员"……他们在志愿服务岗位上用行动践行使命担当,为贵阳疫情防控贡献着力量。

"9月7日凌晨,一层一层爬楼为居民送物资;9月8日接到群众求助后,多方协调把'救命药'送到患者手里;9月9日,获知高风险小区外地租客断粮的信息,经不断与辖区派出所、物业、居委会等联系并反映情况,成功将物资送到租客家中……"疫情发生以来,罗一潇积极参加所在地组织的志愿服务,协助花果园延都居委会、南明区党员先锋号等,开展分拣捐赠物资、上门配发物资、信息统计、组织协调领取防护物资、招募组织安排志愿者等工作。

"经过多次沟通,9月12日成功协调省红十字会向花果园Q区延都居委会支援防疫物资一批,极大缓解了防疫物资严重不足的困境。"罗一潇告诉记者,他在工作中发现部分志愿者专业知识匮乏、对防疫模式理解不深等问题,便主动联系贵阳市社工会,邀请专家为志愿者提供防疫工作指导、专业知识讲解。

任锦波担任所在小区的党员服务小组组长,组织27名党员及志愿者参与小区管理服务,分组分时段在各单元楼值守,引导居民最大限度减少人员流动、防止聚集,降低疫情传播风险;积极配合社区工作人员、医务人员做好信息发布、组织开展检测、生活物资配送等服务。他还参与梳理独居老人、孕妇等需特别关注人员信息,配合做好物资上门、协助检测等相关服务。

"请大家戴好口罩""保持安全距离""提前打开健康码"……这是志愿者"大白"们每天说得最多的话。

9月3日开展首次核酸检测后,看到小区群里发布征集志愿者的公告,王燕主动请缨到所居住的社区,与工作人员、志愿者一起奋战在抗疫第一线,负责核酸检测现场协助扫码、维持秩序等工作。第一轮"三天两检"完成后,她又参加到逐户发放抗原试剂盒的志愿者"小分队"中。

"疫情就是命令。作为一名共产党员、一名退役军人,在群众需要的时候,能够尽自己的绵薄之力,我感到非常荣幸。"回顾连日来参加志愿服务的经历,王燕意味深长地说,"第一次穿上'大白'(防护服),亲身感受医务工作者的艰辛和不易。经过几天奋战,终于迎来观山湖区解除临时静态管理。相信在大家的共同努力下,贵阳很快就会迎来最后胜利!"

"聚是一团火,散是满天星。"9月17日凌晨3点,第四次参加社区抗击疫情志愿者活动的田自文表示,参与开展志愿服务以来,深深感受到了身边一线志愿者的无私奉献精神。

…………

齐心协力,共克时艰。省政协机关全体干部职工立足自身实际,就地转化并开展志愿服务,全力配合做好疫情防控工作,用温暖传递力量、用行动彰显担当,同心筑牢抗击疫情的战斗堡垒。

(《贵州政协报》微信公众号2022年9月18日　何佼阳)

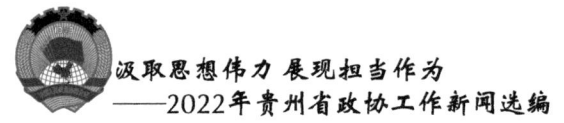

践行初心使命,他们投身社区志愿服务……

"我们是'无疫小区'了,可喜可贺!感谢医护人员、社区工作人员、物业和志愿者的默默付出。"9月21日下午,一块崭新的"无疫小区"创建牌在贵州省政协大院家属区入口处亮相。居住在小区内的省级老同志和居民们得知消息后,内心都十分激动,对近段时间坚守岗位的医务人员、社区工作人员、物管和居民志愿者的工作给予了充分肯定,并表示衷心的感谢。

本轮疫情发生以来,省政协机关干部职工迅速响应、闻令而动、压实责任、冲锋在前,在做好居家办公的同时,就近就地申请参加社区志愿服务,主动奔赴社区疫情防控一线,积极协助开展核酸检测场点场所布置、秩序维护、信息采集、物资配送、卡口执勤等工作,同心筑牢抗击疫情的战斗堡垒,在疫情防控一线践行着初心使命。

为有序统筹协调有关疫情防控及生活物资采购等方面的事务,经征求省政协办公厅主要领导意见后,家住省政协大院家属区的胡巍牵头组建省政协大院家属区疫情防控临时协调小组志愿者组织,由他亲任小组组长,龙登华、陆茂才、李军、余兵任副组长,罗志文及省政协大院物业管理处的2名同志作为小组成员。

连日来,大家充分发挥熟悉小区情况及联系面广的优势,协助市北社区居委会疫情防控各项工作有序开展,主动协调省政协委员企业合力超市供应物资,积极争取省工信厅、省红十字会、贵州民投集团捐赠200套隔离防护服、2000个N95口罩,用于疫情防控人员防护作业。

"楼上的居民起床做核酸了,10点钟结束。"贵阳市全员核酸检测开始后,每天清晨,省政协大院家属区的小广播就响了起来,重复提示居民们有序到核酸采样点进行核酸采样。

"排队请保持间距""请提前打开健康码""点击核酸检测扫试管"……核酸采样现场,志愿者在采样队伍两侧重复着防护提示,协助医护人员维持现场秩序,做好消杀等工作。不时,还有居民上前咨询采购物资、购买急需药品等事宜,他们一一对接并及时协调解决大家的困难和问题。

临时协调小组志愿者小组成立后,居家的省政协机关干部职工积极主动加入志愿服务中,轮流值守。在小区的每个单元楼分别安排志愿者分组开展相关疫情防控工作,及时收集居民反馈的信息,及时反映有困难家庭的诉求。

连日来,徐泓及志愿者们一边关注着核酸采样点排队情况,一边在单元楼内逐户敲门通知住户。收到一些年老体弱住户提出需要物资代购的信息后,临时协调小组的志愿者积极联系对接保供商家,组织大家采购生活物资。

机关多名志愿者在参与疫情防控工作的同时,上门为困难家庭、独居老人家庭、高龄老人家庭开展志愿服务,为他们登记、配送必需的生活物资。有一天,得知物业保洁员和保安及工作人员还没吃午饭,张金利当机立断,立刻回到家里为大家准备了餐食。

由于疫情突发,很多生活物资没有提前准备,当临时协调小组得知30余名物业工作人员不能返家,留守值班人员缺少被褥的情况后,迅速安排小组成员统筹人员登记和住宿安排工作,并协调干部培训中心和动员志愿者收集干净的床单被褥、洗漱用品等物资。临时协调小组志愿者还充分发挥联系联络的作用,组织机关食堂后厨留守人员做好全体留守职工的餐食保障工作。

从9月3日至今,罗志文坚守省政协机关机要工作岗位,坚持24小时值班,每天认真处理好当天的工作任务,及时向单位领导报告收取文件情况,保障各类文件处理完毕。同时,主动做好对8名省政协机关跟班学习留守人员的协调管理,按照疫情防控要求,督促他们按时开展核酸检测和抗原自查工作,动员参加社区疫情防控志愿者服务。

"坚持住,好好配合,争取能达标!""大家一定要自觉遵守规定……"自9月13日贵阳市公布创建"无疫小区"原则、标准、范围等系列内容以来,临时协调小组志愿者们积极配合社区工作人员开展创建范围划定、硬隔离设施建设、物资接驳配送等工作,凝心聚力争创"无疫小区"。

坚持战斗在一线,绘就抗疫"同心圆"。省政协机关干部职工在所居住的社区用温暖传递力量、用行动彰显担当,他们投身在抗疫一线,到处是他们奔走忙碌的身影——

家住观山小区的石用超每天负责安排调配志愿者参加当日、近期志愿服务活动,和他同一小区的熊艳、邵丽、李储等志愿者也积极参与社区志愿服务工作当中。

"在抗疫路上,我只是一名普通的志愿者,但当穿上防护服成为'战斗员'的那一刻,我体会到更多的是责任和奉献,也体会到了基层社区工作者、医务工作者等一线战'疫'英雄的艰辛。"家住云岩区银杏小区的罗荣江告诉记者,他的任务是组织本小区居民进行核酸检测,每次接到全员核酸的通知后,他们从上午6点开始,要组织完成750余人的核酸检测,每天将近中午12点才能结束工作。

……

秋意渐浓,贵阳市部分区域"解封"或进行分级分类管理,标志着本轮疫情防控取得阶段性成果。疫情仍继续,防控不松懈,始终坚守防疫一线岗位的医务工作者、社区人员和广大志愿者依旧践行着初心和使命,为居民群众保驾护航,为筑牢社区疫情防控坚强堡垒奋力拼搏。

(《贵州政协报》微信公众号2022年9月24日　何佼阳)

说　明:本书摘编的部分作品因未联系到作者,未能及时支付稿酬,请相关作者见到本说明后,与贵州省政协办公厅联系。

联系人:文　祺

电　话:0851-86823134